William Echikson war fünfzehn Jahre lang Europakorrespondent des amerikanischen Magazins *Fortune* und ist Autor einer Fernsehserie über französische Küche. Er lebt in Paris.

W0072440

William Echikson

Die Sterne Burgunds

Aus dem Amerikanischen
von Petra Hrabak und Rita Seuß

Knaur

Für Anu und Sam,
die ersten burgundischen Sterne.

Und im Andenken an meine kürzlich verstorbene Großmutter
Fanny Gross, die mir die geheimnisvolle Welt des Kochens
und die Lust an köstlichem Essen nahegebracht hat.

Inhalt

✤ ✤ ✤

Prolog

Wenn ich auf Reisen bin, lese ich gern die Speisekarten der Restaurants. Wie sonst könnte man sich Appetit holen? Gibt es eine bessere Möglichkeit, ein neues Reiseziel zu erforschen? Anfang Januar 1991 beschlossen meine Eltern, meine Frau und ich, übers Wochenende nach Burgund zu fahren. Wir brachen an einem kalten Samstag in aller Frühe auf. Am Vormittag besuchten wir das mittelalterliche Dorf Vézelay mit seiner großartigen romanischen Abtei, dann fuhren wir durch eine vielgestaltige Landschaft und gelangten schließlich in das eher unauffällige Städtchen Saulieu. Als Zwischenstation erschien uns der Ort gut geeignet. Ein großes Schild auf der gegenüberliegenden Straßenseite verwies auf ein Restaurant, das von einem Koch namens Bernard Loiseau geführt wurde, und mir fiel ein, daß mir einmal ein Kollege von Loiseaus Kochkünsten erzählt hatte. Wir warfen einen Blick auf die Speisekarte am Eingang. Das billigste Essen kostete 580 Franc, etwa 175 DM. Zu teuer, da waren wir uns einig. Trotzdem gingen wir hinein, nur um uns kurz einmal umzusehen. Ich sagte der Dame an der Rezeption, wie zufrieden mein Freund, der Journalist, mit dem Essen in diesem Restaurant gewesen war. Dann erschien Bernard.

Der Küchenchef war gerade vierzig geworden, aber abgesehen von der Stirnglatze wirkte er durchaus nicht wie ein Mann in mittleren Jahren. Er ging nicht, vielmehr schien er bei jedem Schritt ein wenig zu hüpfen. Seine breiten Schultern und sein kräftiger Körperbau erinnerten an einen vorwärtsstürmenden Stier, der niederriß, was sich ihm in den Weg stellte. Aber als Bernard uns zur Begrüßung die Hand entgegenstreckte, verschwand dieser erste Eindruck animalischer Kraft. Auf seinem Gesicht machte sich ein unwiderstehliches, ansteckendes und unvergeßliches Lächeln breit.

»Schauen Sie«, begann er und deutete auf Speiseräume und Garten, die in frischem Glanz erstrahlten. »Wir haben gerade renoviert.«

Sein leidenschaftlicher Monolog ohne Pausen dauerte mehr als zehn Minuten. Während er erzählte, wie er vor über zehn Jahren nach Saulieu gekommen war, wurde sein Lächeln immer breiter. Bernard hatte sich geschworen, in diesem Land, das sich rühmte, weltweit unbestritten Schöpfer und Vorreiter des guten Geschmacks zu sein, ein gastronomisches Paradies zu schaffen. Gerade hatte er 15 Millionen Franc, etwa 4,5 Millionen DM, in den Bau seiner neuen Speiseräume und seines Gartens gesteckt.

»Fünfzehn Millionen Franc?« unterbrach ich.

»Ja«, nickte er. »Das tun alle großen Küchenchefs. Die Kunden verlangen es und Michelin auch.«

»Michelin?« fragte ich nach.

»Ja«, nickte er, »der Guide Michelin.«

Bernards Obsession überraschte mich. Natürlich kannte ich den Guide Michelin. Aber ich wußte nicht, daß Küchenchefs bereit waren, Millionen aufs Spiel zu setzen, um die Michelin-Kritiker zu beeindrucken und eine bessere Bewertung zu bekommen.

Wieder in Paris, telefonierte ich mit einem Wirtschaftsredakteur in London und schilderte ihm diese Begegnung. Ob die derart gigantische Investition eines Meisterkochs im

Bemühen um gastronomischen Ruhm und Erfolg nicht eine Story wert sei. Durchaus, meinte der Redakteur. Eine Woche später erschien ein kurzer Artikel. Ich schickte ihn Bernard und wandte mich anderen Themen zu.

Doch in den Monaten darauf beschäftigte mich Bernard immer wieder. Die französischen Zeitungen waren voller pessimistischer Berichte über das Ende des Traums von einem geeinten Europa, über eine Wirtschaftskrise, die Woche für Woche Tausende Arbeitsplätze kostete, und über Bauern, die ihrem Ärger Luft machten, indem sie Uncle Sam symbolisch verbrannten. Jean-Paul Sartre, der die Philosophie des Existentialismus entwickelt hatte, hätte hierin sicher die Symptome der »malaise« erkannt. Meinungsumfragen zufolge war das Land, das sich lange Zeit gerühmt hatte, Licht in die Welt zu bringen, beunruhigt, ob es dem erbarmungslosen wirtschaftlichen und politischen Wettbewerb in der Welt nach dem Kalten Krieg gewachsen war.

In einem allerdings galt Frankreich nach wie vor als unübertroffen: in Gastronomie und Lebensstil. 1940 haben die Deutschen die Franzosen geschlagen, aber die Redewendung »Leben wie Gott in Frankreich« steht in Deutschland bis heute für höchsten Lebensgenuß. Frankreich hat unverändert einen Rang als oberster Richter des guten Geschmacks. Die Franzosen essen nicht nur gut, sie verwandeln auch die angenehme Art, sich zu ernähren, in ein bedeutendes Kulturereignis. Bernard erschien von allen Küchenchefs Frankreichs als der schillerndste. Und Burgund als die schönste Region Frankreichs. Bernard und Burgund, beide führten uns die besondere Begabung Frankreichs für die *joie de vivre* vor Augen und – was nicht weniger wichtig ist – sie veranschaulichten ein umfassendes Streben nach Perfektion.

Die Sterne Burgunds hätte ohne die uneingeschränkte Mit-

hilfe Bernard Loiseaus gar nicht geschrieben werden kön-
.nen. Er bat nicht darum, die hier erzählte Geschichte zu
überarbeiten oder zu korrigieren, obwohl auch viele seiner
weniger bewunderungswürdigen Eigenschaften zur Sprache kommen – seine Impulsivität, sein Ungestüm und seine Egozentrik. Nie verhehlte er seine Sorgen und Ängste.
Selbst über seine verheerende erste Ehe sprach er freimütig.
Daher ist das vorliegende Buch keineswegs eine märchen-
haft verklärte Darstellung der *haute cuisine*. Die Irrungen
und Wirrungen im Streben Bernards nach kulinarischer
Perfektion werden ohne jede Beschönigung geschildert.
Mein Ziel war es, zu zeigen, welche Entschlossenheit, wieviel
Schweiß und Leidenschaftlichkeit sich hinter dem äußeren
Glanz gastronomischer Vortrefflichkeit verbergen.
Vergnügen zu bereiten ist für Bernard und seine französischen Kollegen mehr als nur ein Geschäft. Es ist eine Leidenschaft, angesiedelt irgendwo zwischen inniger Liebe
und religiöser Hingabe. Dank dieser tiefen Überzeugung
vermochten es diese Meisterköche, der fortschreitenden
Industrialisierung und Verstädterung Frankreichs die Stirn
zu bieten. Eine Lektion, die Bernard unermüdlich seinen
Mitarbeitern predigte. Er setzte ihnen zu, er ermahnte sie
und stachelte sie an, härter zu arbeiten und noch besser zu
werden.
Geld war offenbar nie der dominierende Beweggrund. Vom
Küchenchef und Inhaber angefangen bis hin zum unbezahl-
ten Praktikanten und zum einfachen Bauern, der den Käse
herstellte, bei jedem, der mit Bernard Loiseaus Restaurant
zu tun hatte, hörten wir immer wieder die Sätze: »Als Büro-
angestellte würden wir weitaus mehr verdienen.« – »Wir
zählen nicht die Stunden.« – »Um die besten Ergebnisse zu
erzielen, darf man nicht nach Stunden rechnen.«
Die fortschreitende Verstädterung und Entwicklung Frank-

reichs geht einher mit der Sorge, daß das Land seine Eigenart, sein besonderes Flair und »Aroma« verliert. Um eine gleichmäßige Belieferung das ganze Jahr hindurch zu garantieren, verwendete Bernard Froschschenkel aus Griechenland und Tomaten aus Spanien; sogar sein berühmter burgundischer Senf wurde aus importierten kanadischen Senfkörnern hergestellt. Dennoch kehrte ich nach einem Jahr im ländlichen Frankreich mit neuer Zuversicht zurück. Bernard gelang es, altehrwürdige Traditionen zu bewahren und sie gleichzeitig der neuen Zeit anzupassen. Für viele der Kleinbetriebe, die ich kennenlernte, gilt dasselbe. Ein Gemüseproduzent beispielsweise, der Lauch und Rüben anbaute, benutzte Computer und Handy für die Organisation seiner Landwirtschaft. Oder der junge enthusiastische Winzer, der sich geschworen hatte, die Qualität der ererbten Weingüter zu verbessern, indem er auf Düngemittel verzichtete.

Es ist ein Wunder, wie Frankreich es fertiggebracht hat, sich zu entwickeln und zu modernisieren, ohne dabei der weltweiten Gleichmacherei zum Opfer zu fallen. Nur wenigen Ländern gelingt es so wie Frankreich, die moderne Technologie amerikanischer Prägung mit der Behaglichkeit des traditionellen Europa in Einklang zu bringen. Man kann in einem *hypermarché* einkaufen, der größer ist als jeder amerikanische Supermarkt, und nur wenige Regalreihen von Reifen und Elektrogeräten entfernt die ausgesuchtesten Delikatessen finden. Oder morgens nach dem Aufstehen in der Boulangerie gleich über die Straße frische, warme Croissants kaufen. Leicht handhabbare Tiefkühlkost ist auch hier auf dem Vormarsch, aber tiefgefrorene *pithiviers de poisson* oder *mousseline de saumon* hat mit Fertiggerichten nicht das geringste zu tun.

In mehrfacher Hinsicht handelt das Folgende nicht von der

Küche. Es handelt von einem Land, das bestrebt ist, seine Traditionen zu bewahren und zu vervollkommnen. Vor allem handelt es von einer Person, die nach jener Vollkommenheit strebt. Vergessen Sie eine Weile den Cholesterinspiegel und die Belastungen des Stadtlebens. Tauchen Sie ein und genießen Sie die besondere französische *joie de vivre*. Denken Sie an das, was Bernard mir ans Herz gelegt hat: Iß und genieße!

Kapitel 1

❁ ❁ ❁

Die Jagd
nach den Sternen

Bernard Loiseau, Bernard »der Vogel«, ist wie von Sinnen.
In makellos weißer Chefkochjacke und -schürze steht er in
der Tür seiner kleinen Küche. Hinter ihm hasten seine
Mitarbeiter hin und her: fünfundzwanzig Chefs de partie,
Sous-Chefs, Commis und Apprentis, zu seiner Linken die
Fleischabteilung, zu seiner Rechten die Fischabteilung, der
Pâtissier in eine Ecke gequetscht. Wohlgerüche durchzie-
hen die Luft. Kupferpfannen und Porzellanplatten klap-
pern in einträchtiger Harmonie.
Ein Teller Jakobsmuscheln kommt zur letzten Begutach-
tung. Eine prächtige Farbensymphonie, dicke goldfarbene
Klumpen frischer Schalentiere in einer kräftigen schwarzen
Trüffelsauce. Aber Bernard entdeckt mit bebenden Nasen-
flügeln und zuckenden braunen Augen einen Saucensprit-
zer am Tellerrand. Aufgeregt rudert er mit den Armen – als
schlage er mit den Flügeln.
»*Attention, attention!*« protestiert er. »Sieh dir das an.«
Der völlig erschöpfte Sous-Chef nimmt den Teller wieder an
sich und sucht nach dem Makel. Vorsichtig, als hielte er ein
Baby, wischt er über den Tellerrand. Er kontrolliert die
Goldfärbung der Jakobsmuscheln. Zwei Minuten gedünstet,
keine Sekunde länger. Mit der Hand prüft er die Temperatur des Gerichts und tippt mit dem Finger in die Sauce.
Dann reicht er Bernard den Teller zurück.

Jetzt sieht er perfekt aus – allerdings nicht für Bernard. Ein weiterer Tupfer Sauce am falschen Platz stört ihn.

»Mein lieber Freund«, sagt Bernard mit einem tiefen Seufzer und rudert mit den Armen, als wolle er gleich abheben. »Diese Arbeit ist keine drei Sterne wert.«

Drei Sterne!

Die Diskussion ist beendet. Aus. *Terminé.* Das gesamte leidgeprüfte Küchenpersonal hat verstanden. Bernard Loiseau ist von den Sternen besessen. Und dabei ist Bernard wohlgemerkt gar nicht abergläubisch. Die Sterne, die für ihn zählen, stehen nicht oben am Firmament. Es sind die Sterne in der alleingültigen Gourmet-Bibel, dem Roten Michelin-Führer.

September 1990. Zehn Jahre zuvor hatte Bernard das Hotelrestaurant La Côte d'Or in Saulieu gekauft, einer bäuerlichen burgundischen Kleinstadt gut 200 Kilometer südöstlich von Paris. Als magerer, unsicherer, aber energiesprühender und geselliger junger Mann war er gekommen. Jetzt, nur wenige Monate vor seinem vierzigsten Geburtstag, trug er nur noch halb soviel Haare auf dem Kopf, und er war fülliger geworden. Doch sein strahlendes Lächeln, eine kindliche Freude an den einfachsten Vergnügungen und ein striktes Beharren auf Perfektion hatte er sich bewahrt. »Ich lebe mit einer Geschwindigkeit von zweihundert Stundenkilometern«, sagte er häufig. Eben noch hatte er seinen Mitarbeitern eine Gardinenpredigt gehalten, doch schon im nächsten Augenblick strahlte er übers ganze Gesicht und war voll des Lobes für sie.

Bernard verglich sich in der Küche gern mit einem Maestro, der ein Team begabter Künstler dazu bringt, wunderschöne Musik hervorzubringen. Seine Rolle ähnelte jedoch weit mehr der eines Generals im Krieg. Auch ein Vergleich, den Historiker sicher bevorzugen würden: Die ersten Küchen, die in fürstlichen Häusern eingerichtet wurden, waren nach militärischem Vorbild organisiert, und bis auf den heutigen Tag heißt das Küchenpersonal »Brigade«.

Während der Essenszeiten stand General Bernard an der Küchenfront und brüllte seine Befehle. Die Hilfsköche antworteten im Chor mit »*Ouiiiiiii, Chef*«, was auch den unnachgiebigsten Marineoffizier zufriedengestellt hätte. Einen Murrenden, der den Anweisungen nicht Folge leistete, erwartete eine martialische Bestrafung. Bernard war ein reizender und großmütiger Mensch, der seine Mitarbeiter aufrichtig ins Herz geschlossen hatte. Aber an einem hektischen Samstagabend kam es schon mal vor, daß er einem fehlbaren Koch im Eifer des Gefechts in schönster Steigerung als *nul, con* oder auch *pauvre con* – Null, Trottel und schließlich Volltrottel – titulierte. Anstelle einer nachmittäglichen Siesta blieb der *pauvre con* dann in der Küche und räumte auf.

Wie bei den meisten großen Köchen kam es so gut wie nie vor, daß Bernard Fleisch grillte, Fisch briet oder etwas in den Ofen schob. Er agierte als der Regisseur des Ganzen. Er war der Schöpfer, er kreierte die Rezepte und gewährleistete, daß das Endergebnis vorzüglich schmeckte. Die Schlüsselfigur in den meisten französischen Küchen ist die Nummer zwei, der Chef de cuisine. Er ist es, der die Küche leitet, die Zutaten bestellt, die Speisekarte vervollkommnet und die Aufsicht über sämtliche Vorbereitungen führt. Als Inhaber hatte Bernard neben der Küche noch zahlreiche andere Verpflichtungen. Er mußte Kredite bei der Bank aufnehmen, das Hotel führen und Kontakte zur Presse pflegen. Zudem sind heutzutage Spitzenköche von Mehr-Sterne-Restaurants häufig auf Promotion-Tour. Ein guter Chef de cuisine bürgt dafür, daß die Abwesenheit des Chefs nicht weiter auffällt.

Der Chef de cuisine im Côte d'Or war Patrick Bertron, ein zurückhaltender, wortkarger Mann. Wo Bernard aufgebracht losbrüllte, knurrte Patrick nur leise. Besaß Bernard das natürliche Charisma eines Generals, so hatte Patrick das Talent zum perfekten Truppenfeldwebel. Bernard skizzierte das große Bild. Patrick brachte die Sache zur Ausführung. Er hatte vor zehn Jahren im Côte d'Or angefangen. Mittlerweile sagte Bernard, Patrick könne »Loiseau besser kochen als Loiseau selbst«. Aber natürlich gehört zum Betreiben eines Restaurants mehr als nur das Talent zum Kochen.

Nach herkömmlichen Maßstäben hatten Bernard und Patrick das Côte d'Or bereits erfolgreich in ein kulinarisches Paradies verwandelt. Der Hauptkonkurrent des Michelin, der Gault-Millau, hatte das Côte d'Or mit 19,5 von 20 möglichen Punkten bewertet. Zu den regelmäßigen Gästen zählten der Staatspräsident François Mitterrand, der Schauspieler Alain Delon und der Baron de Rothschild. Kritiker schwärmten von Bernards erfindungsreicher, leichter Küche mit den Gemüsesaucen in leuchtend frischen Farben. Sie verglichen eine Kreation von Bernard Loiseau mit der Schönheit der umliegenden burgundischen Landschaft, deren berühmte Weinberge in der herbstlichen Erntezeit rubinrot leuchten und deren sanfte Hügel von satten samtgrünen Grasteppichen mit breiten Streifen goldener Sonnenblumenfelder belebt sind.

Nur eines fehlte noch: die höchste Bewertung im Guide Michelin. Das Symbol kulinarischer Größe schlechthin. Drei Sterne.

Bernards Restaurant La Côte d'Or besaß bereits zwei. Zur Krönung seines Erfolgs fehlte Bernard noch der kostbare dritte Stern. Michelin setzt so strenge Maßstäbe, daß von den beinahe viertausend in der letztjährigen Ausgabe des französischen Führers erwähnten Restaurants nur neunzehn die höchste Auszeichnung erhalten hatten: die drei Sterne für die Küche, die »eine Reise wert« war. Insgesamt hatten in Europa nur zwölf Restaurants drei Sterne gewonnen. Ein Stern gilt als »angenehme Unterbrechung der Reise«, zwei Sterne verdienen einen »Umweg«, drei Sterne sind »eine Reise wert«, und zwar quer durchs ganze Land, von Paris nach Lyon, an die Côte d'Azur oder in die Pyrenäen; mit mindestens 500, oft 1000 Franc und mehr pro Person für ein exquisites Essen.

Trotz Bernards Begabung, seines Elans und seiner Bemühungen blieben die Gäste spärlich. An jenem Septembertag, an dem noch die Sonne die goldene Landschaft mit ihren Strahlen erwärmte, hatte er lediglich eine Handvoll Mittagsgäste. Im Winter, das wußte Bernard, würde das Côte d'Or leer bleiben. Die einzige Möglichkeit, die Pariser – und erst recht Amerikaner, Japaner und Deutsche – dazu zu bringen, sich eigens zu ihm auf den Weg zu machen, war die Bewertung durch Michelin als ein Restaurant, das »eine Reise wert« ist.

»Oft habe ich den Schneeflocken draußen vor dem Fenster zugesehen und mich gefragt: ›Warum bloß findet keiner hierher?‹«, erzählte er. »Es gab Leute, die bis vor die Tür kamen, ihren Michelin-Führer aufschlugen, sahen, daß wir nicht genug Sterne hatten – und wieder gingen.«

Bernards burgundischer Kollege Marc Meneau hatte für L'Espérance in Saint-Père-sous-Vézelay bereits seinen dritten Stern erhalten. Im Jahr darauf kletterten die Umsätze in Meneaus Restaurant um 30 Prozent. L'Espérance warf mittlerweile doppelt soviel ab wie Bernards La Côte d'Or.

»Die Japaner, die Amerikaner, all die Ausländer kommen nur, wenn man einen dritten Stern hat«, erzählte Bernard seinen Besuchern. »Für sie ist Frankreich gleichbedeutend mit Eiffelturm, Cartier und drei Michelin-Sternen.«

Alljährlich im März, wenn der neue Guide herauskommt, hält ganz Frankreich den Atem an. Meistens werden ein, zwei neue Restaurants mit dem heißersehnten dritten Stern ausgezeichnet, häufig aber auch gar keins. Der neue Drei-Sterne-Gewinner findet sich plötzlich auf dem Umschlag von Hochglanzmagazinen wieder und ist regelmäßiger Gast in Fernsehshows, in denen die Franzosen in einer Art und Weise über die Kochkunst reden, die einem den Mund wäßrig macht. Sogar aus Tokio und Los Angeles treffen Reservierungswünsche ein. Es gibt Angebote für Kochbücher und lukrative Auftritte im Fernsehen, daneben Verträge, alles mögliche zu vermarkten, von Tischtuch und Bademantel bis hin zu Marmelade und tiefgefrorenen Lebensmitteln.

Der Drei-Sterne-Gewinner ist von nationaler Bedeutung, und er wird mit Medaillen und Auszeichnungen überhäuft wie Weiland General de Gaulle im Zweiten Weltkrieg. Drei-Sterne-Seigneurs wie Paul Bocuse, Pierre Troisgros und Michel Guérard haben für die Franzosen denselben Stellenwert wie die Fußballstars für die Deutschen oder die Basketballstars für die Amerikaner. Wer in die kulinarische Ruhmeshalle aufgenommen ist, hat sich durch sportliche Spitzenleistungen wie, im Fall von Paul Bocuse, *loup en croûte farci d'une mousse de homard* – Seebarsch, gefüllt mit Hummermousse in Blätterteig – Starruhm erworben.

Bernard hegte schon lange den Ehrgeiz, die hohen Michelin-Maßstäbe zu erfüllen. Mit Sechzehn verließ er die Schule und machte eine Lehre im Restaurant Troisgros in Roanne, einer Industriestadt in Mittelfrankreich. Troisgros war ein Zwei-Sterne-Speiselokal, das von den Brüdern Pierre und Jean Troisgros geführt wurde. Am 1. März 1968 fing Bernard dort an, schälte Kartoffeln und schnipselte Karotten. Zwei Wochen später kam der neue Guide Michelin heraus. Troisgros hatte seinen dritten Stern gewonnen. Das ganze Restaurant feierte mit Champagner. Von diesem Augenblick an hatte den Lehrling die Sucht gepackt.

»Ich war damals noch zu jung und zu dumm, als daß ich verstanden hätte, was alles damit zusammenhing«, erinnerte er sich später. »Aber ich sagte mir: ›Donnerwetter!‹ Plötzlich kam die Prominenz zum Essen. Es hatte bei mir gefunkt. Und ich schwor mir: *Eines Tages werde ich auch drei Sterne bekommen.*«

Das Streben nach den drei Michelin-Sternen erfordert eine ganz besondere charakterliche Konstitution: Kreativität und Ausdauer, und – *mais oui* – man muß auch ein bißchen verrückt sein. Es gab Küchenchefs, die die Michelin-Leidenschaft ein »heiliges Feuer« nannten. Über Jahre hinweg lebte Bernard finanziell und emotional am Rande des Abgrunds. Die Wände seines Junggesellenschlafzimmers im ersten Stock des Côte d'Or in Saulieu schmückten nicht Pin-up-Girls, sondern ein Foto der beiden Troisgros-Brüder, auf dem sie einer riesigen zwischen ihnen stehenden Kuh zulächeln. Allmorgendlich, bevor er in die Küche hinunterging, verweilte er einen Augenblick vor dem Foto.

»Ich werde meinen dritten Stern bekommen«, sagte er sich immer wieder.

Burgund war der geeignete Schauplatz für das Bemühen Bernards um gastronomische Perfektion. Die Region läßt sich am besten als »Magen« Frankreichs beschreiben. Geographisch wie psychologisch schlägt Burgund eine Brücke zwischen dem hart arbeitenden, industrialisierten Norden und dem bäuerlichen Süden. Es ist ein Land der Feste und der Volkstraditionen, der Fröhlichkeit und Lebensfreude. Einer weitverbreiteten Vorstellung zufolge haben die Bewohner dieser reichen, bodenständigen Gegend derbe, rundliche und rote Gesichter – und einen großen, herzhaften Appetit. Die Küche ist *plantureuse*, ein kraftvolles Wort, das soviel wie reif, drall, üppig bedeutet. Burgund ist berühmt für seine Schnecken und seinen Senf, für seine Wildtauben und seine Wachteln, sein zartes Charolais-Rindfleisch, seine fleischigen Bresse-Hühner und seinen scharfen Epoisses-Käse. Wenn man sich in den Dörfern bei üppigen Festgelagen, den *potées*, zum Feiern versammelt, werden Lieder wie »*Joyeux enfants de la Bourgogne*«, »*Chevaliers de la Table Ronde*« und insbesondere »*Je suis fier d'être Bourguignon*« (Ich bin stolz, Burgunder zu sein) geschmettert.

Die leiblichen Exzesse werden durch ein spirituelles Gegengewicht ausgeglichen. Im Mittelalter war Burgund ein Zentrum des Christentums. Ein 910 in Cluny bei Mâcon gegründetes Benediktinerkloster entwickelte sich zum religiösen und geistigen Mittelpunkt der mittelalterlichen Welt. Anfang des 12. Jahrhunderts besaßen die Benediktiner mehr als 1600 Klöster mit zehntausend Mönchen in ganz Europa. Vierzig Jahre dauerte es, bis das Mutterkloster in Cluny fertiggestellt war; die größten Künstler der Welt fanden sich hier ein und bemalten die Wände mit Szenen aus dem Leben der Heiligen – in leuchtenden Schattierungen von Tiefrot und Blau. Die romanische Basilika war bis zum Bau der Peterskirche in Rom fünfhundert Jahre später das größte Gotteshaus der christlichen Welt. Weitere außergewöhnliche Kirchen entstanden in Vézelay, Tournus und Paray-le-Monial. Für sie erfanden burgundische Baumeister Kreuzrippengewölbe und Strebebögen, jene Elemente, ohne die die späteren, hochaufragenden gotischen Kathedralen nicht denkbar gewesen wären.

Später beherrschten die Herzöge von Burgund große Teile Westeuropas. Im 15. Jahrhundert war der burgundische Hof unter Philipp dem Guten ein unabhängiges Herzogtum mit einem Reich, das sich von den Niederlanden bis an die

Grenzen der Provence erstreckte und das Elsaß, Lothringen, Luxemburg, die Picardie, Flandern, Brabant und Holland einschloß. Die Hauptstadt Dijon wurde in der Kunst weltweit führend. Das Streben nach Luxus und Prunk ging vom Hof auf die Kaufmanns- und die wohlhabende Bürgerschicht der Städte über. Begabte Handwerker aus den Niederlanden brachten architektonische Neuerungen, unter anderem das tief heruntergezogene, mit farbigen Ziegeln in Rautenform gedeckte Dach, wie man es beispielsweise auf dem Hôtel-Dieu in Beaune findet.

Die bedeutendsten Luxusgüter dieses fruchtbaren Landes waren Essen und Wein. In seinem Palast in Dijon ließ Herzog Philipp für die Bewirtung seiner Gäste eine außerordentliche Küche mit vier riesigen steingemauerten Kaminen bauen. Er erließ Bestimmungen, um die Weinqualität der Region zu wahren, und bedachte Päpste und Könige mit Geschenken, die vom Reichtum des Landes zeugten. Auf ihn geht auch die erste »Menükarte« zurück, als anläßlich eines Banketts im Jahr 1457 auf großen Tafeln die zu erwartenden Genüsse des Abends bekanntgegeben wurden. Schon damals brachte man Honigkuchen und Senf, zwei der großen gastronomischen Spezialitäten der Region, mit Burgund in Verbindung. Der Honigkuchen stammte ursprünglich aus Flandern, und der Senf, den die Römer mitgebracht hatten, wurde besonders von Herzog Philipp geschätzt, der das Gewürz seinen Gästen fässerweise mitgab. »Manche bauten sich in ihrer Küche eine Feuerstelle«, schrieb der Gastronom Curnonsky. »Die Herzöge von Burgund machten aus ihrer Feuerstelle eine Küche.«

Dem gewaltigen burgundischen Reich war jedoch keine lange Dauer beschieden. Ende des 16. Jahrhunderts hatten die Bourbonen von Philipps Nachfolgern beinahe sämtliche Gebiete des Herzogtums für Frankreich zurückgewonnen. 1477 annektierte Ludwig XI. Burgund, und deutsche und schweizerische Truppen besetzen die Hauptstadt Dijon. Ludwig teilte seinen neuen Untertanen mit, daß sie von nun ab »zu Krone und Reich« gehörten, und seither war Burgund nur noch ein Nebenschauplatz der Geschichte. Heute gehört Dijon mit weniger als 200 000 Einwohnern zur Provinz. Im Gegensatz zur romantisch verklärten, herausgeputzten Provence oder zum mondänen, kultivierten Paris ist Burgund ein Land der sanften grünen Hügel, der langsam fließenden, sich schlängelnden Kanäle, der glitzernden Seen, der unberührten Wälder und der berühmten Weinberge. Bauernhäuser, deren Gemäuer in mildem Gold schimmern, stehen neben großartigen romanischen Kirchen und prächtigen Renaissanceschlössern mit farbigen Dächern im Rautenmuster.

So kernig und sinnlich die Burgunder in ihren Eßgewohnheiten und in ihrer Lebensführung sind, so bescheiden, empfindsam und nachdenklich sind sie gleichzeitig. Viele der ausgelassenen Trinklieder, die allgemein eng mit der Region verknüpft werden, entstanden in Pariser Varietés um die Jahrhundertwende. Trotz ihrer mittelalterlichen Kostüme geht die berühmte Weinbruderschaft der Chevaliers du Tastevin nur bis auf das Jahr 1935 zurück. Sie schlossen sich in Clos de Vougeot als Werbegemeinschaft für burgundische Weine und für die Förderung des Fremdenverkehrs in der Region zusammen. Burgund weist im landesweiten Vergleich den höchsten Bevölkerungsanteil an Bauern, Weinbauern, Handwerkern, Händlern und Familienbetrieben auf. Der Lebensrhythmus folgt dem der Erde, der Jahreszeiten und der Naturzyklen. Hier hört man noch das dumpfe Muhen der Kühe, das Blöken der Schafe, das Krähen der Hähne. Bäuerlich und ländlich, repräsentiert Burgund das traditionelle Frankreich, das, was die

Franzosen selbst *La France profonde* nennen – tiefes Frankreich.

Burgund ist im Guide Michelin schon immer eine zuverlässige Drei-Sterne-Region gewesen. Unter dem berühmten Meisterkoch Alexandre Dumaine war das Côte d'Or in den fünfziger und sechziger Jahren im Besitz der magischen drei Sterne. Als im Jahr 1975 der junge Bernard die Leitung übernahm, war das Restaurant bereits jahrelang vernachlässigt worden. Die Küche, die sich einstmals gerühmt hatte, nur die allerfrischesten Zutaten zu verwenden, servierte nur noch Hummercremesuppe aus der Dose. Zur Geschmacksverfeinerung wurden lediglich feingehackte Zwiebeln, ein Schuß Cognac und ein Eßlöffel Sahne hinzugefügt. Man stelle sich vor: *haute cuisine* à la Campbell's!

Inzwischen bemühte sich eine neue Generation von Küchenchefs darum, das gastronomische Renommee Burgunds wiederherzustellen. In Blickweite der berühmten Weinberge betrieb Jacques Lameloise eine makellose traditionelle Drei-Sterne-Küche in seinem Familienbetrieb Lameloise, einem alteingesessenen burgundischen Restaurant im Dorf Chagny. Marc Meneaus Restaurant L'Espérance, inmitten eines Parks an einem Flüßchen gelegen, die berühmte romanische Basilika von Vézelay im Hintergrund, hatte ebenfalls drei Sterne erhalten. Etwas weiter nördlich in Joigny waren Vater und Sohn Michel und Jean-Michel Lorain für ihr Miniatur-Versailles namens A La Côte Saint-Jacques mit drei Sternen ausgezeichnet worden. Bernard ließ sich von diesen Konkurrenten anspornen. Während er noch kämpfte, profitierten seine Rivalen bereits vom Luxusboom der achtziger Jahre. Meneau baute sich in der Karibik eine großartige Hazienda, um den kalten burgundischen Wintern zu entfliehen.

Bernard besaß nichts außer seinem Côte d'Or. Seine Woh-

nung, ein einziges Zimmerchen, lag direkt über dem Speisesaal. Toilette und Dusche befanden sich am Ende des
Korridors. Um einigermaßen über die Runden zu kommen,
hielt Bernard das Restaurant sieben Tage die Woche geöffnet, und zwar ganzjährig. Meneau und die anderen machten mehrere Wochen im Jahr Betriebsferien.

Im Unterschied zu jenen erfolgreichen Küchenchefs hatte
Bernard sein Lokal nicht von seinen Eltern geerbt oder eine
teure Koch- oder Hotelfachschule besucht. Bevor er im
zarten Alter von vierundzwanzig Jahren Chef des Côte d'Or
wurde, war er ein Angestellter in jenem Ruhmestempel
gewesen, dessen Glanz zwar schon ein wenig verblaßte, der
aber immer noch als echte Pilgerstätte galt.

Dumaines Geist beherrschte Bernard – als Vorbild und als
Fluch zugleich. Der altehrwürdige Maestro blickte von einem Gemälde im großen Speisesaal auf die Gäste herab.
Fotos, Zeitungsausschnitte und Speisekarten mit seinen berühmtesten Menüs zierten die Wände. Nie zuvor in der
Geschichte der französischen Gastronomie war ein mit drei
Michelin-Sternen ausgezeichnetes Restaurant ins Bodenlo-
se gestürzt und hatte sich davon wieder erholt. Den einstigen Ruhm eines großen Gourmettempels wiederherzustellen galt als ein Ding der Unmöglichkeit. Der Vergleich mit
den verflossenen Tagen war ein zu strenger Maßstab und
die Gegenwart nie so gut, als daß man sie den goldenen
Erinnerungen hätte entgegensetzen können.

Doch Bernard ließ sich nicht entmutigen. Er ersetzte die
Hummercremesuppe aus der Dose durch die echte Hummercremesuppe und mußte zu seinem Erstaunen entdek-
ken, daß manchen Kunden das industriell produzierte Zeug
aus der Dose lieber war. Schlimmer noch, die Altgedienten
in Küche und Speiseraum akzeptierten ihn nicht. Dumaines
langjährige Empfangsdame Madame Rancin kleidete sich

bäuerlich und trug eine schmuddelige rote Perücke. Sie setzte sich zu den Gästen an den Tisch und fragte: »Na, was halten Sie von diesem jungen Kerl da?«

Und ohne eine Antwort abzuwarten, machte sie mit der Hand die Geste des Kehledurchschneidens.

»Nicht viel«, beantwortete sie die Frage selbst.

»Tagsüber schuftete ich wie ein Tier, und abends ging ich in mein Zimmer und weinte fast die ganze Nacht«, erinnerte sich Bernard. »Ich war so traurig und frustriert.« Und dann reichte es ihm. »Am Morgen ging ich hinunter und rief das Personal zusammen. ›Sehen Sie sich mein Gesicht ganz genau an‹, sagte er, ›denn Sie werden in Zukunft damit leben müssen, und ich rate Ihnen, sich daran zu gewöhnen. Wenn Sie nicht wollen, packen Sie besser Ihre Sachen und verschwinden.‹«

Binnen weniger Monate hatte der Neuling Madame Rancin und die anderen altgedienten Mitarbeiter Dumaines vor die Tür gesetzt.

Bernard schmiedete Pläne und überlegte, wie er den verflossenen Ruhm des Côte d'Or wiederherstellen könnte. Jahr für Jahr gestaltete er sein Hotel um, stellte neue Köche ein und testete seine kulinarischen Kreationen an unerschrockenen Gästen. »Wir sind die besten, die allerbesten!« feuerte er seine jungen, tatkräftigen Mitarbeiter an. Das Côte d'Or erhielt seinen ersten Stern 1977, seinen zweiten 1981. Danach: nichts mehr. Um so verzweifelter versuchte Bernard, den dritten Stern zu gewinnen.

Dies war das entscheidende Jahr. Bernard, nahe Vierzig, stand auf dem Höhepunkt seiner Schaffenskraft. Sein Kochstil war gereift, sein Familienleben stabil. Für 15 Millionen Franc wollte er seine Küche renovieren und den Speiseräumen ein neues Gesicht geben. Viele seiner Mitarbeiter waren nun bereits mehr als fünf Jahre dabei, und das Team war ausgewogen und gut aufeinander eingespielt. Aber Bernard befürchtete, wenn ihn Michelin nun links liegenließe, würde sein Eifer verfliegen und er seine besten Mitarbeiter verlieren. Schlimmer noch: ohne den dritten Stern lief er Gefahr, seine wachsenden Schulden nicht mehr zurückzahlen zu können.

Wieder wird ihm ein Teller Jakobsmuscheln in Trüffelsauce präsentiert. Diesmal sind keine Saucespritzer am Tellerrand zu entdecken. Bernard unterbricht die sanfte, einlullende Melodie der zischenden Backröhren und Bratpfannen und schlägt eine laute Glocke, nicht einmal, sondern dreimal kurz hintereinander; *bom, bom* und *bom!!!* Ein Kellner im Frack eilt herbei, ganz außer Atem. Bernard gibt ihm schwungvoll den Teller mit *coquilles Saint Jacques à la crème de truffes* in die ausgestreckten Hände. Die Übergabe dauert nur eine Sekunde, für Bernard eine Sekunde zu lang. »Los, los«, brüllt er. »Noch einen Augenblick länger, und aus ist es mit den drei Sternen.«

Unten im Weinkeller wischt Lyonel Leconte den Staub von den Flaschen mit Spitzenweinen und stellt sicher, daß nichts ihre Präsentation beeinträchtigt. Gegenwärtig hat Lyonel eine ganz profane Sorge: den dunkelvioletten Schimmer auf seinen Zähnen, das Ergebnis des Weins, der das Zahnfleisch schwinden läßt. Am Spätnachmittag hat er einen Zahnarzttermin. Die Woche zuvor hat er bereits sechs Füllungen bekommen. Lyonel hat Angst, daß es noch mehr werden. Novocain und die Füllungen beeinträchtigen die Geschmacksaufnahme des behutsam gegorenen Traubensafts. Für einen Sommelier sind schlechte Zähne das, was ein Tennisarm für den Sportler ist – eine seiner Passion geschuldete Beeinträchtigung, die die Ausübung seines Berufs behindert.

Lyonel befürchtete, gerade jetzt, vor Beginn der großen Weinverkostung, außer Gefecht gesetzt zu sein. Im kommenden Jahr sollte er die Verantwortung für den Aufbau eines neuen, größeren Weinkellers übernehmen. Den gegenwärtigen Bestand von 433 Sorten und 12 000 Flaschen wollte er auf 660 Weine und 17 000 bis 18 000 Flaschen aufstocken. Das bedeutete häufige Verkostungsfahrten zu den Weingütern.

Die Grands Crus – die Spitzenlagen von Burgund – müssen mindestens fünf Jahre gelagert werden, bevor die Flaschen geöffnet werden dürfen. Jeder Börsenmakler wird bestätigen, wie schlecht solche Bedingungen fürs Geschäft sind. Lyonel rechnete damit, etwa 2,5 Millionen Franc zum Aufstocken seines neuen Kellers investieren zu müssen. Wenn ihm viele Fehler unterliefen, konnte er Bernards Michelin-Traum zerstören.

Seit die Mönche anfingen, entlang der goldenen Ufer der Saône zwischen Dijon und Beaune Weinreben zu pflanzen, ist Burgunds Ansehen an seine weltbekannten Weine geknüpft: Gevrey-Chambertin, Meursault, Nuits-St.-Georges und vor allem die weltweit teuerste und berühmteste Lage, Romanée-Conti. Bernards Restaurant erhielt den Namen La Côte d'Or, »Goldküste« als Reverenz an das Gebiet, in dem diese berühmten Weine produziert werden.

Die burgundischen Winzer wurden im Zuge des Aufschwungs der achtziger Jahre immer gieriger. Selbst für mittelmäßige Grands Crus stieg der Preis auf über 200 Franc die Flasche im Großhandel. Die Winzer setzten immer mehr Zucker zu, um den Gärprozeß zu beschleunigen, und ihre Trauben ergaben immer größere Mengen Saft. Lyonel verglich die neureichen Winzer mit den arabischen Ölscheichs. Sie wurden reich, weil sie wertvolles Land ihr eigen nannten, nicht weil sie echtes Talent zum Weinanbau besaßen. Seiner

Meinung nach verdienten nicht mehr als fünf Prozent des burgundischen Premier Cru das höchste Gütesiegel.

Bis vor nicht allzu langer Zeit waren annähernd alle Spitzen-weine aus Burgund von Händlern abgefüllt worden, die Trauben kauften, mischten und daraus einen in sich stim-migen, aber durchschnittlichen Wein herstellten. Nunmehr füllten kleine Weinbauern ihre eigenen Weine ab. Manche Flaschen waren gut, manche schlecht, aber die guten waren immer noch weitaus besser als die besten Flaschen der Händler. Das erschwerte die Sache für den Sommelier, der jetzt Weingüter aufsuchen und die besten jungen Winzer aufspüren mußte. Neben den bekannten Namen konnte man an den Hängen um Beaune, Hautes-Côtes de Nuits und Hautes-Côtes de Beaune durchaus überraschende Neuent-deckungen machen – attraktive Weine zu vernünftigen Prei-sen, die auch den anspruchsvollsten Gast beeindruckten.

Lyonel, erst sechsundzwanzig Jahre alt, hatte scharfgeschnit-tene Gesichtszüge und eine markante Nase, die sich tief ins Weinglas hinabsenken konnte. Er stammte aus dem Dorf Germolles zwischen Gilly und Rully, zwei bekannten bur-gundischen Städten in der Côte Châlonnaise. Sein Vater führte ein kleines Unternehmen, das Lagerhäuser für den Winzer baute, und war *chevalier* der Weinbruderschaft des Ortes. Eines der ersten Fotos in seinem Album zeigt ein Essen im Familienkreis. In der Mitte des Tisches steht eine Flasche Mercurey Jahrgang 1959. Der zweijährige Lyonel sitzt auf dem Schoß seines stolzen Vaters.

Lyonels Mutter arbeitete an der Rezeption eines einfachen Restaurants namens Auberge de Camp Romain, wo man herzhaftes *coq au vin* und *boeuf bourguignon* essen konnte. Im Alter von sechzehn Jahren begann Lyonel in den Sommer-monaten als Kellner zu arbeiten. Er besuchte das *lycée viticole* in Mâcon, eine »Weinhochschule« im wahrsten Sinne des

Wortes. Hier lernte er Chemie und andere Wissenschaften, die zum Weinbau gehören.

Im Unterschied zu Bernard und den meisten Beschäftigten im Côte d'Or, die keine abgeschlossene höhere Schulausbildung besaßen, hatte Lyonel die Universität von Bordeaux in den Fächern Marketing und Handel absolviert. Lyonel hatte nicht vor, Sommelier zu werden, schon gar nicht Sommelier in Burgund. Er wollte vielmehr zusammen mit seinem Vater ein Catering-Unternehmen gründen, wobei der Vater für die Speisen und Lyonel für den Wein zuständig sein sollte. Aber 1987 kam sein Vater bei einem Autounfall ums Leben, und damit war der Traum von einem Familienunternehmen ausgeträumt.

Lyonel machte ein Praktikum in einem Zwei-Sterne-Restaurant namens La Bonne Etape in Château Arnoux in der Provence. Dem dortigen Sommelier war dieser junge, ehrgeizige Schüler von Anfang an ein Dorn im Auge. Er ließ ihn Geschirr waschen. Nach zwei Wochen kündigte Lyonel. Er wurde von einem ehemaligen Professor gerettet, der ihm half, einen Sommerjob im Côte d'Or zu bekommen. Als er am 1. Juli 1987 in Saulieu eintraf, wurde er am Eingang des Hotelrestaurants von einer zierlichen blonden Rezeptionistin namens Christine begrüßt. Zwei Wochen darauf warf der Chefsommelier des Restaurants seinen Job hin. Als der Sommer vorbei war, war Christine Lyonels Verlobte, und Bernard hatte ihn gebeten zu bleiben, allerdings unter einer Bedingung: Lyonel müsse seine Englischkenntnisse in England verbessern. Also ging Lyonel für drei Monate ins La Gavroche nach London. An die Erfahrungen, die er dort gemacht hatte, erinnerte er sich nur ungern. »Ich lernte mehr über Däninnen und Schwedinnen als über Wein«, scherzte er.

Nach Saulieu zurückgekehrt, eröffnete ihm Christine, daß

sie schwanger sei. Sie heirateten und haben mittlerweile zwei Kinder, die zweijährige Charlotte und eine neugeborene Tochter namens Louise. Christine gab ihre Tätigkeit im Côte d'Or auf, um sich ganz den Kindern zu widmen. Wie die Kellner, so wurde auch Lyonel auf Trinkgeldbasis bezahlt. Weniger Gäste – das bedeutete weniger Geld in der Tasche. Es überrascht daher nicht, daß er befürchtete, die hohen Weinpreise könnten die Kundschaft abschrecken.

Lyonel war schmal und knochig, ein eifriger, ehrgeiziger und nervöser junger Mann – manch einer würde sagen, zu eifrig, zu ehrgeizig und zu nervös. Er legte mit äußerster Akribie ein Archiv über sein Leben an – und zwar im Badezimmer, dem einzigen Raum in seiner kleinen Wohnung mit genügend Platz für die Regale. Seine Fotoalben und Zeitungsausschnitte begannen bei seiner Geburt und dokumentierten detailliert die einzelnen Abschnitte seines Lebens. Viel Mühe hatte er da hineingesteckt, und die Sammlung diente der Imagepflege und Eigenwerbung. Dazu stapelten sich in seinem Wohnzimmer zahllose Bücher zum Thema Wein. Wie viele andere Sommeliers, so schien auch Lyonel manchmal zu vergessen, daß Weintrinken in erster Linie ein Vergnügen sein sollte und nicht Teil eines Doktorandenseminars im Fach Chemie.

»Lyonel ist ein verdammt guter Verkoster, der beste überhaupt«, prahlte Bernard gegenüber Gästen. Unter vier Augen allerdings fügte er hinzu: »Lyonel ist nicht gerade eine Stimmungskanone.«

»Lyonel hat nur eins im Sinn: Wein, Wein und noch mal Wein«, klagten seine Kollegen. »Er ist wie besessen davon. Draußen könnte ein Krieg toben – das Wichtigste für Lyonel wird immer der Wein bleiben.«

»Im Wein liegt meine Berufung«, gab Lyonel zu.

Um den Weinkeller des Côte d'Or auf ein Drei-Sterne-

Niveau zu heben, bedurfte es eines erfahrenen Sommeliers, und Lyonel fürchtete, für diese Aufgabe zu jung zu sein. Michelin bevorzugt Reife und setzt diese mit Beständigkeit und Kontinuität gleich. In der französischen Gastronomiebranche wird das Alter hochgeschätzt. Die meisten Küchenchefs hatten sich über mindestens zehn Jahre hinweg Stück für Stück die offizielle Karriereleiter hinaufgearbeitet: vom Commis zum Chef de partie, weiter zum Sous-Chef und schließlich zum Küchenchef. Bei Lyonel nun sollte die Kleidung ein reifes Erscheinungsbild hervorrufen. Im schwarzen Frack und der Schürze, mit zurückgekämmtem Haar, die Brosche mit den Trauben ans Revers geheftet, sah Lyonel zehn Jahre älter aus, als er in Wirklichkeit war.

Lyonel hatte sich in diesem Jahr zum Ziel gesetzt, den Titel »Bester Nachwuchssommelier Frankreichs« zu erringen. Im Jahr zuvor war er »Bester Nachwuchssommelier von Burgund« geworden, im Landeswettbewerb aber nur auf Platz fünf gelandet, ein Debakel, das er als sein Waterloo betrachtete.

Das Höchstalter für die Teilnahme am Sommelier-Wettbewerb war sechsundzwanzig. Das bedeutete, daß Lyonel in diesem Jahr seine letzte Chance hatte. Der Wettbewerb fand im Oktober in Reims, der Hauptstadt des Champagners, statt. Lyonel würde einen schriftlichen Test in Weintheorie absolvieren müssen. Dazu mußte er über die Besonderheiten der einzelnen Traubenarten Bescheid wissen: Pinot Noir, Chardonnay, Gamay, Cabernet und alle anderen. Man würde ihm ein Menü vorsetzen, und er würde zu jedem Gang den passenden Wein auswählen müssen. Auch würde er detaillierte Fragen über Champagner und andere Spirituosen zu beantworten haben sowie über kulinarisches Beiwerk wie Zigarren und Mineralwasser, die in Frankreich strengen Reglementierungen unterliegen. Lyonel mußte wissen, aus welcher Quelle das jeweilige Mineralwasser stammte und aufgrund welcher ministerieller Verordnung es zugelassen war.

Bei diesem Wettbewerb würde er annähernd fünfhundert *connoisseurs* gegenüberstehen und etwa fünfzig volle Gläser vor sich haben. Er würde jedes bedächtig am Stiel fassen, den Wein unter der Nase schwenken, einen Mundvoll nehmen und den Jahrgang bestimmen.

Lyonel nimmt eine Flasche, einen roten 1987er Volnay, legt sie zur Präsentation in einen Strohkorb und trägt sie aus dem Keller in den Speisesaal. Mit großem Zeremoniell präsentiert er die Flasche einem Tisch mit vier Gästen. Anerkennendes Kopfnicken. Mit zwei flinken Bewegungen schneidet Lyonel die Folie ab und dreht den Korken heraus. Er gießt ein wenig Wein in ein Glas, die Finger fassen behutsam den Stiel, er führt das Glas an die Nase und riecht. Der Wein duftet frisch und klar, fruchtig. Er nimmt einen Schluck. Vollendet. Erst jetzt läßt er auch das Tischoberhaupt probieren. Der Gast ist zufrieden. Dann schenkt Lyonel den anderen am Tisch ein. Als alle einen Schluck genommen haben und zufrieden lächeln, entspannt sich auch Lyonel, und ein schelmisches Grinsen zeigt sich auf seinem Gesicht.

Er muß gehen, sonst verpaßt er seinen Zahnarzttermin. Er überläßt es seinem Assistenten Emmanuel, nachzuschenken. Abgesehen von den schlechten Zähnen – Lyonel genoß die Aussicht, der beste Nachwuchssommelier im besten Weinanbauland der Welt zu werden.

»Das sind unsere Olympischen Spiele«, sagte Lyonel zu Emmanuel, »unsere drei Sterne.«

Eric Rousseau steht im vorderen Teil der Küche, einen Löffel in der Hand, und blickt auf zwei Schälchen mit

Joghurt; der eine ist aus Kuhmilch, der andere aus Ziegenmilch hergestellt.

In seinem schwarzweißen Smoking, seinem Kellnerdreß,
sieht er aus wie ein Filmschauspieler. Auf die Brust seiner
Jacke ist ein Logo genäht: BL. Bernard Loiseau.

Eric probiert den Kuhmilchjoghurt. Mittelmäßig, lautet sein
Urteil.

Dann schöpft er einen Löffel frischen, cremigen weißen
Ziegenmilchjoghurt, schwenkt ihn wie ein Glas Wein, saugt
den frischen Geruch ein und prüft die Konsistenz. Langsam
und genüßlich probiert er.

Sensationell, sagt er.

Scheinbar unbeeindruckt geht er zu seinem Boß, dem
Maître d'hôtel Hubert Couilloud, und bittet ihn zu kosten.
»Nicht übel«, meint Hubert. Dieses Urteil aus dem Munde
Huberts, eines maßvollen und bedächtigen Mannes, ist ein
echtes Kompliment. Auf der Speisekarte des Côte d'Or wird
Eric bald den Kuhmilchjoghurt durch Ziegenmilchjoghurt
ersetzen.

Im Ringen um den magischen dritten Michelin-Stern hatte
Bernard jedem Angestellten des Côte d'Or die Verantwortung für einen ganz bestimmten Bereich übertragen. Eric
war der erste Käsetester des Restaurants.

Diese Aufgabenverteilung war durchaus nicht als Scherz
gemeint. In ihrem Buch *Frankreich für Feinschmecker. Ein
kulinarischer Führer* hatte die amerikanische Restaurantkritikerin Patricia Wells den Käsewagen des Côte d'Or in Grund
und Boden verdammt. »Der Käsewagen erwies sich als kleines Ärgernis«, schrieb Wells, »ein Epoisses, der nicht gut
gereift, sondern innen ganz kreidig war; ein frischer Ziegenkäse der Region, der sich schlichtweg als fade erwies; und
ein so geschmackloser Vacherin, daß man hätte meinen
können, er sei aus entrahmter Milch gemacht.«

Eric fand, Patricia Wells habe übertrieben. Sie sei mit der amerikanischen Krankheit infiziert: der Unfähigkeit, sich zu entspannen und einfach zu genießen. »Ihre Artikel über Essen lesen sich wie akademische Traktate«, meinte er.

Bernard schenkte dem Einwand keine Beachtung. »Ein Käsewagen, der ein Ärgernis darstellt!« rief er. »Das muß sich ändern. Wir müssen den *besten* Käsewagen Frankreichs haben.«

Also beauftrage Bernard Eric damit, die erlesensten Käse Burgunds ausfindig zu machen. Mich interessiert nicht, wieviel er kostet oder wie er sich auf den Cholesterinspiegel auswirkt, sagte er. Du gehst und suchst das Beste, was es an Käse gibt. Für die folgenden Monate nahm sich Eric vor, viel Zeit darauf zu verwenden, die Bauernhöfe der Region abzuklappern und Hunderte von Käsesorten zu probieren.

Joghurt zu testen war noch der einfachere Teil der Aufgabe. Joghurt wurde im Côte d'Or nur zum Frühstück serviert, und wenige Franzosen essen ein richtiges Frühstück. Für sie fängt der Tag mit einer Tasse Kaffee und einem Croissant an, sonst nichts.

Beim Käse war die Sache anders. Bernard liebte Käse und betrachtete ein Essen ohne Käse als halbe Sache. Käse wurde zu Mittag und zu Abend als eigener Gang serviert, und zwar nach dem Hauptgang und vor dem Nachtisch. Die ungeheure Vielfalt französischer Käsesorten zeugt vom natürlichen Reichtum des Landes. Charles de Gaulle sah in der hohen Anzahl der Weich-, Hart- und Schnittkäse, die in Frankreich produziert werden – mehr als sagenhafte vierhundert –, den Beweis für die Schwierigkeit, ein so aufsässiges, individualistisches Volk zu regieren. Und nachdem Deutschland im Zweiten Weltkrieg Frankreich militärisch geschlagen hatte, verkündete Winston Churchill, ein Land, das so viel Käse produziere, könne niemals untergehen.

Jede Region hat ihre eigenen Käsespezialitäten, manche sind scharf, manche mild, doch alle sind sie köstlich. Das Geheimnis liegt in dem Landstrich selbst begründet. Die rauhe Auvergne bringt scharfen und strengen Blauschimmelkäse hervor. Die saubere Alpenluft begünstigt eher milde, harte Sorten wie den Tomme. Das üppige Burgund neigt mehr zu reichhaltigen, scharfen Varianten, dem cremigen Chaource, dem feinen Cîteaux und vor allem dem würzig duftenden Epoisses, der im feurigen einheimischen Marc, dem Traubenschnaps, reift. In Burgund werden auch in Form und Größe unterschiedliche Ziegenkäsesorten hergestellt. Eine trägt den Namen *bouton de culotte*, Hosenknopf, wegen ihrer Größe – gerade mal ein Mundvoll. Auch bei der Zubereitung einer burgundischen Spezialität, eines Brandteiggebäcks namens *gougère*, spielt Käse eine wichtige Rolle. Mit seinem feinen, unaufdringlichen Geschmack ist es ein ausgezeichneter Begleiter zu einem Glas körperreichem Burgunderwein. Eric legte seine Exkursionen zum Käseverkosten auf seinen freien Tag als Kellner.

In vielen Ländern gilt Servieren als eine niedere Tätigkeit, die nur etwas für Studenten und Frauen ist. In Frankreich gilt es als richtiger Beruf, besonders in einem Restaurant, das die erste Michelin-Kategorie anstrebt. Die Kellner im Côte d'Or waren nach militärischem Vorbild gekleidet: je nach Rang unterschiedlich. Lehrlinge trugen weiße, altgediente Kellner schwarz-weiße Smokings. Die Lehrlinge brachten das Essen aus der Küche in den Speiseraum, servierten jedoch nicht. Das war die ausschließliche Aufgabe der Kellner, die an den Tisch schwebten und dem Gast das Kunstwerk vorsetzten. Die meisten hatten ein Praktikum in England absolviert und sprachen einigermaßen gut Englisch. Sie waren kultiviert und weltmännisch – und stolz auf ihren Beruf.

Hubert, der Maître d'hôtel, stand an einem Ende des Speiseraums und dirigierte das Geschehen. Von seinem Standort aus konnte er das ganze Restaurant überblicken. Seine Arbeitskleidung – graugestreifte Hose und Frack – unterstrich seine herausragende Stellung. Huberts Aufgabe war es, dafür zu sorgen, daß alles reibungslos vonstatten ging. Wenn er den geringsten Fehler, das kleinste Problem entdeckte, griff er ein. Er mußte bereit sein, wenn er gebraucht wurde, durfte sich aber weder aufdringlich in den Vordergrund spielen noch servil und unterwürfig erscheinen. Der Service im Côte d'Or war wie Theater. Huberts Kellner waren Schauspieler, die sich schweigend, durch Augenkontakt und Kopfnicken verständigten. Stets bereit zu einem zwanglosen Lächeln und mit nonchalantem Auftreten erlaubten sie es dem Gästepublikum, sich zu entspannen.

Eric war der Chefkellner, einer der ersten, die Bernard eingestellt hatte, und einer der wenigen Einheimischen im Team des Côte d'Or. Er stammte aus Brazey-en-Morvan, einem Weiler in der Nähe von Saulieu. Erics Mutter betrieb einen kleinen Krämerladen, sein Vater war Bauarbeiter. Als Kind hatte er sich nie in die Nähe des Côte d'Or gewagt, das damals von dem illustren Dumaine betrieben wurde. Seine Eltern hatten ihm gesagt, das Restaurant sei nur für die Reichen.

Als Eric nach Abschluß der Hotelfachschule im nahe gelegenen Semur-en-Auxois zum erstenmal das Côte d'Or betrat, war ihm angst und bang. Doch Bernard nahm ihm alle Furcht. Eric sprach seine Lehrer stets mit *Sie* an, und so wollte er es auch Bernard, seinem Boß, gegenüber halten. Aber nach der zweiten Begegnung bestand Bernard auf dem *Du*.

Der dreiunddreißigjährige Eric betrachtete sich als Veteran und war stolz auf seinen Beruf. Doch er machte sich Sorgen.

Er und seine Frau Claude hatten zwei kleine Kinder. All ihre Ersparnisse hatten sie in den Bau eines neuen Hauses in Saulieu gesteckt. Wenn er auf seiner alles entscheidenden Käsemission nicht erfolgreich war und den Schaden, den Patricia Wells' vernichtende Rezension nach sich gezogen hatte, nicht ausbügeln konnte, würde Bernard ihm das Leben schwermachen.

»Ich liebe Bernard, und ich hasse ihn«, sagte Eric mit unverkennbarer Zuneigung. »Man spürt, daß er alles gefühlsmäßig angeht. Er überträgt einem Verantwortung, und dann läßt er nicht locker, bis man seine Sache perfekt macht.«

Dominique Loiseau fühlt sich an der Rezeption nicht wohl. Sie ist die einzige Frau, die in der Männerwelt des Côte d'Or zu sehen ist.

Seitdem Kochen in Frankreich professionell wurde und besonders seit der Erfindung des Restaurants im 18. Jahrhundert beherrschen Männer das Terrain. Frauen durften nicht einmal Kochbücher schreiben. Die früheste französische Rezeptsammlung geht auf die Zeit um 1300 zurück, aber erst 1829 veröffentlichte zum erstenmal eine Frau ein Kochbuch. In Frankreich schreiben bis heute weitaus weniger Frauen Kochbücher als in Deutschland und in Italien. In den französischen Berufsfachschulen für Köche und Restaurantpersonal sind weniger als ein Fünftel der Schüler Frauen. Vielleicht ist die aufschlußreichste Statistik jene, derzufolge von den 488 im Jahr 1990 mit einem Michelin-Stern ausgezeichneten Köchen nur zwölf Frauen waren.

Nach Meinung von Bernard und den meisten anderen französischen Küchenchefs haben Frauen in der Küche nichts zu suchen. Die Arbeit dort sei zu schwer und zu heiß für sie. Bernard weist mit Nachdruck darauf hin, daß die

Leitung der Küchenbrigade eines großen Restaurants mit mehr als zwanzig Köchen eine starke physische Präsenz erfordere. »Man muß auch mal einen *coup de pied* austeilen können, einen Tritt in den Hintern«, pflegte Bernard zu sagen, »und dafür fehlt es den Frauen einfach an der nötigen Autorität.«

Feinen französischen Restaurants behagt auch die Vorstellung von Kellnerinnen nicht. Essen zu servieren gilt als Männersache, und auch im Speisesaal des Côte d'Or arbeitete außer Dominique keine Frau. Ernsthafte französische Gastronomen betrachten den Minirock als Ablenkung. Sie sind der Meinung, der Platz der Frau sei hinter der Rezeptionstheke, und Frauen sollten sich lieber aus allem, was mit der Essenszubereitung zu tun hat, heraushalten.

Lange Zeit stellten die *mères,* die »Mütter« eine Ausnahme von dieser allgemeinen Regel dar: die Mütter, die in kleinen, zwanglosen Familienrestaurants arbeiteten, die meisten davon in Frankreichs zweitgrößter Stadt Lyon. Diese Lokale lagen in dunklen Seitensträßchen, und in Küche und Speiseraum war es sehr eng; die Belegschaft war klein, die Einrichtung schlicht und unprätentiös. Die meisten Franzosen haben bei den *mères lyonnaises* die Assoziation von dampfenden Kochtöpfen, in denen traditionelle Spezialitäten wie *pot-au-feu, blanquette de veau* und *bœuf mode* köcheln. Manchmal half der Ehemann beim Servieren, manchmal waren die zähen, urigen Mütter für alles ganz allein zuständig. Leider sind diese großzügigen Garantinnen der deftigen traditionellen Kochkunst inzwischen so gut wie ausgestorben. Die berühmteste unter ihnen, Mère Brazier, rührte ihren letzten Eintopf im Jahr 1977. Niemand trat an ihre Stelle.

Ein paar feministische Pionierinnen haben sich seither Eingang in die exklusive Welt der *haute cuisine* verschafft. Ende der siebziger Jahre eröffneten Dominique Versini – alias Olympe, eine zwanzigjährige *demoiselle* mit mädchenhaftem Schwung – ein Luxusrestaurant in der Nähe von Montparnasse in Paris. Mit unbekümmertem Einfallsreichtum löste sie sich von der akademischen, an strenge Regeln gebundenen Küche und erfand eine durch Intuition geprägte weibliche *haute cuisine*. Sie wurde als die Entdeckung des Jahres gefeiert und erhielt sogar zwei Michelin-Sterne. Aber der dritte Stern blieb ihr versagt, und die Chauvinisten rächten sich bitter. Sie meinten, ihre Kochkunst sei unstet – einen Tag so, am nächsten anders – und die Zusammenstellungen zu exotisch. Einem Ravioligericht nach italienischer Art, wie abgehoben auch immer, fehlte, so hieß es, schlichtweg die Wucht einer wahrhaften Drei-Sterne-Küche.

Eine furchtlose Amerikanerin namens Nathalie versuchte einmal, die ungeschriebenen Gesetze der *haute cuisine* zu brechen. Sie machte eine Lehre in der Küche des Côte d'Or. Wenige Tage nach ihrem Start wagte sie es, ihren Mitköchen Ratschläge zur Verbesserung der Verfahrensweisen in der Küche zu geben. Doch statt sich zu bedanken, reagierten ihre Kollegen mit rüden Scherzen über ihre äußere Erscheinung. Die unanständigen Bemerkungen dauerten an, bis Nathalie in Tränen ausbrach. Sie kündigte bald darauf und kehrte nach Hause zurück.

Dominique ließ sich nicht so rasch einschüchtern. Sie arbeitete nicht in der Küche, und als Bernards Ehefrau genoß sie die Autorität als *la patronne*. Auch vertraute sie ihrer weiblichen Ausstrahlung. Mit achtunddreißig Jahren besaß Dominique die typischen »*je ne sais quoi*«-Allüren einer Französin sowie erstaunliche Willenskraft. Mit eiserner Selbstdisziplin hielt sie, obwohl den verführerischen Genüssen der *haute cuisine* ausgesetzt, beim Essen strikt Maß. Oft trank sie zu Mittag nur eine Tasse Kaffee. An diesem Tag trug sie eines ihrer Lieblings-Outfits: ein hellrotes eng geschnittenes Kostüm, das ihre schlanke Figur betonte. Nie sah man Dominique ohne Lippenstift und Parfüm. Nicht eine Strähne ihres glatten braunen, kurz und streng geschnittenen Haares tanzte jemals widerspenstig aus der Reihe.

Ihr Äußeres verriet, daß sie aus Paris stammte und keine Burgunderin war. Das erwies sich als Problem. Während Bernard von den Sternen träumte, machte sich Dominique Sorgen um ihre Zukunft in Saulieu. In Paris hatte sie sich eine Karriere als erfolgreiche Journalistin der Restaurant-Zeitschrift *L'Hôtellerie* aufgebaut. Sie war Verfasserin eines Buches über Hygiene in der Küche, gewiß ein technisches Buch, aber auch ein Standardwerk für Restaurants und bereits in der vierten Auflage erschienen. In der kleinen Welt der Pariser Gastronomie war Dominique Brunet – sie schrieb ihre Bücher und Artikel unter ihrem Mädchennamen – eine bekannte Persönlichkeit.

Jetzt bangte Dominique um das Ende ihrer Karriere. Was würde sie in Saulieu machen? Welche Rolle würde ihr im Côte d'Or zufallen?

In den drei ersten Jahren ihrer Ehe wich Dominique einer Antwort auf diese heiklen Fragen aus. Sie fuhr nur an den Wochenenden nach Burgund. Jeden Freitagabend machte sie sich auf den zweieinhalbstündigen Weg von ihrem kleinen, komfortablen Appartement in Paris nach Saulieu. In Bernards Junggesellenwohnung über dem Speisesaal zu leben, die nur aus einem Raum bestand, war ihr zuwider. Die Mahlzeiten nahmen sie zusammen mit der Belegschaft im Restaurant ein.

»Bernard ist mit seinem Restaurant derart beschäftigt, daß es ihm gleichgültig ist, wie er lebt«, beklagte sie sich. »Die Wohnung ist so alt und heruntergekommen, daß häufig der Strom ausfällt und es kein Wasser gibt.«

Kunden, besonders amerikanische Touristen, fragten sie: »Wie schaffen Sie es bloß, so dünn zu bleiben?« Dominique mußte lächeln. Sie war im dritten Monat schwanger, mit ihrem zweiten Kind. Ihre Tochter Bérangère war ein Jahr alt. Als Dominique Bernard die gute Nachricht überbrachte, fiel ihm die Kinnlade herunter, er war halb erfreut, halb überrascht. Er wünschte sich zwar eine Familie, wollte sich jedoch nicht genau in dem Augenblick mit einer schwangeren Frau belasten, in dem er zum Sturm auf die Michelin-Festung ansetzte. Aber Dominique ging auf die Vierzig zu. Sie hatte das Gefühl, ihre biologische Uhr liefe ab, und meinte, dies sei ihre letzte Chance, ein zweites Kind zu bekommen.

Seit Bérangères Geburt hatte Dominique Bernard in den Ohren gelegen, ein Haus zu kaufen, in dem sich die Familie niederlassen konnte. Ihre erneute Schwangerschaft bestärkte sie in ihrem Entschluß, eine neue Bleibe zu suchen. Aber die Häuser, die in Saulieu zum Kauf angeboten wurden, waren in einem unbeschreiblichen Zustand und beinahe ebenso heruntergekommen wie die Wohnung über dem Restaurant. Eric, Hubert und die meisten anderen Kellner, die seit langem im Côte d'Or arbeiteten, hatten sich inzwischen neue Häuser gebaut.

Eines Tages erwähnte der Portier, daß ein großes Bürgerhaus aus der Zeit der Jahrhundertwende am Stadtrand für zirka 750 000 Franc zum Verkauf stünde. Dominique griff zu. Bernard war glücklich und zugleich entsetzt, daß sie sich in Saulieu niederließ. Das Restaurant hatte finanziell zu kämpfen, und er fürchtete, daß sie sich ein neues Haus nicht würden leisten können. Auch machte er sich Sorgen, ob Dominique das Leben in der Provinz gefallen würde. Abends war sie oft in Tränen aufgelöst.

»Was ist los?« fragte er.

»Ich kann hier nicht leben«, sagte sie dann. »Wenn ich ins Restaurant gehe, frage ich mich jedesmal, was ich hier eigentlich zu suchen habe, wie ich mich hier zurechtfinden soll. Du bist schon seit zehn Jahren hier, arbeitest mit denselben Leuten. Sie haben ihr eigenes System entwickelt, und sie lassen sich nicht von jemandem dreinreden, der nie im Hotelgewerbe gearbeitet hat, aus Paris kommt und zu allem Überfluß auch noch eine Frau ist.«

Am Ende jeder Mahlzeit im Côte d'Or ging Dominique von Tisch zu Tisch, plauderte ein wenig mit den Gästen. Wenn sie über die Großartigkeit Burgunds sprach und Tips gab, wo man guten Wein kaufen konnte oder welche Abtei man sich keinesfalls entgehen lassen sollte, merkte man ihr ihren Kummer nicht an, vielmehr spielte sie die stets reizende Gastgeberin. Sie wollte in Saulieu bleiben, hier Fuß fassen. Aber zugleich lockte Paris. Das kommende Jahr würde die Entscheidung bringen. Entweder schaffte sie es, sich in diesem Provinznest eine eigenständige Existenz aufzubauen, oder sie mußte sich mit dem unbefriedigenden Zustand einer Wochenend-Ehe abfinden.

In der Küche sitzt Larry Knez und schält Kartoffeln. Fast den ganzen Tag, von acht Uhr morgens bis Mitternacht, schält er Kartoffeln, insgesamt beinahe einen halben Zentner. Wenn er nicht Kartoffeln schält, dann zupft er Petersilienblätter, schneidet Schalotten, putzt Pilze, rupft Rebhühner und Wildenten oder widmet sich einer anderen der unzähligen, ermüdenden und einsamen Aufgaben, die in der *haute cuisine* anfallen. Das Geheimnis der großen Kochkunst des Côte d'Or war nicht ein künstlerisches Temperament. Es war die Vervollkommnung der ständig wiederkehrenden Tätigkeiten des Rupfens, Schälens und Schneidens, bis die Kartoffelwürfel vollkommen quadratisch und die Karottenscheiben vollkommen rund waren. Um kulinarische Vollkommenheit zu erreichen, bedurfte es erstaunlicher Mühe. Im Côte d'Or arbeiteten an die fünfundzwanzig Köche, das heißt auf zwei Gäste kam ein Koch.

Larry war eben erst aus seiner Heimat in Long Island hier eingetroffen. Seit mehr als zehn Jahren arbeitete er bereits in der Gastronomie. Zu seinem Unglück hatte er seine Erfahrungen in amerikanischen Restaurants gesammelt, denn das zählte für seine französischen Kollegen nicht. In der autoritären, hierarchischen Welt einer französischen Küche nahm Larry den untersten Rang ein. Er war ein *stagiaire,* ein Praktikant. Tagaus tagein schuftete er sich ab, schälte Kartoffeln und schnipselte Karotten – ganz umsonst, ohne einen Pfennig Geld dafür zu bekommen.

Es war nicht einfach, ein unbezahlter Stagiaire im Côte d'Or zu werden. Bernard erhielt jährlich an die zweitausend Bewerbungen. Aus der ganzen Welt, aus Belgien, Deutschland, England, aus Japan und den Vereinigten Staaten. Bernard hatte gern einen Amerikaner in der Küche. Ein englischer Muttersprachler war nützlich für amerikanische oder britische Kunden. Einen englischen Koch gab es bereits, Michael Caines. Bernard brüstete sich damit, daß »Vereinte Nationen« in seiner Küche arbeiteten. Er sah es als ein Zeichen seiner Bedeutung an. »Die ganze Welt will von Loiseau lernen«, meinte er.

Der wachsende Ruhm schlug sich in der steigenden Zahl der Bewerbungen für ein Praktikum nieder. Die Anfragen häuften sich derart, daß Bernard begonnen hatte, von dem Bewerber für das Privileg, als Praktikant in seiner Küche arbeiten zu dürfen, Geld zu verlangen. Die Gebühr betrug 5000 Franc die Woche. Im allgemeinen hatten die Praktikanten bereits eine Stelle in einem anderen Restaurant oder Hotel, und ihre Arbeitgeber zahlten für die Fortbildung, die sie als eine Investition für die Zukunft ansahen. Solche Praktikanten blieben nur ein, zwei Wochen.

Stagiaires wie Larry, die nichts bezahlen mußten, blieben länger, gewöhnlich drei Monate. Am Ende ihres Praktikums erhielten die meisten ein Zertifikat als Anerkennung ihrer Leistungen und gingen ihrer Wege. Waren sie begabt, konnten sie zum Commis aufsteigen. Übersetzt bedeutet Commis soviel wie Galeerensklave. Die Bezeichnung paßt. Im Côte d'Or arbeiteten Commis fünfeinhalb Tage in der Woche jeweils bis zu zwölf Stunden, mit nur einer kurzen Pause am Nachmittag. Dafür erhielten sie rund 2000 Franc im Monat. Larrys Ziel war es, Commis zu werden.

Der neunundzwanzigjährige Larry paßte nicht in die französische Klischeevorstellung vom unerfahrenen amerikanischen G.I. Er war klein von Gestalt, dunkel, kräftig gebaut und trug einen Schnurrbart, ein Relikt der Arbeiterklasse der Südküste von Long Island. Seine Mutter war Französin, sein Vater Kroate. Die beiden hatten sich nach dem Krieg in Paris kennengelernt und waren nach Amerika übergesiedelt, wo sie in der Restaurantbranche arbeiteten – sie an der Rezeption im Fox Hollow Inn in einer Vorstadt auf Long Island, er als Kellner im Riverside Café in Brooklyn. Als Larry elf Jahre alt war und die siebte Klasse besuchte, ließen sich seine Eltern scheiden. Seine Mutter kehrte mit ihm und seinem Bruder nach Frankreich zurück. Sie ließen sich in Paris nieder und wohnten bei der Großmutter. »Die Schule war rassistisch«, erinnerte sich Larry. »Manchmal sagten meine Klassenkameraden ›dreckiger Amerikaner‹ zu mir.« Vier Monate später kehrte die Familie wieder nach Long Island zurück. Seine Mutter fand eine Arbeit in einem französischen Restaurant namens Le Petit Paris, wo sie oft abends arbeitete. Larry lernte schon als Teenager kochen, da sonst er und sein Bruder oft nichts Warmes zu essen bekommen hätten. Er stand lieber am Herd, als daß er lernte. Als der Französischlehrer die Schüler in der neunten Klasse aufforderte, etwas für eine Party vorzubereiten, machte Larry Schokoladenéclairs und schoß damit den Vogel ab. Mit Vierzehn begann Larry, in Restaurants zu arbeiten. Seine Mutter half ihm bei seiner ersten Stellensuche. Le Petit Paris in Babylon im Great South Bay Shopping Center bot auf den amerikanischen Geschmack zugeschnittene Versionen traditioneller burgundischer Spezialitäten an: *canard à l'orange, bœuf bourguignon* und *coq au vin.* Larry spülte die Teller. Er durfte nicht einmal den Käse auf die Zwiebelsuppe streuen.

Mit Sechzehn hatte Larry sich zum Verantwortlichen für die Vorratshaltung in einem italienischen Restaurant namens Capriccio in Jericho unweit des Long Island Expressway hochgearbeitet. Das Restaurant war jedoch nicht für sein Essen berühmt. Es hatte sich vielmehr als Kneipe des Popsängers Billy Joel einen Namen gemacht. Larry durfte immer noch nicht kochen. Er bereitete die kalten Speisen zu. Seinen großen Durchbruch schaffte er im Sal's Pizza im Rockville Center. Zugegeben, sagte er sich, Pizza war von der *haute cuisine* meilenweit entfernt. Dennoch gelang es ihm, aus dem schmuddeligen Lokal einen beliebten Abendtreff zu machen. Larry erweiterte die Speisekarte, und bald hatte die Pizzeria etwas von einer Trattoria. Eines Tages hörte er im Kino zufällig – und zu seiner großen Freude –, wie der Kassierer zu einem Kollegen sagte: »Die Pizzeria muß einen neuen Koch haben. Früher war das Essen fürchterlich, jetzt ist es großartig.«

Larrys Vater behagte es ganz und gar nicht, daß sein Sohn Koch werden wollte. Als ehemaliger Kellner kannte er die exzentrische Welt der Restaurants und wußte, wovon er sprach. Einmal hatte er hautnah erlebt, wie sich ein Gast beschwert hatte, das Steak sei hart. Der Koch feuerte das Steak auf den Boden, stampfte darauf herum und erklärte das plattgetretene Fleisch für »zart«.

»Weshalb willst du nicht Automechaniker werden?« fragte ihn der Vater. »Köche sind verrückt.«

Larry war in der Tat ein bißchen verrückt, und er hörte nicht auf seinen Vater. Er kochte in vielen Restaurants – in Los Angeles im Maison du Caviar und dann in New York im noblen Hudson River Club. Sein nächstes Ziel war Frankreich. Für einen angehenden Koch war dies durchaus naheliegend. »In Frankreich ist die Gastronomie Lebensstil«, sagte Larry häufig. »In Amerika ist es nur ein Freizeitvergnügen.«

Larry wohnte ein paar Wochen bei seiner Großmutter in Paris. Dann boten ihm Cousins in der Normandie einen Job in ihrer Pâtisserie an. Tag für Tag war er bereits um drei Uhr morgens auf den Beinen und backte Baguettes. Es war ein guter Job und machte Spaß. Aber Larry wollte mehr lernen als nur Backen. Er nahm seinen Guide Michelin zur Hand und schrieb an alle Zwei- und Drei-Sterne-Restaurants.

Seine Bewerbung traf genau im richtigen Augenblick ein. David, der vorherige amerikanische Praktikant im Côte d'Or, ebenfalls ein New Yorker, kehrte in die Vereinigten Staaten zurück, um im Restaurant Bouley in Manhattan zu arbeiten. Larry erhielt Anfang September Antwort von Bernard. In Saulieu warte eine Stelle auf ihn – sofern er gleich käme.

Larry fuhr mit dem Zug nach Saulieu. Als er im Hotel eintraf, war er entsetzt. Die Gäste wohnten im reinsten Luxus, das Küchenpersonal dagegen über der Küche in engen Zimmern, die man über eine düstere Treppe erreichte. Die Lampe im Flur war kaputt, die Tapete löste sich von den Wänden, und die Farbe blätterte ab. In jedem

Zimmer stand ein Schreibtisch, ein Schrank, ein Waschbecken und ein quietschendes Bett mit einer durchgelegenen Matratze. Toilette und Dusche befanden sich am Ende des Korridors. Doch verglichen mit den Verhältnissen in der übrigen Restaurantbranche waren die Zimmer, das mußte Larry zugeben, gar nicht so schlecht. In Paris bot man den Stagiaires keine Unterkunft, und anderswo in der Provinz hatten die Zimmer häufig nicht einmal ein Waschbecken.

Auch das Essen für das Personal war nicht überragend. Die Gäste genossen höchste gastronomische Perfektion. Die Belegschaft bekam die Reste, gewöhnlich einen Eintopf, der täglich von einem Praktikanten zubereitet wurde. Ein düsterer Raum mit knarrenden Holzmöbeln diente als Eßzimmer. Jeder nahm sich selbst und schaufelte das Essen in sich hinein, um schnell wieder zur Arbeit zurückkehren zu können.

Die Arbeit begann um acht Uhr morgens. Um elf war Mittagspause. Um Viertel vor zwölf stand das Personal am Herd, und bis vier Uhr nachmittags ging es hoch her. Es folgte eine dreistündige Pause. Dann aß das Personal zu Abend, und anschließend begann der Abendbetrieb; zwei volle Stunden in höchster Anspannung. An Samstagabenden, wenn viel los war, schwitzte Larry, so schätzte er, zehn Pfund weg. Während der Woche ging es natürlich ruhiger zu.

Obwohl Larry hart arbeitete, begabt war und gut Französisch sprach, machten sich seine jungen Kollegen über ihn lustig. In seinem Alter – er war fast dreißig – hatte es ein aufstrebender französischer Koch mindestens schon zum Chef de partie oder zum Sous-Chef gebracht, jedenfalls war er nicht mehr Praktikant. Die aufstrebenden französischen Köche arbeiten ein, zwei Jahre als Apprentis und Commis in ein paar guten Restaurants, zunächst vielleicht in einem Ein-Stern-Restaurant, dann in einem mit zwei Sternen und schließlich in einem Drei-Sterne-Restaurant.

Nach dieser Tour de France steigen sie zum Chef de partie und mit ein wenig Glück nach ein paar weiteren Jahren zum Sous-Chef auf. Da sie bereits mit Sechzehn anfangen, sind sie dann nicht älter als dreißig. Patrick, der Chef de cuisine, arbeitete seit zehn Jahren im Côte d'Or, und er war ein Jahr jünger als Larry.

Kein französischer Küchenchef würde einen unerprobten Amerikaner an den Backofen oder den Grill lassen. Wenn Larry einmal aushelfen wollte, brüllten ihn seine Kollegen an: »Du dummer arroganter Amerikaner, weißt du nicht, wo dein Platz ist?« Keiner in der Küche nannte ihn Larry. Sein abfällig gemeinter Spitzname wurde *l'Américain*.

Larrys größter Peiniger war Michael Caines, ein schwarzer Engländer. Michael war ein aufsteigender Stern am Küchen-himmel, der Abteilungskoch für Fleisch. Er war dreiund-zwanzig, also sechs Jahre jünger als Larry, und im Gegensatz zu dem, was der unerfahrene und ehrgeizige Amerikaner hinter sich hatte, war Michael schon fast ein alter Hase der *haute cuisine*. Er hatte im Grosvenor House in London ge-lernt und seine Ausbildung im Zwei-Sterne-Restaurant Le Manoir bei Oxford fortgesetzt, das von dem in England lebenden Franzosen Raymond Blanc geführt wurde. Micha-el, kräftig gebaut und geschickt, stammte von jamaikani-schen Vorfahren ab. Er trug ein Schnurrbärtchen, das ihn älter und reifer aussehen ließ. Beim Kochen handhabe er die Pfanne anmutig und schwungvoll wie ein Basketballstar den Ball beim Sprung zum Korb.

Michael wollte auch in Frankreich Erfahrungen sammeln. Blanc hatte ihn an seinen Freund Bernard weiterempfoh-len, und bald kam es zu Verhandlungen. Im Côte d'Or bewies Michael ein beeindruckendes Talent und wurde bald zum Chef de partie für Fisch, bevor er zum Chef der Fleischabteilung aufstieg. Michael verdiente etwa 5000 Franc im Monat. Damit konnte er sich eine Wohnung in Saulieu mieten und der schmuddeligen Lehrlingsunterkunft entkommen.

Michael mochte Larry als Privatmensch und lud den Amerikaner oft zu sich nach Hause zu einem Drink ein. Dann diskutierten sie über die Zukunft der angelsächsischen Küche. Doch bei der Arbeit setzte er ihm heftig zu. In einer französischen Küche kann der Höherstehende mit einem Lehrling umspringen, wie er will. Für den Lehrling ist es besser, demütig zu schweigen.

»Larry, du mußt lernen, den Mund zu halten«, sagte Michael. »Hör zu, wenn dir jemand etwas sagt.«

Larrys magere Geldreserven schrumpften zusehends. An manchen Abenden zog er sich in sein Zimmer zurück und ging nicht einmal mit seinen Kollegen auf ein Bier ins Café du Nord, weil er es sich nicht leisten konnte. Statt dessen legte er sich ins Bett und las ein Buch.

Unterwegs im Zug von Paris hatte Larry eine Modeschöpferin kennengelernt, die im nahegelegenen Montbard arbeitete. Er schrieb ihr Briefe, sie antwortete nie. An seinem einzigen freien Tag pro Woche schlenderte der Amerikaner durch die Straßen von Saulieu und sah sich die Mädchen an. Wenn er eine übergewichtige, unattraktive Blondine in kurzer Hose vorbeigehen sah, meinte er kichernd: »Das ist das hübscheste Mädchen in dieser Stadt.«

Am meisten frustrierte Larry die Tatsache, daß er in der Küche keine richtige Verantwortung trug. Da es nur sehr wenige Gäste gab, hatte er die meiste Zeit wenig zu tun. Eines Tages sah Bernard Larry untätig herumstehen. Entweder du bewegst deinen Arsch, sagte er zu ihm, oder du fliegst.«Es wurde so schlimm, daß wir sogar darum stritten, wer Kartoffeln schälen durfte«, sagte Larry.

Aber wenn Larry zuviel Begeisterung und Schwung zeigte, trug es ihm noch mehr Unannehmlichkeiten ein. Einmal kamen die amerikanischen Köche Emile LeGasse und Charley Trotter aus Chicago in Begleitung von Larry Stone zum Essen. Stone hatte als erster Amerikaner die Auszeichnung zum weltbesten Sommelier erhalten. Sie waren auf einer kulinarischen Reise durch Frankreich, und Bernard war eifrig bemüht, sie zu beeindrucken. Nachdem sie gegessen hatten, kam Larry aus der Küche, stellte sich vor und begann eine Unterhaltung mit seinen Landsleuten. Bernard war entsetzt. Seiner Meinung nach durfte ein Praktikant sich ein solch vorlautes Benehmen nicht herausnehmen.

»Was macht der Amerikaner hier?« fragte er Patrick.

Trotz aller seiner Verrücktheiten bewunderte Larry Bernard und seinen zermürbenden Perfektionismus. Er fand sich ab mit der langen Arbeitszeit, den kümmerlichen Lebensverhältnissen und der angespannten Arbeitsatmosphäre, ohne sich zu beklagen, betrachtete er dies doch als die einzige Möglichkeit, ein Spitzenkoch zu werden.

»Das ist Perfektion«, sagte er. »Bei Bernard muß jeder Teller, der rausgeht, perfekt sein. Wenn nicht, gibt's keine drei Sterne.«

Kapitel 2

✣ ✣ ✣

Aus Armut
zu Reichtum

Bernard pflegte gern zu sagen, er sei in tiefster Armut aufgewachsen. Besuchern erzählte er, die Wohnung seiner Eltern habe nicht einmal eine Dusche gehabt und er sei zum Baden in die öffentlichen Bäder gegangen. In der Schule, so Bernard weiter, sei er das Schlußlicht in der Klasse gewesen. Mit Sechzehn habe er die Schule verlassen und eine Lehre als Koch begonnen. Indem Bernard seine Kindheit so schilderte, präsentierte er seine Lebensgeschichte als atemberaubende Erfolgsstory. »Ich fing mit nichts als einer Zahnbürste an«, sagte er.

Die Wirklichkeit war weitaus prosaischer. Bernard wurde am 12. Januar 1951 in Clermont-Ferrand geboren, einer mittelfranzösischen Industriestadt mit 150 000 Einwohnern. Die Wohnung der Loiseaus lag in der Avenue Franklin Delano Roosevelt Nr. 28 (in Frankreich sind viele Straßen nach dem amerikanischen Präsidenten benannt, der die Befreiung brachte). Die hübsche Straße lag in einem Mittelklasseviertel, und die Wohnung im dritten Stock besaß vier durchschnittlich große Zimmer und einen Balkon. Zwar gab es tatsächlich weder Dusche noch Toilette, aber das traf auf die Mehrzahl der französischen Wohnungen jener Zeit zu. Bernard, der später so hochfliegende Pläne hatte, verbrachte seine Jugend in bequemen Mittelstandsverhältnissen, die weder ländlich-bäuerlich noch städtisch-raffiniert und weder ambitiös noch selbstgefällig waren.

»Wir waren absoluter Durchschnitt«, meinte der Vater, Pierre Loiseau.

Clermont-Ferrand ist aus einem Grund berühmt: als Sitz der Michelin-Reifenfirma, die den berühmten Roten Führer herausgibt. Und Bernard wuchs in Clermont-Ferrand im Schatten des Michelin-Mythos auf. Er ging mit den Michelin-Kindern zur Schule, und sein jüngerer Bruder Rémy wurde später Computerprogrammierer in einer der Michelin-Fabriken.

Jahrhundertelang waren die Loiseaus Metzger gewesen. Dann wurde Bernards Großvater zum Ersten Weltkrieg eingezogen, in Verdun verwundet und mit einem Orden der Ehrenlegion ausgezeichnet. Danach wurde er *cavalier* bei einem Herzog im Loire-Tal. Kriegsruhm war im blutigen, aber siegreichen Ersten Weltkrieg leichter zu erringen gewesen als im verheerenden Zweiten Weltkrieg. Die deutschen Truppen schlugen im Jahr 1940 die Franzosen so rasch, daß der siebzehnjährige Pierre Loiseau gar keine Chance bekam, sich zum Kriegsdienst zu melden. Nach der Befreiung Frankreichs durch die Alliierten 1944 besuchte Pierre die Kavallerieschule in der Hoffnung, in die Fußstapfen seines tapferen Vaters treten zu können. Aber da er die mündliche Prüfung nicht bestand, wurde er für den Dienst in der Armee nicht zugelassen. Er ließ sich in Clermont-Ferrand nieder und wurde Handelsvertreter einer ortsansässigen Hutfirma.

Die Familie von Edith Loiseau, geborene Rullier, hatte in der Stadt bereits einen Namen. Die Rulliers waren Anfang des Jahrhunderts aus dem südfranzösischen Département Ardèche hierhergezogen. Ediths Vater war der Besitzer einer Charcuterie, die in der ganzen Stadt für *foie gras*,

Schweinsfüße und andere Delikatessen bekannt war. Sie lag in der Rue de Gras – der Fettstraße – im Herzen der Altstadt, und vor dem Geschäft standen immer etliche Leute Schlange.

Wie der Sohn Bernard, so waren auch die Eltern zupackend und begeisterungsfähig. Pierre Loiseau war in seiner Jugend ein blendender Fußballspieler gewesen. Und noch als er und Edith in Rente gingen und Großeltern wurden, unternahmen sie lange Radtouren in die Berge südlich von Clermont-Ferrand. Sie fuhren den ganzen Tag, an die siebzig Kilometer, und machten zwischendurch nur eine Essenspause. Abends suchten sie sich ein Hotel mit einem guten Restaurant und ließen es sich gutgehen. Am Tag darauf radelten sie denselben Weg nach Hause zurück. Ein Foto im Familienalbum zeigt das lächelnde Paar mit Fahrrädern auf einem Berggipfel. Eines der Erinnerungsstücke von Edith Loiseau, auf das sie besonders stolz ist, ist ein Artikel der Lokalzeitung, in dem sie als die Siegerin eines örtlichen Radrennens über fünfzig Kilometer gefeiert wird.

Bernard erbte diese Begeisterung für den Sport. In der achten Klasse wurde er Kapitän der Fußballmannschaft der Schule. Ein Foto zeigt ihn als Zwölfjährigen, einen kräftigen Jungen in knöchelhohen Fußballschuhen, der dem Rektor stolz einen errungenen Preis entgegenstreckt. Als ältestes von drei Geschwistern wurde Bernard zum natürlichen Leitbild für seinen zwei Jahre jüngeren Bruder Rémy und seine sieben Jahre jüngere Schwester Catherine. Alle drei besuchten katholische Privatschulen, Bernard die Ecole Macillon. Die Teilnahme an der Morgenmesse war freigestellt, und die Schule selbst gewährleistete eine umfassende und solide Ausbildung. Doch eines tat Bernard nicht: lernen. Nicht, daß er ein schlechter Schüler war, er erbrachte nur schlechtere Leistungen, als man von ihm erwartete. Seine Noten – auf der französischen Notenskala, die von 0 bis 20 reicht – schwankten zwischen 7 und 10. Am schlechtesten war er in Mathematik, am besten im Aufsatz. Alles Theoretische wie beispielsweise Philosophie langweilte ihn. Mitte der sechziger Jahre war Bernard gefangen in der strengen und repressiven Atmosphäre, wie sie damals typisch war für eine kirchliche Jungenschule. Die meisten Lehrer waren Priester. Bernard lehnte sich nicht auf, er verlor schlicht und einfach das Interesse an der Schule.

Mit Sechzehn mußte er eine Prüfung absolvieren, um weiter zur Schule gehen zu können. Er scheiterte.

»Ich möchte arbeiten«, sagte Bernard seinem Vater.

»Du taugst nur zum Koch«, erwiderte dieser.

Eine schlimmere Beleidigung kann man sich nicht vorstellen.

»Meine Eltern wollten einen Professor, einen Arzt, einen Anwalt, aber ganz bestimmt keinen Koch«, erinnerte sich Bernard. »Ein Koch war für sie so etwas Ähnliches wie ein Tankwart.«

Bernard betonte, seine Berufung zum Kochen sei nicht zwangsläufig gewesen. »Es kam ganz allmählich«, erklärte er. Anders als viele der großen *Haute-cuisine*-Köche – Bocuse, Troisgros, Guérard, ganz zu schweigen von seinen Konkurrenten in der unmittelbaren Nachbarschaft Marc Meneau und Jean-Michel Lorain –, hatte er nie die Aussicht gehabt, ein Restaurant zu erben. Wenn Bernard von anderen erfolgreichen Köchen sprach, schwang immer auch – teils bedauernd, teils neiderfüllt – mit: »Der hatte es leichter wegen seiner Familie.« In eine Familie von Hoteliers hineingeboren zu werden, bedeutete einen riesigen Vorteil. Denn man lernte das Handwerk von der Wiege an. Und man brauchte sich nicht den Kopf zu zerbrechen, wie man die Banken am besten für seine Träume begeisterte. Man konnte sich aufs Kochen konzentrieren.

Aber Bernard war durchaus nicht so benachteiligt gewesen, wie er uns glauben machen wollte. Wie die meisten französischen Kinder wurde er zu Hause fürstlich bekocht. Seine Mutter war eine großartige Köchin, sie konnte köstliche Pilztörtchen zaubern, saftige Lammschlegel und andere verführerische klassische Gerichte der französischen Landküche. Von ihr lernte Bernard die überaus wichtige Lektion, daß die große Küche unmittelbar der reichen Fülle des Landes entspringt.

Die Ferien verbrachten die Loiseaus im eigenen Landhaus in dem schlichten Kurstädtchen La Bourboule hoch oben in den Bergen des Massif Central, noch abgelegener als das abgeschiedenste Fleckchen in Burgund. Auf langen Spaziergängen brachte Pierre Loiseau seinen Kindern die ernste und schwierige Wissenschaft des Pilzesammelns bei. Der zweite Lieblingszeitvertreib der Familie war die Jagd – nicht nach Wild, sondern nach Flußkrebsen. Frühmorgens machten sich Bernard, Rémy und Catherine mit dem Vater in die nahegelegenen Wälder auf. Ihr Ziel war das Ufer eines kleinen Flusses, an dem man Picknick machen und Krebse fangen konnte.

Pierre Loiseau band eine Schachtel mit einem Bindfaden fest, versenkte sie ins Wasser und wartete bis zum Einbruch der Dämmerung, wenn die Krebse herauskamen. Zog man die Schachtel auch nur eine Sekunde zu früh heraus, blieb die Falle leer, war man eine Sekunde zu spät dran, machten sich die Krebse alle davon. Bernard konnte den rechten Augenblick kaum erwarten.

»Los jetzt, los jetzt!« rief er immer wieder.

»Geduld, hab doch ein bißchen Geduld«, erwiderte Pierre.

Gegen acht Uhr ging die Sonne unter, und die Krebse zeigten sich. Pierre gab das Signal.

»*On y va*«, rief er. »Jetzt!«

Bernard zog an der Schnur, und die Falle klappte zu.

Zack.

»Wir haben sie«, frohlockte Bernard.

Die ganze Aktion war illegal – zum Krebsfangen brauchte man eine teure Genehmigung –, und deshalb schlichen sich die Loiseaus verstohlen nach Hause zurück, ängstlich darauf bedacht, von dem Wächter des nahe gelegenen Campingplatzes nicht erwischt zu werden. Und Pierre mußte seinen aufgeregten, unaufhörlich plappernden Sohn immer wieder zum Schweigen ermahnen. Zu Hause dünstete Edith dann die Krebse in Weißwein und *échalotes,* und die Familie schlemmte. Bernard aß stets am meisten.

Für Pierre wie für Bernard Loiseau war »Krebse fangen wie Poesie«.

Als Bernard noch ein kleiner Junge war, blieb der Vater oft wochenlang weg und reiste von Kleinstadt zu Kleinstadt, um die Hüte seiner Firma zu verkaufen. Wie in Amerika, so waren auch in Frankreich viele Geschichten über »den Handlungsreisenden« und seine Lebensweise in Umlauf. Doch in einem Punkt unterscheidet sich der amerikanische *salesman* grundlegend vom französischen *vendeur:* für den französischen Handelsvertreter ist das Essen genauso wichtig wie das Verkaufen. Pierre legte seine Zwischenstopps so, daß er die besten Restaurants besuchen konnte. Insbesondere achtete er darauf, in Roanne übernachten zu können, einem unscheinbaren Städtchen mit 41 000 Einwohnern.

»Es bestand kein Anlaß, in Roanne halt zu machen«, sagte Pierre, »es sei denn wegen Troisgros.«

Auch heute gibt es keinen triftigen Grund, Roanne zu besuchen, außer um im Restaurant Troisgros am Bahnhofsplatz zu essen. Es gilt als eines der besten französischen Drei-Sterne-Speiselokale, prunkvoll in glänzendem Rot und zu beträchtlichen Dimensionen angewachsen. Als Pierre es Anfang der fünfziger Jahre aufsuchte, war es ein bescheidenes Familienbistro ohne Sterne unter der Führung von Jean-Baptiste »Papa« Troisgros.

Der vordere Raum war ein ganz normales Café der einfachen Leute, in dem die Einheimischen nachmittags zum Aperitif zusammenkamen. Handelsvertreter trafen sich hier und aßen gemeinsam an einem langen Tisch. Die Atmosphäre war herzlich und freundlich, das Essen hausgemacht und reichlich. Papa Troisgros präsentierte sich seinen Gästen gern als Bonvivant, er beschrieb die Gerichte, die er servierte, und nahm Komplimente für bereits verzehrte Speisen entgegen. Oft setzte er sich zu den Handlungsreisenden an den Tisch, und da er aus Burgund stammte, war er einem guten Tropfen Volnay oder Gevrey-Chambertin gegenüber nicht abgeneigt.

»Das Troisgros war keineswegs ein exklusives oder teures Lokal«, erinnerte sich Pierre. »Doch die Küche war ausgezeichnet.«

Als Bernard beschloß, Koch zu werden, fragte sein Vater bei Papa Troisgros an, ob sein Sohn in dessen Restaurant eine Lehre machen könne. Aber für das folgende Jahr war kein Platz frei, und so arbeitete Bernard zunächst bei einem Cousin, der in Clermont-Ferrand eine Konditorei betrieb. Da Bernard kein Auto hatte, setzte er sich jeden Morgen – bei Regen, Schnee und Nebel – aufs Fahrrad und radelte hin, um bereits um fünf Uhr früh frische Frühstückscroissants zu backen.

Die Herstellung von Konditoreiwaren ist eine anspruchsvolle Sache – Baiser, Zucker und Mehl sind keine besonders robusten Grundstoffe. Bernard mit seinem Ungestüm besaß dafür weder Talent noch Geduld.

»Ich wollte mehr als nur Feingebäck herstellen«, sagte Bernard. »Alles war Theater, ohne Substanz, als male man mit einem kleinen statt mit einem großen Pinsel.«

Als schließlich bei Troisgros eine Lehrstelle frei wurde, ging Bernard nach Roanne. Pierre und Jean, die talentierten Söhne von Papa Troisgros, die beide in Drei-Sterne-Restaurants gelernt hatten, führten die Küche. Für ihre Kochkunst hatten sie bereits zwei Michelin-Sterne erhalten, und in der exklusiven Welt der Kritiker der *haute cuisine* galten sie als vielversprechend.

Bernards Lehre im Troisgros dauerte drei Jahre. Zur Zeit unseres Besuchs beschränkte sich eine Lehre im Côte d'Or auf nur sechs Monate. Larry Knez arbeitete hart, aber Bernard hatte noch härter und mit weniger rechtlicher Absicherung geschuftet. Die Arbeitszeit eines Lehrlings ist heute gesetzlich auf acht Stunden pro Schicht festgelegt, und zwischen zwei Schichten müssen zwölf arbeitsfreie Stunden liegen. Im Troisgros rackerte sich Bernard von acht Uhr morgens bis nach Mitternacht ab. Morgens war es seine Aufgabe, im Hinterhof schwarze Kohle zu schippen und den alten Ofen zu heizen. Es dauerte volle zwei Stunden, bis er warm war. Den Rest des Tages schälte er Kartoffeln und schnippelte Karotten.

»Wie kann man jemandem zwölf Stunden freigeben, wenn erst um Mitternacht die Arbeit getan ist und man am nächsten Morgen um acht schon wieder weitermachen muß?« fragte Pierre Troisgros. »Das ist ein Ding der Unmöglichkeit, und aus diesem Grund bricht auch das alte Ausbildungssystem zusammen.«

In den drei Jahren im Troisgros mußte Bernard zahllose

Streiche über sich ergehen lassen. Und sobald in der Küche Gefahr im Verzug war, machten die anderen Lehrlinge einen Rückzieher. Bernard nicht. »Bernard war das *enfant terrible*, der Küchenclown«, erinnerte sich sein Lehrlingskollege Guy Savoy, heute ein führender Pariser Gastronom. »Wenn etwas schiefging, mußte immer er als Sündenbock herhalten.«

Eines Abends im Sommer brüllten die Troisgros-Brüder die Lehrlinge an, die Kartoffeln seien schlecht geschält. Alle Lehrlinge wandten sich ab, um dem Zorn zu entgehen, nur Bernard nicht. Er ging schnurstracks auf Jean Troisgros zu und sagte: »Es ist meine Schuld.«

»Er war der einzige von uns, der den Mund aufmachte«, meinte Bernard Chirent, damals ebenfalls Lehrling.

Nach monatelanger Schufterei hatte das Schnippeln und Schälen ein Ende, und Bernard durfte den Backofen bedienen. Aus Versehen warf er eine Schaufel Kohle statt in den Ofen in einen Tiegel, in dem der berühmte Lachs mit Sauerampfer köchelte. Jean, der strengere der Brüder Troisgros, knurrte: »Wenn dieser Junge jemals Koch wird, dann werde ich Erzbischof!«

Die Situation verschärfte sich so sehr, daß Bernard erwog, zu kündigen – oder zumindest mit viel Aufhebens das Feld zu räumen. Er packte seine Küchengeräte zusammen (Lehrlinge bringen ihre eigenen Messer und sonstigen Utensilien mit) und steuerte auf die Tür zu. Der Hund der Troisgros, ein Cockerspaniel namens Ted, folgte ihm. Zur Strafe hatten die Brüder Troisgros Bernard nämlich dazu verdonnert, dem Hund sein Fressen zuzubereiten.

Damals war Bernard bereits vom Fahrradfahrer zum stolzen Besitzer eines Mopeds aufgestiegen. Er schwang sich jetzt also auf den Sattel und ließ den Zwei-Zylinder-Motor aufheulen, um nach Clermont-Ferrand zu starten. Ted sah ihn traurig an. »Es war wie in einem Chaplin-Film«, erinnerte sich Bernard und zwinkerte. »Von allen bekam ich zu hören, wie schrecklich ich sei, zu nichts nütze. Ich war fest entschlossen, nach Hause zurückzukehren – bis ich Ted ansah. Ich sagte: ›Dir wenigstens schmeckt, was ich koche.‹« Er machte kehrt und ging hinauf in sein Zimmer über dem Restaurant – und von da an stand er bei seinen Kollegen im Ruf, »der weltweit beste Hundekoch« zu sein.

Auf einem Gebiet war Bernard während seiner Zeit bei Troisgros erfolgreich: im Boule-Spielen. Boule ist einfach und kann so gut wie überall gespielt werden: auf Kieselsteinchen, staubigen Boden oder Gras, und auch ein Anfänger kann vom ersten Wurf an Spaß daran haben. Eine kleine Holzkugel, der *cochonnet*, wird auf den Boden gelegt. Jeder Spieler hat drei Metallkugeln, *boules* genannt, die sich durch geriffelte Markierungen unterscheiden. Gewinner ist derjenige, dessen Kugeln dem *cochonnet* am nächsten kommen.

An freien Nachmittagen und nach dem Abenddienst trafen sich viele Apprentis, Commis und Sous-Chefs vor dem Rathaus von Roanne und spielten im Schein der Straßenlaternen Boule bis drei Uhr morgens. In Roanne herrschten, besonders am Abend, strenge Spielregeln. Erstens: Beim Spielen war ein Getränk unerläßlich, vorzugsweise ein alkoholisches. Zweitens: Betrügen war gestattet. Drittens: Der Einsatz betrug den Monatslohn eines Lehrlings.

Bernard übte wie besessen. Er wollte, um es mit seinen Worten zu sagen, *der Beste* sein!

Beim Boulespiel kommt es auf die Strategie, nicht auf die athletischen Fähigkeiten an. Einer wirft, und das Spiel wird unterbrochen, während derjenige, der als nächster an der Reihe ist, austüftelt, ob er lieber auf die gegnerische Kugel zielen oder vorsichtig versuchen soll, näher an den *cochonnet* heranzukommen. Bernard untersuchte jede Variante wie ein Doktorand und nahm Unterricht bei Gérard Naudo, einem der besten Spieler Frankreichs. Statt für die Stunden zu bezahlen, kochte Bernard für Naudo und dessen Frau Gerichte à la Troisgros. Naudo behauptete, Bernard habe Zutaten dafür aus der Troisgros-Küche geklaut, was Bernard heftig bestritt.

Unter seinen Kollegen galt Bernard bald als der beste Spieler, der die Kugel zielgerecht und mit der richtigen Rückstoßkraft werfen konnte. Auf dem Spielfeld hatte Bernard seinen eigenen Stil, eine besondere Art, zu knurren und seine Kugel anzufeuern, sei es beim Flachschuß, bei dem die Kugel den Boden entlangschlittert, oder beim Carreau-Schuß, der die gegnerische Kugel vom Spielfeld stößt.

»Er wollte immer gegen mich spielen, er wollte den Besten schlagen« erinnerte sich Naudo. »Natürlich verlor er, aber er gab nicht auf.«

»Ich habe gar nicht jedes Spiel verloren«, verteidigte sich Bernard. »Ein paarmal habe ich ihn auch geschlagen.«

Beim Boule lernte Bernard eine wichtige Lektion: Respektlosigkeit gegenüber Vertretern der Macht, auch auf die Gefahr hin, als Narr dazustehen. Jahre später, als Staatspräsident Mitterrand das Côte d'Or besuchte, nahm Bernard selbst die Bestellung entgegen. Er empfahl dem Präsidenten Froschschenkel und vergaß dabei ganz, daß in der satirischen TV-Puppenshow *La Bébette* Mitterrand als Frosch karikiert wurde.

»Meinen Sie das ernst, Loiseau?« dröhnte der Präsident. »Oder ist es satirisch gemeint?«

Auf Bernards Gesicht erstrahlte ein Lächeln – und der Präsident bestellte seine Froschschenkel.

»Gott sei Dank war nicht die Zweihundertjahrfeier der Französischen Revolution«, scherzte er später. »sonst hätte ich mir Sorgen gemacht um meinen Kopf.«

1971 verließ Bernard Troisgros und wurde zum Militär eingezogen. Alle jungen Franzosen müssen ein Jahr Wehrdienst leisten. Die Privilegierteren wenden alle möglichen Tricks an, um sich zu drücken oder einen geruhsamen Posten zu bekommen. Ein angehender Koch wünscht sich natürlich, ein Jahr lang in der Küchenbrigade des Élysée-Palastes für den Präsidenten Dienst zu tun. Bernard fehlten die entsprechenden Beziehungen. Er wurde ins östliche Frankreich geschickt, in die Garnisonsstadt Phalsbourg, und mußte in der Küche des Ersten Regiments arbeiten. In der Armee wußte keiner, daß Bernard als Kochlehrling Schiffbruch erlitten hatte. Sie wußten nur, daß dieser junge, bei Troisgros ausgebildete Rekrut kochen konnte. Bald hatte Bernard zweiundzwanzig Köche unter sich. »Die Armee war eine schlimme, aber heilsame Erfahrung«, sagte er. »Dort habe ich gelernt, daß man im Leben nichts geschenkt bekommt.«

Nach seiner Entlassung kehrte Bernard nach Clermont-Ferrand zurück und sah sich nach einer Stelle um. Er bewarb sich im Drei-Sterne-Restaurant der Brüder Haeberlin im Elsaß. Ihre Auberge de l'Ile ist eines der idyllischsten, romantischsten Restaurants in Frankreich. Vom Speisesaal blickt man auf einen Fluß in einem Garten mit Weidenbäumen. Im Unterschied zu anderen großen Speiselokalen auf dem Land profitierten die Haeberlin-Brüder von einer reichen Stammkundschaft, die im Umkreis wohnte, und nicht zuletzt von der Nähe zur deutschen Grenze. Weil die Auberge de l'Ile fast immer voll war, hatten die Haeberlins Bernard mehr oder weniger eine Stelle zugesichert. Er bewarb sich also in der Hoffnung, gleich eine Zusage zu bekommen.

Aber die Haeberlins antworteten nie. Bernard war zu stolz und auch zu ängstlich, anzurufen und nachzufragen. Statt dessen fand er Arbeit in der Küche des Frantel Hotel, dem französischen Pendant zum Holiday Inn. Er probierte seine Troisgros-Gerichte aus. Acht Tage später wurde er gefeuert. »Sie kochen zu teuer«, hielt ihm der Chef vor.

Per Zufall lief Bernard am nächsten Tag in Clermont-Ferrand seinem Lehrlingskollegen bei Troisgros, Bernard Chirent, über den Weg. Chirent hatte in Paris für einen Gastronomen namens Claude Verger gearbeitet, und so erfuhr Bernard, daß dieser einen Koch suchte. Verger hatte mit dem Verkauf von Küchengeräten an Köche ein Vermögen gemacht. Jeden Tag hatte er in einem der Restaurants seines Kundenkreises gesessen und jeden Tag, egal, wie gut das Essen war, das Lokal mit einem Gefühl verlassen, als läge ihm ein Stein im Magen. »Archaische Küche mit zu viel Sahne und Butter«, sagte er. »Für meinen Geschmack waren neunundneunzig Prozent der Speisen, die ich aß, miserabel. Bei so vielen schlechten Restaurants konnte ich gar nicht scheitern.«

Verger war Geschäftsmann und Unternehmer, aber kein Koch, doch bald besaß er in Paris sechs Restaurants. Auf der Suche nach potentiellen Spitzenköchen war das Restaurant Troisgros einer seiner wichtigsten Jagdgründe. Er stellte Chirent, Guy Savoy und auch Bernard ein. Diese bei Troisgros ausgebildeten Zweitligisten führte er in die erste Liga. Bernard fing in Vergers Barrière de Clichy an. »Ich öffnete die Tür, und vor mir stand dieser Bauernlümmel. Er war nie in Paris gewesen und sah vollkommen deplaziert aus«, erinnerte sich Verger. »Das erste, was Bernard mir eröffnete, war: ›Ich will drei Sterne.‹« La Barrière de Clichy lag in einem Arbeiterviertel am Rand der Pariser Innenstadt unweit der Stadtautobahn. Aber es war immerhin ein Restaurant, und im zarten Alter von zweiundzwanzig war Bernard Küchenchef.

Bald machte Bernard mit einem eigenen Kochstil von sich reden, den Verger favorisierte: frisch, außergewöhnlich, leicht und dem Rhythmus der Jahreszeiten folgend. »Wenn jemand Bernard das Kochen beigebracht hat, dann Verger«, meinte Eric Rousseau. »Der Mann war ein Tyrann, er war unmöglich, aber er hatte eine gute Nase.«

Verger und Bernard mochten sich und bildeten ein verwegenes Gespann: ein Vater und sein verwöhnter Lieblingssohn. Der Koch und Lieblingssohn wollte die Speisekarte bestimmen, der Inhaber und Vater verweigerte es ihm, da er unter anderem befürchtete, Bernards Entschlossenheit, nur die besten natürlichen Zutaten zu verwenden, würde die Kosten in die Höhe schnellen lassen und das Geschäft ruinieren.

In einem Anfall kindlichen Aufbegehrens kündigte Bernard und wechselte zu einem Restaurant mit zwei Michelin-Sternen, dem Hôtel de la Poste in der kleinen burgundischen Stadt Avallon. Er blieb drei Wochen. Bernard wollte, daß sein neuer Arbeitgeber ihn an den Grill ließ. Kartoffeln schälen oder lernen, die Teller kunstvoll zu arrangieren, das kann jeder. Wenn da etwas versaut ist, kann man es später noch korrigieren. Die echte Verantwortung, der Härtetest für einen Koch, das sind Fleisch und Fisch. Verkochtes Essen ist verdorbenes Essen. Als Bernard darum bat, den Grill bedienen zu dürfen, wurde er gefeuert.

Daraufhin machte Verger Bernard ein Angebot: Er solle nach Paris zurückkehren und Koch in La Barrière Poquelin, seinem neuen Flaggschiff, werden. Das Restaurant lag eingezwängt in einer schmalen Straße unweit der Opéra. Es hatte nur ein Dutzend Tische und eine Art Kombüse als Küche, in der es furchtbar eng zuging. Das Personal bestand aus drei Köchen und zwei Kellnern. Lehrlinge gab es nicht, und von dem Schnickschnack der *haute cuisine* war hier ebenfalls wenig anzutreffen. Doch trotz der bescheidenen Verhältnisse besaß das Restaurant einen entspannten lockeren Charme. Die Einrichtung – Holzbalken, ein heller Plüschteppich und bequeme moderne Stühle – verliehen dem Raum Eleganz ohne formale Steifheit. Unter den zahllosen Pariser Restaurants war La Barrière Poquelin der ideale Ort für einen jungen, ehrgeizigen und talentierten Koch. Hier konnte er sein Können erproben und sich auf seine große Zeit vorbereiten.

Verger machte Bernard auf zwei Gruppen von Menschen aufmerksam, die in der Restaurantbranche von Bedeutung für den Erfolg seien: einflußreiche Journalisten und hübsche Frauen. Außer einem Gespür für gute Köche hatte Verger auch heraus, wie man sich Publicity verschaffte. Er lud die Medienleute zu üppigen Menüs in sein Restaurant ein. »Es gehörte zur Politik des Hauses, daß Journalisten kostenlos aßen, auch wenn sie gar nicht über Essen schrieben«, erklärte Verger. »Denn nur mit Hilfe der Presse wurde das Restaurant voll.«

Obwohl beinahe sechzig und verheiratet, war Verger ein Schwerenöter. Auf viele seiner Abenteuer nahm er Bernard mit. Nichts, weder seine katholische Knabenschule noch die Männerküche bei Troisgros, hatten Bernard auf das Pariser Nachtleben in Jet-set-Kreisen vorbereitet. Die französische Schriftstellerin Fanny Deschamps beschreibt Köche als leidenschaftlich und warmherzig, immer bereit zu verführen; wenn sie ein Gericht aus der Küche rausschicken, ist dies bereits ein Akt der Verführung. Daran gewöhnt, ihre Hand auf die Schätze der Natur zu legen, können sie gar nicht anders, als eine sinnliche Frau mit einem reifen Pfirsich zu vergleichen, der nur gepflückt werden wolle. In fast allen Gesprächen unter Köchen scheint das Thema hübsche Frauen auf der Tagesordnung zu stehen – wie das Käsetablett oder das

Dessert auf der Speisekarte. Frauen mögen in der Küche nicht willkommen sein – außerhalb der Küche werden sie mit großem Appetit verfolgt.

Der junge Bernard war hungrig, und Verger half ihm, im gesellschaftlichen Leben der vor Sex flirrenden Stadt auf seine Kosten zu kommen. Einmal waren die beiden mit zwei prachtvollen »Bienen« verabredet, die als Fernsehansagerinnen bei Kanal Eins arbeiteten. Völlig ungefährlich, dachten die beiden Damen, und hielten den nicht mehr ganz jungen Verger und den jugendlichen Bernard für ein homosexuelles Pärchen. Die vier besuchten eine noble Bar, und der Abend endete in heißer Umarmung auf den Sofas in der Wohnung der Journalistinnen.

»Bernard war mir das liebste Pferd im Stall«, sagte Verger. »Keiner der anderen besaß eine derartige Leidenschaft.«

Bernard blühte auf in Paris. Mit Vergers Hilfe schloß er bald Freundschaft mit Stars aus dem Showbusiness, mit Politikern und Unternehmern. Auch seine Kochkunst entwickelte sich weiter. *Tout Paris* strömte ins Barrière Poquelin, um in den Genuß von Bernards Talent zu kommen. 1974 sprach der Gault-Millau dem Restaurant 15 von 20 möglichen Punkten zu. Bernard wurde als Senkrechtstarter beurteilt und als »beachtlicher Koch« bezeichnet. Für einen, der die Schule abgebrochen und von 20 möglichen nur 7 Punkte bei der Benotung erhalten hatte, hatte es Bernard weit gebracht.

Kapitel 3

❖ ❖ ❖

Ernüchterung

1975 kam Verger zu Ohren, daß das Côte d'Or in Saulieu
zum Verkauf stand. Mit dem Bau einer Tankstelle der Firma
Total auf der gegenüberliegenden Straßenseite schien das
Ende des dunklen, zugigen Lokals mit seiner mittelmäßigen
Küche besiegelt. Welcher Pariser würde zweieinhalb Stunden Fahrzeit in Kauf nehmen, um mit Blick auf eine Tankstelle zu speisen? Wenn man jetzt die Hände in den Schoß
legte, würde das Restaurant in ein paar Jahren Kulturba-
nausen in die Hände fallen und einem Supermarkt, einer
Drive-in-Bank oder – nicht auszudenken – einem Fast-food-
Schuppen weichen müssen.
Öffentlich erklärte Verger, dieser Entweihung müsse man
im nationalen Interesse entgegenwirken. Insgeheim aber
witterte er ein gutes Geschäft. La Côte d'Or schmückten
trotz seines drohenden Niedergangs immerhin zwei Michelin-Sterne und eine historisch bedeutsame Fassade. Die dü-
steren Salons, das Gemäuer und das handgezimmerte, im
Laufe der Jahre nachgedunkelte Gebälk verliehen dem Lokal den Anstrich eines erhabenen, altehrwürdigen Denk-
mals. »Es verfügte immerhin über fünfzehn Gästezimmer
und erfreute sich eines guten Rufs«, erklärte Verger
schmunzelnd.
Saulieu hatte schon lange von seiner gastronomischen Reputation gezehrt. Die Schriftstellerin Madame de Sévigné,
maßgeblich, was Mode und Essen betraf, stattete der Au-

berge Dauphin im August 1677 einen Besuch ab, um dort ein Festmahl einzunehmen. Aus ihren Aufzeichnungen zu schließen, hatte sie den Fisch in *sauce meurette* gewählt und sich an so viel köstlichem Wein gütlich getan, daß sie zum erstenmal in ihrem Leben beschwipst war. Daraufhin spendete sie der Basilika von Saulieu reumütig eine Statue.

Ihr starkes gastronomisches Fundament hat die Stadt ihrer geographischen Lage zu verdanken. In römischer Zeit lag Saulieu an der Via Agrippa, auf halbem Weg zwischen Boulogne und dem im Süden gelegenen Marseille. Aufgrund dieser zentralen Lage wurde Saulieu zum Kampfplatz erster Ordnung. Jedes französische Kind lernt in der Schule, daß sich im Jahr 52 v. Chr. 250 000 Gallier unter ihrem Anführer Vercingetorix sechs nicht enden wollende Wochen verteidigten, bevor sie von Cäsars Legionen geschlagen wurden. Die Entscheidungsschlacht fand wenige Kilometer von Saulieu entfernt rund um den Hügel von Alesia statt. Jahrhunderte später durchzogen Napoleons Truppen die Stadt auf ihrem Weg zur Eroberung Italiens, wo sie an Cäsar späte Rache übten.

Im Zeitalter der Beförderung zu Pferde kam Saulieu seine Lage an der Hauptverkehrsstraße zwischen Paris und Lyon zugute und es diente als reizvoller Ort für eine Unterbrechung. Im 19. Jahrhundert entwickelte sich die Stadt zu einem Wirtschaftszentrum. Auf regelmäßig abgehaltenen Märkten wurde mit Wein, Fisch, Getreide und Holz gehandelt. Nach getaner Arbeit erholten sich die Händler bei reichhaltigen Mahlzeiten mit Schinken und *andouillettes,* den berühmten Würsten. Als in den Jahren nach 1860 die industrielle Revolution Einzug hielt, florierten bald überall in der Stadt Ziegelbrennereien und Gerbereien. Zu Beginn des 20. Jahrhunderts erlebte Saulieu indes einen Niedergang aufgrund der Abwanderung der ländlichen Bevölkerung. Erst mit der Einführung des Automobils fand Burgund wieder zu seiner ehemaligen Bedeutung als Verbindungsglied auf der Nord-Süd-Achse zwischen Nordsee und Mittelmeer zurück.

Saulieu liegt unmittelbar an der Nationale 6, der einstigen Römerstraße. »La Six« ist in Form von Liedern und Geschichten ins französische Volksgut eingegangen, bildet sie doch die Hauptverbindung zwischen dem kalten, regnerischen Norden und dem warmen, sonnigen Süden. Über die gesamte Länge der La Six laden Gasthäuser und ehemalige Poststationen zum Verweilen ein – Erinnerungen an die Zeit des gemächlichen Reisens.

Das Côte d'Or wurde im Jahr 1875 als Poststation mit stuckverzierter Fassade erbaut. Das Haus hatte es vor dem Ersten Weltkrieg unter seinem Küchenchef Budin zu gewissem Ruhm gebracht. Zeitungsausschnitte aus jener Zeit berichten über die furiose Zubereitung einer regionalen Spezialität, des *jambon à la crème* – Schinken in Sahnesauce mit Rotwein. Doch Budin besaß offensichtlich kein allzu großes Geschick. In keinem einzigen Bericht ist sein Vorname erwähnt, und auch Bernard und Dominique wußten ihn nicht.

Erst Budins Nachfolger rückte das Restaurant ins Licht der Öffentlichkeit. Alexandre Dumaine, der das Haus viele Jahre führte, sorgte dafür, daß das Côte d'Or in die Gastronomiegeschichte einging. Dumaine wurde 1895 in dem Städtchen Digoin bei Saulieu geboren. Mit zwölf Jahren begann er seine Lehrzeit in einem einfachen Restaurant am Ort und arbeitete sich in berühmten Häusern wie dem Hôtel Carlton im Badeort Vichy und dem Élysée Palace – nicht dem Präsidentenpalais, sondern einem eleganten Restaurant an den Champs-Élysées in Paris – hoch bis zum *grande toque,* zum Küchenchef.

Gleich zu Beginn des Ersten Weltkriegs meldete sich Dumaine zum Artillerieregiment und wurde wegen »seines Humors und seiner Bereitschaft, auch die schwierigsten Aufgaben zu übernehmen«, mit einem Orden ausgezeichnet. Eines Tages rief ihn der Kommandant zu sich und teilte ihm mit, daß sich Präsident Georges Clemenceau angemeldet habe, um mit seinem gesamten Generalstab die Front zu inspizieren.

»Können Sie sich um das Mittagessen kümmern?« fragte der Kommandant.

Ohne zu wissen, wie er die Zutaten beschaffen sollte, erklärte sich Dumaine dazu bereit. Seine Sorgen erwiesen sich indes als unnötig. Der Präsident und seine Generäle zeigten sich so angetan, daß sie ihn in ihre Dienste nehmen wollten. Aber Dumaine lehnte ab und blieb bis Kriegsende im Schützengraben. »Ich will meine Kameraden nicht im Stich lassen«, erklärte er mit einem Stolz und einer Hartnäckigkeit, die ihm auch in späteren Jahren zugute kommen sollten.

Nach seiner Entlassung ließ sich Dumaine auf ein neues Abenteuer ein und übernahm die Leitung der Küchen dreier Luxushotels einer Transatlantikkette in Algerien. Nach neunjährigem Aufenthalt in der Wüste Nordafrikas sehnte sich Dumaine nach Frankreich und ganz besonders nach seiner Heimat Burgund zurück. »Ich bin gebürtiger Burgunder«, sagte er, »und als aufrichtige Menschen akzeptieren die Burgunder nur das Dauerhafte, Echte.« Als er von einem Freund aus Dijon hörte, daß das Côte d'Or zum Verkauf stand, griff Dumaine zu.

1932 traf er in Saulieu ein. Ein günstiger Zeitpunkt, wie sich erweisen sollte. Trotz der um sich greifenden Wirtschaftskrise und des bedrohlich über Europa heraufziehenden Faschismus und Nationalsozialismus zeigte Frankreichs Gastronomie neue Ansätze. Michelin zeichnete im Jahr 1933

Fernand Points Restaurant La Pyramide in Vienne und im darauffolgenden Jahr Pic in Valence mit drei Sternen aus. Ein Jahr später war Dumaine mit seinem Côte d'Or an der Reihe. Henri Clos Jouve, Präsident eines Verbands gastronomischer Chronisten, erfand folgende Titel: »Fernand Point der Herrliche, André Pic der Charmante und Alexandre der Außerordentliche – kurz, die Trinität.«

Damals war man von Paris bis an die Côte d'Azur mit dem Auto drei Tage unterwegs. Prinzen wie Feinschmecker verließen in der Regel morgens die Hauptstadt und erreichten am Abend Saulieu und das Côte d'Or. Reisende mit Stil verbrachten die zweite Nacht im La Pyramide in Vienne und – falls sie Blut geleckt hatten – die dritte Nacht in Valence im Restaurant Pic. Nachdem sie auf diese Weise ihre Gaumenlust gestillt hatten, traten sie ihren Urlaub an der Mittelmeerküste an. Der Schriftsteller Yves Gandon meinte einmal, die Hinweisschilder nach Verlassen der Hauptstadt sollten »Paris – Dumaine, 255 km« lauten.

Traditionell wurde die beste Küche Frankreichs in den »Palästen« – den großen, luxuriösen Hotels der Städte – offeriert. Auguste Escoffier, der große Koch des 19. Jahrhunderts, hatte sich im Pariser Ritz und im Londoner Carlton abgerackert. Noch immer gilt er allen Kritikern, einschließlich Michelin, als Maßstab. Escoffier war ein typischer Vertreter des vergangenen Jahrhunderts. Er kochte mechanisch, und seine Rezepte waren wissenschaftliche Abhandlungen. Der Meister setzte die idealen Mengenangaben für zwingend vorgeschriebene Zutaten fest. *Sole meunière* oder Kalbfleisch Orloff wurde auf eine bestimmte Art zubereitet und damit basta. Unter Escoffiers Einfluß erstarrte die französische Küche zum Monument; sie schmeckte nach wie vor köstlich, war jedoch prätentiös und kompliziert.

Point, Pic und Dumaine leisteten Pionierarbeit, indem sie

die französische Küche ins 20. Jahrhundert führten und den Beweis erbrachten, daß die Gerichte aus der Provinz den Pariser Menüs in nichts nachstanden, diese vielleicht sogar in den Schatten stellten. »Dumaine gelangte über seine anfänglichen Erfahrungen in den Eßtempeln hinaus und machte sich die neue, auf Improvisation basierende Art der Zubereitung von Speisen zu eigen«, meinte sein Schüler Jean-Pierre Billoux. Er übertrug regionale Traditionen auf die *haute cuisine* und reduzierte gleichzeitig die ausgefeilten Menüs der Gourmetpaläste auf ein paar wenige Spezialitäten täglich, die je nach Jahreszeit variierten.

An der Eingangstür zum Côte d'Or befand sich ein Hinweis: »Wenn Sie diese Schwelle überschritten haben, dürfen Sie ein exzellentes Mahl erwarten, selbst wenn Sie sehr in Eile sind. Dennoch bitten wir Sie, uns ausreichend Zeit zu gewähren, um Sie angemessen bewirten zu können. Sie finden täglich der Jahreszeit entsprechende Speisen. Versäumen Sie nicht, sie zu probieren.« In dem Maß, wie Dumaine seinen Gästen Respekt zollte, forderte er auch etwas von ihnen, so Billoux. »Wenn ein Tisch für zwölf Uhr dreißig reserviert war, dann nicht für zwölf Uhr fünfzig.«

1935 bot Dumaine ein Mittagessen an, das sich durch vornehme Schlichtheit auszeichnete. Verschiedene Vorspeisen leiteten das Mahl ein, gefolgt von einem Bauernomelett, kleinen französischen Erbsen, Brathähnchen, grünem Salat, Käse, Dessert und Früchten. Und das Ganze zu einem erschwinglichen Preis von 18 Franc. Für weitere 2 Franc wurde dem Gast als Gericht zwischen Omelett und Hähnchen ein *feuilleté* von Langustenschwänzen serviert. Legte man 12 Franc drauf, ließ sich das nahrhafte Mahl um eine pochierte Forelle erweitern. Die Forelle stammte aus dem Fluß Cure, der wenige Kilometer entfernt vorbeifloß, das Geflügel aus der berühmten Bresse. Die Butter wurde frisch aus der nahe gelegenen Region Deux-Sèvres bezogen, Eier und Salat lieferten ortsansässige Bauern. Eine Mahlzeit ohne Fehl und Tadel, von einem Genie auf den Punkt genau zubereitet, was einen Kritiker zu der Bemerkung veranlaßte, Dumaine sei der Mozart des Küchenherds.

Saulieu bot darüber hinaus auch weniger wohlhabenden und vornehmen Gästen eine Vielzahl von Restaurants. Im Jahr 1936 gewann der Chef des Pariser Speiselokals Lucas-Carton für das Hôtel de la Poste gegenüber Dumaines illustrem Etablissement zwei Michelin-Sterne. Und dem Haus daneben, Le Petit Marguery, wurde gleichfalls ein Stern verliehen. Sechs Michelin-Sterne in einer Stadt mit weniger als 3000 Einwohnern!

Aber Dumaine war die berühmteste Persönlichkeit von Saulieu. In Auftreten und Erscheinung erinnerte er an einen Bären. Er war füllig, hatte ein rundes Gesicht und eine beispiellose Brummstimme. Er ließ sich gerne den burgundischen Prinzen aller Küchenchefs nennen und nahm kein Blatt vor den Mund. Als der Journalist Léon Daudet, Sohn Alphonse Daudets und Autor des Buches *Trinken und Essen,* sein Rindfleisch unter einem halben Topf Dijon-Senf begrub, nahm ihm Dumaine den Teller mit der vernichtenden Bemerkung weg: »Ich hatte Monsieur Daudet für einen Gourmet gehalten, dabei ist er lediglich ein Gourmand.«

Dumaine blieb zeitlebens provinziell, engstirnig und nationalistisch. In seinem Bericht über eine Reise in die Vereinigten Staaten schrieb er einzig und allein über französische Landsleute, die die feinsten Restaurants führen. »Um die Eindrücke meiner Reise auf einen Nenner zu bringen«, schrieb er, »ich reiste ab mit dem Gefühl, daß unser Land über höchste Perfektion verfügt.«

Der Schauspieler Gary Cooper hatte es einmal gewagt, dem

Maestro von Saulieu einen Vortrag über die Herrlichkeiten der amerikanischen Küche zu halten.

»Monsieur, erzählen Sie mir nichts über die Kochkunst Ihres Landes«, hatte Dumaine entgegnet. »Nach meiner Rückkehr aus New York mußte ich der amerikanischen Küche wegen zwei Monate lang mit einer Gelbsucht das Bett hüten.«

Im Unterschied zu dem mürrischen, ungehobelten Küchenchef war Jeanne, seine Frau, umgänglich und kultiviert. Die gutaussehende Pariserin arbeitete als Korrespondentin für *Harper's Bazaar,* sprach fließend Deutsch und Englisch, besaß gute Verbindungen zu einflußreichen Kreisen und verfügte über einen verläßlichen Instinkt für Public Relations. Wo Küchenchef Dumaine seine noblen Gäste brüskierte, bezauberte Jeanne. Auf Fotos des Ehepaares steht sie immer ein wenig steif und sehr aufrecht rechts von ihrem Gatten. Im Laufe der Jahre nahm sie mehr und mehr die Züge einer englischen Lehrerin an.

Jeanne Dumaine zog jeden in ihren Bann, angefangen bei Aga Khan und dem Sultan von Marokko bis hin zum spanischen König Alfons XIII. und dem Künstler Salvador Dali. »Tischen Sie mir auf wie meinem König«, befahl der spanische Künstler. Der Club der Hundert, Frankreichs renommierteste Gourmet-Vereinigung, bestehend aus hundert Feinschmeckern, die sich jeden Donnerstag in Paris zum Mittagessen zusammenfanden, mietete sich auf Madame Dumaines Anregung einen privaten Bus und machte sich auf den Weg zum Côte d'Or. Dumaine offerierte ihnen eine Pâté aus Schnepfe, Grasmücke, Wachtel, Rebhuhn, Hühnerleber und Brandy, in Pastetenkruste gebacken und heiß serviert. Die Zubereitung hatte vier Tage in Anspruch genommen, und selbstverständlich wurde das Gericht ein triumphaler Erfolg.

Dumaine war in erster Linie ein Perfektionist. »Meine Bemühungen dienen keinem geringeren Ziel als dem Streben nach Vollendung«, erklärte er. Gegen Ende seines Lebens wurde der große Küchenchef krank und litt unter Wahnvorstellungen. In klaren Momenten sprach er ausschließlich über das Kochen.

»Ich glaube, jetzt weiß ich, wie man ein gutes *coq au vin* zubereitet«, erklärte er seiner Frau.

»Aber du hast es doch dreißig Jahre lang zubereitet«, antwortete Jeanne Dumaine.

»Die habe ich doch bloß geübt«, antwortete der alternde Chef.

Die Blütezeit Saulieus währte – mit einer einzigen Unterbrechung, dem Krieg – von den dreißiger bis in die sechziger Jahre. Ihr Ende kündigte sich durch einen Donnerschlag an. 1970 wurde die A6, eine moderne vierspurige Autobahn in den Süden, fertiggestellt. Die sogenannte *Autoroute du Soleil* führte knapp 25 Kilometer an Saulieu vorbei.

Über die Notwendigkeit einer neuen Schnellstraße waren sich alle einig, da sich auf der alten Nationale 6 zahlreiche Lastwagen drängten und sich das vormals gemütliche Fahren nicht nur zu einem anstrengenden, sondern auch zeitraubenden Unternehmen entwickelte. Ersten Planungsentwürfen aus dem Jahr 1955 zufolge sollte die neue Autobahn nahe der alten Nationale 6 verlaufen. Doch die Bürger von Saulieu schlossen sich zusammen und fochten in einem Akt todesmutiger Solidarität die Pläne an, bis das Verkehrsministerium im Jahr 1964 die Straße weiter nach Osten verlegte. Nach sechs Jahren war schließlich die vierspurige Autobahn bis Lyon fertiggestellt, und nach weiteren sechs Jahren auch das letzte Teilstück bis nach Marseille.

Nach Inbetriebnahme der neuen Fernstraße wurde der

einträglichsten Quelle des französischen Fremdenverkehrs über Nacht das Wasser abgegraben. Sonnenhungrige Pariser legten jetzt keine Pause mehr ein für ein Schlemmermahl in Saulieu. Sie hetzten Richtung Süden und stillten ihren Hunger mit Steaks und Pommes frites in den Cafeterias der Tankstellen. »Wir waren töricht«, sagte Saulieus Bürgermeister Philippe Lavault reuevoll. »Für uns bedeutete die Autobahn nur Lärmbelästigung und Beeinträchtigung, anstatt daß wir sie als Ertragsquelle betrachtet hätten.«

Saulieus gastronomisches Ansehen war dahin. Zwar brüstet sich die Stadt heute noch immer mit rund dreizehn Hotels und Restaurants, doch bieten die meisten von ihnen billige Menüs ohne Geschmack an. Fast alle ringen mit dem Bankrott, zehren von zurückliegenden glücklichen Tagen und sind nicht in der Lage, in die Zukunft zu investieren. Allein durch den Besuch der Touristen im Sommer können sie sich über Wasser halten.

Am 1. März 1975 ging das Côte d'Or in den Besitz Vergers über. François Minot, Dumaines Nachfolger, teilte den zuständigen Leuten von Michelin mit, daß er das Restaurant nicht weiter betreibe. Als der neue Guide zwei Wochen danach herauskam, hatte La Côte d'Or seine beiden wertvollen Sterne verloren.

»Minot hat mich reingelegt«, beklagte sich Verger später. »Ich bin nach Saulieu gegangen, weil man es mir sagte«, erinnerte sich Bernard. »Ich nahm meinen Koffer und machte mich auf den Weg. Als ich eintraf, wußte ich nicht einmal, wer Dumaine war. Ich war vierundzwanzig Jahre alt und auf mich allein gestellt. Hätte ich mir vorher Gedanken über diesen Schritt gemacht, wäre ich wahrscheinlich vor lauter Angst gar nicht erst gekommen.«

Gewöhnt an sein aufregendes Leben in Paris, sah sich

Bernard in Saulieu einer rauhen Wirklichkeit gegenüber. Pierre Troisgros machte aus dem beliebten französischen Volkslied »Öffne den Vogelkäfig« die Parodie »Loiseau in seinem Käfig«.

Zur Ablenkung bemühte sich der neue Chef, einige seiner Mitarbeiter für Boule zu gewinnen. Er organisierte Spiele auf dem Platz gegenüber dem Postamt. Aber niemand zeigte sich interessiert. In Roanne hatte man diesen für den Mittelmeerraum typischen Zeitvertreib übernommen, da man sich dem Süden zugehörig fühlte. Aber Saulieu war im kalten Norden gelegen, und die Vorstellung, Pastis zu trinken, eine schwere Stahlkugel so in Richtung eines kleinen *cochonnet* zu rollen, daß sie diesen berührt, und anschließend darüber zu diskutieren, hatte für die Bewohner Burgunds nichts sonderlich Reizvolles.

In Saulieu gab es nicht einmal eine Tanzbar. Die nächstgelegene befand sich in dem ungefähr 30 Kilometer entfernten Städtchen Semur-en-Auxois und bestand nur aus einem kleinen Raum im ersten Stock eines Provinzcafés. Die Diskothek nannte sich Chez Bob nach seinem Besitzer Robert. Am Freitag oder Samstag abend – der hektischsten Zeit in einem Restaurant –, erlaubte Bernard den Unverheirateten unter dem Küchenpersonal, nach getaner Arbeit noch auszugehen. Häufig kehrten sie erst in den frühen Morgenstunden zurück, gerade noch rechtzeitig, um sich einen Kaffee und ein Croissant zu schnappen und die Arbeit in der Küche wiederaufzunehmen.

In Saulieu stieg Bernard vom Moped auf einen Renault 5 um. Eines Nachts, auf dem Rückweg von der Diskothek, schlief Bernard am Steuer ein und prallte gegen einen Baum. Anschließend lag er drei Tage lang im Koma. Als er erwachte, blickte er einem zornigen Verger in die Augen, denn am Abend zuvor hatte eine große Gesellschaft mit hundert Gästen stattgefunden, und Verger hatte sich selbst um die Küche kümmern müssen.

»Nach diesem Erlebnis lebte ich wie ein Priester«, erzählte Bernard seufzend. »Keine Mädchen, keinerlei Unternehmungen. Mein einziges Ziel war, aus dem Côte d'Or wieder ein erstklassiges Restaurant zu machen.«

Das bedeutete: heiraten und seßhaft werden. Kaum in Saulieu angekommen, hatten ihm seine Freunde zu verstehen gegeben, daß Michelin ihn niemals mit drei Sternen bedenken würde, solange er keine Ehefrau hatte, die im Restaurant nach dem Rechten sah. Im Gastronomiegewerbe werden nicht nur Frauen verschmäht, sondern auch unverheiratete Küchenchefs. Michelin legt Wert auf Beständigkeit und ist der Überzeugung, daß ein glücklicher Familienvater sein Restaurant weit eher auf stabilem Kurs halten kann als ein hitziger Junggeselle.

Armer Bernard. Er schnappte sich die erste Frau, die ihm über den Weg lief, und heiratete sie. Chantal war zehn Jahre älter als er, von einem Automechaniker geschieden und Mutter zweier kleiner Kinder. Sie lernte Bernard kennen, als sie als Verkäuferin für Staubsauger durch die Lande zog. Sie träumte von einem angenehmen und sorglosen Leben im Ruhm und Wohlstand eines Luxusrestaurants.

Chantal ermunterte Bernard dazu, Verger, der sich zurückziehen wollte, das Côte d'Or abzukaufen. 1980 nahm das junge Paar Kredite in Millionenhöhe bei verschiedenen Banken auf und erwarb das Restaurant zum doppelten Preis dessen, was Verger ursprünglich dafür bezahlt hatte. Chantal hatte nie zuvor in einem Hotel gearbeitet. Sie hatte keine Ahnung, wie man ein Restaurant leitete, und wurde schon bald der minuziösen Buchführung, der Lebensmittelbestellungen und des charmanten Umgangs mit Gästen überdrüssig.

Die Frischverheirateten steckten sogar noch mehr Geld in ihren Besitz. Sie wollten zunächst die kleinen Gästezimmer zu großen, komfortablen und teuren Räumen einschließlich dreier Doppelzimmer umbauen. Das Budget hierfür betrug fast 3 Millionen Franc. Chantal beaufsichtigte die Arbeiten. Die Gesamtkosten beliefen sich schließlich auf schwindelerregende 6 Millionen Franc.

Die Renovierung schweißte das Paar zunächst im Bewußtsein eines gemeinsamen Schicksals zusammen. Außerdem hatte Chantal auf diese Weise eine Aufgabe innerhalb des Restaurantbetriebs. Als 1985 die Neugestaltung der Gästezimmer abgeschlossen war, lag Bernards Ehe in Scherben. Darüber hinaus sorgten Chantals Kinder für zusätzliche Aufregung. Einmal entwendeten sie Hubert, dem Maître d'hôtel, Geld und begaben sich auf eine Zechtour. Die Polizei fing die Ausreißer schließlich wieder ein, aber die Angelegenheit verbreitete sich in Saulieu wie ein Lauffeuer.

»Diese Kinder ruinieren meinen Ruf«, schrie Bernard.

»Dein Ruf ist das einzige, was dich interessiert«, kreischte Chantal zurück.

»Es klappte einfach nicht«, sagte Bernard später. »Ich sprach immer nur von meiner Arbeit und den drei Sternen und vergaß darüber alles andere. Selbst meine Frau.«

1987 begann Chantal ein Verhältnis mit einem der Kellner, und das Restaurant schlitterte finanziell und »emotional« in eine tiefe Krise. Nicht nur mit Bernards Kochkünsten, auch mit seiner Laune ging es bergab. Die Gäste spürten die Spannungen und blieben aus. Selbst Hubert, der unerschütterliche Fels in der Brandung, dachte daran, die Segel zu streichen.

»Es war wie in einem Krieg«, erinnerte er sich. »Wir anderen zogen die Köpfe ein und verkrochen uns in eine Ecke, während sie aufeinander losgingen.«

In jugendlicher Einfalt hatte Bernard Chantal zu 50 Prozent am Restaurant beteiligt. »Ich erklärte ihm, daß er damit die besten Voraussetzungen für den Weg ins Verderben schafft«, sagte sein Finanzbuchhalter, Bernard Fabre. »Aber das stieß bei ihm auf taube Ohren. Wenn Liebe im Spiel war, machte er vor nichts halt.«

Nachdem Chantal mit dem Kellner durchgebrannt war, wurden die Banken nervös und drohten mit der Kündigung der Kredite. Bernard konnte von Glück reden, einen Mann wie Fabre an seiner Seite zu haben. Bei Bernards erstem Anruf hatte Fabre ihm erklärt, er könne keine weiteren Klienten annehmen, da er bereits überlastet sei. Schließlich gab er jedoch Bernards Drängen nach und folgte einer Einladung zum Mittagessen.

Er erschien in grellviolettem Jackett und Krawatte.

»Kann ich bitte Monsieur Loiseau sprechen?« fragte er.

Bernard eilte herbei und stellte sich vor.

»Mein Name ist Fabre. Ich bin der Finanzbuchhalter«, stellte Fabre sich vor.

»Nein, Sie können unmöglich ein Finanzbuchhalter sein«, entgegnete Bernard. »Sie haben weder eine Glatze, noch sind Sie fett oder alt.«

Bernard servierte ihm wilden Spargel. Als sie mit dem Essen fertig waren, hatte Fabre unterzeichnet und Bernard sprach seinen neuen Finanzbuchhalter mit lieber Freund an.

Beim Umgang mit Zahlen fühlte Bernard sich nie wohl in seiner Haut. Auf Fabre hörte er am meisten und schenkte ihm mehr als jedem anderen sein Vertrauen. »Jeden Morgen, wenn ich aufwache, rufe ich meinen Finanzberater an.« Nachdem Loiseaus Ehe zerbrochen war, wies der clevere Fabre Chantal darauf hin, daß sie für die Schulden in Millionenhöhe zur Hälfte haftete. Chantal hörte nicht auf ihn. Fabre veranlaßte die Banken, ihr Konto zu sperren, einen ganzen Monat lang. Schließlich gab Chantal nach und verzichtete auf ihren Anteil von 50 Prozent. »Sonst hätte sie bald nichts mehr zu essen gehabt«, meinte Fabre. 1988 war die Scheidung perfekt. Chantal erhielt zwei Jahre lang Alimente und ließ sich nie wieder in Saulieu blicken.

Kurz darauf lernte Bernard auf einer Tagung im eleganten Hôtel Thermal Palace in Vichy Dominique Brunet kennen. Während der Vorträge wandte er den Blick nicht von ihr ab, bis sie schließlich Notiz von ihm nahm. Sie hatte nie zuvor von dem Himmelsstürmer und seinem Restaurant in Burgund gehört und verwechselte ihn mit Alain Chapel, Besitzer eines Drei-Sterne-Restaurants und Küchenchef, der ebenfalls schütteres Haar hatte. Die Vorträge endeten, ohne daß es Bernard gewagt hätte, sie anzusprechen. Als sie tags darauf nach ihm fragte, war er bereits nach Saulieu abgereist, da er seinem Restaurant nie länger als eine Nacht ohne schlechtes Gewissen fernbleiben konnte.

Auf einer anderen Fachtagung, die in Paris stattfand, wurden die beiden einander offiziell vorgestellt. Ein größerer Unterschied als zwischen der kultivierten, zurückhaltenden Dominique und der bodenständigen Chantal aus dem Arbeitermilieu läßt sich kaum vorstellen. Dominique war Biochemikerin und hatte im Fach Ernährung promoviert. Im Gegensatz zu Bernard sprach sie fließend Englisch und Deutsch – dank ihrer Kindheit im Elsaß –, wo neben dem Französischen ein alemannischer Dialekt als Umgangssprache gesprochen wird. Nach ihrer Promotion hatte man Dominique eine Dozentenstelle für Biochemie an der Universität im trostlosen nordfranzösischen Lille angeboten. Doch sie zog es vor, in Paris zu bleiben und an einer Universität Ernährungswissenschaft zu unterrichten. Aber da sie die akademische Welt zu steril fand, schlug sie bereits wenig später erfolgreich eine journalistische Laufbahn ein.

In ihrer Freizeit war sie als Beraterin für den Club Méditerranée tätig und bereiste die ganze Welt – Malaysia, die Bermudainseln, Israel. Sie legte Richtlinien für die Clubrestaurants fest und überwachte die Hygienevorschriften in der Küche. Bernard hingegen war aus Frankreich nie herausgekommen.

Aber Dominique ließ sich von Bernards ansteckendem Enthusiasmus mitreißen. Er zwang sie, ein wenig von ihrer angeborenen Reserviertheit aufzugeben, schaffte es, ihren kühlen Charme zu durchbrechen, und ermunterte sie, ihren Gefühlen freien Lauf zu lassen. Die Romanze wurde von praktischen Überlegungen untermauert. Dominique, die absolute Karrierefrau, wünschte sich eine Familie, bevor es zu spät war.

Nach wenigen Monaten heiratete das Paar in Dominiques Heimatstadt im Elsaß in kleinem, privatem Rahmen. Bernard ließ Vorsicht walten und beging nicht den gleichen Fehler wie in der Vergangenheit. Das Restaurant blieb zu 100 Prozent in seinen Händen, und Dominique wurde im Côte d'Or Angestellte ohne festumrissene Aufgaben.

»Du bist jetzt die *patronne*«, erklärte ihr Bernard.

Leider stand er ihr nicht bei, ihre Autorität zu festigen oder ihre Rolle genauer zu definieren. »Bernard meinte, ich solle mich zunächst einmal um das Hotel einschließlich der Anschaffungen für die Gästezimmer kümmern«, sagte sie. »Aber er gab mir nicht einmal einen finanziellen Rahmen vor.« In mancher Hinsicht benutzte Bernard Dominique als Waffe in seinem Ringen um Erfolg, als Beweis für sich selbst und Michelin, daß er im Begriff war, sich zu etablieren. Dominiques offensichtliche Betrübnis überraschte ihn. Da er nicht wußte, wie er ihr helfen sollte, zog er sich zurück. Er verbrachte immer mehr Zeit in der Küche. Dominique beschloß, sich stärker im Côte d'Or zu integrieren, da sie fürchtete, sonst ihren Gatten zu verlieren.

Sie organisierte die Rezeption neu und begrüßte die Gäste im Speisesaal. Aber sosehr sie auch darum kämpfte, akzeptiert zu werden, sie schaffte es nicht. Bernard und Hubert arbeiteten bereits seit annähernd zehn Jahren zusammen. Hubert war nach Saulieu gekommen, als Bernard sich erst eines Sterns rühmen durfte und zudem noch recht ungehobelt war. Wo Bernard impulsiv war, reagierte Hubert ruhig und ausgleichend. Hubert wußte seit seiner Kindheit auf einem Bauernhof nahe Lyon mit Lebensmitteln umzugehen, und hatte auf einer Hotelfachschule gelernt, wie man ein Hotel und ein Restaurant führt. Ein Praktikum in London hatte ihm zu Englischkenntnissen verholfen. Sein stetes Lächeln und freundliches Auftreten machte ihn zu Bernards Alter ego, einem treuen Helfer, mit dessen Unterstützung der Meister sich der Jagd nach den Sternen widmen konnte.

Bernard vertraute seinem Oberkellner mehr als seiner Frau. Im Côte d'Or sah er seine wirkliche Familie, Dominique in ihrer dominierenden Art war ihm keine Stütze. Als Hubert einmal im Speisesaal mit den Kellnern Servietten faltete, trat Dominique ein und wollte zu Mittag essen. Sie fragte: »Weshalb ist mein Tisch noch nicht hergerichtet? Decken Sie ihn auf der Stelle.«

Angewidert starrte Hubert sie an.

Auch die Empfangsdamen lehnten Dominique ab. Marie-France und Carmen billigten ihre Vorschläge vor allem deshalb nicht, weil sie sie ihrem Empfinden nach oftmals als Befehle formulierte. In ihren Augen hatte Dominique keine Ahnung. Schließlich hatten sie jahrelang Erfahrungen gesammelt, während Dominique noch nie zuvor in einem Restaurant gearbeitet hatte.

»Dominique hat nie nachgefragt, wie wir es mit diesem und jenem machten«, beklagte sich Carmen. »Sie sagte immer nur: ›Macht dies, macht jenes!‹«

»Es war eine Qual«, gab auch Dominique zu. »Nicht einmal ihre Briefe waren in richtigem Französisch geschrieben. Sie mußten korrigiert werden.«

In Gegenwart des Paares wünschten Bernards Mentoren und Freunde beiden alles Gute, hinter ihrem Rücken machten sie sich über ihr Streben nach gastronomischen Lorbeeren lustig. Pierre Troisgros sagte einmal, die Gallier hätten die Römer bei Gergovie geschlagen, unweit Bernards Geburtsort Clermont-Ferrand. Später habe Cäsar die Gallier bei Alésia unweit von Saulieu besiegt. »Hoffentlich hat Bernard nicht die Schlacht von Gergovie gewonnen«, meinte der Chef, »nur um sein Alésia zu erreichen.« Jean Troisgros äußerte sich noch direkter und befand, Bernards Restaurant in Saulieu sei doch »ein netter Pausenstopp für Lastwagenfahrer«.

Kapitel 4

❖ ❖ ❖

Beschauliche
Lebensart

Mitte Oktober, an einem kühlen, wolkenlosen Mittwochmorgen kurz vor neun legte Bernard das Gewehr in den Kofferraum seines schwarzen BMW 325 Turbo. Mit diesem annähernd zehn Jahre alten Auto – einem der wenigen Luxusgüter, die Loiseau besaß –, unternahm er seine häufigen Fahrten nach Paris, wo er sich mit Anwälten, Bankiers, Journalisten und anderen Restaurant-Chefs traf. Mit seinem BMW legte er die 255 Kilometer in weniger als anderthalb Stunden zurück. Zuweilen fuhr er morgens nach Paris, kehrte abends zur Vorbereitung der Abendessen nach Saulieu zurück, schlief drei Stunden und machte sich um fünf Uhr früh erneut auf den Weg in die Hauptstadt.

Heute jedoch, in der friedlich stillen Morgenstimmung, wollte es der Chef, dessen Organismus stets wie der eines Hochleistungssportlers arbeitete, ein wenig gemächlicher angehen. Er war schlechtgelaunt. Am Abend zuvor hatte das Côte d'Or nicht ein einziges Essen verbuchen können. Eine absolute »Nullrunde«. Bernard war an diesem Morgen bereits beim Hotel vorbeigefahren und hatte nach Faxmitteilungen gesehen. Aber nichts: Kein Journalist hatte sich für ein Interview angemeldet, weder ein Filmstar noch ein hochrangiger Politiker hatte seinen Besuch angekündigt. Bewundert zu werden und sich geschätzt zu wissen ist für einen ehrgeizigen französischen Küchenchef und insbesondere für Bernard lebenswichtig. Wie ein Schauspieler mit seiner Rolle, so identifiziert sich ein Küchenchef mit jeder Mahlzeit, als müsse er sie auf der Bühne darbieten. Die enttäuschte Miene eines Gasts im Speisesaal ist für ihn eine Qual. Er will nicht nur hören, daß das Essen gut war, unvergleichlich soll es sein. Ein leerer Speiseraum ist nicht nur der finanziellen Konsequenzen wegen verheerend, sondern fordert in erster Linie emotional seinen Tribut. Wenn Bernard von Frustrationen und Ängsten übermannt wurde, brachte ihn nur ein ordentlicher Jagdausflug wieder ins Lot. An Wochenenden im Herbst geht es in der Gegend um Saulieu oft zu wie in einem Kriegsgebiet. Was ein gestandener Mann ist, nimmt Gewehr und Hund und geht auf die Jagd. Entziehe einem Burgunder den Führerschein, und er wird die Bestrafung akzeptieren; entziehe ihm seinen Jagdschein, und du hast ihm den Krieg erklärt. Mit dem Niedergang des Katholizismus entwickelte sich die Jagdleidenschaft zu einer wahren Religion. Zusammen mit dem Jagdschein erhält jeder Jäger ein grünes Büchlein, in dem die Strafen aufgeführt sind, die ihm drohen, wenn er sich versündigt und gegen die bestehenden Regeln verstößt. Viele Burgunder verehren den heiligen Hubertus, den Schutzpatron der Jäger.

Im Ancien régime beschränkte sich das Jagdrecht auf den König und den Adel. Die Aristokraten durften jedermanns Grund und Boden betreten und jedes Tier erlegen, das ihnen vor die Flinte kam. Wurde hingegen ein Bauer erwischt, der sich unbefugt auf Pirsch befand, erwartete ihn der Tod durch den Strang. Als mit der Revolution die alte Ordnung hinweggefegt wurde, war die Aufhebung dieses archaischen Verbots ein vordringliches Anliegen. Drei Wochen nach dem Sturm auf die Bastille am 14. Juli 1789 erhielten alle Bürger das Recht, auf die Jagd – *la chasse* – zu gehen. Bis zum heutigen Tag lassen sich auch am Jagen nicht interessierte Personen einen Jagdschein ausstellen, denn sie betrachten ihn als eines der Rechte, die die Französische Revolution für sie erkämpft hat.

Doch mit dem Wachstum der Städte im Lauf der Jahrzehnte wuchs der Widerstand gegen diesen Sport. Weitaus die meisten der 2 Millionen französischen Jäger stammen aus ländlichen Gebieten. Stadtbewohner zeigen ihnen gegenüber wenig Verständnis oder gar Sympathie. Laut Meinungsumfragen spricht sich die Mehrzahl der 55 Millionen Franzosen für Restriktionen bei den Jagdlizenzen aus. Auch Brigitte Bardot initiierte eine entsprechende Kampagne. Der Kampf des einstigen Stars wandte sich insbesondere gegen Jäger, die Tauben auf ihrem Weg gen Süden abschießen, einem für die Filmschauspielerin barbarischen Verhalten. Die Jäger hielten ihr entgegen, dieser Sport blicke auf eine lange Tradition zurück, woraufhin die Bardot ins Feld führte, auch die Hexenverfolgung und -verbrennung sei im Mittelalter eine »Tradition« gewesen. »Wüßte Brigitte Bardot, womit ich mich in meiner Freizeit beschäftige«, sagte Bernard häufig, »würde sie mich erschießen.«

Im größten Fachgeschäft für Jagdausstattung in Saulieu bot der Büchsenmacher Roland Randus alle Arten von Schießeisen zum Verkauf. Sechzig bis siebzig Modelle. »Wir haben für jeden Zweck die passende Waffe«, erklärte er. »Für alles und jedes.« Beispielsweise das Verney Caron Grand, das den größten Elch, ja sogar einen Leoparden niederstrecken könnte, sollte in Burgund einmal einer ausbrechen. Randus hatte sogar eine Ruger .44 Magnum mit elektronischem Visier in seinem Sortiment, mit der man ein Tier aus einer Entfernung von mehr als einem Kilometer zur Strecke bringen konnte.

Die Leidenschaft für Gewehre ist jedoch nur der Anfang. Ein Franzose, der auf die Jagd gehen oder einen beliebigen anderen Sport ausüben möchte, will gut aussehen. Französische Jagdbekleidung ist auf die Anforderungen zugeschnitten, die im Kampf gegen wilde Tiere in den Wäldern Frankreichs zu bestehen sind – und eignet sich gleichermaßen, um auf der anschließenden Cocktailparty eine gute Figur zu machen. Es gibt Jacken mit Reißverschlußtaschen und Jagdtaschen aus waschbarem Material, damit auch Blutflecken entfernt werden können. Außerdem Jagdkappen und Kampfanzughosen, in deren Taschen sich ausreichend Eßrationen verstauen lassen. »Ich ähnle mehr einem Plakat, das für das Leben auf dem Land wirbt, als einem Jäger«, scherzte Bernard seinen Freunden gegenüber. An jenem Tag trug er eine grüne Barbour-Jacke, ein modisches Kleidungsstück englischer Provenienz und bevorzugtes Jagdgewand von Prinz Charles. Sein schütteres Haar war von einer Baskenmütze aus Kaschmir bedeckt.

Bernard liebt nichts mehr, als vom Élysée-Palast ins Château de Chambord im ehemaligen Jagdgebiet König Ludwig des XIV. gebeten zu werden. Dort treffen sich auf Einladung des Staatspräsidenten Politiker, Diplomaten, namhafte Persönlichkeiten des Wirtschaftslebens und die Prominenz aus der Unterhaltungsbranche (mit Ausnahme von Brigitte Bardot) zur Jagd. Eine Meute von Hunden prescht voraus. Adjutanten in Uniform tragen die Gewehre der privilegierten Schützen. Fasanenschwärme steigen in den Himmel.

Wom, wom, wom!

Die Adjutanten laden die Gewehre nach, übergeben sie ihren Herren, und weitere Fasane fliegen auf.

Wom!

»Das hat nichts mit wirklicher Jagd zu tun«, gab Bernard zu. »Es ist eine Schießbude.«

Im Herbst begaben sich Bernard und ein paar Freunde oft in die Weinberge oberhalb von Beaune auf Vogeljagd. Sie packten sich ein *casse-croûte*, einen Imbiß aus Baguette, Pastete, Käse und Wein – nicht Wasser – zusammen und verbrachten den ganzen Tag in Wald und Feld. Abends kehrten sie dann mit dem Abendessen über der Schulter nach Hause zurück. Bis spät in die Nacht aßen und tranken sie, was mindestens ebenso wichtig war wie die vorangegangene Schießerei.

An diesem Tag war Bernard allerdings allein. Kein Prominenter begleitete ihn, nicht einmal einen Hund hatte er bei sich. Einzig und allein ein nichtzahlender Gast war an seiner Seite. Statt mit reichen und berühmten Leuten zu plaudern, wollte Bernard entspannen und in den unwegsamsten Wäldern Frankreichs Kraft schöpfen. Mit ungefähr 20 Stundenkilometern steuerte er einen BMW durch die schmalen, kopfsteingepflasterten Straßen von Saulieu. Vorbei an der Basilika St. Andoche mit dem gedrungenen Glockenturm und den stuckverzierten kleinen Häusern. Im hauchzarten Dunst des frühmorgendlichen Lichts wirkte das Städtchen wie eine naturgetreue mittelalterliche Abbildung. Binnen weniger Minuten befand er sich in einem fast unberührten Wald mit Birken, Buchen und Eichen, vereinzelten Häusern und tiefblauen Seen.

Dieser Teil Burgunds heißt Morvan, eine Gegend von schwermütiger Schönheit und gleichbleibender Armut. Hier sind keine reichen Weinbauern ansässig wie in dem goldenen Streifen zwischen Dijon und Beaune. Hier gibt es keine fruchtbaren, sanfthügeligen Weizenfelder wie in der Umgebung von Auxerre, keine bunten Dächer mit gelben und roten Ziegeln, keine romantischen, heruntergekommenen Châteaus und nur wenige *auberges*. Morvans bedeutendster Exportartikel sind Weihnachtsbäume und Kindermädchen, die für Paris bestimmt sind. Die Bewohner des übrigen Burgund charakterisieren den Morvan und seine Bewohner mit dem Satz: »Dort sind die Leute nicht gut und der Wind auch nicht.«

Zwar kann sich der Morvan nicht mit ausgefallenen Läden und Cafés in malerischen Dörfern brüsten, aber das Leben in den abgelegenen Weilern mit ihren Steinhäusern folgt dem Rhythmus der Natur. Der Großteil des modernen Frankreich bewegt sich wie in einem Hochgeschwindigkeitszug – und ähnelt damit Bernard in seinem BMW. Der Schriftsteller Henri Vincenot beschrieb Burgund einmal als *civilisation lente,* eine Region mit beschaulicher Lebensart, die der Devise folgt: Opfere niemals das Vergnügen dem Tempo. Das Symbol Burgunds ist die Schnecke – ein bescheidenes, empfindliches Tier, das hin und wieder seine Fühler ausstreckt, aber meistenteils unauffällig kriechend seinem Pfad folgt. An Kirchenkapitellen finden sich gemeißelte Schnecken. Schnecken zieren Wohnhäuser in Dijon ebenso wie den Teller auf dem Tisch. Die Burgunder sagen, sie seien zufrieden wie die Schnecken in ihrem Haus. Vincenot erzählt in einem seiner bekanntesten Bücher von einem Schneckenzüchter, der seine größte Schnecke mästet, um sie dann andächtig an einem Familienfesttag zu verspeisen.

Bernard öffnete das Fenster seines Wagens und atmete die kühle frische Luft dieser *civilisation lente* ein. Die Landstraße des Departements verlief durch dichten Wald, der nur hin und wieder von einem Bauernhof mit einer grasenden Herde kräftiger, weißer Charolais-Kühe unterbrochen wurde. Vögel zwitscherten. Es war Herbst. Etliche Kilometer hinter Saulieu, außer Sichtweite der Stadt, steuerte er seinen BMW an den Straßenrand, stieg aus, öffnete den Kofferraum, nahm sein Gewehr heraus und schulterte es. Ein schmaler Pfad führte in den Wald hinein. Nach ein paar Schritten blieb Bernard plötzlich stehen. Er betrachtete eingehend das Moos und das lichte Unterholz am Fuß einer ausladenden Eiche, dann machte er einen Schritt nach vorn und setzte zum Sprung an.

»Sehen Sie sich das an«, rief er seinem einzigen Begleiter zu. »*Des champignons.*«

Auf den ausgedehnten Waldspaziergängen mit der Familie hatte Pierre Loiseau seine Kinder in die Geheimnisse des Pilzesammelns eingeweiht. Schon bald entdeckte Bernard *girolles,* die trichterförmigen Pfifferlinge mit ausladender, dottergelber Kappe von überwältigendem Aussehen und Duft – kein Vergleich zu den blassen Pilzen, die in den Supermärkten zum Verkauf angeboten werden. Diese hier schimmerten golden-aprikosenfarben. Die Pilze des Frühjahrs hingegen sind dunkelbraun mit wabenförmigen Vertiefungen.

Bernard hielt den Pilz an die Nase und atmete den Duft des – wie er es nannte – *terroir,* des Bodens, ein. Der Geruch von Erde, voll und nußartig. Zubereitet mit einem pochierten Ei würde dieser Pilz jedem das Wasser im Mund zusammenlaufen lassen.

Bernard machte erneut einen Sprung. Und schon streckte er die Hand aus und präsentierte einen weiteren Pilz. *Trompettes de la mort,* dunkelbraune trichterförmige Totentrompeten. Trotz seines Namens ein eßbarer Pilz, der sein Aroma im Herbst zu ganzer Fülle entfaltet, während er im Sommer leicht süß schmeckt.

Noch ein Sprung, noch mehr Pilze. Diesmal dunkler und größer als die ersten. *Cèpes,* Steinpilze, die sich auf dem Teller gut als Beilage zu Wildschwein oder Rotwild eignen. Besonders zarte Steinpilze können blättrig geschnitten und roh im Salat gegessen werden. Nahezu täglich tauchten im

Côte d'Or wagemutige Pilzsammler auf, und Bernard bezahlte ihnen bis zu 50 Franc pro Pfund für die zartesten Pilze mit den längsten, dicksten Stengeln.

Anfang Oktober setzte La Côte d'Or ein besonderes Pilzgericht auf seine Speisekarte. Bernard offerierte ein Festmahl mit fünf Gängen, das aus Spargelspitzen, Zwiebeln, Petersilie, Trüffel, Apfelmus, Käse der Region, Apfelsorbet und Bratäpfeln bestand – und dazu natürlich *girolles* –Pfifferlinge–, Steinpilze und eine beträchtliche Anzahl anderer Pilze, von blauschwarz gefärbten bis zu rost- und dunkelorangegefarbenen Sorten.

Nachdem er seine Pilze hatte, konnte Bernard sich ernsthaft der Jagd zuwenden. Tief im Waldesinnern fand er das passende Plätzchen zur Beobachtung der Beute. Er hatte Tauben im Visier. Nicht die parasitären grauen Exemplare, die sich in den Städten um die Brunnen sammeln und um Brotkrumen bettelten, sondern die dicken, fleischigen Wildtauben, die er in seinem Restaurant auf den Tisch brachte. Er lud das Gewehr und verharrte bewegungslos.

Das Gelände, das sich vor Bernard erstreckte, ging in einen leichten Abhang über. Auf der anderen Seite des schmalen Tals hatten sich Vogelschwärme niedergelassen. Wenn er lang genug wartete, würden sie über ihn hinwegfliegen – ein hervorragendes Ziel. Plötzlich erzitterte die Luft, die Blätter raschelten. Ein Taubenschwarm flog auf. Bernard setzte das Gewehr an und feuerte eine ganze Salve ab.

Die Vögel suchten das Weite – bis auf einen. Bernard ging hin und hob ihn auf. Er drehte dem Tier den Hals um, und das Blut rann den schlaffen Vogelkörper hinab.

»Ich habe es Ihnen ja gesagt«, freute er sich. »Schon in meiner Kindheit war ich ein exakter Schütze. Ich werfe Boulekugeln präzise geradeaus, und genauso schieße ich.«

Bernard schlug die Taube in Papier ein und kehrte zu

seinem BMW zurück. Es war um die Mittagszeit. Obwohl kaum Gäste auf ihn warteten, wollte er den Mittagsservice nicht versäumen. Der BMW brauste mit hoher Geschwindigkeit nach Saulieu zurück.

Vor der Stadt ging es bergab, unter Eisenbahngleisen hindurch – den Schienen des ersten Hochgeschwindigkeitszugs Paris–Lyon. Hier, an den Ausläufern des Morvan, in unmittelbarer Nähe von Bernards Jagdgelände, erreicht der Zug eine Spitzengeschwindigkeit von 300 Stundenkilometern, was die Reisezeit zwischen der Kapitale und Frankreichs zweitgrößter Stadt von sechs auf zwei Stunden verkürzt. Feinschmecker aus Paris können so in Windeseile nach Lyon gelangen, um bei Paul Bocuse zu Mittag zu essen, und sind zum Abendessen wieder zu Hause.

Aber in der Nähe des Côte d'Or gibt es keinen TGV-Bahnhof.

Die Eisenbahngesellschaft vertritt den Standpunkt, die Einwohnerzahl von Saulieu sei zu niedrig, um eine Haltestelle zu rechtfertigen. Für Bernard war es eine Qual, sich vorzustellen, wie Horden potentieller hungriger Gäste durch den Teil der Welt rasten, in dem er sich niedergelassen hatte, ohne die geringste Aussicht, anhalten zu können, um bei ihm zu speisen. Auf diese Weise würde sich sein hektisches Frankreich niemals mit dem gemächlichen Burgund vereinigen.

»Weshalb bin ich überhaupt in dieses Dorf gekommen?« fragte sich Bernard erneut. »Bin ich denn verrückt?«

Kapitel 5

✿ ✿ ✿

Die Michelin-Mystik

Im Sommer 1990 tauchte ein Michelin-*inspecteur* zum Mittagessen im Côte d'Or auf. Ein Michelin-Inspektor macht eine anonyme Reservierung und gibt sich erst zu erkennen, nachdem er für sein Essen bezahlt hat. Aber Franck Juenin, der stellvertretende Maître d'hôtel, hatte das Gefühl, als »stimme da was nicht«. Franck betrachtete sich ein wenig als Michelin-Detektiv. Als er auf Korsika arbeitete, war er einmal einem Michelin-Inspektor begegnet, und der war dann später in Saulieu aufgetaucht.

»Er tat so, als würde er mich nicht sehen«, erinnerte sich Franck. »Seine Tochter erkannte mich, aber der Vater wirkte reserviert. Unglaublich. Nicht ein Wort. Ich kam mir vor wie ein Idiot.«

Dieser Inspektor hier aber kam ohne Begleitung und nahm an einem Tisch in der Ecke des großen Speiseraums Platz.

»Wenn jemand alleine kommt, wirft er gewöhnlich nur einen kurzen Blick in die Speisekarte«, sagte Franck. »Dieser Kerl aber machte sich Notizen und studierte regelrecht die Speisekarte. Und die Weinkarte genauso.« Nachdem er gegessen hatte, ging der Inspektor zur Rezeptionstheke und zeigte seine Visitenkarte.

»Könnte ich bitte Monsieur Loiseau sprechen?« fragte er.

Bernard kam sofort herbeigeeilt.

»Hat es Ihnen geschmeckt?« fragte er ängstlich.

Der Inspektor meinte, die Fischportionen seien eher etwas

klein. Ansonsten äußerte er weder Kritik noch Lob. Bernard schnippte mit den Fingern und verlangte »die Pläne«. Eine Rezeptionistin holte rasch die Entwürfe des Architekten zur Umgestaltung des Côte d'Or. Bernard breitete die Pläne auf dem Tisch aus. Der Inspektor enthielt sich jeden Kommentars.

Michelin ist wegen seiner Zurückhaltung berühmt, und die Einstufungskriterien sind Anlaß zu hitzigen Debatten. Was unterscheidet ein Zwei-Sterne-Restaurant von einem mit drei Sternen? In beiden wird den Gästen exquisites Essen serviert. »Drei Sterne bedeutet Perfektion, zwei annähernd Perfektion«, lautet die knappe Erklärung von Michelin-Chef Bernard Naegellen.

Da eine schlechte Beurteilung von Michelin undurchschaubar und willkürlich erscheint, kann sie verhängnisvolle Auswirkungen haben. »Es ist ein Waterloo«, sagte unter Tränen ein Küchenchef des Laperouse, eines ausgezeichneten traditionellen Restaurants in Paris, das in den sechziger Jahren seinen dritten Stern verlor. Alain Zick, Chef des vornehmen Restaurants Relais des Porquerolles, jagte sich eine Kugel durch den Kopf, als man ihm 1966 seinen einzigen Stern aberkannte. Zick soll in jener Zeit private Probleme gehabt haben, und Naegellen betonte immer wieder, daß die Presse übertreibe, wenn sie eine Verknüpfung zwischen den drei Sternen und dem Schicksal des Küchenchefs sähe. Wie dem auch sei, die Tragödie trug noch mehr zur Aura des Mystischen bei, die Michelin umgibt.

Das Mystische wird vor allem durch die schlichte Regel der Anonymität hervorgerufen. Der Michelin-Inspektor ißt und zahlt. Das ist unter französischen Restaurant-Kritikern nahezu einmalig. Die meisten haben seit Beginn ihrer Kritikertätigkeit nicht eine Mahlzeit bezahlt. Nach Betreten des Restaurants, noch bevor sie den Tisch erreicht haben, tänzelt der Chef bereits um sie herum, entkorkt der Sommelier die besten Weine und zaubert der Maître d'hôtel die teuersten Gerichte auf den Tisch. Als Gegenleistung für die Erwähnung in einem Restaurantführer, einer Zeitschrift oder Zeitung bitten viele Kritiker sogar um eine bescheidene finanzielle Zuwendung, für gewöhnlich in Form einer Anzeige. Nicht so Michelin. In Michelin-Führern findet man keine Anzeigen. Hat sich ein Inspektor einmal zu erkennen gegeben, läßt er sich die nächsten sieben, acht Jahre nicht mehr blicken. Daher macht die ganze Geheimniskrämerei eigentlich wenig Sinn.

Für Bernards Mentor Verger zählte allein das Essen. Geld, das darauf verwendet würde, das Côte d'Or durch Renovierung aufzumöbeln, sei eine schlechte Investition. Vergers Vorliebe, zu verführen und kostenlose Menüs anzubieten, kam bei den Michelin-Inspektoren nicht gut an, so daß – wie vorauszusehen war – keines seiner Restaurants in Paris je mit einem Stern ausgezeichnet wurde.

Für Michelin spielen Ausstattung und Familienstatus durchaus eine Rolle. Der Historiker Pascal Ory vergleicht Michelin mit einer Bastion »katholischer, patriarchalischer« Wertbegriffe. Seiner Meinung nach ist Michelin »eine Art kulinarischer Vatikan« mit »geheimer, absolutistischer Entscheidungsfindung«. Unter den großen modernen Firmen der Welt ist Michelin einer der wenigen Familienbetriebe. Im Jahr 1940, während der deutschen Besatzungszeit, wollte die Wehrmacht die Fabriken besichtigen, um sie für Kriegszwecke zu nutzen. Obwohl Michelin Reifen für Deutschland fertigte, verwehrte man deutschen Soldaten den Zutritt. Als dann die SS darauf bestand, wurde ihnen lediglich eine oberflächliche Führung zugestanden. In späteren Jahren durfte auch General de Gaulle die meisten Fabrikbereiche nicht besichtigen. Geheimniskrämerei? »Wir nennen es lieber Diskretion«, meinte der Firmensprecher Alain Arnaud.

Zur Erstellung des Führers fahren ungefähr zwanzig Michelin-Inspektoren ein Jahr lang quer durch Frankreich. Sie sind jeweils zwei Wochen unterwegs und anschließend zwei Wochen im Hauptsitz, um ihre Berichte zu schreiben. Nach zehn Jahren haben sie das ganze Land abgegrast und fangen dann wieder von vorne an. Die meisten Inspektoren haben Hotelfachschulen absolviert und stellen eine einzigartige Mischung aus Gourmand und Asket dar. Sie reisen inkognito, benutzen gewöhnliche Mittelklassewagen und tragen konservative graue Anzüge. Manche nennen sie die Mönche der Gastronomie. Auf andere wirken sie eher wie Agenten des KGB oder der CIA. Sobald ein einzelner Herr das Restaurant betrat und an einem Tisch Platz nahm, sah Bernard ihn sich genau an, und wenn derjenige diesem Bild entsprach, meinte er: »Aha, ein Michelin-Mann.«

Er sagte »Mann«, da die meisten Michelin-Inspektoren Männer sind. Nachdem 1986 angeblich die erste »Nonne« in diesen Kreis aufgenommen worden war, betonten die chauvinistischen Sprecher des Guide Michelin, welch einen Kraftakt es bedeute, sich pro Woche durch vierzehn Restaurants zu essen – eine Aufgabe für Männer. Andere professionelle Testesser sind neidisch – man stelle sich vor, in derart vielen guten Restaurants essen zu können –, doch die Betroffenen weisen darauf hin, wie anstrengend der Job ist. Ja, es gibt viele gute Restaurants in Frankreich, aber Michelin-Testesser bekommen auch viele schlechte Mahlzeiten vorgesetzt.

»Im Gegensatz zur gängigen Meinung handelt es sich durchaus um keine leichte Aufgabe«, sagte Naegellen. »Man ist das ganze Jahr über unterwegs, ißt allein und schläft jede Nacht in einem anderen Hotel. Ich erinnere mich an Zeiten, als es derart neblig war, daß ich ständig nach dem Weg fragen mußte. Und ich entsinne mich auch an meine Angst, wenn ich unterwegs war, obwohl ich doch mit den großartigen Michelin-Reifen fuhr.«

1845 erfand ein Engländer namens Robert William Thomson den Luftreifen. Aber erst die Brüder André und Edouard Michelin stellten den ersten Reifen mit Innenschlauch her, den man leicht abnehmen und wieder auf die Felge setzen konnte ohne den Aufwand stundenlangen Klebens. 1888 gründeten sie in ihrer Heimatstadt Clermont-Ferrand die erste Fabrik. Schon bald fertigte Michelin Reifen für Fahrräder und Kutschen, und bereits wenig später auch für das Automobil, das noch in den Kinderschuhen steckte.

Die Gebrüder Michelin betrachteten die verlegerische Tätigkeit trotz ihres Erfolgs stets als Nebenzweig der Reifenherstellung; sie diente eher der Werbung zur Förderung des Verkehrswesens denn als Mittel zur Gewinnsteigerung. Anläßlich der Fabrikeröffnung stellte André Michelin zwei Dutzend Plakatkünstler ein. Einer von ihnen, ein gewisser Monsieur O'Galop, kreierte das berühmte Michelin-Männchen. Die rundliche Figur aus Bibendum-Reifen ist zusammen mit der Mickymaus zu einem der berühmtesten und erfolgreichsten Firmenembleme geworden.

Die erste Ausgabe des Roten Führers erschien zu Beginn dieses Jahrhunderts. Bis dahin hatte die Eisenbahn die Vorherrschaft, und die Reisenden waren auf Fahrpläne und Bahnhöfe angewiesen. André Michelin vermutete, daß die unabhängigen motorisierten Reisenden eine übersichtliche Auflistung von Stellen schätzen würden, wo sie essen, schlafen und ihr Auto reparieren lassen konnten. Die erste Ausgabe erschien Ostern 1900 – ein leuchtendrotes Büchlein, 10 × 15 Zentimeter groß, 399 Seiten stark. Michelin verteilte es kostenlos.

In dem Guide waren sämtliche Städte Frankreichs von A bis Z aufgeführt, in denen es Hotels gab, die für motorisierte Reisende interessant waren. Eine 58 Seiten umfassende Einleitung enthielt Reiserouten bis hin zu Anweisungen, wie man einen Reifen aufpumpt, einen Platten repariert oder ein undichtes Ventil prüft. Damals gab es noch keine Tankstellen. Lebensmittelhändler verkauften Benzin, Sattler und Schuster reparierten Reifen. Den Schwerpunkt des Guide Michelin bildeten Städte im Umkreis von ungefähr 120 Kilometer um die Hauptstadt – die maximale Entfernung, die ein Auto der damaligen Zeit schaffen konnte. Der Rote Führer war auf Anhieb ein Erfolg. Die erste Auflage betrug 35 000, die zweite 50 000 Exemplare.

»In den ersten Führern tauchte nirgendwo das Wort *gastronomisch* auf«, erklärte der frühere Chef André Trichot. »Sie waren dem Automobil gewidmet und enthielten nur wenig Informationen über Hotels und Restaurants. Die Schwerpunktverlagerung trat mit den zunehmend leichter werdenden Reisebedingungen ein.«

Im Laufe der Jahre nahmen die Veröffentlichungen von Michelin an Anzahl und Umfang zu. 1901 präsentierte André Michelin die erste Straßenkarte von Clermont-Ferrand und Umgebung. Heute liegen 118 Stadtpläne der verschiedensten Orte rund um den Globus vor. Die Stadtpläne und Straßenkarten zeichnen sich wie die Führer durch ihre Detailgenauigkeit aus. Als die automobile Revolution über Europa hereinbrach, reagierte Michelin darauf mit seinen Grünen Führern, in denen nicht Restaurants, sondern konventionelle Touristenattraktionen wie Kathedralen und Museen beschrieben werden.

Ab 1920 verlangte Michelin für seine Publikationen Geld. Die Entscheidung, die Roten und Grünen Führer sowie die Straßenkarten nicht mehr kostenlos abzugeben, fiel angeblich, nachdem André Michelin in einer Werkstatt auf dem Land eines dieser Exemplare als Stütze eines Tischbeins entdeckt hatte. »Wer meine Führer so behandelt«, sagte er, »soll auch dafür bezahlen.« Im gleichen Atemzug verbannte er jegliche Annonce, die in den ersten Roten Führern noch zuhauf zu finden waren. Mit ihrem Wegfall wurde jeder Vermutung der Boden entzogen, gute Rezensionen ließen sich kaufen.

1926 führten die Direktoren des Verlags das System der Bewertung durch Sterne ein. Bis dahin hatte Michelin den gastronomischen Qualitäten keine Aufmerksamkeit gezollt. Zunächst wurde nur ein Stern verliehen. 1931 wurde der zweite Stern eingeführt und 1933 der dritte und letzte.

Die Reihe der Veröffentlichungen wurde zwischen 1915 und 1918 sowie zwischen 1940 und 1944 durch die beiden Weltkriege unterbrochen. Der Historiker John Sweets stellt in seiner Dokumentation dar, wie Michelin im Zweiten Weltkrieg mit deutschen Behörden die Lieferung von Kunstkautschuk aushandelte. Als im März 1944 Angriffe der Alliierten die Hauptfabrik der Firma trafen, betrugen die deutschen Aufträge 80 Prozent der Produktion. Nach Kriegsende wurde das Unternehmen wegen Kollaboration zu einer Geldstrafe verurteilt.

Michelin kollaborierte zwar, doch im rein wirtschaftlichen und nicht im politischen Sinn. Später hielten Firmenfunktionäre den Anschuldigungen entgegen, sie hätten durch die Produktionsfortsetzung ihre Angestellten vor Deportation und Einlieferung in deutsche Arbeitslager bewahrt. Viele Mitglieder der Familie Michelin waren Patrioten. Drei Söhne von Marcel Michelin, der zu dieser Zeit das Unternehmen leitete, schlossen sich den gaullistischen Einheiten in Nordafrika an; seine Frau wurde gefangengenommen, er selbst und Jacques, ein Sohn von André, wurden von den Deutschen deportiert.

Als die Alliierten zur Landung in Frankreich rüsteten, verteilte die US-Armee den Frontoffizieren unter höchster Geheimhaltung eine Faksimile-Ausgabe des Roten Führers aus dem Jahr 1939. Er galt als die übersichtlichste und detaillierteste Landkarte Frankreichs. Nach dem Krieg wurde das Reisen einfacher, die Autos zunehmend verläßlicher, und die Autofahrer hatten mehr Muße. Der Rote Führer wurde erweitert und den Veränderungen der Zeit angepaßt. »Als der amerikanische Lebensstil Einzug hielt, erhielten die Hotels, die Zimmer mit Toilette und Dusche anboten, eine eigene Rubrik«, erzählt Trichot. »Heute sind auch Hotels aufgeführt, die für Körperbehinderte zugänglich sind.«

Michelin ist mit annähernd 100 000 Mitarbeitern in Europa, Afrika, Nord- und Südamerika der weltweit größte Reifenhersteller. In der Touristikabteilung hingegen sind nur etwa tausend Leute beschäftigt. Michelin-Funktionäre räumten vor einigen Jahren ein, durch den Verkauf von mehr als 600 000 Roten Michelin-Führern zu je 125 Franc könnten die Kosten für Hotel- und Restaurantrechnungen nicht gedeckt werden. Diese Verluste werden angeblich jedoch durch den Gewinn wettgemacht, der beim Verkauf von Landkarten und Grünen Führern erlöst wird. Wie auch in anderen Bereichen verweigert die Firma hier jegliche genauen Auskünfte.

Trotz seiner Verbreitung über den gesamten Erdball blieb Michelin in der Kleinstadt Clermont-Ferrand verwurzelt. Neben der Unternehmensleitung befinden sich dort ebenso die wichtigsten Fabriken, deren qualmende Kamine von der Wohnung aus zu sehen sind, in der Bernard Loiseau seine Kindheit verbrachte. Die Führer allerdings werden nicht in Clermont-Ferrand produziert, sondern in einem Pariser Art-deco-Gebäude aus den zwanziger Jahren an der Avenue de Breteuil hinter dem Invalidendom im exklusiven VII. Arrondissement.

Besucher werden in einen stickigen, fensterlosen Konferenzraum geführt. Die Einrichtung, ein schlichter Tisch mit Holzstühlen, ist mehr als altmodisch, vergleichbar mit einem Klassenzimmer oder sogar der Wartehalle in einem Gefängnis. Bernard Naegellen – silbergraues Haar, kein Gramm Übergewicht – fungiert seit 1985 als Direktor der Michelin-Führer. Bis dahin war der Name des Direktors ein strenggehütetes Geheimnis gewesen. Heutzutage gewährt Naegellen der Presse Interviews, allerdings unter der Bedingung, daß sein Foto nicht erscheint. In einer Anwandlung von Großmut stimmte er der Veröffentlichung eines Fotos von sich zu, das ihn von hinten zeigt. Es ist keine leichte Aufgabe, ihn zu interviewen.

Wie viele Inspektoren gibt es?

»Eine feste Anzahl«, lautete Naegellens Antwort.

Der zirka fünfzigjährige Naegellen gibt nicht einmal sein genaues Geburtsdatum preis.

»Schreiben Sie über den Michelin-Führer«, riet er, »nicht über Bernard Naegellen.«

Naegellen erklärte uns, daß Michelin-Uhren langsam ticken. Bis der dritte Stern verliehen wird, gehen zumeist zehn Jahre ins Land. »Wir vergeben erst einmal einen Stern, dann sehen wir weiter«, erklärt Naegellen. Kann der Küchenchef das Niveau halten? Falls ihm das gelingt und er es sogar noch anhebt, kommt es zu häufigeren Besuchen, und es vergehen mehrere Jahre, bevor es den zweiten Stern gibt. Michelin bleibt am Ball und schickt weiterhin seine Testesser. »In jedem Restaurant, das für einen dritten Stern in Frage kommt, essen wir fünf- bis sechsmal, um uns ein Bild zu verschaffen«, erklärt Naegellen. Bei einem Aspiranten tauchten die Inspekteure sage und schreibe achtzehnmal auf. »Wir sind geduldig, da alles perfekt sein muß«, meinte er.

Einmal jährlich dürfen Küchenchefs Naegellen in der Redaktion in Paris besuchen. Naegellen betritt den Konferenzraum und legt einen prallgefüllten Ordner auf den Tisch. Darin sind Briefe von Kunden abgeheftet – zufriedene, weniger zufriedene, unzufriedene. Michelin bewahrt die eingehende Post sorgfältig auf. Ungefähr fünfundzwanzigtausend Briefe gehen jährlich von Lesern ein, die ihre Restauranterfahrungen schildern, und alle werden abgeheftet. Ähnlich einem Prozeßangeklagten darf der Küchenchef die Vorwürfe nachlesen. Allerdings hat er keinen Anwalt, der ihm zur Seite steht. »Die Leute von Michelin zeigen ihm nur die Briefe«, sagte Bernard. »Sie geben keinen Kommentar.« Diese Diskretion hat Michelins unschlagbaren Ruf von Integrität befördert, macht jedoch auch den Führer in gewisser Weise undurchschaubar. In der Ausgabe von 1990 wurden auf 1297 Seiten 4586 Orte (davon 614 mit Straßenkarten) beschrieben, darin wiederum 6604 Hotels und 3801 Restaurants. Es gab keinen erklärenden Text, nur eine Aufführung der Zimmeranzahl, der Öffnungszeiten, der Preise und darüber hinaus vielleicht noch Empfehlungen zu ein, zwei kulinarischen Besonderheiten. Die Bewertung war durch Symbole gekennzeichnet. Der Komfort eines Lokals wurde mit einer bis fünf Gabeln markiert. Eine rote Gabel deutete auf besonders »angenehme« Restaurants hin. Zudem wies ein rotes R auf Häuser mit sorgfältig zubereiteten, preiswerten landesüblichen Mahlzeiten hin. Wenn der Benutzer des Michelin-Führers eine Reservierung in einem Restaurant machte, wußte er wenig über dessen Küche, Atmosphäre oder Charakter.

Derart kalte, strenge Anonymität ist beispiellos in der Geschichte der gastronomischen Literatur. Die ersten gastronomischen Wegweiser waren vermutlich die markierten Reiserouten für die Pilger des Mittelalters. Darin wurde häufig bemerkenswert einfühlsam und ausführlich auf die Annehmlichkeiten der am Wege liegenden Klöster verwiesen. Zu Beginn des 19. Jahrhunderts entwickelte sich eine neue Gesellschaftsgruppe, die Gastronomen. Jean-Anthelme Brillat-Savarin besteht in seinem Buch *Physiologie des Geschmacks* darauf, daß Kochen eine Wissenschaft sei, der Chemie, Physik, Medizin und Anatomie gleichgestellt. Er schrieb lieber über das Essen, als daß er selber aß. Im Unterschied zu ihm stopfte sich ein anderer gastronomischer Autor, Alexandre Balthasar Laurent Grimod de la Reynière, regelmäßig voll. 1804 gab er zum erstenmal den jährlich erscheinenden *Almanach des Gourmands* heraus, einen praktischen, mit Anekdoten versehenen Führer durch Paris, der so erfolgreich wie umstritten war. Passenderweise starb er am Heiligabend des Jahres 1837 in seinem Landhaus während eines mitternächtlichen Mahls.

Bis ins 18. Jahrhundert hinein ließ sich am besten in privaten Schlössern speisen, Gerichte, die vom Küchenchef des adeligen Gastgebers zubereitet waren. Reisenden standen Gasthöfe und Poststationen an Hauptverkehrsstraßen in der Nähe strategisch wichtiger Städte – wie beispielsweise Saulieu – zur Verfügung. Das Restaurant heutiger Art entstand aber erst im Jahr 1765 in Paris. Ein gewisser Boulanger, dessen Identität bis heute strittig ist, stellte an der Straße zum Louvre eine Handvoll Tische auf und bot Suppe, Hühnchen und diverse Eiergerichte an. An seinem Haus brachte er ein Schild in lateinischer Sprache an mit dem Versprechen, leere Mägen wieder zu »restaurieren«.

Das Bürgertum Frankreichs, das aus dem umfangreichen

Wiederaufbau von Paris während der Glanzzeit der Restauration und des Zweiten Kaiserreichs Gewinn zog, aß mit Vorliebe auswärts. Im Unterschied dazu gab die englische Aristokratie weiterhin Einladungen in den eigenen vier Wänden. Während sich also in Paris das Restaurantgewerbe entfaltete, stellten in London Lokale eine Seltenheit dar – eine Erklärung dafür, weshalb es dem weitaus wohlhabenderen England im Zeitalter Victorias nicht gelang, eine der französischen Kochkunst ebenbürtige Gastronomie zu entwickeln. Gastronomische Vereinigungen, die in Frankreich wie Pilze aus dem Boden schossen, existieren zum Teil noch heute. Beispielsweise der scherzhaft *Le Club des Grands Estomacs,* »Club großer Mägen«, genannte Zirkel. Ihm gehörten reiche Pariser an, die sich jeden Samstagabend um sechs in einem Restaurant namens Pascal trafen und achtzehn Stunden am Stück speisten. Die Speisekarte umfaßte mehrere Seiten. Es möge der Hinweis genügen, daß drei komplette Mahlzeiten vom Appetithäppchen bis zum Nachtisch serviert wurden, die jeweils sechs Stunden in Anspruch nahmen. Jeder Gast nahm im Laufe des Gelages sechs Flaschen Burgunder zu sich.

Die wachsende Beliebtheit von Restaurants im 19. Jahrhundert förderte den Verkauf von kulinarischen Führern. Reißenden Absatz aber fand die gastronomische Literatur erst um die Jahrhundertwende, als die Automobilindustrie und der Fremdenverkehr in Gang kamen. Maurice Edmond Sailland, auch unter dem Namen Curnonsky bekannt, ein überaus großer und gewichtiger Mann, fuhr mit dem Auto durch Frankreich und verfaßte im Laufe von zweiunddreißig Jahren ebenso viele Bände der Reihe *La France Gastronomique.* Er gründete die Akademie für Gastronomie, in der kulinarische Standards festgelegt wurden. 1927 wurde er durch die Umfrage einer Zeitung zum Gastronomenfürsten gekürt. Im Unterschied zu einem Michelin-Inspektor hätte Curnonsky schon einem sehr dummen Rezeptionisten oder Küchenchef in die Hände laufen müssen, um nicht bereits am Restauranteingang erkannt zu werden.

Doch noch immer wurde die Gastronomie nicht als ernstzunehmendes Betätigungsfeld eines kultivierten Menschen betrachtet, wie es etwa bei der Rechtswissenschaft, den Naturwissenschaften oder der Theologie der Fall war. Außerdem beherrschten konservative Journalisten das Terrain. Sie fühlten sich angezogen von einem ästhetischen Stilempfinden und orientierten sich an Werten wie Tradition und *terroir*. Die Linken hielten sich reserviert – Zeichen ihrer Skepsis gegenüber dem Wohlleben. Als die liberal gesinnte amerikanische Historikerin Nancy Green einmal in Paris Käse einkaufte, sagte der *fromager* zu ihr: »Madame, Sie mögen links wählen, aber Sie essen mit Sicherheit rechts.«

La Côte d'Or und Dumaine umhegten die wohlhabende, konservative Bourgeoisie. Während des Kriegs unterbrach Marschall Pétain seine Reise von Vichy nach Paris in Saulieu. Natürlich aß und schlief er im Côte d'Or. Die Lebensmittelrationierung bedeutete für Dumaine, daß er nur unter großen Schwierigkeiten frische Zutaten auftreiben konnte. Trotzdem gelang es ihm, den Marschall mit einer Gemüsesuppe, einem Pilzsoufflé und Kartoffelkroketten, einem Bauernsalat, Käse und einem einfachen Nachtisch aus Obst zu verkostigen. Da er nicht genügend Eier zur Verfügung hatte, schlug er das Eiweiß zu Schnee, damit es imposanter wirkte. Die Weine, die zu diesem »traurigen Mahl« – so der Küchenchef – serviert wurden, waren natürlich »ziemlich durchschnittlich«.

Während Dumaine wohl nur gemäßigt kollaborierte, gab es während des Kriegs auch Gastronomen, die weiter rechts angesiedelt waren oder sogar zur extremen Rechten ten-

dierten. Robert Courtine schrieb für die angesehene Tages-
zeitung *Le Monde* und gehörte über fünf Jahrzehnte zu
Frankreichs meistgeachteten Kritikern in Sachen Gastronomie. 1993 erschienen jedoch plötzlich keine Artikel mehr
von ihm. Courtine verschwand von der Bildfläche, nachdem
einige seiner Kollegen von *Le Monde* auf unangenehme
Indizien dafür gestoßen waren, daß der Kritiker während
des Zweiten Weltkriegs bösartige antisemitische Artikel in
einer faschistischen Zeitung namens *Je Suis Partout* veröffentlicht hatte. Als man die Sache eingehender beleuchtete,
fand man heraus, daß Courtine wegen Kollaboration ange-
klagt worden war und einige Zeit im Gefängnis gesessen
hatte. Der Gründer von *Le Monde,* Hubert Beuve-Meury,
hatte ihn 1953 nach seiner Entlassung eingestellt. »Den
Herausgebern der Zeitung war seine Vergangenheit bekannt, aber sie sahen darin kein Problem«, meinte der
Geschichtsprofessor Pascal Ory. »Schließlich sollte er ja
keine politischen Artikel verfassen.«
Jetzt ist eine neue Generation gastronomischer Kritiker
am Ruder, die zu jung sind, als daß sie im Krieg als Nazi-Kol-
laborateure oder anderweitig hätten tätig sein können. Diese Leute sind in den dreißig sogenannten glorreichen Jahren aufgewachsen, in den drei Jahrzehnten Nachkriegszeit, in denen Frankreich einen unvergleichlichen Aufstieg
und Wohlstand erlebte. In diesem modernen, boomenden Frankreich breitete sich die Freude am Lebensgenuß
über ehemals scharf gezogene politische, soziale und reli-
giöse Grenzen hinweg aus. Als Gilles Pudlowski, ein prominenter jüdischer sozialistischer Kritiker, seine Lobeshym-
nen auf die Küche seiner elsässischen Heimat veröffentlichte, hatte die Wertschätzung des Lebensgenusses bereits
ihren Siegeszug angetreten. »Sämtliche Tabus vergangener
Zeiten sind überholt«, meinte Pudlowski. »Ich erkläre mei-

nen Lesern, daß es möglich ist, Jude zu sein und Frankreich zu lieben und daß man liberal sein kann und trotzdem gerne ißt.«

Vorreiter dieser neuen Schule der gastronomischen Kritik, die persönlich, emotional und unpolitisch ist, waren Henri Gault und Christian Millau, beide jung und vom politischen Extremismus des Zweiten Weltkriegs nicht mehr beeinflußt. Obwohl Gault und Millau politisch eher konservativ waren, vertritt Ory die Meinung, daß »sie in Wahrheit nur dem Hedonismus gläubig anhingen«. Weder Gault noch Millau hatten eine formale Ausbildung in berühmten Restaurants oder Hotels absolviert. Gault, Sohn eines Arztes aus der Normandie, war mitten in seinem Medizinstudium, als 1952 seine Eltern starben. Er brach das Studium ab, da er die Studienkosten nicht bezahlen konnte und auch nicht die nötige Energie aufbrachte, um es fortzusetzen. 1954 wurde er Vertreter einer Tenniszeitschrift und orientierte sich um, als er sein Talent als Autor erkannte. Er landete bei der protzigen Abendzeitung *Paris Presse,* wo er einen geruhsamen Job übernahm: Er hatte über Tennis, Golf und Polo zu berichten. Zu Tode gelangweilt tröstete er sich mit ausgedehnten Mahlzeiten und unternahm Spaziergänge durch Paris auf der Suche nach Metzgereien und ausgefallenen Lebensmittelläden. Als Gaults Redakteur und Freund Christian Millau von seiner gastronomischen Nebenbeschäftigung erfuhr, ermunterte er ihn, über seine Eindrücke zu schreiben.

Millau war auf direkterem Weg zur *Paris Presse* gelangt. Der Sproß einer alteingesessenen Familie von Parfümeuren studierte Internationale Beziehungen am Institut des Sciences Politiques in Paris und anschließend fünf Jahre Jura an der Sorbonne. Unschlüssig, was er als nächstes tun sollte, wählte er Journalismus. Mit Dreißig war er bereits stellvertretender

Chefredakteur und für Features zuständig. Chefredakteur Millau ließ seinem Mitarbeiter Gault freie Hand. Die kulinarischen Tips erschienen in der Freitagsausgabe auf der Freizeitseite und wurden auf Anhieb ein Erfolg. Vor dem Lokal, das Gault als erstes gelobt hatte, drängten sich so viele Menschen, daß ihm der Besitzer mit Klage drohte. Der Pöbel, beschwerte er sich, hindere ihn daran, seine Stammgäste angemessen zu bedienen.

1961 bot der Verlag Juillard den beiden jungen Journalisten einen Vorschuß in Höhe von 10 000 Franc für die Erstellung eines neuen Restaurantführers für Paris an. Innerhalb eines Jahres testeten die beiden 350 Speiselokale. Neben den Tips für Restaurants, Hotels, Cafés und Bistros wurde auch auf Metzger, Bäcker, Schneckenverkäufer, Öl- und Weinhändler und sogar Antiquitätenhändler hingewiesen. Das Buch wurde einer der Jahresbestseller, und Gault-Millau waren in aller Munde.

Anders als die langweiligen, provinziellen Michelin-Inspektoren waren Gault und Millau waschechte Pariser mit Ausstrahlung und Niveau. Beide kleideten sich stets entsprechend der neuesten Mode. Als sie einen gewissen Bekanntheitsgrad erlangt hatten, fanden sie auch Erwähnung in den Klatschspalten und wurden auf Schritt und Tritt verfolgt. Als junge Männer achteten sie auf ihre Figur und gingen doch fast jeden Abend essen. Beide waren starke Raucher, obwohl das dem Geschmacksempfinden abträglich war. Gault verfügte über die spitzere Feder und die größere Schlagfertigkeit, während Millau das geübtere Auge fürs Geschäftliche besaß.

Diese Kombination erwies sich als fruchtbar, und schon bald entwickelte sich ein kleines Gault-Millau-Imperium. 1968 nahmen sie unter dem firmeneigenen Namen einen Kredit von 250 000 Franc auf und brachten die Monatszeitschrift

Le Nouveau Guide auf den Markt. Innerhalb weniger Jahre lag die Auflagenhöhe bei 150 000. Darüber hinaus veröffentlichten sie Handbücher – eines für Paris, eines für Gesamtfrankreich und eines für Wein. Schließlich dehnten sie ihre Tätigkeit ins Ausland aus, testeten weit entfernte Städte wie New York und exotische Länder wie Tunesien und die Türkei. Gault-Millau erwarben sogar die Lizenz für eine Reihe von Produkten. Außerdem gründete die Firma einen »Gourmet Club«, der seinen Mitgliedern – ausgewählt nach dem Abonnentenverzeichnis der Gault-Millau-Zeitschrift – Weine und Champagner empfahl.

In seiner Glanzzeit beliefen sich die Jahresbruttoerträge des Duos auf über 30 Millionen Franc. Gault und Millau schwelgten in Luxus. Gault kaufte eine riesige Wohnung gegenüber dem Élysée-Palast und verbrachte die Ferien mit Frau und Kindern in einem geräumigen Landhaus nahe der alten Hugenottenstadt La Rochelle an der Atlantikküste. Millau erwarb ein elegantes Stadthaus im schicken XVI. Arrondissement und nutzte die Ferien für kulinarische Expeditionen rund um den Globus. Die Ergebnisse faßte er in seiner Zeitschrift zusammen.

Die Rezensionen von Gault-Millau waren persönlich gefärbt und flott geschrieben. Restaurants wurden mit ein bis vier Kochmützen ausgezeichnet, die Bewertungsskala reichte von eins bis zwanzig. Restaurants mit »herkömmlicher Küche« erhielten 10, 11 oder 12 Punkte, jedoch keine Kochmütze; Lokale mit 13 und 14 Punkten bekamen eine, Restaurants mit 15 und 16 zwei Mützen; drei gab es für die Bewertung mit 17 und 18 Punkten, vier ab 19 Punkte. Auf die Bewertung folgte eine geistreiche, respektlose, schnoddrig formulierte Beschreibung der Lokalität. Im Unterschied zu Michelin, der nur die hervorragenden Häuser beurteilt und sie nach drei Jahren erneut unter die

Lupe nimmt, befaßt sich der Gault-Millau auch mit bezahlbaren und wenig bekannten Lokalen.

Je schärfer die Rezensionen ausfielen, desto mehr wuchs Gault-Millaus Ruf – und die eindrucksvolle Liste von Klägern. Über ein Restaurant schrieben sie: »Die Fischsuppe war wäßrig, der Hummerspieß geschmacklos.« Das betroffene Restaurant in Marseille – passenderweise mit dem Namen Le New York – verlor nicht nur Kunden, sondern auch den anschließenden Prozeß. »Wir haben durchgesetzt, daß Journalisten ein Restaurant ebenso namentlich kritisieren dürfen wie Film- und Theaterkritiker Filme und Theaterstücke«, erklärte Millau hämisch in einem Interview für eine Titelgeschichte des *Time Magazine* im Jahr 1980.

Gault und Millau rückten dem Restaurantgewerbe Frankreichs zu Leibe und raubten vor allen Dingen den geheiligten kulinarischen Vorschriften ihren Nimbus. So stellten sie beispielsweise in einem Artikel fest, daß die Qualität von Leberpastete aus Israel der französischen »kaum nachstand«. Sie bewerteten chinesisches, indisches, indonesisches und vietnamesisches Essen und fegten die chauvinistische Überzeugung vom Tisch, die französische Küche sei die allein seligmachende. Sie brachten sogar an die Öffentlichkeit, daß ein Gremium berühmter Küchenchefs bei einem Essen nicht die Verwendung von Margarine anstelle von Butter herausgeschmeckt hatte.

Als Dominique Versini ihr Restaurant Olympe in Paris eröffnete und damit Hoffnungen und Ängste über eine mögliche weibliche Invasion der *haute cuisine* schürte, verlieh Gault-Millau ihr drei Kochmützen und war des Lobes voll. »Ohne lange Überlegungen verleihen wir ihr als erster Frau in unserem Führer drei Kochmützen«, schrieben sie. »Dieses exklusive Restaurant, das diese kleine Frau betreibt, ist von einzigartiger Köstlichkeit und voller Ideen.« Mehr als ein

Anflug männlicher Überheblichkeit sprach aus dem Lob, in dem Restaurant herrsche »eine elegante Atmosphäre, die schöne Frauen noch schöner wirken lasse«.

Gault und Millau brachen sogar mit önologischen Konventionen. Rotwein durfte zu Fisch serviert werden, und sie rührten kräftig die Werbetrommel für amerikanischen Wein. In einem gefeierten Test froren die Kritiker Bordeaux-Wein ein, den sie anschließend erhitzten. Auf einer Fahrt durch Paris schüttelten sie ihn sogar kräftig durch. Wärme und Licht, so fanden sie heraus, vermochten einen Wein zu ruinieren, doch unter Kälte und Schüttelbewegungen litten nur die Weine mit starkem Sediment. Bei einem anderen Test setzten sie 330 Weinsorten aus 33 Ländern 62 Fachleuten aus zehn Nationen zur Verkostung vor. Einmal erhielten vier Rotweine aus Kalifornien und einer aus Jugoslawien eine bessere Bewertung als ein Premier Cru Château Latour 1950.

Bei ihren Untersuchungen errechneten die beiden auch ihren eigenen Konsum. In den ersten zehn Jahren tranken sie grob gerechnet zusammen 7760 Liter Wein und Champagner, 45 Liter Liköre und Aperitifs, 4000 Liter Kaffee, verzehrten 1500 Pfund Rindfleisch, 220 Pfund Leberpastete, 35 Pfund Kaviar, 25 Pfund Trüffeln, 25 Liter Sahne, 1000 Pfund Butter, 22 000 Eier und annähernd 15 000 Austern. Sie nahmen über 500 Mahlzeiten jährlich im Restaurant ein und setzten ansehnliche Bäuche an. Sie fragten sich, wie oft sie sich wohl noch an reichhaltigen Saucen und in Butter geschwenkten Gerichten gütlich tun könnten, die den Geschmack guter Speisen »töteten« und schlechte Zutaten geschmacklich übertönten.

Ihre Verzehrmenge machte ihnen angst, und sie reagierten darauf, indem sie eine neue Form des Kochens propagierten: weniger Butter und Sahne und kürzere Garzeiten von

Fleisch, Fisch und Gemüse. Gault kehrte nach einem Aufenthalt in einem Kurort im Sommer 1973 mit der Überzeugung zurück, es sei möglich, gut zu essen, ohne sich übermäßig viel einzuverleiben. In der Oktoberausgabe seines Magazins erschien seine neue Erkenntnis unter dem spannenden Titel »VIVE LA NOUVELLE CUISINE FRANÇAISE«. Das war die Geburtsstunde der Bezeichnung *nouvelle cuisine.*

Kapitel 6

❖ ❖ ❖

Nouvelle cuisine

Die Franzosen propagieren die »neue Küche« eigentlich schon seit Jahrhunderten. Bereits 1739 setzte sich François Marin für eine »moderne Küche« mit »weniger Pomp und Erschwernissen« ein. Marin war die aufgeblasene, barocke Gepflogenheit der üppigen Festgelage ein Greuel, die unter Ludwig XIV. in Versailles ihren Höhepunkt erreichten. Der Sonnenkönig beschäftigte in seinem Palast mehr als fünfzig Köche, und im Laufe einer Mahlzeit konnte er mühelos ein Menü, bestehend aus viererlei Suppen, einem kompletten Fasan, einem Rebhuhn, einer großen Salatplatte, mit Knoblauch gewürztem und im eigenen Saft serviertem Hammel, zwei dicken Scheiben Schinken sowie diversen Kuchen, Früchten und Marmeladen, verdrücken.

Die Gelage waren eine ernste Angelegenheit. Im Jahr 1671 war ein Maître d'hôtel namens Fritz Karl Vatel mit der Organisation eines Banketts zu Ehren des Königs beauftragt. Die Festlichkeiten begannen an einem Donnerstagabend, und im Verlauf des Mahls mußte Vatel feststellen, daß es auf mehreren Tischen keinen Braten mehr gab, da zahlreiche unerwartete Gäste gekommen waren. Als Vatel in der Morgendämmerung des darauffolgenden Tages erfuhr, daß nur zwei Ladungen der bestellten Menge frischen Fisches eingetroffen waren, verzweifelte Vatel und erklärte: »Diese Schmach überlebe ich nicht.« Er schloß sich in sein Zimmer ein und erstach sich mit einem Schwert.

Seither hält jede Generation französischer Köche ihren Maître d'hôtel unter Beobachtung – in der Überzeugung, Perfektion allein könne ihn vor einem unglücklichen Schicksal bewahren. Um jedoch an die Spitze zu gelangen, bedurfte es eines eigenen Stils, etwas, wodurch sich die eigene Kochkunst von der Kochkunst der Vorgänger abhob, etwas Neues. Bernard hatte diese Lektion gelernt. Er nahm viele Mühen auf sich, einen kühnen, erfindungsreichen und persönlichen Kochstil zu entwickeln. In Saulieu lebte und arbeitete er im Schatten der kulinarischen Entwicklung des 20. Jahrhunderts. Dumaines Küche war eine romantische Reaktion auf die langweilige städtische Küche gewesen, und Bernard folgte ihm insofern, als er die Klassiker der französischen Küche neu schrieb, abgestimmt auf die Welt von heute. »Wir wollen den Leuten den Kalbseintopf in Erinnerung rufen, den ihre Großmütter zubereiteten, ihnen den Geschmack von damals vermitteln«, sagte er. »Aber wir müssen es auf eine moderne Art und Weise tun.«

Bernards Rezept für Schnecken war ein gutes Beispiel dafür, wie er eine klassische burgundische Spezialität der heutigen Zeit anpaßte. Traditionell wurden die Schnecken aus der Schale genommen, mit Salz bedeckt, damit sie ausschlemmten, und anschließend gewaschen. Sodann wurden sie eine knappe Stunde in einem *court-bouillon* gekocht, bevor sie mit einer Unmenge Knoblauchbutter wieder in die Schale gesetzt und im Ofen erhitzt wurden, bis die Butter schäumte; sie wurden heiß serviert. Das erste Rezept für diese *escargots à la bourguignonne* stammt aus dem Jahr 1825 und blieb bis zur Zeit Dumaines unverändert.

Bernard war die Vorstellung ein Greuel, die Schnecken in Butter und Knoblauch zu ertränken. Seiner Meinung nach trocknen die Schnecken aus, wenn sie mit Salz gekocht werden. Auf seinen Ausflügen als Kind im Wald hatte er die Schnecken inmitten von Brennesseln sitzen sehen. *Wie wäre es, die Schnecken mit den Brennesseln zu servieren?*, überlegte er. Und warum eigentlich sollte man nicht die Schnecken in der Schale kochen und sie erst ganz zum Schluß herausnehmen? Auf diese Weise verliert sich das Aroma nicht. Bernard servierte seine dampfend heißen Schnecken in grüne Brennesseln eingewickelt als saftige Vorspeise. »Ich lasse das Fett und die Sahne ganz weg, bewahre aber den intensiven Geschmack«, sagte er.

Bei allen seinen Neuerungen zollte Bernard immer auch der Tradition Respekt. Eine seiner Spezialitäten nannte er *poularde Alexandre Dumaine.* Früher bereitete Dumaine gefülltes Huhn aus der nahegelegenen Region Bresse mit Sahnesauce. Bresse-Hühner sind weiße Beny-Hühner aus Freilandhaltung, die im Umkreis der Stadt Bourg-en-Bresse südlich von Dijon gezüchtet werden. Ihr Fleisch ist gelb und geschmackvoll und wird seit langem sehr geschätzt. Als Heinrich IV. 1601 Bresse eroberte, lobte er die Schmackhaftigkeit des Hühnchens. Und Brillat-Savarins Urteil lautete: »Königin des Geflügels, Geflügel der Könige.«

Bernards Version war ein mit Lauch, Karotten und Hühnerleber gefülltes Bresse-Huhn, ein paar schwarze Trüffelscheiben unter die Haut geschoben. Das Huhn wurde in einer Mischung aus Hühner- und Rinderbrühe, Portwein und Brandy gedünstet. Es kam in einem dampfenden Topf – den Deckel mit dicken Tüchern gut verschlossen – auf den Tisch. Mit großem Zeremoniell wickelte der Kellner die Tücher auf, hob den Deckel und servierte zwei Teller dieses schlichten, raffiniert gedünsteten Geflügels.

Für manche Kritiker war die *poularde* lediglich ein exklusiv serviertes gekochtes Hühnchen, ein simples Rezept aus Großmutters Zeiten. Für Bernards Befürworter hingegen eine sublime Verschmelzung von Tradition und Moderne.

Zweifellos zeigte dieses Rezept, wie Bernard die Geschichte seines Restaurants einbezog und Dumaines Größe Tribut zollte, während er gleichzeitig seine eigene Virtuosität demonstrierte.

Bei Bernards Suche nach dem vollendeten Kochstil erwies sich seine Ausbildung bei Troisgros als äußerst hilfreich. Die Brüder Troisgros waren Dumaines Erben, die Nachfolgegeneration, die die Innovationen des Meisters logisch fortführte. Die Troisgros lehnten schwere Saucen ab, die den Geschmack des Fleisches überlagerten. Sie verzichteten auf Mehl und Stärkemehl und kehrten zu einem leichteren, reineren Stil zurück, indem sie nur die allerbesten Rohstoffe verwendeten, die sie kurz im eigenen Saft kochten – beinahe wie in der chinesischen Küche.

Der *saumon à l'oseille*, eine Erfindung von Pierre Troisgros, ist typisch für das, was Gault und Millau als *nouvelle cuisine* bezeichneten. Bis zu den Troisgros galt es als die gängige Art der Fischzubereitung, daß man dicke Stücke Fisch in Mehl wälzte und in Butter ausbackte. Troisgros verzichtete auf die Panade, schnitt den Fisch in dünne Schnitzel und dämpfte ihn in Weißwein rosarot. Darüber streute er Sauerampfer, frisch aus seinem Garten. Troisgros' Küche erforderte Produkte höchster Qualität, denn minderwertige Zutaten konnten nun nicht mehr unter schweren Saucen versteckt werden. Bernard meinte, seine erste Epiphanie in der Küche hätte er erlebt, als er die Sauerampfersauce für Troisgros' berühmten Lachs zubereitete. »Ich war so nervös, daß ich kaum umrühren konnte«, erinnerte er sich. Es prägte sich ihm ein, stets nur die allerfrischesten Produkte zu verwenden und sie nur so lange zu kochen, bis ihr Aroma hervortrat.

Troisgros machte Schluß mit Escoffiers formellen, garnierten Büfettplatten, die ihrerseits wieder Vereinfachungen der monumentalen »Skulpturen« der Köche des 19. Jahrhunderts waren. Diese Köche waren für Adelshäuser und großbürgerliche Restaurants tätig gewesen, die Pomp und Zeremoniell liebten. Die Küche, die Dumaine in seiner 1968 postum erschienenen Autobiographie *Ma Cuisine* vorstellte, war zwar relativ schlicht, sein kulinarisches Universum kreiste jedoch nach wie vor um das Festbankett. Einer Gästerunde oder einer Großfamilie, die sich zu einem besonderen Anlaß trifft, werden Platten mit *pâtés,* Spanferkel und ganze Kuchen serviert.

Als die Brüder Troisgros 1977 ihr Buch *Cuisiniers à Roanne* (Die einfache große Küche der Brüder Troisgros) veröffentlichten, meinte der Gastronomieautor Raymond Sokolov, die Gerichte auf den Fotos des Bandes seien wie Gemälde auf den Tellern arrangiert. Etwa in Scheiben geschnittenes und in Kreisform oder anderen geometrischen Mustern angeordnetes Gemüse. Die beiden Brüder folgten einer Entwicklung im Verständnis von Essen, das bei Dumaine begann und sich nicht zuletzt auch an der japanischen Ästhetik orientierte.

Ein weiterer wichtiger Aspekt des revolutionären Kochstils der *nouvelle cuisine* war die Bedeutung, die dem Koch und Inhaber zukam. Dumaine, Point und Pic zeigten, daß Köche zugleich auch die Besitzer des Lokals sein konnten, in dem sie kochten, und daß der Maître d'hôtel für sie arbeitete. Damals bildeten sie damit die große Ausnahme. Ihre Schüler machten diese Neuerung derart populär, daß der britische Autor John Ardagh sogar von einem »Sklavenaufstand« sprach. Zu Points Protegés zählten in erster Linie die Brüder Troisgros und ein junger Koch namens Paul Bocuse, dessen Familie ein bescheidenes Gasthaus an der Saône nördlich von Lyon besaß. Die Mehrzahl der Kritiker sind sich darin einig, daß Bocuse durchaus nicht der größte der modernen

Köche war; was brillante Kreativität anbelangte, waren ihm die Troisgros gewiß überlegen. Doch Bocuses Charisma, seine Führungsqualitäten ermunterten die neue Generation, die Philosophie der Trinität zu übernehmen und zu verbreiten. Mehr als jeder andere war es Bocuse, der aus dem mit drei Michelin-Sternen ausgezeichneten Küchenchef einen Mythos machte.

Nach seiner Lehrzeit *chez* Point kehrte Bocuse nach Lyon zurück und wandelte den Familienbetrieb in ein luxuriöses Vorzeigerestaurant für seine neue Küche um. 1961 bekam er von Michelin seinen ersten Stern, 1965 bereits den dritten – der steilste Aufstieg in der Michelin-Geschichte, der lediglich von Michel Guérard in Eugénie-les-Bains zwischen 1974 und 1977 in den Schatten gestellt wurde. Als Bocuse das Ziel erreicht hatte, war er bereits sein eigener Herr. Er mußte jedoch feststellen, daß die besten Restaurants um ihn herum ganz und gar nicht in den Händen der Küchenchefs lagen, sondern von Geschäftsleuten betrieben wurden, die oft wenig vom Kochen verstanden. Der Koch war lediglich ein Angestellter, gezwungen, nach den Vorstellungen des Inhabers zu kochen. Bocuse ermutigte die Meisterköche, ihre eigenen Restaurants zu eröffnen, um dort ihre Kunst zu entfalten.

Bocuse konnte sich auf sein immenses Talent der Selbstdarstellung verlassen, um seine Sache voranzubringen. Er war eine rabelaissche Erscheinung, voller Widersprüche, und er zeigte die zurückgezogene Tätigkeit des Kochs in einem glamourösen Licht. Das Restaurant seines Vaters hieß Auberge du Pont de Collonges. Als Bocuse es übernahm, postierte er ein riesiges Schild neben dem Eingang, auf dem in überdimensionalen Lettern die Aufschrift PAUL BOCUSE prangte. Er wurde als Ehrengast in den Élysée-Palast eingeladen, um zusammen mit dem Präsidenten ein besonderes Gericht zuzubereiten und zu essen – ein Ereignis, das in allen großen Zeitungen für Schlagzeilen auf der Titelseite sorgte. Er übernahm die Rolle des *agent provocateur* in Sachen Perfektion. Während er als Botschafter der französischen Kochkunst die Welt bereiste, spielte er seinen Freunden weiterhin Schulbubenstreiche, indem er beispielsweise Striptease-Tänzerinnen bei einer Party in Paris einschleuste oder einen verwesenden Hasenkadaver in einem Blumengebinde versteckte und verschickte.

Heute gehören nahezu alle Restaurants mit drei Michelin-Sternen den Küchenchefs – eine Generation zuvor waren es nur eine Handvoll. Bocuse selbst war mittlerweile zu einer Touristenattraktion geworden. Seine kommerziellen Aktivitäten sind heute weltumspannend, angefangen bei einem Restaurant im Epcot Center in Florida bis zu einer Kochschule in Japan und einer eigenen Produktreihe mit Dosengerichten. Es heißt immer wieder, die Qualität seines Restaurants leide darunter, daß er so selten anwesend sei und so vielfältige Interessen habe. In den letzten Jahren – inzwischen ist der Meisterkoch über Sechzig – hat sich der fröhliche Bocuse zu einem launischen Zeitgenossen entwickelt, einen Tag so, am nächsten anders.

Dennoch ließ Bernard sich von Bocuse inspirieren, er sieht ihn als seinen geistigen Vater an. In bewußter Nachahmung des Meisters brachte Bernard, nachdem er La Côte d'Or gekauft hatte, ein Schild an der Fassade an, auf dem in fetten schwarzen Großbuchstaben BERNARD LOISEAU stand. Darunter in kleinerer Schrift »La Côte d'Or«. »Bocuse hat uns gelehrt, daß wir keine Sklaven mehr sind«, sagte Bernard. »Der Koch war bisher im Souterrain versteckt. Jetzt betritt er den Speisesaal, und die Rothschilds bitten ihn um eine Gefälligkeit.«

Bocuse und Troisgros standen für die *nouvelle cuisine*. Bernard wußte, daß es nicht genügte, einfach nur auf Dumaines Reputation zu bauen und die traditionellen Rezepte auf einen neuen Stand zu bringen. Er brauchte ein Manifest und einen Slogan. Nach langem Grübeln kam er auf die Bezeichnung *cuisine à l'eau.*

Ein typisches Menü von Loiseau begann mit einer zarten süßen Artischockenmousse, es folgte Hecht auf feuchtem Schalottenbett und Schnapper auf Seeigel. Nichts war unter trügerischen Sahnesaucen versteckt. Bernard verwendete die dicksten und frischesten Jakobsmuscheln, die fülligsten Flußbarsche, süß und dick, die frischeste Seezunge in einer außergewöhnlichen Vinaigrette.

»Paff!«

Eine Gabel voll seines Essens sollte im Mund »explodieren«. In dem Versuch, das Eigenaroma hervortreten zu lassen, verbannte er Butter, Sahne und Eigelb, die üblichen Grundbestandteile des französischen Kochens, aus seiner Küche. Sie seien, so sagte er, schlecht für die Gesundheit in einer von Cholesterinängsten besessenen Zeit, und was noch schlimmer sei, sie verschleierten den reinen Geschmack der eigentlichen Zutaten. Bernard lehnte sogar den elementaren Trick ab, eine Pfanne mit Wein oder anderem Alkohol abzulöschen. Rotwein sollte Fleisch oder Fisch Aroma verleihen, aber allzu oft übertünchte und verfälschte er deren Eigengeschmack. Bernard löste das Problem, indem er zehn Flaschen Wein auf eine reduzierte und die Sauce statt mit Sahne mit Karottenpüree band. Eine Weißweinsauce dickte er mit Zwiebelpüree an. Dadurch konzentrierte er die Aromen, und der frische Flußbarsch in Rotwein umschmeichelte den Gaumen des Gastes.

Bernard verwendete eine beschichtete Pfanne, und dennoch tupfte er das Essen mit einem Küchentuch trocken. Frische Seebarbe beispielsweise briet er auf der Hautseite mit etwas kaltgepreßtem Olivenöl zwei Minuten lang – keine Sekunde mehr und keine weniger – und wischte das Bratöl vom fertigen Fisch. Anschließend legte er den Fisch auf einen vorgewärmten Teller, mit der unfertigen Seite nach unten, und reichte das Gericht nach links weiter. Ein anderer Koch garnierte mit gedünsteten Zucchiniblüten und gab eine Sauce aus einem Rotweinpüree oder neuerdings Seeigel hinzu. Bis das Essen zum Gast kam, war durch die Wärme des Serviertellers die Unterseite des Fisches gar. »Fett und Öl bleiben in der Pfanne«, behauptete Bernard. »Man weiß, was man ißt, man hat den vollen Geschmack der Seebarbe im Mund.

»*Paff!*«

Die *cuisine à l'eau* war umstritten. Für viele Liebhaber der üppigen klassischen Küche fehlte es der minimalistischen Küche Loiseaus an Aroma und Substanz. Die Restaurantkritikerin Patricia Wells zum Beispiel fand die Gerichte »irgendwie zu monoton« und hatte bei dem in bleistiftdünne Stifte und Scheibchen geschnittenen Gemüse »das Gefühl, daß irgend etwas fehlte«. Die Gehässigen verspotteten die Küche als maoistisch wegen ihrer übertriebenen Dürftigkeit. Neben Sahne und Butter verbannte Bernard auch das Salz vom Tisch. Rudolf Chelminski verglich Bocuse mit Beethoven und Bernard mit »Strawinsky, Schönberg, ja vielleicht sogar Stockhausen«. Manchen gefielen die modernen Klänge. Andere hörten nur Mißtöne.

Bei alldem ging es Bernard immer auch darum, auf sich aufmerksam zu machen. Das gelang ihm zweifellos. Seine Kreationen lösten in gastronomischen Kreisen Frankreichs erbitterte Diskussionen aus. Bei einem Spaziergang am Ufer der Saône witzelte einmal kein Geringerer als sein guter Freund Bocuse: »Wie schade. Wenn Bernard nur sehen könnte, wie diese ganze Sauce einfach so vergeudet wird.«

Zu jener Zeit erklärte Bernard, er hasse das Etikett *cuisine à l'eau.* Er behauptete, der Begriff werde mißverstanden, und er bevorzugte für seine Küche deshalb die Bezeichnung *cuisine de jus,* Küche der Essenzen. Im Laufe der Jahre mäßigte er sich in seinem Kampf gegen Butter und Sahne und akzeptierte jetzt begrenzte Mengen davon auch in seiner Küche. Ein bißchen Butter, so gab er zu, sei notwendig, um die Sauce und das Fleisch zu binden. »Lange Zeit habe ich mit einer fettlosen Küche experimentiert«, sagte er. Sein Ziel, so hatte er erkannt, könne es jedoch nicht sein, alle »schlechten« Zutaten auszuschließen. Sein Ziel war guter Geschmack. »Ein Minimum an Öl oder Butter ist nötig, um die Zutaten zu binden«, meinte er.

Anders als die Schöpfer der *nouvelle cuisine* glich Bernard ganz bewußt die traditionellen Gerichte dem Geschmack von heute an. Sein Froschschenkelrezept ist dafür ein gutes Beispiel. Jahrhundertelang wurden Froschschenkel in Butter und Knoblauch fritiert und mit Petersilienblättern serviert. Das ergab zwar einen guten Geschmack, doch das Gericht triefte vor Fett, so daß sich Bernard, wie er sagte, »der Magen umdrehte«. Bernard machte das Gericht bekömmlicher, indem er die frischen Knoblauchzehen eine halbe Stunde köcheln ließ – und dann zehnmal hintereinander in frischem Wasser schwenkte, um den dominierenden Geschmack des Knoblauchs zu dämpfen. Er verrührte den Knoblauch mit Milch, bis er eine breiige Konsistenz hatte. Dann bereitete er ein dickes grünes Petersilienpüree. Die Froschschenkel wurden fritiert und erst im allerletzten Augenblick alle Zutaten auf den Teller gelegt. »Man hat den Knoblauchgeschmack ohne diese Intensität, man hat das natürliche Aroma der Petersilie ohne die Butter«, erklärte Bernard. »Alle Elemente vereinigen sich im letzten Augenblick und ergänzen einander. Auch nicht zu viel Verschiedenes, nur zwei- oder dreierlei. Zu viele Geschmackskomponenten auf einmal im Mund, das geht nicht.«

Bernard kreierte aus der Intuition heraus. Er erdachte sich neue Rezepte in der Einsamkeit des Waldes und erläuterte dann in der Küche Patrick seine Vorstellungen. Patrick kochte das Gericht zur Probe. Er, Hubert und Bernard testeten. Wenn ihnen das Resultat gefiel, setzten sie das Gericht auf die Speisekarte.

Ein weiterer umstrittener Aspekt von Bernards Philosophie war sein Umgang mit feudalen Zutaten wie Kaviar, *foie gras* und Trüffel. Die *nouvelle cuisine* schuf Gerichte, um diese Delikatessen groß herauszubringen. Für Bernard waren es bodenständige Nahrungsmittel, und er war mehr oder weniger der einzige, der sich bemühte, sie, wie er sagte, »auf ihre Wurzeln« zurückzuführen und mit so bescheidenen Nahrungsmitteln wie Ochsenschwanzaspik und sogar Kartoffeln zu verbinden.

Kartoffeln? In Bernards Augen verdiente selbst die schlichte Kartoffel Hochachtung. Im Winter bot er für 350 Franc ein Kartoffelmenü namens *Pommes en fête* an. Den Anfang machten Lauch und Kartoffeln in Kartoffelvinaigrette, es folgte ein *croustillant* von Kartoffeln mit Zwerggemüse und Kartoffelbrei in Ochsenschwanzbrühe, garniert mit Trüffeln. Den Abschluß der kulinarischen Kuriosität bildete ein Sorbet mit grünen Äpfeln und ein Mürbteigkuchen aus Äpfeln, Karamel und Nüssen. Im Sommer bot der eigenwillige Loiseau im La Côte d'Or das Gegenstück seines Kartoffelmenüs in Gestalt eines Gemüsemenüs an. Genau genommen war es kein streng vegetarisches Gericht, da Fleisch- und Fischbrühe verwendet wurden. Trotzdem zahlte man für wenig mehr als Lauch und Spargel an die 400 Franc.

Für die meisten Vertreter des französischen kulinarischen

Establishments waren diese »Themenmenüs« der Beweis für Bernards Flatterhaftigkeit. Aber Henri Gault verteidigte ihn. 1974, als Bernard noch im Barrière Poquelin tätig war, lobte Gault Bernard, den Vogel als »außergewöhnlichen Koch, der alle hinter sich läßt«. Später lobte Gault Bernard im französischen Rundfunk als »vielleicht besten Koch der Welt«.

Doch dieses Lob half Bernard weniger, als er gehofft hatte. Mitte der achtziger Jahre war der Gault-Millau bereits auf dem absteigenden Ast. Aus dem von bäuerlichen Traditionen geprägten Kochgewerbe mit reichlichen Portionen hatten Gault und Millau einen Modetrend entwickelt. Ihr Beruf zwang sie, täglich zwei höchst gehaltvolle französische Mahlzeiten zu sich zu nehmen. Kein Mensch verträgt Essen, Sahne, Butter und Wein im Übermaß. Schon nach wenigen solchen Schlemmertagen bläht sich der Magen auf. Kein Wunder, daß diese beiden professionellen Esser die Rettung in den leichten, vollendet schönen Portionen der *nouvelle cuisine* und der *cuisine à l'eau* erblickten.

Doch die Mehrheit der Bevölkerung, der der Michelin Rechnung trug, ißt nicht jeden Tag in feinen Restaurants. Für solche sporadischen Gäste bedeutet der Abstecher zu einem großen Restaurant einen festlichen Anlaß, und bei einem Fest gibt es eben reichlich zu essen. Testesser mittleren Alters kämpfen wie zahlreiche Menschen ihres Alters mit Gewichtsproblemen und Bluthochdruck, wenn sie zu viel essen und trinken. Kein hochbezahlter Spezialist war nötig, um die Krankheit zu diagnostizieren: der Stern war erloschen. Den beiden einstigen Revolutionären Gault und Millau, die nach Abwechslung gierten, war der Appetit vergangen. »Heute legen sie mehr Wert auf das Lächeln der Garderobiere als aufs Essen«, gaben Köche im Vertrauen preis. Zugegebenermaßen wagte es kaum jemand, sich im

Gespräch über Gault und Millau namentlich zitieren zu lassen.

Nachdem ihr Stern nicht mehr strahlte, legten sie sich so gut wie mit jedem an. Ein Kenner verglich die Verhältnisse mit der Situation der Beatles vor ihrem Auseinandergehen. Gault hatte von beiden die bessere Nase für gutes Essen, Millau hingegen die stärkere Persönlichkeit und weit ausgreifende geschäftliche Ambitionen. Millau setzte sich bald als der Stärkere durch, und zu Bernards Unglück fand er Gefallen an der Küche von Marc Meneau in Vézelay. Um seinem Freund das Terrain zu bereiten, verlieh Millau keinem anderen Koch in Burgund die Spitzenbewertung. Sein nachlässiger Umgang mit journalistischer Objektivität verleitete Millau dazu, ein Werbeunternehmen zu beauftragen, regionale Sonderberichte zusammenzustellen; später stellte sich heraus, daß den Restaurants positive Berichterstattung versprochen wurde, wenn sie Werbeanzeigen kauften. Obwohl die Werbeleute gefeuert wurden, war der Schaden nicht wiedergutzumachen. Im Gegensatz zu Michelin geriet Gault-Millau in den Ruf der Vetternwirtschaft und der inflationären Bewertung.

Ende der achtziger Jahre erteilte der gastronomische Führer zahlreiche hohe Bewertungen – 18 und 19 Punkte – und gab sogar die unglaublich hohe Note 19,5. »Wir versuchten, vom Michelin-Stil der gastronomischen Kritik wegzukommen, der kalt, unparteiisch und anonym war. Unser Führer war persönlich gefärbt und parteiisch, und wir freundeten uns mit vielen Leuten an, mit denen wir zu tun hatten«, gab Gault zu. »Wenn man aber mit jemandem gut steht, wie kann man ihn dann in der Bewertung zurückstufen oder eine Kochmütze wegnehmen?«

Das ging natürlich nicht. 1985 gelang es Gault schließlich, für La Côte d'Or vier Kochmützen und eine Bewertung von

19,5 Punkten durchzusetzen. Bernard war überglücklich. Er hoffte, daß ihm diese Bewertung 30 bis 40 Prozent mehr Kunden brachte, ähnlich wie es bei einem dritten Michelin-Stern der Fall war. Bei den Banken bat er um Kredite, um sein gigantisches Renovierungsvorhaben realisieren zu können. Aber das Geschäft kam nicht in Schwung. »Damals erkannte ich, wie aussichtslos es inzwischen mit uns geworden war«, sagte Gault. »Bernard ist der netteste, naivste, enthusiastischste Mensch, und wir konnten nichts für ihn tun.«

Kurz darauf trennte sich Gault von Millau. *L'Express,* ein großes Medienunternehmen, übernahm den gastronomischen Führer. In einer Palastrevolution im Jahr 1992 stürzten die neuen Besitzer Millau und fanden ihn mit einem Ehrenposten und einer monatlichen Kolumne in der Zeitschrift ab. Gault arbeitete nun als freier Autor mit einem kleinen Büro in der Nähe des Arc de Triomphe. Hauptsächlich schrieb er Bücher für reiche japanische Sponsoren. Gault und Millau machten einmal den Versuch einer Wiedervereinigung, umarmten sich für die Kameras der Fotografen. Doch es gelang ihnen nie, ihre Schwierigkeiten beizulegen und wieder zusammenzuarbeiten. Die Folge waren sinkende Verkaufszahlen für den Gault-Millau.

Der Kampf der Gastronomieführer war zu Ende. Der Gault-Millau mit seinem munteren Stil und seiner Vorliebe für innovative *nouvelle cuisine* blieb auf der Strecke. Viele lieben oder hassen Michelin weiterhin inbrünstig. Der Guide Michelin ist arrogant. Unpersönlich und langweilig. Traditionell und in seinen geschmacklichen Präferenzen nicht zeitgemäß. In der französischen Gastronomie gibt es Stimmen, die behaupten, viele Drei-Sterne-Restaurants hätten ihren Höhepunkt bereits überschritten. Wenn auch einstige kulinarische Tempel wie La Tour d'Argent in Paris nicht mehr das Nonplusultra kulinarischer Größe darstellen, so halten sie dennoch ihren Platz an der Spitze des Michelin-Pantheons.

Bernard war nicht der einzige aufstrebende Koch, der in seinem Michelin-Traum enttäuscht wurde. Andere Neuerer wie zum Beispiel Michel Rostang in Paris und Michel Bras in der Auvergne haben sich jahrelang abgemüht und die drei Sterne trotzdem nicht bekommen. Seit dem Ende des Gault-Millau ist die Stellung des Roten Michelin-Führers unangefochten.

Kapitel 7

❊ ❊ ❊

Weitreichende
Ambitionen

Als Bernhard entdeckte, daß selbst Lob von Gault-Millau
und anderen, weniger bedeutenden Kritikern ihm nicht
half, seine Ziele zu realisieren, bemühte er sich um so mehr
um Michelin. Er prüfte genau, auf welche Weise andere
Küchenchefs die wertvollen drei Sterne gewonnen hatten,
und erkannte, daß nicht allein das Essen zählte. In den
Dörfern Vonnas im südlichen Burgund hatte der Küchenchef und Inhaber Georges Blanc im Jahr 1980 die Spitzenbewertung von Michelin erhalten, indem er ein einfaches Landgasthaus mit acht Zimmern, das La Mère Blanc,
in ein prunkvolles Hotelrestaurant umgestaltet und mit
Swimmingpool, Tennisplatz und sogar einem Hubschrau-
berlandeplatz ausgestattet hatte.
Die Kunden strömten ihm nur so zu. Es entstand eine
Georges-Blanc-Boutique mit Georges Blanc-Lebensmitteln
und -Küchengeräten. Auf der anderen Seite des Dorfplatzes
baute Blanc ein weniger teures Hotel mit Bistro. Der Maître
d'hôtel des Côte d'Or, Hubert Couilloud, meinte im Scherz,
aus Vonnas mit seinen 2413 Einwohnern sei mittlerweile
Georges-Blanc-Stadt geworden.
Kulinarisch konnte Blanc Bernard kaum etwas beibringen.
In der Vervollkommnung der Kunst des Restaurierens hingegen vermittelte er ihm eine wichtige Botschaft. »Kochen
allein reicht nicht mehr aus«, erkannte Bernard. »Man

braucht mehr, um den Gästen ein Wochenende lang Ruhe und Frieden zu vermitteln. Sie wollen Bäume und Wiesen sehen, wenn sie morgens die Augen aufschlagen. Sie wollen sich entspannen. Sie wollen träumen. Das hat Blanc begriffen. Deshalb ist er mein Vorbild.«

Marc Meneau war in Burgund der erste, der seine Anlage modernisierte. Anfang der achtziger Jahre riß er die Wände seines alten Restaurants nieder und baute in seinem L'Espérance in Saint-Père-sous-Vézelay eine glitzernde, mit Glas überdachte Veranda. Für die Gäste war es erholsam, in den Garten hinauszublicken, der an ein Gemälde von Monet erinnerte und dessen Hintergrundkulisse das am Hang gelegene mittelalterliche Dorf bildete. 1983 erhielt Meneau den magischen dritten Michelin-Stern.

Küchenchefs in ganz Frankreich gestalteten bald darauf einfache Landgasthäuser zu aufwendigen Châteaus um. Die Lorains in dem nordburgundischen Dorf Joigny bauten sogar einen Tunnel unter der Straße zwischen ihrem Hauptspeisesaal und dem Anbau am Fluß. Kritiker spotteten über dieses Gebäude, ein ehemals familienbetriebenes Hotel, und betrachteten es als protzigen Palast. 1986 erkannte Michelin den Lorains einen dritten Stern zu.

Viele Küchenchefs warfen ähnlich waghalsig ihre finanzielle Zukunft und ihre künstlerische Reputation in die Waagschale, erpicht darauf, derartige Monumentalbauten zu errichten. Große Küchenchefs scheinen bei allem, was nichts mit Essen zu tun hat, einen fürchterlichen Geschmack zu haben. Tief in der ländlichen Auvergne erhielt ein aufstrebender junger Küchenchef namens Michel Bras zwei Michelin-Sterne und beschloß dann, sich auch den dritten zu holen. Er baute eine supermoderne Zweigstelle auf einem Berghügel. Ein Kritiker verglich das neue Hotelrestaurant mit der »zum Ozeandampfer umgebauten Arche Noah vom Berg Ararat«.

Der glücklose Jean-Pierre Amat verpflichtete den herausragenden französischen High-Tech-Architekten Jean Nouvel für den Neubau seines Hôtel Jardins de Hauterive und seines Restaurants St. Jacques auf der Bordeaux gegenüberliegenden Flußseite. Der Bau von Nouvel sollte die moderne Nachahmung eines einheimischen Tabaklagers sein. Die unbearbeitete Stahlkonstruktion gewann zahlreiche Preise für avantgardistisches Design. Aber vielen Gästen war das Gebäude einfach zu modern. Sie beklagten sich, es sähe aus wie ein Raumschiff des 21. Jahrhunderts, kurz bevor es zum Start aus einer traditionellen Landschaft des 19. Jahrhunderts ansetzt. Amats Geschäft kam nicht in Schwung, und er mußte Konkurs anmelden.

Auch bei anderen begabten burgundischen Küchenchefs schraubte sich die Spirale gefährlich hoch. Im Jahre 1981 eröffnete unweit von Saulieu Jean-Pierre Silva ein gemütliches, für Familien geeignetes Hotel, die Auberge du Vieux Moulin. Bald erhielt er einen Michelin-Stern. Die Geschäfte liefen gut, und der junge Küchenchef war zufrieden. Die Klientel aus der näheren Umgebung strömte herbei. Dann erhielt er den zweiten Stern.

»Ein solcher Aufschwung«, erzählte Silva mit einem Seufzer, »... damit hatten wir nicht gerechnet. Jetzt kamen auch ausländische Gäste. Sie hatten hohe Erwartungen und fanden nur diesen einfachen Betrieb vor.«

Silva erwog, bei Michelin um eine Zurückstufung zu ersuchen. Doch dann stockte er wider bessere Einsicht sein Küchenpersonal von zehn auf zwanzig auf und stürzte sich in einen aufwendigen Umbau. Er installierte ein Hallenbad und baute einen mit Glas überdachten Speisesaal. Sein Landgasthof wurde zu einer luxuriösen Erholungsstätte, und der bescheidene, unprätentiöse Silva mußte zusehen, wie er über die Runden kam.

»Ich will keinesfalls drei Sterne«, sagte er. »Denn dann bräuchten wir drei Maîtres d'hôtel, drei Sommeliers, zu viele Angestellte. Wir könnten dann nicht mehr jung, freundlich und zwanglos sein und nicht mehr mit Polohemden herumlaufen.«

Bernard war da anders. Nach wie vor war er bereit, Millionen zu riskieren, um das Côte d'Or zu renovieren, ganz ohne sich der Gunst Michelins sicher zu sein. Er wollte seine Küche umgestalten, die Salons renovieren und neue Speiseräume mit Holzdecke, patinierten Wänden und großen Schiebefenstern anbauen. Statt das Rattern der auf der Staatsstraße vorbeibrausenden Lastwagen zu hören wie zu Dumaines Zeiten, sollten die Gäste auf einen beschaulichen Garten blicken.

Obwohl sonst vorsichtig, bestärkte Dominique ihren Mann in seinem Vorhaben. Sie betrachtete die Renovierung als ihre Chance, eine Aufgabe für sich zu finden. Aber Bernard hatte sehr präzise Vorstellungen von dem, was er wollte. Der Chef der Juwelierfirma Cartier lud Bernard und Nouvel gemeinsam zum Essen ein, in der Hoffnung, die Künstler, beide glatzköpfig und beide unverblümt offen, würden sich auf Anhieb verstehen. Doch statt dessen holte Bernard zu einem Rundumschlag auf die moderne Architektur aus. »Niemand, der zu Loiseau kommt, möchte in einem Sputnik essen, der im nächsten Augenblick zum Mars abhebt«, sagte er.

Durch ihre Tätigkeit als Journalistin in Paris kannte Dominique die meisten Architekten, die sich auf diesen Bereich spezialisiert hatten. Als Bernard sie nach einem geeigneten Architekten fragte, empfahl sie ihm Guy Catonné.

Der fünfzigjährige Catonné war ein untersetzter Mann, und

mit seinem weißen Bart und seiner munteren Stimme hatte er etwas von einem Eichhörnchen. Er leitete ein kleines Architektenbüro in Paris. Besuchern gegenüber vergaß er nie zu erwähnen, daß sein Büro ursprünglich als Bordell gedient hatte. Sein Spezialgebiet war die Renovierung von Restaurants, und sein Renommierprojekt war die Umgestaltung des Au Pied de Cochon gewesen, eines klassischen Bistros, das auf Schweinsfüße spezialisiert war und rund um die Uhr geöffnet hatte; es lag im Zentrum des ehemaligen Marktviertels Les Halles.

Keines der Projekte von Catonné hatte einen Architekturpreis erhalten, aber alle hielten sich zeitlich und preislich in einem vernünftigen Rahmen. Das Au Pied de Cochon war in einem Zeitraum von nur fünf Wochen umgebaut worden. »Es war ein harter Kampf, aber wir haben es geschafft«, meinte Catonné. Eine derartige Effizienz ist für einen Küchenchef lebenswichtig. Jeder Tag, an dem das Restaurant geschlossen bleibt, ist, was die Einnahmen betrifft, ein verlorener Tag. »Dominique konnte keinen Träumer gebrauchen«, meinte Catonné. »Sie kannte meine bisherige Arbeit und sagte mir, sie sei *sérieux*.«

Gefragt, ob das Côte d'Or irgendwelche architektonischen Besonderheiten aufweisen würde, erhob Catonné seine Stimme und antwortete: »*Keine!*« Bernard stimmte ihm zu. »Die Kunden sollen nicht sagen, sie gehen zu Catonné essen«, erklärte er. »Sie sollen sagen, sie gehen zu Loiseau essen.« Ein paar Wochen nach ihrem ersten Treffen kam er mit ersten Entwürfen wieder. Demnach mußte das Restaurant mehrere Monate geschlossen bleiben. »Ich bin nicht zufrieden«, gab Catonné zu. Er schlug vor, für das Petit Marguery gleich nebenan ein Kaufangebot zu machen.

»Na dann mal los«, sagte Bernard. Er und der Architekt

suchten Robert Pianetti auf, den Besitzer des Petit Marguery.

»Ich kaufe Ihr Lokal«, verkündete ihm Bernard. »Der Preis spielt keine Rolle.«

Fabre, dem Finanzbuchhalter, war der Preis weit weniger egal. Er benötigte drei Monate, um den Verkauf auszuhandeln. Jeden Tag rief Bernard an und fragte: »Haben Sie es geschafft?«

Als Fabre verneinte, explodierte Bernard.

»Kommen Sie endlich zum Abschluß!« schrie er.

»Bernard machte mich rasend«, sagte Fabre. Aber schließlich gelang es dem Finanzbuchhalter, eine Million Franc vom ursprünglichen Preis herunterzuhandeln.

Bernard sah seine Verantwortung darin, das Gesamtkonzept im Auge zu behalten. Er ließ Fabre die finanziellen Einzelheiten regeln, und Dominique sollte sich um die Details der Ausstattung kümmern. Sie meinte, das Restaurant benötigte neues Geschirr und Besteck, und Bernard war einverstanden. Das Côte d'Or hatte bisher schlichte weiße Teller benutzt. Dominique wollte jetzt etwas Raffinierteres. Bocuse und andere große Küchenchefs hatten eigens entworfenes Besteck und Geschirr. Dominique organisierte einen Wettbewerb, zu dem Frankreichs renommierteste Porzellanhersteller eingeladen wurden. Mehrere Monate lang kamen Designer nach Saulieu und unterbreiteten Dominique ihre Vorstellungen. Viele kamen mehrmals. Dominique verbrachte Stunden um Stunden damit, ihnen darzulegen, was genau ihr vorschwebte. »Ich möchte etwas Funktionales, ein robustes Porzellan«, sagte sie. »Aber es soll gleichzeitig elegant sein.«

Die Endrunde des Wettbewerbs wurde auf einen Dienstagmorgen Anfang November festgesetzt. Die Vertreter und Designer trafen gegen zehn Uhr ein und stellten ihre Muster

im großen Speisesaal aus. Ein Geschirr war blumengemu-
stert, ein anderes pastellfarben, ein drittes modern ab-
strakt.

»Das sieht zu billig aus«, entschied Dominique und legte
einen Teller beiseite.

Sie wolle etwas Modernes und doch Ländlich-Schlichtes,
meinte sie, gewiß eine schwierige Kombination. Als Bernard die Muster sah – und die Preise hörte – wurde er zö-
gerlich.

»Worauf es ankommt, ist doch das, was auf dem Teller liegt«,
verkündete er und stürmte in die Küche.

Der stets bedächtige Hubert griff ein.

»Das hier gefällt mir«, sagte er und zeigte auf einen Teller
mit einem braunen BL-Logo auf weißem Grund. »Es ist modern und doch nicht zu modern, ländlich-schlicht und doch
nicht zu sehr. Die Buchstaben sind geformt wie Holzbalken,
wiederum ganz dem Geist des Ortes entsprechend.«

»Meinen Sie nicht, wir bräuchten etwas Festlicheres, vielleicht etwas mit Gold anstatt in Braun?« fragte Dominique.
»Wie wäre es mit Blattgold?«

»Nein, nein, das hier ist schon festlich«, meinte der Vertreter. »Sonst wird es zu protzig.«

Aber Dominique beharrte darauf, und der Vertreter versprach, eine Version in Blattgold vorzulegen. Bernard hatte
sich inzwischen etwas beruhigt und kam wieder aus der
Küche. Er billigte die Wahl, ohne weiter darüber nachzudenken. Es war Zeit für einen Aperitif. Die Sieger und
Verlierer des Wettbewerbs nahmen Platz zu einem Gratisessen.

Bernard und Dominique hatten ein weiteres, wichtigeres
Arbeitsessen mit Catonné, Fabre und dem Bankier Claude
Schneider. Französische Bankiers genießen einen schlech-
ten Ruf. Wie ein altes burgundisches Sprichwort sagt:

»Wenn die Sonne scheint, leiht einem die Bank einen Regenschirm, wenn es regnet, verlangt sie ihn zurück.« Bedachtsame Küchenchefs wie Pierre Troisgros vermieden es, sich mit Banken einzulassen, und entschieden sich für eine langsame, gemäßigte, durch die Einnahmen finanzierte Erweiterung ihres Restaurants. Noch bis vor wenigen Jahren betrieb Troisgros sogar seine alte Kneipe um die Ecke. Erst als der Jet-set nach Roanne strömte, entschloß er sich, eine Drei-Sterne-Bar einzurichten. »Es soll kein Pariser High-Snobiety-Lokal werden, mit Chauffeurs und dem ganzen Schnickschnack«, sagte er. »Aber unsere feinen Kunden wollten sich mit den Einheimischen nicht an einen Tisch setzen.«

Die Einheimischen waren Bernard herzlich egal. Er wollte die gutbetuchten Kunden aus Lyon, Genf und Paris anlocken, die für ein Essen eine stundenlange Anfahrt in Kauf nahmen. Denen mußte ein luxuriöses Ambiente geboten werden, und dafür wiederum mußte Bernard trotz seiner Abneigung gegenüber allem, was mit Geld zu tun hatte, mit den Banken verhandeln. Zwei Banken hatten seine Renovierungspläne bereits abgelehnt; sie hatten Sicherheiten im Wert von 15 Millionen Franc verlangt, bevor sie eine Million als Kredit gegeben hätten.

Dann hatte Bernard Claude Schneider von der Bank Crédit Foncier aus Dijon kennengelernt. Schneider liebte gutes Essen und Wein. Als das Château de Puligny im berühmten Weindorf Puligny-Montrachet zum Verkauf stand und der japanische Gigant Suntory sich als Käufer anbot, kamen Schneider und der Crédit Foncier zu Hilfe. Die Bank erhielt das Vorkaufsrecht und erwarb das Château für mehr als 30 Millionen Franc. Angeblich wäre Suntory bereit gewesen, noch 10 Millionen draufzulegen, aber das Landwirtschaftsministerium unterband den Verkauf eines nationalen Kulturguts an eine ausländische Firma. Unter Schneiders Leitung modernisierte und erweiterte der Crédit Foncier das Weingut und die Weinkeller und stattete es mit modernster Technologie aus. Finanziell gesehen war die Investition wenig sinnvoll, als Werbeaktion hingegen optimal. Der berühmte Markenname strahlte mit seinem Glanz auch auf Schneiders ansonsten glanzloses Bank- und Immobilienunternehmen aus.

Schneider – im grauen Anzug – erklärte, er habe im vergangenen Monat Diät gehalten und vierzig Pfund abgenommen. Er war in Begleitung seiner Frau gekommen, einer hübschen, blonden, schon etwas gesetzten Dame in einem eleganten rosafarbenen Kostüm. Sie hatte vor kurzem die Leitung des Château de Puligny übernommen. Die beiden strahlten das kosmopolitische Selbstvertrauen erfolgreicher Geschäftsleute aus.

Die Gäste wurden nach oben in einen der privaten Speiseräume des Côte d'Or geführt. Catonné trug einen beigefarbenen Pullover ohne Jackett. Ihm zur Seite saß sein Assistent Christophe Daguin, der mit seinem schwarzen Rollkragenpullover aussah wie ein eifriger Student. Fabre trug seinen grellvioletten Anzug. Dominique in einem hübschen schwarzen Kostüm war wie immer von vornehmer Eleganz. Bernard schließlich in seiner weißen Chefkochkleidung eilte rasch wieder in die Küche, um das Menü zu begutachten.

Während des Essens sprach man über Politik, über die Kunst, über alles, nur nicht über den Kredit. Man diskutierte die alarmierenden Arbeitslosenzahlen in Frankreich. Man verurteilte die staatliche Hochzinspolitik zur Bekämpfung der Inflation, analysierte die Sozialordnung des Landes und kam zu dem Schluß, daß kein ernsthafter Franzose mit seinem Reichtum protzen würde. Über eins waren sich alle einig: die französische Wirtschaft ging schlechten Zeiten entgegen. Für die Luxusrestaurant-Branche sah die Zukunft nicht gerade rosig aus.

Lyonel kredenzte eine erstaunliche Vielfalt von Weinen. Den Anfang machte ein goldener Puligny-Montrachet aus Schneiders Weingut, gefolgt von einem kräftigen anregenden Volnay und schließlich einem süßen Banyuls Vieilles Vignes. Das Essen übertraf noch die Weine: Es gab Seeigel, danach Bernards klassischen Flußbarsch in Rotweinsauce und Wildtaube in *foie gras,* dann einen cremigen Epoisses und schließlich noch Nußeis auf geschichteten karamelisierten Äpfeln.

Beim Kaffee ging man dann schließlich zum Geschäftlichen über. »Nach einem solchen Essen«, verkündete Schneider, »bin ich bereit, über alles zu reden.« Catonné schnippte mit dem Finger, und sein Assistent Daguin legte die Entwürfe auf den Tisch. Schneider zündete sich eine Zigarre an. Er war sich seiner Machtposition wohl bewußt. Fabre skizzierte die für die Zukunft antizipierte finanzielle Situation des Restaurants.

Schneider nickte und zog genüßlich an seiner Zigarre.

»Ich bin in Sorge«, sagte er.

Es folgte eine lange Pause.

»Mein Chef wird mich fragen: ›Weshalb um Himmels willen investieren Sie in Saulieu, mitten in der Pampa?‹«, meinte Schneider. »Wer wird hierherkommen?«

Bernard stürmte herein.

»Kaffee? Noch Kaffee? Kaffee?«

»Nein, nein, nein.«

»Mineralwasser?«

Das fand Zuspruch. Dominique fragte Schneiders Frau, ob sie nicht mit ihr einen Spaziergang machen wolle. Die beiden Frauen verschwanden. Fabre zog seinen Taschenrechner hervor. Catonné beriet sich mit seinem Assistenten. Sie schlugen Modifizierungen vor, um die Kosten einzugrenzen. Die neue Garage sollte mit einem preiswerten Blechdach gedeckt und statt der teuren antiken Bodenfliesen sollten kleinere, moderne verwendet werden.

»Der Unterschied wird Ihnen gar nicht auffallen«, versicherte Catonné Fabre.

Bernard kam erneut herein.

»Einen Digestif?« fragte er.

Man lehnte ab.

Eine halbe Ewigkeit kaute Schneider auf seiner Zigarre und hörte zu. Schließlich gab er seine Entscheidung bekannt.

»Ich will mich ausnahmsweise einmal sehr amerikanisch verhalten«, sagte er.

Alle verstanden. Ein französischer Bankier mit seiner ewigen bürokratischen Vorsicht würde die Finanzierung rundweg ablehnen. Ein amerikanischer hingegen würde das Risiko womöglich auf sich nehmen.

»Die Amerikaner beziehen immer den Betroffenen ein«, sagte Schneider. »Wir Franzosen tun das nie.«

»Wenn es sich nicht um Bernard Loiseau handelte, könnte das hier meine unrentabelste Investition werden«, fuhr er fort. »Aber mit Bernard Loiseau am Herd glaube ich daran.«

Zur Absicherung bestand er darauf, daß Bernard sich in Paris einer kompletten medizinischen Untersuchung unterziehen müsse, damit eine Lebensversicherung abgeschlossen werden konnte.

»Wenn ich Ihnen das Geld gebe und Bernard Loiseau einen Herzinfarkt bekommt, verliere ich alles«, sagte Schneider. »Wenn Sie eine Lebensversicherung haben, bin ich abgesichert.«

Der Bankier wußte, wovon er sprach. Vor nicht allzu langer Zeit war der Drei-Sterne-Koch Alain Chapel plötzlich tot umgefallen. Chapel war erst Anfang Fünfzig gewesen und dünn wie eine Bohnenstange. Nach allgemeiner Einschätzung ließ die Qualität des Restaurants Alain Chapel außerhalb von Lyon auch nach dem Tod des Küchenchefs nichts zu wünschen übrig. Chapels Witwe war wie eh und je im Speisesaal präsent, und ein Koch, der jahrelang mit dem Meister zusammengearbeitet hatte, übernahm die Leitung der Küche. Doch das Geschäft erlitt empfindliche Einbußen, und Chapels Witwe befürchtete, daß Michelin dem Restaurant den dritten Stern aberkennen könnte. Nun, da der Gründer nicht mehr da war, konnte sich kein Gastronomiekritiker sicher sein, was die Zukunft des Restaurants brachte. Alain Chapel wäre es nie eingefallen, seine Sachen zu packen und zu verschwinden. Bei einem tüchtigen Ersatzküchenchef konnte man sich dagegen nicht sicher sein.

»Die Küche von Chapel ist gewiß drei Sterne wert«, meinte Hubert. »Aber das Geschäft wird trotzdem leiden.«

In der Küche sagte Catonné zu Bernard, seine Küche habe die Schlacht gegen die Banken gewonnen.

»Na großartig«, seufzte er zufrieden. »Dann kann der Krieg also weitergehen.«

Fabre war vorsichtiger.

»Bernard, passen Sie auf«, warnte er. »Seien Sie nicht allzu großzügig mit den Einladungen zum Essen. Wir müssen auf die Bilanzen achten.«

Im Sommer 1990 begann der Umbau. Während die Gäste im vorderen Teil speisten, waren hinten die Bauarbeiten in vollem Gang. Da, wo vorher das benachbarte Bistro de Morvan stand, wurde eine nagelneue Küche mit Dutzenden von Herden, Öfen und modernen Kühlschränken gebaut. Die drei neuen Speiseräume krönte ein Ziertürmchen im Stil eines burgundischen Bauernhauses.

Wenn die Gäste nach dem Essen vom Tisch aufstanden,

packte sie Bernard am Arm und führte sie durch Dumaines altertümliche beengte Küche, die mit einem Kaninchenstall und einmal sogar mit der Kombüse eines panamaischen Frachters verglichen worden war. Sie war mit zwei Kohleöfen aus alter Zeit ausgestattet und hatte ein winziges Kämmerchen für den Pâtissier. Wenn Bernard den Gast gut kannte, zeigte er ihm die Kaugummireste aus Dumaines Tagen. Der Küchenchef ging in seiner makellos weißen Arbeitskleidung eine steile Treppe hinab und stellte sich mitten in das Durcheinander und den Schmutz der Baustelle.

»Sehen Sie sich diesen Dschungel an«, sagte dann Bernard und half seinem elegant gekleideten Besuchern, auf Zehenspitzen das unkrautüberwucherte Terrain mit den Geräteschuppen zu überwinden, die bald abgerissen werden würden. »Es wird ein wunderschöner Garten.«

Je mehr er in Fahrt kam, um so breiter wurde sein Grinsen. »Hier«, fuhr er fort, »kommt der neue Salon hin, mit einem gigantischen prasselnden Kaminfeuer, hier werden die Aperitifs serviert, und hier« – seine Stimme überschlug sich fast – »werden Sie schlemmen wie noch nie.«

Es überraschte kaum, daß manche Gäste diese grandiose Vision ganz und gar nicht nachvollziehen konnten, insbesondere zum Zeitpunkt der Bauarbeiten nicht. Eines Abends kam der bekannte kanadische Sänger Roch Voisine ins Côte d'Or. Er hatte zwei ermüdende Auftritte in Dijon hinter sich und wollte sich zwei Nächte in Saulieu erholen. Doch am folgenden Tag zockelte in aller Frühe eine Planierraupe die Nationale 6 Richtung Saulieu. Niemand schenkte dem weiter Beachtung. In Saulieu halten langsam fahrende Traktoren oder Lastwagen häufiger den Verkehr auf und verursachen einen ohrenbetäubenden Lärm. Als die Planierraupe vor dem Côte d'Or angekommen war, schwenkte sie nach

links auf die Rue Jean Bertin – und rammte die Backstein-
mauer des Hotels.

Der Lärm schreckte den Sänger und seine Geliebte aus dem
Schlaf. Empört riefen sie bei der Rezeption an. Ein Kellner
eilte mit einem üppigen Frühstück herbei, aber der Schaden
war nicht wiedergutzumachen. Binnen einer halben Stunde
hatte der Star seine Sachen gepackt und war abgereist – und
ein wütender Bernard machte sich Sorgen, ob seine Renovierung ihn in den Bankrott treiben würde.

»Vermeiden Sie es, während der Frühstücks- und Mittag-
essenszeiten zu hämmern«, wies er die Arbeiter an.

»Man kann kein Omelett zubereiten, ohne Eier zu zerbrechen«, gab ihm der assistierende Architekt Christophe Daguin zurück.

Finanziell gesehen, war die Renovierung riskant. Das Gesamtbudget betrug 15 Millionen Franc. Nach Fertigstellung
mußte Bernard monatlich 225 000 Franc an die Banken
zurückzahlen – ohne daß von vornherein gewährleistet war,
daß mehr Gäste kamen. Er bekam Alpträume, ob er das
nächste Jahr finanziell würde überstehen können. Das Thema Geld schwebte wie ein Damoklesschwert über der Renovierung. Einmal bestellte Fabre Bernard zu sich.

»Was gibt's?« fragte Bernard.

»Sie müssen das Gesamtbudget um weitere zweieinhalb
Millionen Franc senken.«

Auf einen geplanten vierten Speiseraum wurde verzichtet,
und statt einer Steintreppe wurde eine kostengünstigere
Holztreppe gewählt. Bei diesem Bemühen, das Budget im
Rahmen zu halten, kam es zu Differenzen zwischen Architekt und Auftraggeber. Bernard machte sich Sorgen um die
Qualität der Renovierung. Als er von der Entscheidung mit
den Fliesen erfuhr, war er außer sich. Catonné versicherte
ihm, die neuen Fliesen würden ebenso gut aussehen wie die

alten. Fabre stellte sich hinter den Architekten und sagte, er würde keine 1500 Franc für 30 Quadratzentimeter Fliesen lockermachen.

»Vergeßt nicht, das darf kein x-beliebiges Restaurant sein«, explodierte Bernard. »Es muß vollkommen sein. Wenn meine Kunden über die Türschwelle treten, sollen sie angenehm überrascht sein. Sie sollen das Gefühl haben, mitten auf dem Land zu sein, mit einem wunderschönen Garten, einem großen Kamin, Wärme und Behaglichkeit.«

Schließlich wurde ein Kompromiß erzielt. Für die eine Hälfte der Böden wurden alte, für die andere Hälfte neue Fliesen verwendet.

Der nächste Streitpunkt zwischen Architekt und Auftraggeber entzündete sich an der Beleuchtung. Catonné schlug eine elegante, supermoderne Lichtanlage vor. Aber Bernard wandte ein, das passe nicht zum traditionellen Dekor des Restaurants. »Bernard ist ein reizender Mensch«, meinte Catonné, »aber manchmal muß man ihn wie ein Kind behandeln.« Der Architekt kaufte die futuristische Beleuchtung, und Bernard war schließlich glücklich mit dieser Wahl. Später behauptete er sogar manchmal, die Lampen seien seine Idee gewesen.

Lyonel, der Sommelier, war weniger zufrieden. Er war selig mit seinem neuen Weinkeller, der doppelt soviel Platz bot wie der alte, freute sich, daß Gäste zur Weinprobe herunterkommen konnten. Aber der neue Kamin befand sich direkt vor seiner Bar, und das Feuer erwärmte die Digestifs und die anderen Spirituosen. Durch die Hitze fiel auch der frische Verputz von der angrenzenden Wand und hinterließ einen großen braunen Fleck. Die Kunden betrachteten es großzügig als Zeichen des Alters. Lyonel und die Kellner fürchteten, daß bald teure Ausbesserungsarbeiten anfallen würden. »Ein Desaster«, sagte Lyonel.

Dominique lud befreundete Künstler aus Paris ein, ihre Bilder zu zeigen. Bernard setzte ihnen fünfgängige Menüs vor, kaufte jedoch nichts. Seine Frau trank Milchkaffee und aß spärliche Portionen Reispudding. Bevor sie, bedingt durch ihre zweite Schwangerschaft, Strapazen meiden mußte, schleppte Bernard sie durch alle Antiquitätenläden der Umgebung, zeigte auf eine Anrichte oder eine Kommode und sagte: »Die hätte ich gern.«

»Immer mit der Ruhe«, erwiderte Dominique. »Sehen wir erst mal, was es kostet.«

Sie fing an, die Antiquitätenläden allein aufzusuchen.

In der nahe gelegenen Stadt Pontaubert stöberte Dominique bei einem Händler ein eindrucksvolles Gemälde aus dem 19. Jahrhundert auf, das eine Jagdszene darstellte. In Saulieu bot ein anderer Händler eine riesige braune Holztruhe für Geschirr und Besteck zum Verkauf. Dominique rief den Architekten Catonné an und bat ihn, den dritten Speisesaal so umzugestalten, daß die Truhe hineinpaßte. In Beaune entdeckte Dominique einen Marmortisch aus einem alten Friseursalon. Ideal für die Damentoilette, überlegte sie, und für 20 000 Franc war es ein günstiger Kauf. Catonné vergrößerte das Bad, damit der Tisch hineinpaßte. Dominiques Erwerbungen vermittelten dem neuen Restaurant ein Flair von gediegenem Wohlstand und bürgerlicher Behaglichkeit. Ihr Geschmack war von den neureichen Marmorexzessen der Schlafzimmer, wie sie von Bernards erster Frau Chantal entworfen wurden, meilenweit entfernt. Darüber hinaus verstand sich Dominique aufs Handeln. Wenn sie etwas sah, das ihr gefiel, handelte sie es um 20 Prozent herunter und machte ein letztes Angebot. Fast immer akzeptierte der Händler den niedrigeren Preis.

»Es wäre einfacher gewesen, nach Paris zu fahren und neue Sachen zu bestellen«, meinte Dominique. »Aber auf diese Weise konnte ich meine eigene Vorstellung ins Spiel bringen.«

Anfang Dezember war die Renovierung des Côte d'Or abgeschlossen. Der einzige noch unfertige Raum war Dumaines ehemaliger Hauptspeisesaal. Hier sollte das Frühstück serviert werden. Bernard gab ihm die alte Farbe zurück, ließ sogar die Originalstühle aus den dreißiger Jahren renovieren, so daß der Raum zu einer Art Museum wurde mit alten Speisekarten, Weinlisten und Zeitungsausschnitten, die den Ruhm Papa Alexandres feierten. Der große Küchenchef blickte mit verschränkten Armen und ernster Miene von einem Gemälde auf die Gäste herab und erinnerte daran, daß dieses Restaurant eine lange Tradition und hohe Qualitätsstandards zu wahren hatte.

Die Neueröffnung des Restaurants war auf den 22. Dezember 1990 festgesetzt. Am Tag zuvor wischte Lyonel von morgens bis abends Flaschen ab und putzte Gläser. Hubert schnitt Blumen, stellte ein Sträußchen auf jeden Tisch und ein riesiges Bouquet in den Eingangsbereich des neuen Hauptspeisesaals. Patrick und das Küchenpersonal brauchten in der neuen Küche zwei volle Tage für die Vorbereitung einer Brühe aus Muscheln, Hummer und Krebsen. Michael Caines, der englische Chef de partie, bereitete einen ganzen Tag lang *foie gras* zu.

Bernard beaufsichtigte die Aufstellung eines riesigen Weihnachtsbaums in der Eingangshalle. »Nein, nein«, rief er den Arbeitern zu, als sie den Baum mit Goldlametta schmücken wollten. »Das sieht ja furchtbar aus.« Sie mußten den gesamten Christbaumschmuck umändern.

Gänzlich unerwartet tauchte der populärste Fernsehmoderator Frankreichs, Bernard Pivot, mit seinen beiden Töchtern zum Mittagessen auf. Dieser verwuschelte, ziemlich durchschnittlich aussehende Mann moderierte eine Talk-show zum Thema Bücher. Er war unterwegs in seine Heimat Beaujolais, wo er die Weihnachtstage verbringen wollte, und hatte beschlossen, in Saulieu einen Zwischenstopp einzulegen.

Der Fernsehstar stand vor dem unbeleuchteten Côte d'Or, den Roten Michelin-Führer in der Hand, als Bernard auftauchte. Nicht lange zuvor hatte Pivots Frau Monique Christian Millau von seinem Posten als Chefredakteur der Zeitschrift von Gault-Millau abgesetzt. Als Bernard jetzt Pivot mit seinem Führer in der Hand erblickte, freute er sich und sah die Bedeutung der roten Bibel bestätigt.

»Man stelle sich vor, er benutzt Michelin, nicht Gault-Millau«, vertraute Bernard Hubert an.

»Ich dachte, Sie hätten geöffnet«, sagte Pivot, und die Enttäuschung stand ihm ins Gesicht geschrieben. »Hier im Führer steht's.«

»Wir haben zu, ausnahmsweise«, erwiderte Bernard.

»Ach je«, seufzte Pivot.

»Aber keine Sorge«, fuhr Bernard fort. »Wir werden uns um Sie kümmern.«

In die Küche wurde ein Tisch gestellt. Der Fernsehstar und seine Töchter nahmen in ihren Wintermänteln Platz. Als das Dessert serviert wurde, erstrahlten die drei Gesichter. Sie genossen die köstlich gesalzene Butter und die Karamelsauce mit den feingeschnittenen Apfelscheiben darin.

»*Magnifique!*« begeisterte sich Pivot und löffelte weiter. »So etwas wie diese gesalzene Butter habe ich noch nie gegessen.«

Bernard mußte eine letzte Hürde überwinden. An jenem Abend fegte ein heftiger Schneesturm über Burgund hinweg, brachte dreißig Zentimeter hohen Schnee und legte den gesamten Verkehr lahm. Die neuen Tische und Stühle

146

für die Speisesäle waren noch immer nicht geliefert worden. Sie kamen schließlich um halb elf Uhr morgens.

Catonné, der sich gegenüber im Hôtel de la Poste einquartiert hatte, eilte nach Paris, um Weihnachten mit seiner Familie zu verbringen. Für die Belegschaft des Côte d'Or blieb keine Zeit zum Feiern. Als die ersten Gäste zu einem vorweihnachtlichen Mittagessen eintrafen, waren die Kellner noch damit beschäftigt, die Erkerfenster zu putzen und im achteckigen Hauptspeiseraum und Bankettsaal Tische aufzustellen.

Zwei Tage später, am Heiligabend, war die Kathedrale St. Andoche von Saulieu zur Mitternachtsmette bis auf den letzten Platz gefüllt. Der Pfarrer Yves Hablezig mit seinem weißem Bart hielt seine übliche schlichte Predigt. Dominique war früh in die Kirche gekommen und hatte mit Bérangère vorne Platz genommen. Bernard eilte davon, noch bevor die Mette zu Ende war, und stapfte durch den kniehohen Schnee ins Restaurant zurück. Er hätte sich nicht so zu beeilen brauchen. Im Côte d'Or angekommen, bot sich ihm ein ernüchternder Anblick.

Seine funkelnagelneuen Speisesäle waren gähnend leer.

Kapitel 8

❧ ❧ ❧

Göttlicher Nektar

Der schwere Schneesturm hatte die Gäste davon abgehalten, an Weihnachten im Côte d'Or zu speisen, ohnehin einem Feiertag, den die Franzosen gewöhnlich im Kreis ihrer Familie und nicht in einem Restaurant begehen. An Silvester war das anders. Bernard feierte das neue Jahr mit vollem Haus und 120 Gästen, die pro Kopf 1000 Franc für ein unvergeßliches Sieben-Gänge-Menü mit Trüffeln und Kaviar hinblätterten.

Die eingetroffenen Gäste führte Bernard zu einem Balkon, von dem aus man auf den neuen Garten und die neuen Speisesäle blickte. Er schnippte mit dem Finger, und ein Kellner kam mit einer Flasche Champagner und Hors-d'œuvre à la Bernard, einem köstlichen Scheibchen Leber auf Blätterteig, gefüllt mit gewürfeltem Gemüse und Knoblauchpüree. Bernard hob das Glas und prostete seinen Gästen zu. Er nahm einen Schluck, lächelte und sagte, seinen eigenen Worten kaum glaubend: »Das gehört mir, alles mir!«

Architekten zeigten sich weniger beeindruckt. Als Catonnés Assistent Daguin später einen Vortrag über die Renovierung des Côte d'Or an der Fachhochschule für Architektur in Charenton bei Paris hielt, fällten die im Hörsaal anwesenden Professoren ein vernichtendes Urteil. Sie wandten ein, der Entwurf sei nicht gut durchdacht. Den Hauptspeisesälen fehle es an Behaglichkeit. Die langen Gänge seien »Platzverschwendung«. Der Kamin sei zu groß und zu heiß, als daß die Gäste davor sitzen könnten. Für 15 Millionen Franc, so die Architekten, hätte Loiseau ein Glanzstück bekommen können, wenn er es nur gewagt hätte, etwas italienischer und moderner zu sein.

»Das ist kein Four Seasons«, meinte ein Professor in Anspielung auf das berühmte, von Mies van der Rohe konzipierte Restaurant in Manhattan. »Es ist Kitsch.«

Als Bernard die Kritik zu Ohren kam, verlor er die Beherrschung.

»Diese verstiegenen Designer haben doch keine Ahnung«, meinte er. »Wir sind hier in Burgund, und das bedeutet: Fliesen, Wärme und Ländlichkeit.«

Gegen Ende der Feiertage wurde es wieder ruhiger im Restaurant. Auch starke burgundische Mägen benötigen nach den Festtagen eine Ruhepause und müssen sich von *foie gras,* Kaviar, Räucherlachs und anderen Köstlichkeiten erholen. Die Jagdsaison war vorbei, und so konnte Bernard auch nicht mehr mit dem Jagdgewehr in der Hand in den Wäldern seinen inneren Frieden finden. Die Winterspeisekarte – darunter auch die Kartoffelmenü-Spezialität – war gedruckt. Bernard langweilte sich, war ungeduldig, zermarterte sich pausenlos den Kopf darüber, ob dies das Jahr seines dritten Sterns sein würde.

Ein merkwürdiger Zwischenfall verstärkte die Spannung. Am Tag nach Neujahr wurde Saulieu durch einen furchtbaren Lärm aus dem Schlaf gerüttelt. Aus dem Pfarrhaus hinter der Kathedrale St. Andoche schien jemand Gewehrschüsse abzufeuern. Später bemerkte ein Einwohner namens Christophe Paris, daß Mickey, seine zehn Monate alte schwarzgetigerte Angorakatze, verschwunden war. Er machte sich auf die Suche nach dem streunenden Tier. Vor dem Pfarrhaus auf der Rue du Sabot fand er einen weißen Müllsack. Darin lag die unglückselige Mickey.

Am nächsten Morgen erstattete er Anzeige gegen Pfarrer Hablezig. Zur Rede gestellt, gab der Priester zu, die Katze kaltblütig erschossen zu haben. Es war nicht das erste Mal. Obwohl sich der Priester nicht mehr genau erinnern konnte, gestand er, in seinem Garten zwei weitere Katzen verscharrt zu haben. Seit der Ankunft von Pfarrer Hablezig in Saulieu fünf Jahre zuvor waren rund sechzig Katzen unter ähnlich mysteriösen Umständen verschwunden.

Pfarrer Hablezig hatten es die Tauben angetan. Fünfzig an der Zahl züchtete er in seinem Garten. Sie lockten die Katzen aus der Nachbarschaft an, die oft über den Zaun kletterten und sich einen Taubenschmaus vergönnten. »Eine Katze, die einmal eine Taube gefressen hat, kommt immer wieder«, sagte der Priester. »Ich weiß, daß es falsch war, aber ich war so außer mir.«

Die Angelegenheit erschütterte ganz Saulieu. Die Lokalzeitung *Le Bien Public* brachte einen ausführlichen Artikel auf der ersten Seite. Jedermann im Côte d'Or bezog Stellung. Der Oberkellner Hubert, wohl der sanfteste Mensch der gesamten Belegschaft, besuchte den Pfarrer und drückte ihm seine Unterstützung und sein Verständnis aus. »Er ist kein böser Mensch«, verteidigte ihn Hubert. »Ihm ist die Sache nur über den Kopf gewachsen, und dann ist er eben explodiert.« Huberts Kinder zeigten weit weniger Verständnis. Sarkastisch meinten sie zu ihrer Mutter, sie solle ihnen von nun an doch »Katzeneintopf« kochen.

Eine Abwechslung war dringend angeraten, und so holte Hubert eines kalten Januarmorgens den restauranteigenen Renault Espace zu einem Tagesausflug heraus. Der Weihnachtsschnee war größtenteils weggeschmolzen, und nur noch wenige Spuren der weißen Pracht waren liegengeblieben. Dichter Nebel hüllte die Hügel ein.

Zeit für die Weinprobe.

In den folgenden Wochen begleitete Bernard Lyonel und Hubert auf ihren tagelangen Ausflügen zu den verschiedenen Weingütern. Bevor Lyonel eingestellt worden war, hatte sich Hubert um die Weine fürs Restaurant gekümmert. Nun hatte er die Verantwortung Lyonel übertragen, wollte aber nicht aus der Übung kommen. Vom frühen Morgen an zog das Team des Côte d'Or von Keller zu Keller und probierte Wein um Wein. Wenn sie am Abend zurückkehrten, hatten sie tiefrote Lippen und glänzende Augen. Das Ziel war es, Bernard bei seinen Bemühungen um den dritten Stern zu unterstützen und genügend Flaschen zu finden, die die Inspektoren zufriedenstellen würden, ohne das Restaurant in den Ruin zu treiben. Glaubt bloß nicht, daß wir uns amüsieren, sagten Hubert und Lyonel ihren Frauen. Es ist Schwerstarbeit.

Aus dem Radiosender France Inter dröhnten die Nachrichten. Am Vorabend hatte das Parlament ein Gesetz verabschiedet, das Werbung für alkoholische Getränke verbot. Das Mindestalter für die Abgabe alkoholischer Getränke ist achtzehn, doch fast keiner hält sich daran. Wein, Bier und Spirituosen werden in den Supermärkten nahezu überall verkauft. Anfang der fünfziger Jahre propagierte der französische Premierminister Pierre Mendès-France Milch als Ersatz für Wein. Er erntete nur Gelächter.

Alkohol war nicht erst seit neuester Zeit ein Hauptlaster der Franzosen, obwohl man in Frankreich kaum Betrunkene durch die Straßen torkeln sieht. Die französischen Weintrinker ziehen den trägen Zustand eines sanften Weinrausches der randalierenden Trunkenheit der Nordeuropäer und US-Amerikaner vor, die sich mit harten Spirituosen vollaufen lassen. Im 19. Jahrhundert schrieben Schriftsteller umfangreiche zornige Romane wie etwa Emile Zola *Die Schnapsbude,* in denen sie die verheerenden Auswirkungen des Alkohols auf das neue städtische Proletariat anprangerten. Auch heute noch sieht man frühmorgens Bauern, die sich in der Dorfkneipe einen *petit coup* Rotwein genehmigen. Seit den Tagen von Mendès-France verbreitet eine staatliche Kommission in den Schulen Schriften gegen den Alkoholmißbrauch. Es wird jedoch keine radikale Abstinenz propagiert, sondern lediglich vor Exzessen gewarnt. Viele junge Leute haben sich von den Trinkgewohnheiten ihrer Eltern abgewandt; der Verkauf von Coca-Cola und anderen nichtalkoholischen Getränken boomt. Wenn sie Alkohol trinken, dann weniger hochprozentige Spirituosen als vielmehr bessere Weine. Mit dem gesetzlichen Werbeverbot für Alkohol führten die Sozialisten die Tradition von Mendès-France fort.

Doch für die Mitarbeiter im Côte d'Or war die Vorstellung, Alkohol sei ein Problem, geradezu grotesk. Anders als in protestantischen Ländern, in denen Trinken häufig als Sünde betrachtet wird, gehört in Frankreich der Wein zum Alltag. Der Wein wurde von Christus geweiht, und Kirchenmänner waren die ersten Weinexperten des Landes. Hubert, Lyonel und Bernard führten die französischen Grundeigenschaften, die sie am meisten schätzten, auf den Wein zurück: Herzlichkeit, Offenheit, gute Laune, die Gabe der Konversation und guten Geschmack.

Der Renault brauste von Saulieu über die La Six Richtung Süden. Nach der Stadt Arnay-le-Duc bog er links ab, immer den Schildern Richtung Beaune folgend. Bald tauchten die ersten Weinberge auf. Während des Winters beschneiden die Winzer die ruhenden Reben. Arbeiter, dick eingemummt gegen die beißende Kälte, stehen in den Feldern über die Weinreben gebeugt und beschneiden die im vergangenen Jahr nachgewachsenen Reben, werfen die überschüssigen Reiser und Schößlinge in einen Schubkarren. Ist der Haufen groß genug, wird er verbrannt. Behutsames Beschneiden, insbesondere des burgundischen Pinot Noir, beschränkt die Erträge der nächsten Ernte auf wenige, aber qualitativ hochwertige Trauben. Ordentlich zurechtgestutzt sehen die frostigen Weinreben nackt aus; in Wirklichkeit sind sie nun bereit für die Blüte des Frühlings.

Sind die Felder jetzt auch kahl und leer, so sind doch die Keller mit Schätzen gefüllt. Die Winzer haben Zeit zu plaudern, die Güte und Beschaffenheit der Ernte des vergangenen Jahres zu beschreiben: ob es Fäulnis gab, und wenn ja, wie stark. Bis Anfang Januar dauert der Gärungsprozeß des Weines, und noch ist es zu früh, das Ergebnis zu beurteilen. Wenn die Gärung abgeschlossen ist, ist der Wein zwar noch nicht reif, aber man kann bereits probieren. Die Käufer dürfen nicht sehr viel länger warten, sonst sind die besten Weine weg.

Hubert fuhr mit dem Wagen die Autobahn entlang, nahm eine scharfe Rechtskurve und bog dann die erste Straße nach links Richtung Savigny-lès-Beaune ein. Das Dorf hat ein beeindruckendes Schloß – ursprünglich als mittelalterliche Festung errichtet und im 17. Jahrhundert im Stil der Renaissance umgebaut –, doch die Häuser der Winzer sind bescheiden und die Straßen eng. Burgundische Dörfer sind zu einem dichten Knäuel zusammengedrängt, denn keiner will wertvolles Weinland zubauen. Kaum einer in diesen zurückgezogenen ländlichen Gemeinschaften wagt es, seinen Reichtum offen zur Schau zu stellen; auffallender Konsum und andere äußere Zeichen des Luxus ziehen nur die unerwünschte Aufmerksamkeit der Steuerfahnder an.

So produziert Burgund zwar einige der teuersten Weine der

Welt, seine Weindörfer sehen jedoch ganz und gar nicht wohlhabend aus. Savigny und andere Orte vermitteln ein Gefühl der Enge und Beklemmung. Die Rolläden der Fenster sind fast immer heruntergelassen und die riesigen Toreingänge mit Eisengittern verbarrikadiert. Scharfe Schäferhunde hinter hohen Steinmauern wehren Eindringlinge ab.

An einem der großen graugrünen Eisentore war ein kleines Schild mit der Aufschrift DOMAINE SIMON BIZE angebracht. Als der Lieferwagen in den Hof einfuhr, war es erst acht Uhr morgens. Die Bizes waren seit vier Generationen Winzer, nun, da Sohn Patrick mitarbeitete, war es die fünfte.

Patrick ging voraus in den Keller. Sein Vater Simon war über siebzig Jahre alt, klein, untersetzt und kräftig. Der etwas über vierzigjährige Sohn wirkte geschmeidig und hatte eine gewölbte Stirn und eine Adlernase. Mit dem Ernst, mit dem er sein Geschäft betrieb, und mit seinem trockenen Humor gehörte er zu den aufstrebenden, begabten jungen Weinbauern Burgunds. Weder er noch sein Vater hatten eine formale Ausbildung in Önologie durchlaufen. Sie kamen aus der Praxis – »learning by doing« war ihre Devise, und sie lernten gut.

Die intensiven Aromen im Keller rüttelten die Verkoster aus ihrer morgendlichen Benommenheit. Der Duft des Weines vermischte sich mit dem Geruch von feuchter Erde und Stein und einem Hauch ungekelterter Trauben. Der größte Teil des Kellers war modern und geräumig, aber die älteren Gewölbe hatten niedrige Decken, so daß sich Lyonel ducken mußte.

Patrick Bize begann die Weinprobe mit den Weißweinen und ging dann über zu den eleganteren Roten. Mit seiner Pipette, einem langen Instrument wie aus einem Opera-

154

tionssaal, zog er Wein aus den Fässern und ließ großzügige Portionen in die bereitgehaltenen Gläser sprudeln. Bedächtig schwenkten die drei Verkoster die Flüssigkeit und betrachteten sie mit höchster Konzentration. Dann kippten sie den Wein mit einem Schwung in den Mund, »kauten« ihn langsam und schmeckten das volle Aroma. Wenn sie den Wein genügend »gekaut« hatten, spuckten sie ihn auf den feuchten Boden zwischen den Fässern.

Die Sprache, mit der der Wein beschrieben wurde, schwankte zwischen Wissenschaftlichkeit und Sinnlichkeit.

»Ah, ein guter Biß«, meinte Lyonel, der Wissenschaftler. Wein, so erläuterte er, müsse den Gaumen »beißen«. Andernfalls habe er möglicherweise zuwenig Frucht. Nachdem er den Wein ausgespuckt hatte, ging er zum nächsten Schritt seines chemischen Test über und beurteilte die Struktur.

»Dieser Wein ist groß und voll«, verkündete er. Mit hohem Alkoholgehalt. Einem kleinen Wein mangelt es an der Gärung, einem hohlen Wein an einem zufriedenstellenden mittleren Aroma: etwas fehlt zwischen dem ersten Geschmackseindruck und dem letzten, das ist häufig so bei Rebstöcken mit zu vielen Trauben.

Lyonel leerte den Mund und gab sein endgültiges Urteil ab: ein langer Abgang. Die Aromen verweilen noch eine Zeitlang im Mund, bevor sie verschwinden. Je länger der Abgang, desto besser ist der Wein. Lyonel schlug seinen Block auf und notierte Punkte, die Bizes Savigny-lès-Beaune erzielte. Michelin würde gleichfalls zufrieden sein.

»Ein Klassiker«, meinte er abschließend. »Der Wein ist ausgewogen. Er enthält alle wünschenswerten Elemente an Säure und Alkohol.«

Bernards Vorgehensweise was anders. Er beschrieb, was er schmeckte, mit dem Vokabular für weibliche Schönheit.

»Er ist rund, oh, so rund«, sagte er, als er probiert hatte. »Er ist reif, fleischig, geschmeidig.«

Mit einem Ausbruch orgiastischer Energie spuckte er den Wein aus, stieß einen tiefen Seufzer aus und verkündete sein abschließendes Urteil.

»Donnerwetter«, sagte er. »Das ist ein Feuerwerk im Mund.«

Als die Weinverkoster aus der Kälte von Bizes Keller wieder auftauchten, waren ihre Finger fast so rot wie der Wein. Hubert in seiner dicken Lederjacke rieb sich die Hände. Bernard in gewachster Barbour-Jacke und Kaschmirmütze stampfte mit den vor Kälte tauben Füßen. Aus Lyonels Mund stieg ein weißes Wölkchen auf, als er murmelte: »Manche finden das romantisch.«

Im Erdgeschoß des Lagerhauses zündete Simon Bize ein Feuer im Kamin neben dem Probiertisch an. Madame Bize kam mit einem Teller kalter Würste vom Dorfmetzger und mit knuspriger Baguette. Simon brachte Flaschen des Savigny-lès-Beaune und erzählte den Männern, wie sein Vater im Jahre 1930 angefangen hatte, Wein in Flaschen abzufüllen. Damit gehörte sein Betrieb zu der ersten burgundischen Weingütern mit eigenem Etikett.

Vom 19. Jahrhundert an bis nach dem Zweiten Weltkrieg verkauften fast alle burgundischen Weinbauern ihren Rebensaft an Händler, die ihn mischten, auf Flaschen zogen und verkauften. Die burgundischen Weingüter sind klein, und die meisten Winzer glaubten, sie produzierten nicht genügend Wein, um ein Vermarktung unter ihrem eigenen Etikett vertreten zu können. Händler wie Bouchard und Patriarche kauften jungen Wein von den Herstellern und verpanschten ihn mit gärendem Traubensaft aus denselben Gebieten. Für einen kleinen Weinbauern bedeutete es schnelles Geld, wenn er seinen jungen Wein verkaufte, und er hatte weder die Ausgaben noch den Aufwand der Lagerung, Abfüllung und Vermarktung seiner kleinen Produktion.

Doch das führte zu einem erheblichen Qualitätsverfall. Die Händler konnten von einem einzelnen Produzenten nicht genügend kaufen, um dessen Eigenart zu erhalten. Statt dessen entstand ein »Hausstil«, der es leichtmachte, Weine einer bestimmten Marke wiederzuerkennen. Das bedeutete, daß die Herkunft des Weines verschleiert wurde. Ein Gevrey-Chambertin sollte eigentlich nicht wie ein Volnay schmecken. Bei vielen Händler-Flaschen war dies jedoch der Fall.

Daß Weinbauern ihren Wein selbst abfüllten, wurde in Burgund erst nach dem Zweiten Weltkrieg gängige Praxis. Vorher existierte keine staatliche Gesetzgebung für Wein zum Schutz der Winzer. Laut einem Gesetz von 1905 mußten die Winzer die in einem Jahr produzierte Menge an Wein sowie dessen Herkunft mitteilen. Aufgrund dieses Gesetzes durften Flaschen mit dem Etikett Burgunder versehen werden. Aber die Zuordnung der Weine zu bestimmten Dörfern wurde nicht anerkannt. Eine allgemeine Gesetzgebung trat erst 1935, nach der großen Wirtschaftskrise, in Kraft. Durch dieses neue System der Appellation d'Origine Contrôlée wurde ein Weinanbaugebiet definiert, und nur Weingüter, die in dem jeweiligen Gebiet lagen, durften dessen Herkunftsbezeichnung verwenden. Die Rebsorten, die in einer bestimmten Region angebaut wurden, wurden ebenfalls spezifiziert, ebenso der Mindestalkoholgehalt für jeden Wein und der Höchstertrag der Rebstöcke pro Hektar.

Bis zur Einführung der Appellation Contrôlée war es gang und gebe, daß minderwertige Trauben – Gamay und Aligoté – in Spitzenlagen angebaut wurden, die in Frankreich

Grands Crus heißen. Später durften nur noch Pinot Noir und Chardonnay die Bezeichnung echter Burgunder verwenden, während andere Traubenarten unter dem Namen Bourgogne Passetoutgrains und Bourgogne Aligotés vertrieben wurden. Zur Durchführung der Gesetze wurde eine Abteilung im Landwirtschaftsministerium namens Institut National des Appellations d'Origine eingerichtet.

Als 1935 das Gesetz in Kraft trat, kämpfte Simon Bizes Vater darum, daß Savigny-lès-Beaune seine eigene Herkunftsbezeichnung erhielt und nicht unter die Gesamtregion Côtes de Beaune subsumiert wurde. Es wurde viel darüber politisiert. Weinbauern von der Côte de Beaune beschuldigten Weinbauern von der nahe gelegenen Côte de Nuits, zu mitternächtlicher Stunde in Rathäuser einzudringen und die Listen mit den Herkunftsbezeichnungen zu fälschen. Politiker von der Côte de Nuits kämpften mit härteren Mitteln als die Politiker von der Côte de Beaune, verfügten über bessere Verbindungen und die größeren Budgets. Daher hat die Côte de Beaune bis heute nur wenige Grands Crus.

Savigny-lès-Beaune erhielt keine Grands Crus zugesprochen und wurde so etwas wie das Aschenputtel unter den Burgundergütern. Nur mit Mühe ließen sich Weinkenner davon überzeugen, daß man dort ernstzunehmende Weine produzierte. Aber schließlich erhielt der Ort die Appellation Vin de Pays, und so konnte Simon Bizes Vater anfangen, seine eigenen Weine abzufüllen. Heutzutage ändert sich die Einstellung gegenüber der Herkunftsbezeichnung allmählich. Zuvor hing der Status eines Weinbauern von dem Land ab, das er bewirtschaftete, und nicht von seinen Fähigkeiten als Winzer. Heute erhalten Güter wie die von Bize, die aus bescheidenen Weinbaubetrieben Spitzenweine herausholen, die größte Aufmerksamkeit.

»Vor fünfzig Jahren hatte Savigny keinerlei Bedeutung«, erklärte Monsieur Bize. »Die Appellation Contrôlée gab uns eine reelle Chance.«

Ein paar couragierte Pioniere ermutigten die Weinbauern, ihre eigenen Flaschen abzufüllen. Ein Amerikaner namens Frank Schoonmaker fing an, Burgunder, der auf dem Weingut selbst abgefüllt war, in die Vereinigten Staaten zu importieren. Später tat es ihm Alexis Lichine gleich, Autor, Lehrbeauftragter, Einzelhändler, Importeur und schließlich Weinproduzent. Die Schlüsselfigur in Frankreich war Raymond Baudouin, der Begründer der Zeitschrift *Revue du Vin de France* und Weineinkäufer für große Restaurants wie Points La Pyramide. Als Simon Bize den Betrieb seines Vaters übernahm, wußte er, was er zu tun hatte. Mit großem Stolz listete er die berühmten Restaurants auf, in denen sein Wein ausgeschenkt wurde: bei Guy Savoy in Paris, bei Freddy Girardet in der Schweiz, bei Georges Blanc im La Mère Blanc in Vonnas, und last but not least in Bernards La Côte d'Or in Saulieu. »Wir brauchen große Küchenchefs wie Sie, Bernard«, erklärte er. »Bei Ihnen verkehren die Kenner, und für mich ist es die beste Werbung, wenn meine Weine in Ihrem Restaurant ausgeschenkt werden.«

»Viele Winzer erkennen unsere Bedeutung nicht«, gab Bernard zurück. »Aber Sie, Monsieur Bize, Sie sind erstklassig.«

Jeder bediente sich mit einem letzten Stück Wurst. Es war inzwischen zehn Uhr, und sie waren bereits in Verzug.

Hubert fuhr nun ins Herz der Côte de Beaune. Die Straße folgte dem natürlichen Verlauf der Landschaft, und Lyonel erläuterte die Schwierigkeiten der Produktion. In den ebenen Weinanbauflächen am Fuße der Côte d'Or, der Goldküste, dort, wo das Wasser schlecht abfließen kann, wird durchschnittlicher Burgunder produziert. Je höher die Lage, desto besser der Wein. Die Landweine stammen aus unteren Lagen, es folgen die Premiers Crus und schließlich die Grands Crus. Weitere Landweine werden weiter oben, direkt unterhalb des Wald- und Ödlandes, produziert. Der beste Wein wird etwa in zwei Drittel Hanghöhe angebaut; die Lage hier ist optimal, der Boden reichlich sonnenbeschienen, das Wasser kann abfließen, und das Land ist zugleich vor Wind und Frost geschützt.

Im Unterschied zum Bordelais mit seinem gemäßigten Klima kann Burgund im Winter einer der kältesten und im Hochsommer einer der heißesten Landstriche Frankreichs sein. Das Gebiet wird bisweilen von heftigen Stürmen heimgesucht. Im Frühjahr sind die Reben anfällig gegen Frost. Im Sommer kann Hagel die Blätter, Knospen, ja ganze Rebzweige zerstören. Im Herbst können Unwetter die Reben noch kurz vor der Ernte schädigen. Schlimmer noch, das Klima ist unberechenbar; es schwankt von Jahr zu Jahr und damit mehr als anderswo auch die Qualität des Weines.

Jeder Burgunderwein hat einen ausgeprägten Eigencharakter, ist leichter, gehaltvoller oder schneller reif als der vom Nachbargut. Das hängt vom Boden ab. Aus französischer Sicht gibt der Landstrich einem Wein seine besondere Prägung. In Burgund lautet das Stichwort *terroir*, womit nicht nur die besonderen chemischen Eigenschaften des Bodens, sondern auch die Niederschläge, Luft, Wasserabfluß, Höhe, Sonnenlicht und Temperatur gemeint sind. Ein guter Winzer lauscht dem Land und läßt die Trauben sprechen.

Burgundische Weingüter sind oft nur handtuchgroß. Häufig teilen sich mehr als ein Dutzend Besitzer einen Hektar wertvoller Burgunderweinstöcke. Diese Parzellierung führt zu einem breiten Spektrum an Wesensmerkmalen – und dementsprechend einem großen Qualitätsspektrum. Zwei Winzer im gleichen Dorf, deren Weinberge direkt nebeneinander liegen, produzieren häufig zwei komplett unterschiedliche Weine, von denen man den einen kaufen, den anderen in den Ausguß schütten kann. Diese Inkonsistenz, betonten Lyonel und Hubert, ist Burgunds Fluch.

Hubert, der mit 100 Stundenkilometer dahinraste, gelangte mit seinen Begleitern bald in die Stadt Nuits-St.-Georges, die die Côte d'Or in zwei jeweils 25 Kilometer lange Teile teilt. Die Côte de Nuits im Norden hat so berühmte Weindörfer wie Gevrey-Chambertin, Chambolle-Musigny und Vougeot. Südlich liegt die Côte de Beaune mit Dörfern wie Volnay, Meursault und Puligny-Montrachet. Innerhalb der einzelnen Dörfer gibt es für die Weinanbauflächen Unterbezeichnungen wie Savigny-lès-Beaune Vergelesses, Chambolle-Musigny Les Amoureuses oder Volnay Clos des Chênes.

»Es gibt eine ganze Enzyklopädie, in der die Ursprungsbezeichnungen erläutert sind«, sagte Lyonel. »Ich arbeite sie gerade für den Wettbewerb durch.«

In Vosne-Romanée bogen sie von der Hauptstraße ab und kamen auf dem kleinen Parkplatz vor der Domaine Pernin-Rossin zum Stehen. André Pernin-Rossin trat aus dem Keller eines Hauses, das wie ein Fertigbau aussah. Pernin-Rossin – Mitte Fünfzig und mit krausem Haar – war bereits Winzer in der dritten Generation. Sein Vater hatte Wein für andere Weinbauern produziert. André trat zunächst in die Fußstapfen seines Vaters und arbeitete vierzehn Jahre lang für den Winzer Jean Grivot in Clos-de-Vougeot, danach weitere vierzehn Jahre für die Hospices de Nuits. 1964 erhielt er von seinem Vater ein Stück Nuits-St.-Georges Premier Cru und produzierte seinen eigenen Wein.

Pernin-Rossin hatte inzwischen seine Fläche auf acht Hektar erweitert, allesamt in der Côte de Nuits gelegen. Wenn ein Winzer nur ein kleines Stück Land besitzt, ist es schwer, einen überragenden Wein hervorzubringen. Eine kleine Parzelle in einem einzigen Gebiet reicht häufig nicht aus zur Finanzierung des Lebensunterhalts, und deshalb sind Weinbauern oftmals gezwungen, mehrere kleine unzusammenhängende Flächen zu bewirtschaften.

Pernin-Rossin gelang der Durchbruch, als der Schauspieler Gérard Depardieu seinen Wein probierte und Gefallen daran fand. Mit finanzieller Unterstützung Depardieus kaufte Pernin-Rossin ein paar weitere Flächen Land in Burgund hinzu und pflanzte Weinstöcke auf zweieinhalb Hektar Land im Loiretal.

Madame Pernin-Rossin brachte drei riesige Probiergläser herbei. Bernard, der von Pernin-Rossins Kontakt zu Depardieu tief beeindruckt war, schenkte dem Wein gar nicht soviel Aufmerksamkeit. Zwischen den Verkostungen stellte er immer wieder Fragen über den berühmten Schauspieler. Pernin-Rossin schien erfreut, mit Bernard eine weitere angehende Berühmtheit in seinem Keller zu Gast zu haben, und seine Frau machte ein Foto von dem Küchenchef und ihrem Mann.

Der stets ernste Sommelier Lyonel blickte mißmutig drein. Er ging nicht gern mit Bernard zum Verkosten, da der die Weinprobe als reine Vergnügungstour betrachtete, während es für Lyonel das Vorspiel für das harte Geschäft des Einkaufs war.

»Wenn Bernard dabei ist, kann man das Bukett des Weins gar nicht richtig studieren«, brummelte Lyonel. »Er lenkt nur ab mit seinem Getue.«

Hubert hatte eine Frage. »Wie hoch sind Ihre Erträge?« wollte er wissen.

»Etwa vierhundert Liter je tausend Quadratmeter«, gab der Winzer an.

Lyonel schrieb die Zahl nieder, während er nachdachte: Es war in der Tat ein bißchen viel. In den achtziger Jahren gingen viele Weinbauern dazu über, Düngemittel und andere Tricks zu verwenden, um größere Erträge des wertvollen Weins aus ihrem Land herauszuholen. Aber die Qualität litt darunter. Lyonel war der Meinung, ein Winzer sollte nicht mehr als 300 Liter je 1000 Quadratmeter produzieren.

»Und wieviel Zucker geben Sie hinzu?« fragte Lyonel.

Der Winzer verzog das Gesicht. »Ein wenig«, antwortete er und bestätigte damit Lyonels Verdacht.

Winzer fügen dem gärenden Traubensaft Zucker hinzu, wenn der natürliche Fruchtzuckergehalt nicht ausreicht. Trauben mit zu wenig Eigenzucker können den erforderlichen Mindestalkoholgehalt nicht erreichen, und wenn der Alkoholgehalt zu niedrig ist, schmeckt der Wein schwach und hat wenig bleibende Kraft. Die Zisterziensermönche, die in Burgund die ersten Trauben anbauten, halfen in schwächeren Jahren ihrem Wein mit Zucker nach, und in den kühleren Weinregionen überall auf der Welt geht man so vor, nicht nur in Burgund, sondern auch im Elsaß und in der Champagne. Maßvoll gehandhabt, kann Zucker die Qualität eines Weins durchaus verbessern. Wenn aber zuviel Zucker hinzugefügt wird, verschwindet der Eigencharakter des Anbaugebiets, und der Wein verliert sein besonderes, eigenständiges Aroma. In den achtziger Jahren nahm der Mißbrauch überhand. Die Winzer holten aus ihren Weinen immer größere Produktionsmengen heraus und verwendeten immer mehr Zucker, um den fehlenden Alkoholgehalt auszugleichen. Erst im Vorjahr provozierte die französische Verbraucherzeitschrift *Que Choisir?* einen Skandal, als ihr mit Hilfe kernmagnetischer Resonanzversuche der Nachweis gelang, daß durch Zucker der Alkoholgehalt einiger Beaujolais-Weine um mehr als ein Drittel der Gesamtmenge hochgejagt wurde, das Doppelte der zulässigen Höchstmenge.

Pernin-Rossin erklärte, daß er Zucker hinzufüge und auch den Wein bei niedriger Temperatur vergäre. Bei der Gärung ist der Wein normalerweise kalt. Aber Pernin-Rossin argumentierte, daß durch seine Technik der Wein mehr Geschmack und Kraft erhielte.

Lyonel nahm noch einen Mundvoll, schwenkte den Wein im Mund, spuckte aus – und zuckte zusammen. Der Wein schmeckte merkwürdig, fand er, wie ein Sirup aus Johannisbeeren und Trauben.

Diesmal konnten es Hubert und Lyonel gar nicht erwarten, sich wieder auf den Weg zu machen. Aber Bernard, immer noch hingerissen von der Bekanntschaft Pernin-Rossins mit Depardieu, plapperte munter weiter. Am Ende gelang es den beiden doch, ihn zur Tür hinauszukomplimentieren. Das Urteil im Wagen war hart.

»Er macht Geld, aber keinen Wein«, sagte Hubert. »Der Wein schmeckt wie ...« Hubert rang nach den richtigen Worten.

»Er hat große Anbauflächen, und sein Wein könnte wie ein Ferrari sein«, ergänzte Lyonel. »Statt dessen ist er wie eine alte Klapperkiste.«

»Okay«, gab Bernard zu. »Er ist ein Angeber.«

Die Gesichter der drei Verkoster röteten sich allmählich und quollen auf. Sie litten an der typischen Weintesterkrankheit, einem leichten Rausch und dumpfem Muskelschmerz. Obwohl sie den Wein beim Probieren nicht hinuntergeschluckt hatten, waren die schweren Aromen des Alkohols in den Körper eingedrungen, insbesondere in den kalten Kellern. Bernard der Vogel hob ab, sein Mundwerk stand nicht still. Hubert blinzelte, und sogar der knochentrockene Lyonel hatte ein breites Grinsen auf den Lippen. Es war Mittag – Zeit zum Essen.

»Wo sollen wir essen?« fragte Hubert und sondierte das Terrain.

»Ich brauche ein gestandenes Männeressen«, verkündete Bernard. »Nichts für Waschlappen.«

Der Renault kehrte um nach Beaune und parkte vor einem Bistro namens La Ciboulette. Der billige Plastikfußboden, die Resopaltische und die einfachen Holzstühle ließen auf ein vollkommen unprätentiöses Restaurant schließen. Obwohl es das Ciboulette seit neun Jahren gab, war es im Michelin-Führer immer noch nicht verzeichnet. Die *patronne* erzählte, kürzlich sei ein Michelin-Inspektor da gewesen. Er habe sich gar nicht erst die Mühe gemacht, die zur Auswahl stehenden Speisen und den *plat du jour* zu studieren. Er bestellte ein einfaches Menü und aß schnell.

»Ich habe ihn fälschlich für einen Weinhändler gehalten«, sagte die *patronne*. »Wir zählen nicht sosehr auf die Restaurantführer. Wir verlassen uns auf die Mundpropaganda.«

Diese einfache Marketingtechnik schien zu funktionieren, denn kein Tisch war frei. Aber Bernard zog die *patronne* vertraulich in ein Eckchen und wechselte ein paar Worte mit ihr, dann schnippte sie mit dem Finger. Ein Kellner trug einen weiteren Tisch herein und stellte ihn vor die Bar.

»Wir können doch Bernard Loiseau nicht hungrig gehen lassen«, meinte sie.

»Was hast du zu ihr gesagt?« fragte Hubert. »Daß du in sie verliebt bist?«

»Nein«, erwiderte Bernard. »Daß sie zu einem Gratisessen ins Côte d'Or eingeladen ist.«

Bernard sah erst gar nicht auf die Speisekarte. Er bestellte ein *gras double,* eine traditionelle Vorspeise aus gegrillten Schweinedärmen. Als Hauptgang nahm er ein saftiges, dickes, blutiges Steak. Hubert und Lyonel bestellten dasselbe, und Hubert wählte einen kraftvollen Côte de Beaune für 250 Franc. Beim Mittagessen spuckte keiner den Wein aus. »Das Fleisch ist perfekt«, sagte Bernard und kaute ein großes Stück. »Es hat einen guten Biß.«

Es folgte eine kurze Debatte über den Konservatismus bei Michelin. Bernard fragte sich, wie die – wie anzunehmen war – gründlichen Inspektoren dieses wunderbare Bistro übersehen konnten. Keiner wußte eine Antwort. Dann kam das Gespräch auf ein leidiges Thema: den hohen Preis der Burgunderweine. Im Zuge des Wirtschaftsbooms Anfang der sechziger Jahre war in Europa und Nordamerika eine Mittelschicht entstanden, die Geld hatte und darauf aus war, die besten Weine zu kaufen. Die neue Schnellstraße in den Süden Frankreichs, die Saulieu so zusetzte, half den burgundischen Winzern. Sie brachte neue Kunden aus Dänemark, Holland, Deutschland und der Schweiz, die auf dem Weg in die Ferien oder auf dem Rückweg hier haltmachten.

Mit der steigenden Nachfrage nach burgundischem Wein konnte das Angebot nicht mithalten. Die Côte d'Or ist ein schmaler, etwa 45 Kilometer breiter Landstrich. Im Gegensatz zu den herrlichen Châteaus von Bordeaux, die zumeist in den Händen großer Investoren liegen, blieben die burgundischen *domaines* im Familienbesitz. Die Großregion Bordeaux produziert achtmal soviel Wein wie Burgund. Ein typischer kleiner burgundischer Weinbauer besitzt winzige Parzellen in einem halben Dutzend verschiedener Lagen. Jede Parzelle wirft einen Ertrag von fünf bis sechs Fässern Wein ab, das sind zusammen 125 bis 150 Kisten. Im Vergleich dazu erbringt eine erstklassige Lage wie Château Lafite-Rothschild in einem durchschnittlichen Jahr 25 000 bis 30 000 Kisten Wein.

Darüber hinaus wird im Bordelais eine konstantere Qualität erreicht. Seine Cabernet-Trauben verleihen dem Wein die dunkle Farbe schwarzer Johannisbeeren und eine feste Struktur. Die burgundische Pinot-Noir-Traube ist dagegen chamäleonhaft, häufig schwach, schmächtig und blaß, andererseits auch zu gewichtig und gerbstoffhaltig, mit einem unangenehmen Geschmack nach gekochten Früchten. Trotzdem sind zwischen 1980 und 1989 die Preise für Burgunderwein um mehr als das Vierfache gestiegen.

»Es war wie im Wilden Westen«, meinte Hubert.

»Die Winzer warfen den Wein auf den Markt und verlangten Phantasiepreise«, fügte Lyonel hinzu.

Lyonel hoffte, daß die Preise ihren Höchststand bereits überschritten hatten. Bei der Jahresauktion bei den Trois Glorieuses im November wurden die klassischen Rotweine wie Auxey-Duresses und Volnay-Santenots zum gleichen Preis wie im Vorjahr verkauft. Die Preise der berühmten Weißweine wie Meursault, Puligny-Montrachet und Chassagne-Montrachet hatten sogar leicht nachgegeben. Die »Drei Glorreichen Tage« sind der kommerzielle Höhepunkt der burgundischen Weinsaison, ein schwindelerregender Wirbeltanz, der die Besucher von einer Weinprobe zum Mittagessen und von der nächsten Weinprobe zum Abendessen trägt, wobei Käufer, Kenner und Touristen durch die Keller des Hôtel-Dieu von Beaune strömen.

Das Hôtel-Dieu oder Hospiz von Beaune ist eines der großen Bauwerke Frankreichs, eine Mischung aus flämischem Phantasiestil und traditioneller französischer Formgebung. 1443 von dem burgundischen Kanzler Nicolas Rolin als Krankenhaus und Altersheim gestiftet, ist es heute ein Museum und Beaunes touristische Hauptattraktion. Beinahe von Anfang an war es Brauch, daß die Einwohner von Burgund Weinbauparzellen stifteten, um damit das Hôtel-Dieu zu finanzieren. Seit 1851 werden die auf diesen Gütern produzierten Weine alljährlich im November auf einer Auktion verkauft, und der Erlös wird zur Aufrechterhaltung des Hospizes verwendet.

Die Tradition wird gewahrt, auch wenn heute fast die gesamten Kosten des Hospizes der Staat trägt und Les Trois Glorieuses in erster Linie der Touristenwerbung dient. Selbst für die routiniertesten Weinkenner ist es schwierig, einen Wein zu beurteilen, der kaum sechs Wochen alt ist. Verkoster durchstreifen schier endlose Keller – ein Beweis dafür, daß das unterirdische Beaune ebensogut ausgebaut ist wie die Stadt darüber.

Am zweiten Abend der Auktion spielen Rock- und Jazzbands in den Straßen. Auf dem Marktplatz wird billiger Wein gratis ausgeschenkt, um die Stimmung anzuheizen. Die echten Weinkenner sitzen unterdessen bei Grands Crus und einem wahrhaft rabelaisschen sechsgängigen Menü in den Kellerräumen eines renovierten Renaissanceschlosses, dem Clos de Vougeot, einem prächtigen Zisterzienserbau inmitten von Weinbergen. Bewirtet von der Weinbruderschaft Confrérie des Chevaliers du Tastevin, sitzen an die sechshundert Gäste in schwarzen Krawatten an den langen Tischen des Refektoriums im Keller. Die *confrères* erscheinen in roten Samtroben und -hüten.

Jagdhörner kündigen die einzelnen Gänge an, und zu jedem Gang wird ein anderer Wein getrunken. Serviererinnen eilen geschäftig hin und her, bringen Käse herbei und füllen die Gläser mit einem Echézeaux »nobler Herkunft«. Beim Dessert, einer Eistorte in Form einer Schnecke, schreiten die Kellner mit solcher Verve aus, daß jedesmal mehrere Gäste auf dem Weg zur Toilette umgerannt werden. Während des Essens unterhalten die *chevaliers* die Gäste mit Reden und Gesängen, die mal närrisch, mal amüsant sind. In den Ansprachen vermischen sich christliche und heidnische Elemente, und die »erlauchten Gäste« werden in die Rituale internationaler Jovialität eingeweiht. Wenn der Abend vorbei ist, sind die *chevaliers* und ihre Gäste ganz schön beschwipst. Keiner findet auf Anhieb seinen Wagen wieder. Die Auktion selbst wird am darauffolgenden Nachmittag in einem Gebäude gegenüber dem Hôtel-Dieu abgehalten. Die Preise sind hoch, insbesondere für unabgefüllten Wein – und die Anbieter spekulieren darauf, daß der Jubel und Trubel die Käufer anstachelt, tiefer in die Tasche zu greifen.

Lyonel selbst hatte die Trois Glorieuses nie besucht. Er hatte im Restaurant zuviel zu tun, und zudem bespöttelte er als Weinkenner die Veranstaltung als reines PR-Tamtam. Jetzt schenkte er Hubert und Bernard noch ein Glas Rotwein ein. Wenn auch die Preise bei der Auktion im vergangenen Jahr gefallen waren – er fürchtete dennoch, daß die Flaschen, die er zu kaufen beabsichtigte, konkurrenzlos überteuert sein würden.

»Den guten Winzern macht der Preisverfall nichts aus; von ihrem Wein wird es nie genug geben, um die Nachfrage zu befriedigen«, meinte er. »Es sind nur die schlechten Winzer, auf die härtere Zeiten zukommen.«

Die Schlußfolgerung war klar: guten Wein zu finden würde schwierig sein wie eh und je. Alle am Tisch fielen in Schweigen. Ein Kellner räumte die leeren Teller ab. Zeit für Käse und Dessert. Bernard steckte einen großen Bissen Epoisses in den Mund und brachte alle zum Lachen, indem er eine Crème caramel bestellte.

»Und achten Sie darauf, daß sie wirklich in Sahne schwimmt«, sagte er zum Kellner. »Wie zwei große Titten.«

»Hör auf, so zu reden«, wies ihn Hubert in einem seltenen Anfall von Prüderie zurecht.

Bernard kicherte. Er schlang sein Dessert hinunter. Dann

kam der Kaffee, den er ebenfalls hinunterkippte. Ungeduldig wie immer mahnte er zum Aufbruch: »Los, gehen wir!«

Er bezahlte, indem er der *patronne* einen Abschiedskuß auf die Wange drückte.

Binnen weniger Minuten waren die Weinverkoster an ihrem nächsten Zielort, in Volnay: Domaine Lafarge. Wie Bize so war auch Lafarge ein typischer burgundischer Familienbetrieb. Michel Lafarge, das Familienoberhaupt, besaß Hefte mit Auszeichnungen über den Weinverkauf seines Urgroßvaters, die sich bis um das Jahr 1880 zurückverfolgen ließen. Sein Urgroßvater fing an, Wein faßweise an Restaurants zu verkaufen, und 1904 wurde der erste eigene Wein in Flaschen abgefüllt, zum privaten Verbrauch. 1936 folgten die ersten für den Verkauf bestimmten Flaschen. Die Lafarges hatten in ihrem Keller noch ein paar wertvolle Flaschen dieser beiden Jahrgänge gelagert.

Wie viele andere burgundische Weinbauern wohnte die Familie Lafarge über ihrem Keller in der Rue de la Combe, einer der engen Straßen, die von dem kleinen Hauptplatz von Volnay, der Place de l'Eglise, abgehen. 1974 wurde unter dem Haus ein neuer Keller gegraben und ein Lastenaufzug eingebaut, um nicht mehr die gefährlichen und unbequemen Steinstufen mit den Spinnweben benutzen zu müssen.

Der neue Keller war mit dem alten und seinen niedrigen runden Gewölben aus dem 12. Jahrhundert durch einen Gang verbunden. Die Steinfassade des Hauses war schmucklos, und nur eine kleine Tafel verwies auf die DOMAINE LAFARGE.

»Meine Grundregel«, sagte Lyonel, »lautet: Je kleiner

das Schild draußen, desto besser sind die Weine drinnen.«

Hubert klingelte, und Michel Lafarge erschien, ein Mann mit zerfurchtem Gesicht, stechend blauen Augen und auffallend weißem Haar. Er strahlte ein tief verwurzeltes Selbstvertrauen und ein starkes Bewußtsein für seine Mission aus. Hinter ihm stand sein ältester Sohn Frédéric, der mit neunzehn Jahren angefangen hatte, in den Weinbergen zu arbeiten. Er war dünn und trug eine Brille – eine schüchterne, jüngere Ausgabe seines Vaters. Die anderen Lafarge-Kinder – zwei Töchter und ein Sohn – hatten keinerlei Pläne, in den Weinhandel einzusteigen. »Auf dem Weingut war nur Platz für ein Kind, und Frédéric zeigte das größte Interesse«, erklärte sein Vater.

Frédéric wohnte im Haus nebenan, das durch einen Durchgang mit dem Haus der Eltern verbunden war. Er hatte eine Önologie-Fachschule absolviert und in einem richtigen Bordeaux-Château seine Lehre gemacht. Man sah ihm sein Wissen nicht an. Bei der Weinprobe öffnete zwar er die Flaschen, aber bis auf einen kurzen Wortwechsel mit Lyonel machte er den Mund nicht auf. Die Wahrung der Tradition und Respekt vor dem Alter besaßen in der Familie Lafarge noch einen hohen Stellenwert.

Frédéric entkorkte die Flaschen. Er begann mit den billigsten und jüngsten Weinen, dem fruchtigen weißen Aligoté, dem einfachen Passetoutgrains (einer Mischung aus Pinot Noir und Gamay) und ging dann über zum *vin de pays de Volnay*, bevor er beim Spitzenwein Volnay Clos-des-Chênes anlangte. Für einen Augenblick vergaß Lyonel seine wissenschaftlichen Überlegungen und platzte heraus: »Wunderbar, wunderbar, wunderbar.«

»Monsieur Lafarge«, verkündete Bernard feierlich und setzte sein Glas ab. »Sie sind der beste Burgunder.«

Ein schmales Lächeln, mehr ein Zusammenkneifen der Augen als ein Grinsen, ging über Michel Lafarges wettergegerbtes Gesicht.

Die vergangenen fünf Jahre, erzählte er, hätten exzellente Ernten gebracht, »die besten, an die ich mich erinnere«. Er war auch ein Mann mit gutem Gedächtnis. Er wußte noch, daß im Jahre 1946 neunzig Prozent der Ernte durch Hagel vernichtet worden waren. »Die vergangenen fünf Jahre waren zu schön, um wahr zu sein«, sagte er. »Wirklich außergewöhnlich.«

Für manche burgundischen Weinbauern waren die dürftigen neunziger Jahre ein wahrer Schock. Nicht für Michel Lafarge. Er bestätigte Lyonels Befürchtungen, indem er sagte, er könne immer noch den Spitzenpreis von 75 Franc für einen einfachen Landwein verlangen. »Wir sprechen nicht über Geld«, sagte er. »Wir sprechen darüber, ob der Wein gut ist.«

Die ehrwürdigen burgundischen Domaines und die Châteaus von Bordeaux hatten bisher ein Monopol auf diese Qualität, meinte Michel Lafarge. Jetzt haben Australier und Chilenen – von den Kaliforniern einmal ganz abgesehen – nachgezogen und exportieren gute Weine. Manche witzeln schon, daß bald auch in Kanada Wein angebaut wird. Als die Lafarges in den Vereinigten Staaten waren, machten sie einen Abstecher nach Oregon. Zwanzig Jahre zuvor hatten Weinbauern in Oregon die edlen burgundischen Rebsorten Pinot Noir und Chardonnay gepflanzt. Der burgundische Traditionalist Michel Lafarge wollte die Emporkömmlinge einmal prüfen.

»Und wie war der Wein in Oregon?«, fragte Lyonel.

»Gut«, erwiderte Michel Lafarge. »Sehr gut.«

Er bewunderte die Anstrengungen seiner Pinot-Noir-Kollegen jenseits des Atlantik, ein Qualitätsprodukt herzustellen.

Aber er fürchtete die Konkurrenz nicht. Er vertraute auf sein Können und auf seinen Wein.

Als Abschiedsgeste holte Michel Lafarge eine Flasche ohne Etikett aus einem modrigen, mit Spinnweben überwucherten Teil des Kellers.

»Raten Sie mal, welcher Jahrgang das ist«, forderte er auf. »Ich verrate Ihnen nur, daß er von einem Jahrgang nach 1959 ist.«

Frédéric entkorkte den Wein und schenkte jedem davon ein.

»Auf Ihr Wohl«, sagte Michel Lafarge.

Der Wein war im Glas bernsteinfarben, blasser als das volle Rot eines jungen Weins. Sein Bukett war feiner als das neuerer Flaschen. Verschiedene Geschmacksnuancen mischten sich im Mund.

»Er ist immer noch relativ leicht und fruchtig«, meinte Lyonel. »Ich tippe auf einen Dreiundachtziger.«

»Nein, es ist ein Sechsundsiebziger«, konterte Hubert. »Kein großer Jahrgang, aber einer, an den man sich gewöhnen kann.«

»Nein, nein«, sagte Bernard, »es ist ein Achtundsiebziger. Ganz bestimmt ist es ein Achtundsiebziger.«

»Alles falsch«, verkündete Lafarge lächelnd. »Es ist ein Zweiundsiebziger, ein Wein, dem die Kritiker nicht viel zutrauten, der aber überraschend gut altert.«

In einem Augenblick der Großzügigkeit versprach Lafarge, ein paar Flaschen dieses alten Jahrgangs ans Côte d'Or zu verkaufen. Lyonel war überglücklich. Es war immer schwer, an alte Jahrgänge zu kommen. Aber er wußte, wenn er im Wettbewerb gewinnen wollte, dürfte er sich keine solchen schwerwiegenden Irrtümer bei der Datierung leisten.

»Wein«, seufzte er beim Rückweg aus dem Keller. »Das ist eine große Schule der Demut.«

Der nächste Halt hieß Daniel Chopin. In den vergangenen Jahren hatte Bernard Chopins Weine gekauft und als »Bourgogne sélection Bernard Loiseau« etikettiert.

Chopin wohnte in Nuits-St.-Georges, und zwar im Süden, etwas außerhalb der Stadt. Hier beginnt die burgundische Ebene, die sich bis nach Lyon und Genf erstreckt. Chopins bescheidenes Haus, ein enges rechteckiges Fertighaus, unterschied sich in nichts von Tausenden anderer Vorstadthäuser der Nachkriegszeit. Wie bei den Lafarges stand das Haus über den Weinkellern. Hühner liefen über den Hof. Der Renault Espace hätte beinahe ein paar von ihnen überfahren.

Madame Chopin, eine untersetzte, lächelnde Frau, hörte auf, die Eingangsstufen zu kehren und ging ihren Mann holen. Wenig später erschien Monsieur Chopin und führte die Gruppe in den Keller. Er war achtundsechzig Jahre alt, mittelgroß, mager. Wein produzierte er seit zweiunddreißig Jahren. Er hielt sich immer noch aufrecht, und sein spärlicher Lockenschopf war kurzgeschoren. Durch die Arbeit auf den Feldern war sein Gesicht runzelig geworden, die Backenknochen eckig und kantig. Er trug eine sackartige weite Cordhose und einen ausgebeulten Pullover und sprach mit einem schweren bäuerlichen Akzent. Solange er morgens aufstehen könne, sagte er, würde er Wein produzieren. Lyonel nannte ihn liebevoll »der Bauer«.

Chopins Familie arbeitete seit drei Generationen als Weinbauern – »nicht lange«, meinte er. Als er im Jahre 1959 das Familiengut vom Vater übernahm, baute er Wein und Getreide an. Durch die Heirat mit einem Mädchen aus Vougeot kamen 1957 ein paar wertvolle Parzellen in Chambolle-Musigny und Vougeot hinzu. Im Laufe der Jahre erweiterte er sein Anwesen auf beinahe 10 Hektar passabler Weinberge in der Côte de Nuits. Auch er hatte ein gutes

Gedächtnis. Die beste Ernte sei 1947 gewesen. Das folgende Jahr 1948 »schlecht«, meinte er, »sehr schlecht«.

Meistens arbeitete Chopin von etwa sechs Uhr morgens bis sechs Uhr abends, sechs Tage in der Woche. Nach der Ernte zog er wie in alten Zeiten seine Kleider aus und stieg in den Gärbottich, um stundenlang, bis zur Erschöpfung, auf der Maische herumzustampfen. Dieser Arbeitsgang heißt *pigeage,* und Chopin war nicht der Typ, eine sündhaft teure Wanne mit einem automatischen *pigeur* zum Stampfen des Tresters zu bestellen oder elektrische Pumpen, um den Traubensaft an die Oberfläche zu befördern.

Chopin hielt seine Weinreben gut in Schuß, denn alte Reben ergeben den besten Wein; die besten Trauben kommen von Reben, die dreißig bis fünfundvierzig Jahre alt sind. Er besaß Reben, die älter als fünfundsechzig Jahre waren und immer noch trugen. Für neue Pflanzungen verwendete er nur Pfropfreiser aus seinen eigenen Weinbergen, viele junge Winzer hingegen verwenden Klone. Chopin wollte keine Reben, die quantitativ mehr erzeugten. Er war auf Qualität aus. Die meisten burgundischen Winzer heute interessiert es nicht, an Wettbewerben teilzunehmen. Sie haben es nicht nötig, um ihre Weine zu verkaufen. Chopin, stolz wie er war, nahm immer teil – und gewann gewöhnlich einen Preis.

Chopin entkorkte ein paar Flaschen. Der erste Korken war kaputt. Er lehnte es ab, die Flasche anzubieten, und öffnete eine weitere Flasche. Lyonel roch und probierte.

»Bitte, bitte, sagen Sie, was Sie denken«, bat Chopin.

»Rund«, erwiderte Lyonel. »Kernig im Mund.«

Die meiste Zeit seiner langen Berufslaufbahn hatte Chopin an Händler verkauft, und es ärgerte ihn mehr und mehr, welche Preise sie zahlten. »Ein Jahr war er gut, das nächste Jahr fürchterlich«, klagte er. In den vergangenen sieben

Jahren hatte er seine gesamte Produktion in Flaschen abgefüllt. Selbst in den boomenden achtziger Jahren hatte er seine Preise immer auf einem vernünftigen Niveau gehalten – so verlangte er für eine Flasche Nuits-St.-Georges 40 Franc. Eine Flasche von seinem Vougeot Premier Cru kostete nur an die 75 Franc. Das war etwa die Hälfte des Preises eines erstklassigen Volnay der Domaine Lafarge.

»Viele Weinbauern waren gierig«, sagte Chopin. »Sie werden Probleme bekommen. Ich verlange lieber vernünftige Preise und habe keine Sorgen.«

Lyonel vermied es für gewöhnlich, gleich bei der Weinprobe zu bestellen. »Man riskiert, sich hinreißen zu lassen und einen dummen Fehler zu machen, der einen später teuer zu stehen kommt.«

Von Chopin hingegen hatte Lyonel stets große Mengen gekauft, seit er im Côte d'Or arbeitete.

»Kann ich tausend Flaschen haben?« fragte Lyonel.

Chopin machte ein Gesicht, als stehe er kurz vor einem Herzinfarkt.

»Tausend Flaschen!« wiederholte er verwundert. »Ich habe keine tausend Flaschen. Wie wär's mit sechshundert?«

»Achthundert?«

»Siebenhundert.«

»Mehr geht wirklich nicht?«

»Nein.«

Draußen im Auto meinte Lyonel: »Bevor wir von Daniel Chopin mehr Wein kriegen, muß erst einer seiner anderen Kunden das Zeitliche segnen.«

In der gleichbleibenden Welt der burgundischen Weine ist der Tod in der Tat fast die einzige Veränderung. Weingüter werden so gut wie nie zum Verkauf angeboten. Die Burgunder glauben gerne, daß Bordeaux im Besitz ausländischer Konsortien, steuerbegünstigter Investmentfonds und gelegentlich eines Rothschilds ist. Nicht viele außer den Rothschilds können sich ein Weingut in Bordeaux leisten. Aus burgundischer Sicht wird Bordeaux anonym und kommerziell vermarktet – Stichwort Agribusiness, was wenig mit der bodenständigen Weinherstellung in Burgund gemein hat.

Überall sonst in Frankreich ist das Phänomen der Landflucht zu beobachten. In Burgund bleiben die Jungen. Fast alle jungen Winzer bewohnen und bewirtschaften das Land ihrer Eltern oder Schwiegereltern. Christian Amiot trat in den Betrieb seines Schwiegervaters Jean Servelle ein, der in Chambolle-Musigny 5 Hektar besaß. Das war im Jahre 1980, damals war er einundzwanzig Jahre alt. 1989 starb sein Schwiegervater an einem Herzinfarkt.

Christian und seine Frau Elisabeth erbten das Weingut, benannten es in Domaine Amiot-Servelle um und fingen an, Verbesserungen vorzunehmen. Elisabeth, gelernte Buchhalterin, modernisierte die Finanzverwaltung. In den Weinbergen ging ihr Mann schrittweise und behutsam vor. Er behielt die Gärtechniken bei, die er von seinem Schwiegervater gelernt hatte, und baute wie dieser den Wein in alten Holzfässern aus. Aber er veränderte hie und da Kleinigkeiten, und bald galt er als vielversprechendes Talent.

Lyonel folgte der Spur. Er war stets auf der Suche nach vielversprechenden jungen Winzern. Ehrgeizige junge Leute haben Elan, meinte er. Viele sind Yuppies, die wie die Investmentbanker in den achtziger Jahren der verlockenden Aussicht auf schnelles Geld unterliegen. Aber die Tüchtigen unter ihnen streben Verbesserungen an, und sie machen häufig die interessantesten Weine. Auch Christian Amiot hegte diesen sehnlichen Wunsch nach Verbesserung. Der Gault-Millau-Weinführer publizierte einen Artikel, in dem Amiot hochgelobt wurde. »Alles, was wir bestellten, war ausgezeichnet«, hieß es darin. »Aber das Beste vom Besten war Amiot-Servelle. Samtweich.«

Lyonel hatte den Artikel gelesen und bei Amiot um einen Termin ersucht.

Es gibt keinen Weinführer von Michelin, und Weinbauern haben gegenüber Restaurantführern nicht diesen Heidenrespekt wie Küchenchefs. Die meisten Weinbauern von Burgund können ihre Weine verkaufen, auch wenn sie vernichtende Kritiken bekommen. Aber einflußreiche Weinkritiker können durchaus auch hilfreich sein. Robert Parker, der amerikanische Herausgeber des *Wine Spectator,* wird wegen seiner beachtlichen Standfestigkeit beim Alkoholkonsum verachtet und bewundert zugleich; er probiert zweihundert Weine nacheinander und bewertet sie dann auf einer Skala von 50 bis 100. Die bedeutendsten Weinkritiker sind Angelsachsen, vielleicht aufgrund ihrer Neutralität in der nie enden wollenden Fehde zwischen den Weinbauern von Bordeaux und denen von Burgund. Auch wenn ihre Kritiken nicht über Leben und Tod entscheiden, ist ihr Einfluß keineswegs unerheblich, insbesondere für relativ unbekannte junge Winzer. »Mit einer guten Besprechung im Rücken kann man sich durchaus einen Namen machen«, meinte Amiot.

Der rundliche, bärtige Amiot sah aus wie die Karikatur des stets zu Späßen aufgelegten Burgunders, der zuviel ißt und zuviel trinkt. An diesem Tag, als er Bernard, Lyonel und Hubert in seinen Keller führte, war er mißgelaunt. Er erzählte, nach der nächsten Ernte würde er seine beste Parzelle im Dorf Vougeot verlieren. Amiot hatte die meisten seiner Anbauflächen gepachtet, und der Besitzer hatte beschlossen, zu verkaufen. Um das Land zu kaufen, brauchte er 500 000 Franc. Über so viel Geld verfügte er nicht, und die Banken waren nicht bereit, ihm unter die Arme zu greifen.

Hubert und Lyonel schenkten seinen Klagen wenig Beachtung. Sie nippten am Wein, und obwohl sich ihnen der Kopf drehte, erkannten sie, daß das, was sie probierten, ausgezeichnet war. Sie stellten Amiot ein paar Fragen und waren erfreut über seine Antworten. »Er panscht nicht«, meinte Lyonel später.

Bevor sie gingen, spielte Amiot mit ihnen das gleiche Spielchen wie Lafarge: Blindprobe. Er holte eine spinnwebenverklebte Flasche und entkorkte sie.

»Welcher Jahrgang?« fragte er und goß die Gläser voll.

Bernard tippte auf 1972. Hubert auf 1962. Lyonel sagte 1964. »Mein Geburtsjahr.«

»Nein«, Amiot schüttelte den Kopf. »Es ist ein zweiundfünfziger.«

Alle lachten, auch der sonst so ernste Lyonel, der das Gefühl hatte, im Bemühen um den Aufbau eines Drei-Sterne-Weinkellers einen guten Schritt weitergekommen zu sein. Zu Dumaines Zeiten hatte beinahe der gesamte Wein von Händlern gestammt. Auch Michelin stellte keine höheren Ansprüche. »Dumaine hatte einen guten, aber kleinen Keller«, meinte Lyonel. Als Bernard das Côte d'Or übernahm, lagerten im Keller nicht mehr als hundert Sorten. Nach der diesjährigen Weinprobe, so Lyonel, würden es 660 Sorten und rund 18 000 Flaschen sein. So eindrucksvoll das klang, es war bescheiden, verglichen mit den Kellern mancher Pariser Restaurants. Das Tour d'Argent allein rühmte sich seiner 400 000 Flaschen.

Lyonel hoffte, die Inspektoren nicht sosehr durch die Ausmaße seines Kellers, sondern durch dessen Qualität beeindrucken zu können. Manchmal war er gezwungen, von Händlern zu kaufen, weil er anderswo nicht die Jahrgänge finden konnte, auf die er abzielte. Aber er warf den Händlern generell vor, sie verrieten das burgundische Erbe, indem sie die Individualität außer acht ließen, die der Boden dem Wein verleiht. Seines Erachtens mußte eine Weinkarte, die drei Michelin-Sterne wert war, von Familiennamen wie Bize beherrscht werden. Von Händlern konnte jedermann Wein kaufen; die unzähligen einzelnen Weinbauern ausfindig zu machen und jeden zu prüfen erforderte hingegen Zeit und Sorgfalt.

Lyonel war zufrieden. An einem einzigen Tag hatte er mehrere wichtige Erfolge zu verzeichnen. Bize und Lafarge blieben Klassiker, und sie würden ihm alte Jahrgänge verkaufen, die er brauchte, um Michelin zu beeindrucken. »Der Bauer« Chopin würde ausreichend preisgünstigen Qualitätswein liefern, um in der bevorstehenden Sommersaison über die Runden zu kommen. Und mit Amiot hatte er einen talentierten Aufsteiger aufgespürt.

Auf dem Rückweg fiel Lyonel, den Mund ganz lila vom Verkosten, in einen zufriedenen Schlummer.

Ein paar Tage später fand das Fest des heiligen Vinzenz statt. Vinzenz, ein Spanier, der im Jahre 304 in Valencia den Märtyrertod starb, war wegen der Silbe *vin* in seinem Namen zum Schutzheiligen der Winzer avanciert. Das Fest dieses Heiligen markiert traditionell den Beginn der Feldarbeit im Jahreskreislauf.

In der Vergangenheit war dieses Fest zumeist mit einer schlichten Messe begangen worden, anschließend stieg man in den Keller hinunter, trank ein Gläschen Wein und feierte ein großes Fest. Im Januar 1938 gestalteten die Chevaliers du Tastevin das Fest in größerem Maßstab um. Seither richtete jedes Jahr ein anderes Dorf das Fest aus, das auf den dritten Samstag im Januar verlegt wurde. Das Ziel, das dahinter steckte, war simpel: es ging nicht darum, Traditionen wiederzubeleben, sondern den Fremdenverkehr zu fördern.

Dieses Jahr war Puligny-Montrachet an der Reihe. Mit Anbruch der grauen Morgendämmerung stellten sich Vertreter aus allen Gemeinden vor dem Dorf auf. Es war ein bitterkalter Morgen, die Weinreben waren mit Reif überzogen. Zwei Heiligenträger aus jedem Dorf schulterten die hölzernen Tragebalken, auf denen Holzfiguren der Heiligen befestigt waren. Ein dritter trug das reichbestickte Banner des jeweiligen Dorfes. Die Prozession führte vorbei an farbenprächtigen Papierblumen und blau-silbernen Bändern, mit denen die Straßen geschmückt waren, zum Kirchlein von Puligny. Eine große Menschenmenge schaute zu, manche hielten Weingläser in der Hand, andere hatten Weinprobierschalen an silbernen Ketten, und wieder andere trugen merkwürdige Mützen, Schärpen oder Ehrenabzeichen.

Die Musikkapelle setzte zu einem feierlichen Trommelwirbel an. Die Prozession bahnte sich ihren Weg durch die Menge zum Kriegerdenkmal, wo der Bürgermeister einen Kranz niederlegte. Es folgte die Marseillaise. In der Kirche hatten sich inzwischen die Honoratioren aus dem Dorf und der Umgebung eingefunden. Hinter der Prozession traten Priester und Bischöfe ins Gotteshaus. Der Priester hielt eine kurze Begrüßungsansprache, erinnerte an die Ideale der Solidarität und Brüderlichkeit und gedachte mit Trauer des Krieges, der soeben im Persischen Golf ausgebrochen war. Die Lesung stammte aus dem Johannesevangelium und handelte von dem Wunder bei der Hochzeit von Kanaa, als Jesus die Hochzeitsfeier rettete, indem er Wasser in Wein verwandelte. Kinder aus dem Dorf trugen Brot und Wein zum Altar, um es segnen zu lassen. »Der Herr segne uns«, sang der Chor. »Amen.«

Nach der Messe stürmte alles nach draußen und begab sich zum winzigen Dorfplatz. Die Musikkapelle spielte noch einmal auf. In einem speziell umgebauten Hangar riefen Jagdhörner die Chevaliers zur Aufmerksamkeit. Der Kommandant gab eine Lobrede auf Puligny zum besten und nahm die ältesten Weinbauern des Dorfes in die Confrèrie auf. Fernsehkameras schwenkten herum und Journalisten interviewten die geehrten Alten.

Nach dem Ende der Zeremonie gab es ein gigantisches sechsgängiges Menü: Fischterrine mit *sauce verte,* Schnekken, Hummer *à la florentine,* Hühnchen und Morcheln, Käse, Schokoladenkuchen und Eiscreme. Die Weine stammten selbstverständlich aus Puligny, wenn sie auch durchweg von mittelmäßiger Qualität waren. Kein Winzer wollte seine besten Flaschen hergeben. Trotzdem blieben alle sitzen bis zum frühen Abend.

Draußen auf der Straße kippten leichtsinnige Touristen Wein hinunter, der in manchen Kellern gratis ausgeschenkt wurde. Bald waren viele betrunken. Ein Kauderwelsch verschiedener Sprachen – Deutsch, Französisch, Spanisch und Englisch – war zu hören. Männer urinierten an Hinterhofmauern. Paare kuschelten sich zum Schutz gegen die Kälte und vor der Menschenmenge aneinander. In jenen drei Tagen des Trubels zogen insgesamt fünfundsiebzigtausend Festgäste durch die engen Straßen. Puligny versank in einem Berg von Glasscherben, Plastikbechern und Papierverpackungen.

Am Montagmorgen war das Fest vorbei, in die Straßen des Dorfes kehrte wieder Stille ein. Die Weinbauern begaben sich zur Arbeit auf ihre Felder, und ein neues Weinjahr konnte beginnen.

Kapitel 9

✿ ✿ ✿

Küchendramen

Alles begann mit *œufs à la neige* – Eischneebällchen auf süßer Eimasse.

Œufs à la neige gehört zu den Klassikern der französischen Dessertküche. Wenn man mit Zucker geschlagenes Eiweiß in Wasser stocken läßt, erhält es eine duftige Konsistenz, wie Pulverschnee. Doch bedarf diese Nachspeise sorgsamer Zubereitung. Schlägt man das Eiweiß zuwenig, wird man die gewünschte Konsistenz niemals erhalten; schlägt man es zu lange, wird der Eischnee brüchig.

An einem Tag im Februar beschloß Bernard, mit Dominique im Speisesaal zu Mittag zu essen. Da im Côte d'Or nur drei Tische besetzt waren, war es recht ruhig. Als Nachtisch bestellte Bernard *œufs à la neige*.

Sie wurden serviert – steinhart.

Bernards ohnehin schlechte Laune verwandelte sich in Wut. Im Vergleich zum Februar des Vorjahres hatte sich der Umsatz um dreißig Prozent verringert. In Frankreich zeigten sich die ersten Anzeichen einer drohenden Rezession, die die Luxusrestaurants als erste zu spüren bekamen. Noch dazu hatte ihn die Rezeptionistin Marie-Christine just vor dem schicksalsträchtigen Nachtisch über die schleppenden Reservierungen für April und Mai informiert.

»Wenn das so weitergeht«, sagte Bernard zu ihr, »sind wir bald alle am Ende.«

Zu allem Überfluß hatte Bernards Ego einen Schlag aus

Paris einstecken müssen. Präsident Mitterrand hatte die Liste der Ehrenlegionäre bekanntgegeben. Da der Regierungschef zu den Stammgästen im Côte d'Or zählte, war Bernard sicher, zu den Auserwählten zu gehören. Mitterrands Wahl fiel indes auf Bernards Kollegen Joël Robuchon.

Anders als der emotionale, überschäumende Bernard war Robuchon ein schüchterner, sanfter Mensch, ein Überchef, bekannt für seinen Perfektionismus. Während Bernard sich aufs Land zurückgezogen hatte, war Robuchon in Paris geblieben. Sein Restaurant Jamin gewann drei Michelin-Sterne, die dem Lokal zehn Jahre lang einen unvergleichlichen Erfolg bescherten. Trotz der schwindelerregenden Preise in dem ohnehin bereits teuren Paris war das Jamin drei Monate im voraus ausgebucht. Dominique meinte dazu: »Wenn man drei Monate im voraus reservieren muß, gewinnt man eine mystische Aura.«

Robuchon war für Bernard Freund und zugleich Inspiration. Wenn es um Zuneigung geht, ähnelt ein großer Küchenchef einem Kind. Er möchte nicht nur beliebt, er will bevorzugt werden. Sein Essen soll nicht nur himmlisch schmecken, sondern das seines Kollegen übertreffen. Mit anderen Worten, wenn er den »großartigen Joël« pries, neidete er diesem gleichzeitig Erfolg und Ruhm. Als Marie-Christine ihm Robuchons Einladung zu einem Mittagessen am nächsten Sonntag in Paris überbrachte, beschloß Bernard hinzufahren. Er wollte in dem erlauchten Kreis gesehen werden, wenn er auch darüber erzürnt war, nicht selbst die Auszeichnung erhalten zu haben.

»Sie hätte mir zugestanden«, murmelte er. »Warum hat Robuchon so viel Glück?«

Als ihm der Teller mit den harten *œufs à la neige* serviert wurde, brüllte er zornentbrannt in Richtung Küche.

»Was ist schiefgegangen?« wollte er von Thierry, dem Pâtissier, wissen.

Pâtissiers sind bekanntermaßen temperamentvoll, und Thierry De Meo bildete da keine Ausnahme. Er lebte allein und ging nach Dienstschluß so gut wie nie mit seinen Kollegen auf das traditionelle Bier im Café du Nord. Während der Arbeit sprach er wenig, aber der Mißmut stand ihm häufig ins Gesicht geschrieben. Im Gegensatz zu der restlichen Küchenbrigade, die in eine strikte Hierarchie eingebunden ist, erfreuen sich Pâtissiers einer gewissen Autonomie. Thierry hatte seinen eigenen Bereich in der Küche, wo er seine Arbeit mit Hilfe einiger Commis versah, denen er Anweisungen gab. Der Pâtissier ist ungefähr der einzige der Belegschaft, der dem Boß Paroli bieten darf, und von diesem Recht machte er jetzt Gebrauch.

»Ihre *œufs à la neige* sind nicht das einzige Gericht, um das ich mich zu kümmern habe«, erklärte er.

Bernard explodierte.

»Wir haben nur drei Tische belegt, und da sagen Sie mir, das sei nicht das einzige, um das Sie sich kümmern müssen?« rief er aufgebracht. Allerdings fühlte Bernard sich gegenüber dem rebellischen Pâtissier machtlos, der nicht so ohne weiteres ersetzbar war. Also mußte jemand anderer als Sündenbock herhalten. Er wandte sich an Patrick Bertron, seinen Stellvertreter in der Küche.

»Ich habe einen Pâtissier, der mir freche Antworten gibt«, kreischte Bernard. »Es sind nur drei Tische zu bedienen. Was sollen wir tun?«

Er legte eine Pause ein, bevor er die Frage selbst beantwortete.

»Einen hinauswerfen«, sagte er.

An jenem Abend wurde Larry, der Volontär aus Amerika, gefeuert.

Als sich das *Œufs-à-la-neige*-Gewitter entlud, stand Larry etwas abseits in der Vorspeisen-Abteilung und bereitete Leber-Canapés zu. Er fühlte sich von der Aufregung um ihn herum nicht betroffen. Nach dem Abendservice rief Patrick ihn zu sich ins Büro.

»Sonntag ist dein letzter Tag hier«, verkündete er ihm. »Monsieur Loiseau meint, du bist zu teuer. Du hast gelernt, was möglich ist. Wir brauchen dich nicht mehr.«

Dummerweise konnte Larry noch nicht am Sonntag gehen, da er noch Wäsche aus der Wäscherei im Ort abholen mußte. Er wartete also bis Mittwoch, dem Tag, an dem eine Handvoll Drei-Sterne-Chefs dem Côte d'Or einen Besuch abstatteten: Paul Bocuse, Georges Blanc, Pierre Troisgros, Marc Meneau, Marc Haeberlin und Emile Jung.

Larry erspähte Bocuse beim Verlassen des Restaurants. In seinen Augen war er ein Held. Als Siebtkläßler an der H. B. Thompson Junior High School in Syosset, Long Island, hatte er sich das Bocuse-Kochbuch *La Cuisine* ausgeliehen, in dem der berühmte Franzose in blendend weißer Uniform mit Kochmütze abgebildet war. Wie Bernard es seinem Vorbild gleichtun und den dritten Michelin-Stern erringen wollte, so hoffte Larry sehnsüchtig, irgendwann einmal etwas von Bocuses Zauber zu erleben. Für Larry war die Kochmütze eine Königskrone. »Bocuse ist nachts in meinen Träumen aufgetaucht«, erzählte Larry den anderen Volontären. »Alles sah ich vor mir, das Essen, die Präsentation, die Uniformen – es war wirklich imposant.«

Als Larry sein Idol erblickte, hastete er in sein Zimmer, holte die Kamera und fragte den Chef, ob er sich mit ihm gemeinsam ablichten lassen würde. Bocuse willigte ein, und Larry bat Dominique, ein Foto von ihnen zu machen.

Die Bitte verblüffte sie. Bis zu diesem Augenblick hatte sie Larry noch nie in der Küche bemerkt und sie wußte erst

186

recht nicht, daß man den Stagiaire vor wenigen Tagen gefeuert hatte.

Doch ohne eine Miene zu verziehen, blickte sie durch den Sucher und drückte ab. Unterdessen hatte sich die gesamte Küchenbelegschaft versammelt und schaute zu.

»Alle waren verlegen«, sagte Larry später. »Derjenige, den man soeben vor die Tür gesetzt hatte, stand da draußen im Rampenlicht und stahl Bernard die Schau.«

Aber Bernard merkte es sich.

»Wieso ist denn der Amerikaner immer noch hier?« fragte er Patrick am darauffolgenden Tag in schrillem Ton. »Warum hat er sich für ein Foto mit Bocuse in den Vordergrund gedrängt?«

»Er muß noch Wäsche aus der Wäscherei holen«, antwortete Patrick.

Bernard kochte vor Wut. Larry hatte seinen Ärger hinuntergeschluckt, um ein Foto mit Bocuse zu bekommen. Darüber hinaus war ihm nicht einmal daran gelegen, mit jemandem aus der Belegschaft des Côte d'Or fotografiert zu werden.

»Lieber Himmel, Bocuse ist immer noch bekannter als ich«, meinte Bernard. »Ich muß mich wirklich schwer ins Zeug legen, um ihn in den Schatten zu stellen.«

Bevor Larry am nächsten Tag abreiste, holte er sich sein Praktikums-Zeugnis ab. Er hoffte, in einem anderen Spitzenrestaurant unterzukommen, und brauchte daher eine Referenz. Als er ins Büro des Chef de cuisine kam, war Patrick zur Mittagspause gegangen. Das Zeugnis lag auf dem Tisch. Sein Name war falsch geschrieben.

Selbst meinen Namen haben sie falsch geschrieben, dachte Larry und konnte es nicht glauben. Aber da ihm an keiner weiteren Konfrontation gelegen war, nahm er den nächsten Zug zurück nach Paris mit nichts als einem wertlosen Blatt Papier im Gepäck für sechs Monate Tätigkeit im La Côte d'Or.

Der Personalwechsel in der Küche erfolgte Schlag auf Schlag. Bernard duldete Praktikanten höchstens für die Dauer eines halben Jahres. Blieben sie länger, wuchs ihre Frustration, unentgeltlich schuften zu müssen. Japaner waren Bernard am liebsten. Wenn sie etwas Neues wollten, nahmen sie sich die Besten zum Vorbild, und in der Kunst des Kochens waren das die Franzosen. Der Zulauf japanischer Praktikanten begann 1960, als in Osaka eine École de Cuisine Française eingerichtet wurde. In den siebziger Jahren eröffnete der japanische Unternehmer Tsuji vor den Toren Lyons eine Hotelfachschule.

Die Japaner verliebten sich in die *nouvelle cuisine* und fanden besonderen Gefallen an Bernards *cuisine à l'eau*, deren Merkmal Frische und Naturbelassenheit war. Sie fühlen sich von Burgund insgesamt angezogen. Der japanische Industrielle Mike Sata ließ das Renaissanceschloß Château de Chailly bei Saulieu für 100 Millionen Franc zum Hotel umbauen und plante darüber hinaus einen neuen Golf-Parcours. Nachdem sich ein halsstarriger Bauer geweigert hatte, seinen Grund und Boden an einen Japaner zu veräußern, entstand der Golfplatz in der Ebene unmittelbar neben der Autobahn.

Sata versuchte, Bernards Maître d'hôtel Hubert als Leiter seines riesigen Hotels abzuwerben. Hubert rang lange mit sich und schlug das Angebot schließlich aus. Seiner Meinung nach fehlte dem Hotel die Seele, außerdem wollte er weiterhin mit Bernard auf die Jagd nach den Sternen gehen. Seit Eröffnung des Château de Chailly tummeln sich in der Region mehr Japaner als Amerikaner. Tief beeindruckt erzählen die Einheimischen von den exotischen Imperialisten, die im Hubschrauber zum Mittagessen einfliegen und anschließend davonschweben, um sich Weinberge der Côte d'Or anzusehen.

Was die Küche angeht, haben die Franzosen gegenüber den Japanern ihre Zweifel. Paul Bocuse erzählte Bernard von seinen Erfahrungen während eines Kochkurses in Osaka. Er begann mit der Zubereitung eines *bœuf bourguignon,* dem traditionellen burgundischen Eintopf. Bocuse fügte dem Gericht Rindfleisch und Zwiebeln nach eigenem Ermessen zu, bis er den Eindruck hatte, jetzt passe es. Noch bevor er fertig war, unterbrach ihn ein Schüler.

»Meister, so sollte man es aber nicht machen«, meinte er. »Escoffier schreibt in seinem Handbuch, für ein Kilogramm Rindfleisch brauche man zweihundertfünfzig Gramm Zwiebeln und hundert Milligramm Salz.«

»Ich sehe, Sie wissen besser Bescheid als ich«, entgegnete der einzigartige Bocuse. »Statt daß ich Ihnen zeige, wie man Rindfleisch zubereitet, sollten Sie mir beibringen, wie man eine Rose malt. Ich verteile jetzt an jeden von Ihnen drei Tuben mit Farbe – Rot, Grün und Weiß. Die Klasse besteht aus vierhundert Schülern. Glauben Sie, daß jeder von Ihnen die gleiche Rose malt?«

Die Studenten begriffen, daß Kochen eine unpräzise Kunst ist, selbst wenn man sich an Regeln hält, und von da an gab es in Osaka, so erzählte Bocuse weiter, keine weiteren Probleme beim Unterrichten. Bernards Erfahrungen mit japanischen Mitarbeitern waren ähnlich. Zumeist kannte er nicht einmal ihre Namen, und da ihr Französisch mäßig war, ließ sich schlecht miteinander kommunizieren. Sie waren nicht sonderlich kreativ, bemühten sich aber redlich. Bat man sie, von morgens bis abends Karotten zu schnippeln und Kartoffeln zu schälen, schnippelten sie von morgens bis abends Karotten und schälten Kartoffeln. Überdies waren die Japaner leise – im Unterschied zu den lautstarken, aggressiven Amerikanern. Bernards Meinung nach sollten alle Praktikanten die Augen offen und den Mund

geschlossen halten und wissen, wie man Befehle entgegen-
nimmt.

Kurz vor Larrys unfreiwilliger Abreise waren zwei neue un-
bezahlte Praktikanten angekommen. Eine davon war Anaïs,
eine zwanzigjährige Französin – jung und unerfahren. Sie
hatte den Job über ihren Vater bekommen, einen mit Bernard befreundeten Journalisten.

Anaïs war zierlich, ängstlich und niedlich. Sie besuchte eine
Berufsschule im hintersten Winkel der Bretagne. Obwohl
ihr Vater dort ein Hotel betrieb, hatte Anaïs nie zuvor
gekocht oder in einem Restaurant gearbeitet. Selbst von
Michelin-Sternen hatte sie noch nichts gehört. Als sie ihre
Arbeit aufnahm, gaben Patrick und die anderen Chefs ihr
wie ihren Vorgängerinnen nicht mehr als zwei Wochen.

Dominique riet ihr, den Mund zu halten. Anaïs befolgte den
Rat. Tagelang sprach sie kein Wort. Sie stand etwas abseits,
schnippelte Karotten und schälte Kartoffeln. Eines Tages
durfte sie Enten rupfen. Und sie rupfte von morgens um
acht bis Mitternacht. Nicht ein Laut der Klage kam ihr über
die Lippen. Wenn jemand sie fragte, ob alles in Ordnung
sei, lächelte sie und antwortete: »Alles prima.« Mehr nicht.

Anaïs wurde zur Erfolgsstory. Sie blieb bis zum Ablauf ihrer
sechs Monate, und als sie ging, war sie so unerfahren und
ängstlich wie zu Anfang. Aber sie hatte Ausdauer und Behar-
rungsvermögen gelernt und war fest entschlossen, ihre Ausbildung zu beenden und in anderen Küchen weiterzuler-
nen. Später wollte sie ein Restaurant eröffnen.

»Das wird in nichts diesem Mauseloch meines Vaters ähneln«, schwor sie sich. »Ich will *haute cuisine* kochen.«

Der zweite Praktikant hieß Paul Lynn, ein großer, gutaus-
sehender Amerikaner mit blondem Haar. Er entstammte
einer wohlhabenden Familie aus der Umgebung von Washington, D. C. Im Gegensatz zu dem schnauzbärtigen, pro-

190

letenhaften Larry war Paul der Inbegriff des derben amerikanischen Cowboys, wie man ihm in Hollywoodfilmen begegnet und dem die ungeteilte Zuneigung und Bewunde-
rung aller Franzosen gilt. Wegen Pauls Ähnlichkeit mit dem
temperamentvollen Robert Redford nannten ihn seine Kollegen schon bald Sundance Kid.

Paul war Absolvent des angesehenen Culinary Institute of
America in San Francisco. Er hatte bereits in Ein- und
Drei-Sterne-Restaurants gearbeitet und dabei eine hübsche
blonde Französin namens Patricia kennengelernt, die ihn
in ihrem Peugeot 205 nach Saulieu chauffierte. Als das Paar
vor dem Restaurant hielt, erkannte Paul Bernard, den er
bereits auf Fotos gesehen hatte, und eilte auf ihn zu, um sich
vorzustellen.

»*Bonjour*«, sagte er. »Ich bin der neue Amerikaner.«

Bernard klopfte ihm kräftig auf die Schulter und wandte
sich zu einem Gast um.

»Ein Amerikaner«, sagte er. »Sie sehen, alle kommen,
um von Loiseau zu lernen. Die Amerikaner, die Japaner –
alle.«

Bernard holte aus einem Raum hinter der Küche die
weiße Arbeitskleidung und reichte sie Paul. Er bat Patrick,
dem Amerikaner sein verrußtes, schmuddeliges Zimmer
über dem Restaurant zu zeigen. Paul setzte seine Koffer ab
und schlüpfte in sein Küchengewand. Binnen einer Stunde
stand er an seinem Platz in der neuen, eleganten, futuri-
stisch angehauchten Küche aus rostfreiem Stahl, zupfte
Petersilie und schnitt Gemüse in kleine Würfel.

Paul machte einen guten Eindruck. In den ersten Wochen
war er dem Gardemanger zugeteilt und bereitete Leber-Canapés zu. Er stieg in die Dressageabteilung auf, wo er Speisen auf die Teller anrichtete. »Wenn du zeigst, daß du etwas
zuwege bringst, lassen sie dir freie Hand«, sagte er. »Sie

merken, wenn du etwas nicht schaffst, und dann bekommst du keine neuen Aufgaben.«

Paul hatte bereits als Kind im provinziellen Gaithersburg in Maryland zu kochen begonnen. Seine arbeitswütigen Eltern waren so beschäftigt, daß er verhungert wäre, wenn er nicht gelernt hätte, sich seine Mahlzeiten selbst zuzubereiten. Nach der höheren Schule besuchte er das staatliche College und studierte Marketing. Aber er haßte das Fach und wechselte auf das Culinary Institute in San Francisco. Einer seiner Lehrer war mit Philippe de Givenchy bekannt, dem Chef und Besitzer des Ein-Stern-Restaurants La Timonerie in Paris unmittelbar neben Notre-Dame.

La Timonerie war ein winziges Restaurant, dessen Speiseraum nur zehn Tische faßte. Madame de Givenchy und ein Kellner servierten, während Monsieur de Givenchy mit lediglich drei Köchen in der Küche arbeitete. Paul war glücklich. Das Lokal war so klein, daß er sich an allem versuchen durfte.

Eines Abends verschwand der Kellner Hals über Kopf. Verzweifelt baten die de Givenchys eine junge französische Marketingstudentin und Freundin der Familie um Hilfe. Patricia sprang noch am selben Abend ein. Sie war Mitte Zwanzig, schlank und blond und Tochter aus wohlhabendem Haus. Ihr Vater betrieb im elsässischen Mülhausen eine Wurstfabrik mit vierhundertfünfzig Mitarbeitern und besaß fünfzehn Feinkostgeschäfte. Einen Monat später zogen Patricia und Paul zusammen. Paul hatte sich unterdessen zum Chef de partie hochgedient und war für alle Fleischgerichte des La Timonerie verantwortlich. Er beschloß, drei Jahre in Frankreich zu bleiben.

Seine nächste Arbeitsstätte war das Lucas-Carton, eines der ältesten und angesehensten Schlemmerlokale, dessen Küchenchef Alain Senderens kurz zuvor mit dem dritten Stern ausgezeichnet worden war. Die Küchenbrigade zählte mehr als zwanzig Chefs, und Paul mußte die niedrigsten Arbeiten übernehmen. Senderens nahm selten Praktikanten auf, aber Philippe de Givenchy hatte ihn mit Erfolg davon überzeugt, daß dieser Amerikaner besser war als die Hunderte von Bewerbern, die vor seiner Tür Schlange standen.

Paul wurde seinem Ruf gerecht. Bereits wenig später kochte er Senderens Vorzeigegericht: *Canard aux quatre épices.*

Patricia beendete unterdessen ihr Studium. Als sie keine Stelle fand, kehrte sie in ihr Elternhaus zurück. Da Paul es sich nicht leisten konnte, allein in Paris eine Wohnung zu finanzieren, folgte er ihr und arbeitete in der familieneigenen Wurstfabrik. Allerdings war die Wurstherstellung für einen ambitionierten Koch nicht gerade eine inspirierende Tätigkeit, so daß Paul sich bei Bernard und anderen berühmten Chefs bewarb. Bernard war der erste, von dem er positiven Bescheid erhielt.

Als Paul in Saulieu eintraf, war er von Bernards Offenheit und Freundlichkeit überrascht. Oft spazierte der Chef durch die Küche, klopfte ihm auf die Schulter und sagte: »Du machst deine Sache gut.« Oder aber er nahm ihn zur Seite und gestand ihm: »Himmel, wir sollten immer einen Amerikaner haben.« Bernard und Paul hatten eines miteinander gemein: sie waren beide redselig und aufgeschlossen.

Aber Paul hatte ein Problem, und das war sein Mundwerk. »Knoblauch schmeckt besser, wenn Sie ihn auf diese Weise blanchieren«, erklärte er einmal einem Kollegen.

»Ach, tatsächlich?« fauchte dieser ihn an und fuhr fort, den Knoblauch wie gehabt zu blanchieren.

Paul war hartnäckig. Wenn ein Koch seinen Bereich in der Küche nicht gut reinigte, wies Paul ihn zurecht: »Das ist nicht genügend.«

»Halt die Klappe«, erwiderte der Getadelte.

»Nein, ich halte meine Klappe nicht«, konterte Paul. »Ich dachte, dieses Restaurant will drei Sterne bekommen.«

Paul fand seine jungen Kollegen langweilig und unreif. An freien Tagen fuhren viele von ihnen nach Dijon zu McDonald's. Paul war fassungslos, daß Bernards Belegschaft, Meister der hohen Kunst des Kochens, nichts mehr liebten als Big Macs. Paul verabscheute Big Macs.

Auch fand der gesellige Amerikaner die Franzosen zu steif und förmlich. Einmal erspähte Paul den Küchenchef Patrick und seine Frau im Maxi Mart, dem Supermarkt des Ortes. Noch bevor Paul grüßen konnte, hatte Patrick sich abgewandt.

»Er hat sich einfach umgedreht. Können Sie sich das vorstellen?« sagte Paul später. »Ich habe ihn gepackt und zu ihm gesagt, wir sollten uns begrüßen. Ich werde mich nicht verstecken.«

Die angespannte Stimmung in der Küche zerrte an Pauls Nerven. Selbst wenn er seine Arbeit gut machte, schrien die Kollegen ihn ohne ersichtlichen Grund an. »Du verdammter Scheißkerl!«

Eines Tages hörte Paul, wie Patrick zum Chef einer anderen Abteilung sagte: »Was soll ich mit Paul machen? Ihn in der Fleischabteilung arbeiten lassen?«

»Bloß nicht«, mischte sich Paul ein. »Beim Fleisch gibt es soviel Geschrei. Ich will beim Fisch bleiben. Wir kommen hier alle gut miteinander zurecht.«

Später erklärte Paul: »Die Amerikaner sagen: ›Machen wir doch Teamarbeit.‹ In Frankreich läuft alles autoritär ab. Man gibt Befehle, man nimmt Befehle entgegen. Ich finde, wir müssen zusammenarbeiten, um Perfektion zu erlangen. Wenn eine Beilage nicht gut ist, verdient der gesamte Teller keine drei Sterne.«

Paul war der Meinung, die Köche, mit denen er die Arbeit tat, seien nicht »kommunikativ«.

»Die Franzosen sind zu dumm, um Fragen zu stellen«, kritisierte er. »Wenn ich in der Küche arbeite, muß ich beobachten und nachmachen. Ja, beobachten und nachmachen. Ich muß mir einschärfen, diesen Witzbolden zuzuhören und von ihnen zu lernen.«

Die gemeinsamen Mahlzeiten der Belegschaft waren die Krönung des Verdrusses. Jede Woche wurde ein Praktikant dazu abgestellt, für die gesamte Mannschaft zu kochen. Bedingung war, Reste nach eigenem Ermessen zu verwerten. Als die Reihe an Paul kam, dachte er sich originelle Gerichte aus. Aber es gab auch weniger kreative Praktikanten. Nachdem die Belegschaft eine Woche lang aufgewärmtes Entenconfit gegessen hatte, fühlte Paul sich krank. Ein andermal gab es sieben Tage hintereinander Omelett.

»Wenn sich ein Praktikant bemüht, kann er hervorragende Gerichte für die Belegschaft kochen. Aber oft strengen sich die Kerle einfach nicht genug an.«

Eines Tages hatte Paul die Nase voll. Er beschloß, auswärts zu essen. Das einzige Lokal in Saulieu, das an jenem Tag geöffnet hatte, war das Côte d'Or. Er ging in den Speiseraum und bat um einen Tisch. Marie-Christine glaubte, er mache Witze. Die Mitarbeiter aßen so gut wie nie im Restaurant. Paul wiederholte seine Bitte und setzte sich. Franck, der zweite Maître d'hôtel, ging in die Küche und verkündete: »Paul sitzt im Speisesaal.«

Alle dachten, er meine Paul Bocuse.

»Nein«, antwortete Franck, »der Amerikaner Paul.«

Paul bestellte das *filet de bœuf*. Es schmeckte köstlich. Er beendete das Mahl mit einem Armagnac, Jahrgang 1959, bei dem ihm Lyonel Gesellschaft leistete.

»Mann«, sagte er, als er den kräftigen Digestif kostete, »der brennt ja richtig im Mund.«

Als Paul fertig war, war keiner mehr im Speisesaal außer ihm, und er konnte bei niemandem die Rechnung bezahlen. Als er das am nächsten Morgen nachholen wollte, meinte Marie-Christine: »Das geht auf Kosten des Hauses.«

»Mein lieber Schwan, war ich überrascht«, sagte Paul. »Bernard ist wirklich ein klasse Kerl.«

Am Valentinstag kam Patricia zu Besuch, und Bernard gab seinem Schützling aus Amerika einen Tag frei. Hubert und Lyonel überraschten die beiden mit einer Weinverkostung, und Dominique bot den Verliebten ein 300-Franc-Zimmer im Hotel zum halben Preis an. Es war noch gar nicht lange her, daß Larry gefeuert worden war, als Patrick nach dem Mittagservice an Paul herantrat.

»Wir wollen dich für diese Saison behalten«, sagte er. »Und wir können es uns leisten, dir ein Gehalt zu zahlen.«

Michael Caines, der Chef de partie aus England, wechselte zu Robuchons Restaurant Jamin in Paris. Traditionsgemäß organisierte die Mannschaft für einen Abteilungschef bei dessen letzter Arbeitsschicht eine Party: Jeder tut sein Bestmögliches, aus Speiseresten den ekelhaftesten Brei zu zaubern. Zu den beliebtesten Überraschungen im Côte d'Or zählte Brühe aus Muschelfleisch, die einige Tage gegoren hatte. Der Geruch war meist so durchdringend, daß der eine oder andere Koch hin und wieder die Arbeit unterbrechen mußte, um frische Luft zu schnappen. Bei diesem Essenskrieg bot selbst der Abfalleimer Schätze, die sich als weitere beliebte Waffen eigneten. Die Engländer stehen dabei im Ruf, dieses Spiel am boshaftesten zu betreiben, und man sagt ihnen nach, daß sie das Gemisch in ihrem Heimatland mit Urin anreichern.

Michael war aufs Schlimmste gefaßt. Während seiner letzten Arbeitswoche hatten ihm seine Kollegen Abend für Abend einen kleinen Vorgeschmack dessen vermittelt, was ihn erwartete. An seinem letzten Tag sperrten sie ihn ins Büro ein und stibitzten ihm seine Autoschlüssel. Nachdem Michael sich befreit hatte, entdeckte er, daß sein Auto mit lauter Holzklötzen gefüllt war. Er brauchte eine halbe Stunde, um es leerzuräumen. Um halb elf abends, nachdem die letzten Speisen serviert waren, brach im Hinterzimmer die Hölle los. Olivier, einer der Sous-chefs, hatte im Mixer Lachsgräten püriert. Er packte Michael, zog ihn in das Hinterzimmer und überschüttete ihn mit dem Zeug. Michael war von Kopf bis Fuß mit Püree bedeckt. Er rächte sich, indem er Olivier mit kaltem Wasser anspritzte. Sie rangen miteinander wie zwei Kinder, und wenig später war auch Olivier naß bis auf die Haut.

Bernard kam aus dem Speisesaal.

»Was ist denn hier los?« fragte er.

»Michaels Abschiedsparty«, antwortete Patrick.

Bernard nickte verständnisvoll und meinte dann lächelnd: »Rührt bloß nicht meine *foie gras* oder meinen Kavier an.«

Michael und Olivier erklärten schließlich Waffenstillstand. Sie umarmten sich und verschwanden unter die Dusche. Michaels attraktive blonde Freundin Laurence brachte frische Arbeitskleidung, die verschmierte wanderte in die Wäsche, und Michael und Olivier waren wieder präsentabel.

In der Küche stellte ein Kellner vier Flaschen Champagner auf den Tisch. Zeit für eine Rückschau. Patrick stand in der Ecke und erinnerte sich an Michaels Ankunft vor anderthalb Jahren. Er hatte zwei Handikaps mitgebracht: seine Hautfarbe und seine Nationalität.

»Wer ist dieser Kerl?« erkundigte sich Bernard.

»Er heißt Michael Caines«, antwortete Patrick.

»Wie?« fragte Bernard erneut.

»Uns allen war klar, daß er damit meinte: ›Wer ist dieser Schwarze?‹« entsann sich Patrick. »Ich weiß, daß Bernard kein Rassist oder so was ist, aber er kennt einfach niemanden mit schwarzer Hautfarbe.«

Sein zweiter Nachteil war, Engländer zu sein. Zwar hatten im Côte d'Or schon vorher englische Praktikanten gearbeitet, aber sie konnten sich keiner besonderen Vorzüge rühmen, und einen englischen Chef de partie hatte es vor Michael niemals gegeben. Ein Engländer, der tatsächlich kochen kann, ist in Drei-Sterne-Restaurants nahezu unbekannt.

Eric und viele andere Kellner des Côte d'Or hatten in London in französischen Restaurants gearbeitet, weil sie ihr Englisch perfektionieren mußten. Doch bei ihrer Rückkehr nach Frankreich gab es nicht viel zu berichten, was ihnen an den angelsächsischen Nachbarn bewunderungswürdig erschienen wäre. Zu kalt, fanden sie. Außerdem hatten die Engländer keinen Stil und wenig Gespür für die guten Dinge im Leben. Daher wurde Michael nach seiner Ankunft zunächst ignoriert. Patrick, der Chef der Küchenbrigade, wurde nicht müde, ihm zu sagen: »Das Stück Fleisch dort ist zu lange gekocht, das hier zu kurz.«

»Ich wurde allmählich verrückt«, sagte Michael. »Sie hielten mich hin, weil ich Engländer war.«

Doch nach und nach erwarb sich Michael einen guten Ruf. Er wurde schließlich Chef der Fleischabteilung und kreierte sogar ein Lammgericht, das in die Speisekarte aufgenommen wurde. Bernard hielt ihn für den besten englischen Koch, den er je ausgebildet hatte. Während seiner letzten Arbeitswochen übernahm Michael die abschließende Kontrolle der Gerichte, wenn Bernard und Patrick nicht in der

Küche waren. Patrick vermutete, Michael wäre deshalb besonders erfolgshungrig, weil er in ärmlichen Verhältnissen aufgewachsen war. Seine Eltern stammten aus Jamaika, und er war als Heranwachsender von einem weißen englischen Ehepaar adoptiert worden.

»Michael ist einfach Spitze«, sagte Patrick. »Er kapiert, wenn ich ihn in der Küche sieze und ihm Aufgaben zuteile und anschließend mit ihm als Kumpel auf ein Bier gehe.«

»Mir schien, weil ich Engländer und dazu noch schwarz war, mußte ich mich doppelt anstrengen«, meinte Michael. »Ich glaube, ich habe bewiesen, daß ich kochen kann, und das ist das einzige, was hier zählt. Egal, was du für einer bist, wenn du zu kochen verstehst, mögen sie dich schließlich alle.«

Die Zeit zum Abschiednehmen war gekommen. Olivier überreichte Michael das Abschiedsgeschenk der Küchenbrigade: einen tragbaren CD-Player und eine Designerbox für CDs. Sie stießen mit ihren Champagnergläsern an. »Ich weiß, daß ihr nicht jedem solche Geschenke macht«, sagte Michael tief gerührt.

Er war stolz auf das, was er erreicht hatte. Nicht nur hatte er bewiesen, daß er in einem Drei-Sterne-Restaurant seinen Mann stehen konnte, er hatte zudem in dieser Provinzstadt Fuß gefaßt. Olivier und Patrick waren seine besten Freunde. Er war verliebt in die schöne Laurence. Wollte er nicht in Saulieu bleiben?

»Hier ist es zu eng«, antwortete Michael. »Ich habe hier gelernt, was möglich war, habe bewiesen, daß Engländer kochen können. Jetzt muß ich woandershin.«

In einer Woche würde Michael als Chef de partie im Jamin anfangen. Bernard hatte seinem Freund Joël geschrieben und sich nach einer Stelle für Michael erkundigt. Als Antwort kam zurück: »Er kann jederzeit anfangen.«

So angespannt die Atmosphäre im Côte d'Or oftmals war, aber mit der Disziplin, wie sie im Jamin herrschte, konnte sie es nicht aufnehmen. Robuchon stand in dem Ruf, der strengste Küchenchef Frankreichs zu sein. Er überwachte seine Chefs mit einer Videokamera, verteilte keinerlei Lob, und es verging kein Tag ohne vielfache Zornesausbrüche. Einmal schrie er während der Mittagspause einen Kellner an, der noch in der Ausbildung war. Was hatte sich der Lehrling zuschulden kommen lassen? Robuchon hatte einen Bartstoppel auf seinem Kinn entdeckt.

Es hieß, wenn man für Robuchon arbeitete, sollte man ihm nicht in die Augen sehen. Er haßte es. Weshalb war Robuchon so arrogant? Um seinen ohnehin außergewöhnlichen Ruf eines extrem disziplinierten Menschen zu untermauern, wurde Michael von einem Praktikanten aufgeklärt. Die Arbeitszeit war angeblich auch länger als bei Bernard. Ein Praktikant im Côte d'Or erzählte Michael, Robuchon hätte in den vier Monaten, die er Jamin gearbeitet hatte, nur zweimal mit ihm geredet. Einmal, weil er wegen einer besonderen Gesellschaft länger arbeiten sollte, und das zweitemal, um ihn zu verabschieden.

Dennoch freute sich Michael auf diese Herausforderung. Möglicherweise war er so etwas wie ein Masochist. Er wollte mit den Besten arbeiten, koste es, was es wolle. Er würde der erste englische Chef de partie im Jamin sein, und darauf war er stolz. Außerdem reizte ihn das Stadtleben. »Das Leben in Paris«, sagte er, »besteht aus mehr als nur Kochen.« Er hoffte, seine Freundin Laurence würde ihn begleiten. Nach einem oder zwei höllischen Jahren im Jamin würde er vielleicht nach Großbritannien zurückgehen und sein eigenes Restaurant eröffnen.

»Ich werde der erste englische Küchenchef mit einem Drei-Sterne-Restaurant in Großbritannien sein«, sagte er.

Bis jetzt waren alle Restaurants, die mit drei Michelin-Sternen ausgezeichnet sind, von Franzosen geführt. Hubert und die anderen im Côte d'Or, die in England gearbeitet hatten, waren sich einig darüber, daß kein Lokal jenseits des Kanals echte drei Sterne verdiente. Aber sie erkannten sehr wohl, daß Michael besonderen Ehrgeiz besaß.

»Hunderte solcher Kerle wandern durch die Küchen und verbringen ein Jahr hier, das nächste bei Troisgros, das dritte im Blanc und halten schließlich doch nichts in Händen«, sagte Hubert. »Michael hat Talent.«

Michael war überzeugt davon, daß die Kochkunst in England rasche Fortschritte machte. Auf den Märkten seien bereits absolut frische französische Produkte erhältlich. Und einige englische Produkte seien die besten der Welt, beharrte er. Tauben aus Norfolk überträfen alles, was Bernard in Burgund je ausfindig machen könnte. Das Fleisch der schottischen Angusrinder sei »fester als das blöde Charolais-Fleisch«.

Als Michael die Hotelfachschule in England besuchte, wußte dort niemand etwas mit dem Begriff Michelin anzufangen. Das hatte sich mittlerweile geändert. Immer mehr englische Küchenchefs jagten den Sternen nach. Wie ihre französischen Kollegen bauten sie jetzt größere und bessere Restaurants. Es gab, davon war Michael überzeugt, ein interessiertes Publikum in England, das seiner Art von *haute cuisine* ganz und gar nicht ablehnend gegenüberstand. Als englischer Koch, der in der Heimat aufgewachsen, aber seine Ausbildung in Frankreich erhalten hatte, war er gegenüber den diversen Importen aus Frankreich im Vorteil. Er war ehrgeizig und wußte, daß es ihm auch nicht an Begabung mangelte.

Als sie mit dem Champagner und den Trinksprüchen fertig waren, war es an der Zeit, zu tanzen und zu feiern. Patrick,

Olivier, Paul und die anderen begleiteten Michael auf die einstündige Fahrt in eine Disco in Dijon. Sie kehrten erst gegen halb sechs Uhr morgens nach Saulieu zurück, obwohl für viele bereits um halb acht die Arbeit begann. Selbst zwei, drei Tage danach war Michael überglücklich über den Abschied, den man ihm bereitet hatte. Die Erfahrung, die er im Côte d'Or gesammelt hatte, ließ ihn zuversichtlicher denn je in die Zukunft blicken.

Saulieu lag im Fußballfieber. Das Team im nahegelegenen Auxerre hatte das Halbfinale im UEFA-Cup erreicht. Hubert, Lyonel und Emmanuel, der Dritte im Bunde, hatten Tickets für das Spiel ergattert. Drei Fußballfans, die gewillt waren, bis zu 250 Franc pro Karte lockerzumachen. Beim letzten UEFA-Cup-Spiel der Franzosen war Hubert nach Süditalien gereist, um dabeizusein. Zu seinem unendlichen Bedauern wurden die meisten Spiele der Mannschaft von Auxerre am Samstagabend ausgetragen – zu einer Zeit, wo es im Côte d'Or am hektischsten zuging. »Mein größter Traum wäre es, bei allen Spielen dabeisein zu können«, sagte Hubert.

Das Team von Auxerre lag der Belegschaft des Côte d'Or ganz besonders am Herzen. Nicht bloß, weil es ein Europacupteam war, sondern eines, das nur mit geringen finanziellen Mitteln auskommen mußte. In einer 40 000 Einwohner zählenden Stadt mit einem Stadion, das nur 20 000 Besucher faßte, würde Auxerre niemals so viel Kapital für Spieler aufbringen können wie die großen Clubs in Paris oder Marseille. Der Club machte das Beste aus den verfügbaren Mitteln – ähnlich wie das Côte d'Or mit seinen baulichen Einschränkungen.

Auxerre verdankte seinen Erfolg zum großen Teil einem brillanten Trainer namens Guy Roux. Roux hatte in den siebziger Jahren ohne besonders großes Talent begonnen und einen Fußballverein gegründet. Er rekrutierte einige der besten Teenager Frankreichs, trainierte sie und bildete sie zu vielversprechenden Spielern aus. Nach und nach stieg Auxerre auf, bis aus dem Zweitligisten ein Erstligist wurde. Sobald ein Spieler einen bestimmten Bekanntheitsgrad erreicht hatte, ließ Roux ihn ziehen – zu einem größeren, finanzkräftigen Club. Auxerre brauchte den Erlös, um über die Runden zu kommen. Gleichzeitig achtete Roux darauf, immer genügend junge Talente zu haben. Zwischen 1980 und 1990 zählte der Club zu den Bestplazierten, gewann jedoch kein einziges Mal die Ligameisterschaft.

Bernard verglich sich nur zu gerne mit Guy Roux. Beide sahen sich in erster Linie als Trainer und Lehrer, die ihre Mannschaft im Streben nach Höherem anfeuerten. Beide machten sie das Beste aus ihren beschränkten Mitteln. Beide stellten Teamarbeit über den individuellen Erfolg. Und beide beherrschten sie ihre Spieler total. Bernard tat in seiner gering bemessenen Freizeit nichts lieber, als ein Spiel des Auxerre-Teams zu besuchen, und zwar eher als Fan von Guy Roux denn als Fan des Fußballspiels.

»Guy Roux und ich sind aus dem gleichen Holz geschnitzt«, sagte er. »Wir manövrieren den Ball zwar nicht selbst ins Tor, sind aber stets die Nummer eins bei den Meisterschaften.«

In diesem Jahr hatte sich Auxerre zum Ziel gesetzt, über Frankreichs Grenzen hinaus die Nummer eins in Europa zu werden. In der ersten Halbfinalrunde gegen Deutschlands Superteam Dortmund hatten die Burgunder 2:0 verloren. Um ins Finale zu kommen, mußten sie das Rückspiel zu Hause in Auxerre mit mindestens drei Toren Differenz gewinnen. Diese Regel ist etwas Besonderes im professionellen Fußball. Die Zeitungen delektierten sich an der unterschiedlichen Könnerschaft der beiden Mannschaften und beschrieben das bevorstehende Spiel als David von Auxerre gegen Goliath von Dortmund.

Am Vortag des Spiels ging das Team von Guy Roux wie gewöhnlich in Klausur. Die Spieler trainierten und ruhten sich in einem kleinen Hotel tief im Wald des Morvan unweit der Abtei von Pierre-Qui-Vire aus. Als Burgund im Mittelalter ein Zentrum des Christentums war, errichtete man dort die größten Klöster der Welt. Bernard gefiel der Vergleich zwischen Fußballspielern und Mönchen. Bei seinem Streben nach dem dritten Stern hatte er sich den Zölibat oftmals selbst auferlegt. »In dieser Hinsicht können mir die Mönche nichts mehr beibringen«, sagte er. Guy Roux empfand offenbar ähnlich, was sein Team betraf.

Hubert, Lyonel und Emmanuel nahmen den Abend frei, um das Match zu besuchen, und überließen Franck und Eric den Kampfplatz im Hauptspeisesaal. Bernard war ebenfalls nicht anwesend. Er nahm an einer Radiosendung von Europe 1 teil, die den Titel trug: »Kochen im Jahr 2000.«

Das Spiel war absolute Spitze. Auxerre erzielte rasch zwei Tore und legte damit den Grundstein für den Erfolg. In der Verlängerung gab es etliche gute Chancen, ein weiteres Tor zu erzielen und die Deutschen zu besiegen. Doch nach der Verlängerung blieb es beim Unentschieden. Elfmeterschießen sollte nun die Entscheidung bringen.

Es gibt sicherlich keinen unfaireren Weg als das Elfmeterschießen, um ein Spiel zu entscheiden. Hubert verglich diesen Prozeß mit einem Würfelspiel. Im Profifußball sind 80 bis 90 Prozent der Elfmeterschüsse Treffer. Erst nachdem der Ball berührt wurde, darf der Torwart reagieren, das heißt, er hat so gut wie keine Chance, den Schuß zu halten. Das Elfmeterschießen begann, und die Teams schossen abwechselnd. Die Mannschaft aus Dortmund schoß fünfmal – jeder Schuß ein Tor. Die Mannschaft von Auxerre schoß fünfmal, und auch bei ihnen war jeder Schuß ein Treffer. Dann verfehlte ein Spieler von Auxerre. Er kickte den Ball übers Tor. Der nächste, ein Spieler aus Dortmund, brachte den Ball im Netz unter – und Dortmund hatte gewonnen.

Als im Côte d'Or einer der Gäste Eric nach dem Spielstand fragte, begab er sich zur Rezeption und sah sich das Spiel bis zum Ende im Fernsehen an. Dann ging er zurück in den Speisesaal, wo die meisten Gästen gerade ihren Nachtisch zu sich nahmen. Das enttäuschende Ergebnis verlieh den süßen Desserts einen bitteren Beigeschmack.

Emmanuel war noch am folgenden Tag todtraurig. »Was für ein Spiel! Die Atmosphäre im Stadion war unglaublich«, berichtete er. Und seufzend fügte er hinzu: »Mir scheint, Auxerre hat einfach nicht das Zeug dazu, drei Sterne zu bekommen.«

Kapitel 10

❈ ❈ ❈

Der würzigste Käse

Er sollte um sieben Uhr morgens dort sein.
Bereits lange vorher stand Eric Rousseau in dichtem Frühnebel vor dem Côte d'Or. Die beißende Winterkälte machte ihm nichts aus. Er trug Turnschuhe, Jeans und ein weißes T-Shirt mit dem Aufdruck BERNARD LOISEAU.
Es war Dienstag, sein freier Tag. Die Jagd nach Käse konnte beginnen.
Während das zarte Morgenlicht gegen den Nebel ankämpfte, steuerte Eric den Renault des Restaurants aus Saulieu Richtung Norden auf die Nationale 6. Im Radio wurde über die jüngste Demonstration der Landwirte in Paris berichtet. Hunderte verärgerter Bauern hatten sich vor der Amerikanischen Botschaft unweit des Place de la Concorde versammelt. Einige trugen Plakate mit der Parole »Nieder mit GATT. Nieder mit dem amerikanischen Imperialismus«. Andere hielten zerrissene, auf Mistgabeln gespießte Amerikanische Flaggen in die Höhe. Einer war sogar mit einer heugefüllten Uncle-Sam-Puppe erschienen. Behelmte Bereitschaftspolizisten setzten Tränengas ein. Die Bilanz nach Ende der Kundgebung waren sechsundfünfzig verletzte Polizisten, zwölf Bauern waren verhaftet worden. Den ganzen Winter hindurch hatten sich die Landwirte der Forderung der USA nach Kürzungen der Landwirtschaftssubventionen in Europa widersetzt. In Clermont-Ferrand hatten sie sogar vor dem Schnellrestaurant McDonald's Autoreifen und

Heuballen verbrannt. Selbst nachdem die anderen europäischen Länder sich mit Washington geeinigt hatten, hielt Frankreich an seiner Weigerung fest.

»Lieber Himmel, die Amerikaner sind darauf aus, uns zu beherrschen«, murmelte Eric. »Wenn Europa zu stark wird, bekommen sie Angst.«

Im Grunde seines Herzens sah Eric sich als »Bauer«. Anders als im Englischen oder Deutschen hat der Begriff im Französischen nicht den Anstrich von Rückständigkeit und Armut. Im Gegenteil, das Bauerntum steht für eine stolze, ideale Lebensform mit uralter Tradition, in der Frankreich stets fest verankert war. Trotz ihres lauten Getöses sind die französischen Landwirte im Grunde genommen fatalistisch. Sie sind sich bewußt, daß ihre althergebrachte Lebensweise dem Untergang geweiht ist und ihre Auflehnung nur ein aussichtsloses Rückzugsgefecht darstellt. Wenn sie Lastwagen mit Importgütern kidnappen und die Polizei attackieren, geben sie nur ihrer Verzweiflung Ausdruck.

Eric bemühte sich vergeblich, die Radiomeldung zu ignorieren. Seine Verärgerung über Amerika rührte nicht nur vom GATT-Abkommen, sondern auch von einer Reiberei mit Paul Lynn, dem amerikanischen Praktikanten. Eric hielt sich für den Kellner, der mit der Küchenbrigade am besten auskam. Während sich die anderen von den Abteilungsköchen fernhielten, trachtete Eric danach, die Gegensätze zwischen den beiden Welten zu überbrücken. Nach dem Service trank er mit den Köchen oft ein Bier im Café du Nord gleich gegenüber. Auch ging er während der Servicezeiten häufig nach hinten, um seinen Käsewagen herzurichten. Als er eines Abends in die Küche eilte, hätte er Paul, der soeben einen Teller garnierte, beinahe umgerannt.

»Himmel noch mal, paß doch auf«, rief Paul.

»Himmel noch mal, paß *du* doch auf«, schrie Eric zurück.

Bevor die verbalen Attacken in handgreifliche übergingen, brüllte Bernard: »*Halt!*«

Später erklärte Paul Eric, niemand dürfe ihm in die Quere kommen, wenn er arbeite. »Alle guten Kellner wissen, daß sie während des Service in der Küche nichts zu suchen haben«, meinte Paul.

Dieser arrogante Amerikaner, dachte Eric. *Ich arbeite hier seit Jahren. Ich habe das Côte d'Or mit aufgebaut. Und jetzt kommt dieser Praktikant daher und macht mir Vorschriften.*

Paul sollte wissen, wo sein Platz ist. Praktikanten sollten die Augen offen halten, keine Fragen stellen und vor allen Dingen einem Profi wie Eric nicht im Weg stehen. Deshalb hatte er sich über den Vorfall mit Paul so erregt.

Eric betrachtete seine Kellnertätigkeit als *métier,* als Beruf. »Viele Kerle haben hunderttausend Franc in der Tasche und sagen: ›Jetzt machen wir ein Restaurant auf‹«, meinte Eric. »Aber das funktioniert nicht. Man muß wissen, worauf man sich einläßt. Man muß ein Profi sein.« Als Eric zum Wehrdienst eingezogen wurde, war er für das Offizierskasino zuständig. Einmal hatte er für 250 Offiziere ein Abendessen vorzubereiten. Bis zu diesem Tag war der kommandierende General der Meinung gewesen, die Arbeit im Restaurant könne man nicht als ernsthafte Aufgabe betrachten. Nach dem üppigen Mahl trat der General auf ihn zu und sagte: »Sie üben ja ein richtiges *métier* aus.«

Für Paul waren das Côte d'Or und Saulieu nur eine Etappe in seiner, wie er hoffte, langen, aufregenden Laufbahn. Für Eric war es seine Existenz. »Wenn ich diesen dämlichen Amerikaner je wiedersehen sollte, breche ich ihm alle Rippen«, schwor er sich.

Während Eric hinter dem Steuer seine Wut abließ, fuhr er an unberührten Wäldern und verschlafenen Dörfern vorbei. In dieser Landschaft fühlte er sich zu Hause. Als er noch ein kleiner Junge war, hatte sein Heimatdorf Brazey-en-Morvan 500 Einwohner, besaß zwei Cafés, ein Haushaltswarengeschäft, eine Bäckerei und den Lebensmittelladen, den seine Mutter betrieb. Erics Eltern sind beide in dem Dorf geboren und leben nach wie vor dort, in einem neuen Haus, das sie sich gegenüber der Kirche gebaut haben.

Erics Mutter hatte den Ladenbetrieb vor zehn Jahren eingestellt. Wenige Jahre später schloß das zweite der beiden Cafés. Heute zählte Brazey nur noch hundert Seelen. Die meisten Bauernhäuser aus massivem Stein, die sich entlang der gewundenen Dorfstraße aneinanderreihen, stehen leer und sind mit Brettern vernagelt – nicht schön genug, als daß es sich lohnen würde, sie zu renovieren. Wie viele andere Dorfgemeinden, so ist auch Brazey »zur Wüste geworden«, wie Eric es nennt.

Eric zog mit Sack und Pack nach Saulieu.

Zwar hätte er in Brazey ein Haus bauen können, aber seine Frau Claude wollte auf keinen Fall in einem kleinen Dorf leben. Sie arbeitete vor Ort als Sekretärin in der Firma Mavil, die Plastikteile fertigte. In Kürze würden die Kinder eingeschult werden. Freunde von Eric und Claude, die auf dem Land lebten, pendelten ständig zwischen ihrem Wohnort und Saulieu hin und her, um ihre Kinder zu den Tanzstunden oder in den Musikunterricht zu chauffieren und zum Einkaufen zu fahren. Claude wollte nicht auf das Auto angewiesen sein. Wenn sie in der Stadt wohnten, konnten die Kinder zu Fuß zur Schule gehen und sie wäre frei. Auch Eric konnte zu Fuß zur Arbeit gehen und in der Nachmittagspause heimkommen. Daher bauten sich Claude und Eric vor den Toren Saulieus gerade ein Haus.

»Ich wäre gerne in Brazey geblieben«, erklärte Eric, »aber es war einfach zu unpraktisch.«

An der Kreuzung nahm Eric die Abzweigung nach Epoisses. Den Morvan mit seiner melancholischen Schönheit ließ er hinter sich, jetzt begann die weite, sanfthügelige Weidenlandschaft des Auxois. Tiefbraune Felder lagen unberührt und warteten darauf, im Frühjahr bestellt zu werden. Einst war diese Region die Kornkammer Frankreichs, bis sich mit zunehmendem Verfall der Getreidepreise und mit wachsender ausländischer Konkurrenz der Anbau nicht mehr lohnte. Aber wie ehedem weideten dort träge weiße Kühe im Schutz der Bauernhöfe, die auf den Anhöhen oberhalb der Felder standen.

Am Dorfausgang von Epoisses steht ein eindrucksvolles Château aus dem 15. Jahrhundert. Es gilt als historisch wertvolles Denkmal und war früher die herzogliche Residenz. Madame de Sévigné und andere Gäste mußten eine Zugbrücke und einen Burggraben überschreiten, ehe sie in den *cour d'honneur* eintraten. An einer Seite steht ein Brunnen mit schmiedeeisernen Verzierungen, gefertigt in der nahe gelegenen Gießerei. Mittelalterliche Türme harmonieren mit rosafarbenen Dächern aus der Renaissancezeit und dem in warmen Farbtönen gehaltenen Steingemäuer, an dem sich Wein emporrankt. Das Dorf selbst schmiegt sich in ein kleines Tal oberhalb des Châteaus. Heruntergezogene burgundische Dächer krönen verwittertes Mauerwerk, kunstvoll gearbeitete Schornsteine und reliefgeschmückte Fassaden zieren die Häuser aus dem 17. Jahrhundert.

Allerdings ist Epoisses weniger für seine Architektur als für seinen Käse bekannt, einen aromatischen Kuhmilchkäse mit orangefarbener Rinde. Von den zahlreichen Käsesorten Frankreichs ist der Epoisses der würzigste Käse, der im Mund explodiert und dessen Aroma durch die Nase dringt. Er ähnelt dem Langres aus der Champagne und seinem berühmten elsässischen Cousin, dem Munster. Alle drei sind von cremiger Konsistenz und hinterlassen im Mund einen erdigen Geschmack. Wegen dieses Käses, so heißt es, hängt in manchen Familien oftmals der Haussegen schief. Der eine liebt ihn abgöttisch, der andere kann sich nicht damit abfinden, daß ein ganzer Kühlschrank voll frischer Produkte sich diesem Gestank beugen muß.

Die Fromagerie Berthaut ist einer der berühmtesten Hersteller von Epoisses. Als Eric um einen Besuchstermin bat, bestellte ihn der Produktionsleiter Michael Doret für sieben Uhr morgens. Gute Käsehersteller nehmen am frühen Morgen die Arbeit auf – zumindest war das in der Vergangenheit so, als die Milch frisch geliefert und verarbeitet wurde.

Kurz vor sieben parkte Eric den Renault in Berthauts Hof. Auf der Straßenseite hatte man die Gebäudefassade aus dem 17. Jahrhundert erhalten, im Inneren einen alten steingemauerten Bauernhof abgerissen und an dessen Stelle ein modernes Fabrikgebäude errichtet. Die glitzernde, beigefarbene Stahlkonstruktion stand in scharfem Kontrast zu dem warmen alten Steingemäuer der umliegenden Gebäude.

Eric seufzte. Er mochte Fabriken sowenig wie alles andere, was hypermodern aussah. Doret, ein typischer Burgunder, von kräftiger Statur und mit gestutztem Schnauzbart, fragte Eric wie ein stolzer Hauseigentümer: »Was halten Sie von dem neuen Gebäude?«

Eric lenkte geschickt ab.

»Wie viele Mitarbeiter beschäftigen Sie jetzt eigentlich?« fragte er.

»Sechsunddreißig«, antwortete Doret. »Wir sind groß, aber nicht zu groß. Beamte vom Denkmalschutzamt haben uns den Rahmen vorgeschrieben. Jede bauliche Veränderung, die wir vornehmen wollten, wurde hart erkämpft. Daher hat die Renovierung hier weit mehr gekostet, als wenn wir neu gebaut hätten.«

»Aber so ist es besser«, entgegnete Eric. »Sie dürfen nicht mit sämtlichen Traditionen brechen.«

»Ja, da haben Sie recht«, stimmte Doret ihm zu. »Deshalb bemühen wir uns ja auch um eine Synthese von Tradition und Industriezeitalter.«

Mönche waren die Urheber der köstlichsten Käserezepturen Frankreichs. Zum einen, weil sich die Nahrung vieler katholischer Orden auf Früchte, Gemüse und Milchprodukte beschränkte, zum anderen, weil nur die Mönche Zeit hatten und willens waren, Rezepte auszuprobieren. Desgleichen stellten Ordensbrüder über lange Zeit die besten Weine in Burgund her. Dieser gemeinsame Ursprung erklärt, weshalb Wein und Käse in der gastronomischen Literatur so eng miteinander verquickt sind.

Während der Französischen Revolution wurden die meisten Klöster geschlossen. Als die Abbaye de Cîteaux bei Nuits-St.-Georges in der Côte d'Or im 19. Jahrhundert wieder ihre Pforten öffnete, waren ihre einstigen wertvollen Weingüter nicht mehr in ihrem Besitz. Da sich die Mönche ihren Lebensunterhalt nunmehr auf andere Weise sichern mußten, begannen sie mit der Herstellung eines sahnigen, blaß-lachsfarbenen, scheibenförmigen Kuhmilchkäses, der ihre Haupteinnahmequelle wurde. Die Fratres einer anderen Abtei, der Abbaye de la Pierra-Qui-Vire im Herzen des Morvan, produzierten einen ähnlichen gelben Weichkäse. Beide Sorten sind von scharfem Geschmack, es fehlt ihnen jedoch die durchdringende Würze des Epoisses.

Wie Patrick Rances in seinem grundlegenden Werk über französischen Käse schreibt, wurden die ersten Varianten des sahnigen Chaource und des herzhaften Epoisses in der Abbaye de Pontigny und der Abbaye de Fontenay hergestellt. Im späteren Mittelalter ließ sich eine kleine Schar Zisterziensermönche nahe dem Dorf Epoisses nieder. Sie entdeckten, daß geronnene Rohmilch von Kühen aus der Region gut alterte, wenn man sie mit dem einheimischen Tresterschnaps, Marc genannt, beträufelte. Durch den Alkohol verfärbte sich die geronnene Masse tieforange und verlieh ihr das einzigartige Aroma. Ende des 19. Jahrhunderts produzierten über dreihundert dort angesiedelte Bauernhöfe Epoisses. Lauf Aufzeichnungen lieferte die Stadt wöchentlich fünfhundert bis tausend Laib nach Dijon, Autun, Lyon und selbst nach Paris. Als jedoch der Anbau von Weizen und Mais und die Aufzucht von Charolais-Rindern größere Gewinne abwarf, geriet die Käseherstellung in Vergessenheit. Im Jahre 1950 wurde in der Gegend um Epoisses nur noch auf zwei Höfen Käse hergestellt.

Als der Bauer Robert Berthaut auf dem Dachboden seines Hauses die Formen entdeckte, die seine Großmutter zur Gerinnung und Reifung von Käse verwendet hatte, beschloß er, mit der Milch seiner Kühe zu experimentieren. Das Ergebnis fand Anklang. Der alte Berthaut verkaufte seinen Käse an Freunde, Restaurants am Ort und Lebensmittelhändler. Wenig später tauchten überall im Land Imitationen des Originalprodukts auf. Aus den Alpen kam ein weißlicher Epoisses und aus der Provence eine scharfe Variante des Käses. »Sogar Joghurt wurde orange gefärbt und Epoisses genannt«, erinnerte sich Eric.

Mitte der achtziger Jahre übernahm Roberts Sohn Jean die familieneigene Käserei. Er erkannte, daß eine Lösung gefunden werden mußte, um den echten Epoisses von der Produktvielfalt gleichen Namens, die den Markt überschwemmte, unterscheiden zu können. Sich an den Erfolg der Weinbauern aus der Nachbarschaft anlehnend, kam ihm die Idee, seinen Käse mit dem Zusatz *Appellation Con-*

trôlée zu versehen. Zehn Jahre lang kämpfte Berthaut mit den Bürokraten des Institut National des Appellations d'Origine, und Bauern aus Regionen fernab von Epoisses forderten dieses Gütesiegel auch für ihre Erzeugnisse. Ein Hersteller aus der Champagne beharrte darauf, allein sein Epoisses sei der echte Epoisses, und wurde darin von dem Bezirksabgeordneten der Nationalversammlung unterstützt.

Berthaut konterte mit eigenen Werbemaßnahmen. Unter anderem bat er Bernard, die Authentizität seines Käses zu bezeugen. Bernard half ihm bei der Erstellung eines Anforderungskatalogs zur Produktion eines original burgundischen Epoisses. Was immer Burgund und dessen gastronomischen Traditionen dienlich war, kam auch dem Ruf des Côte d'Or zugute.

Selbst nachdem die Bürokraten die Herkunftsbezeichnung abgesegnet hatten, konnten sie sich nicht darüber einigen, wo die Grenzen der Ursprungsregion des neuen burgundischen Epoisses zu ziehen waren. Berthaut kapitulierte letztendlich und akzeptierte, daß auch sein Konkurrent aus der Champagne die Appellation verwenden durfte. Damit hatte die Bezeichnung »Epoisses aus Burgund« das Licht der Welt erblickt – keine Minute zu früh, denn prompt erwarb die vornehme, in Paris angesiedelte Investmentbank Paribas 20 Prozent Beteiligung an der Fromagerie Berthaut und unterstützte die Finanzierung neuer Anlagen. Die Bauarbeiten wurden bereits wenig später aufgenommen.

Eric konnte es kaum abwarten, die neue Produktionsstätte zu sehen. Er wollte wissen, ob Berthaut tatsächlich das exzellente Niveau vergangener Zeiten erreicht hatte. Ob Jean sich nicht über traditionsreiche Qualität hinwegsetzte und zu sehr auf die industrielle Produktion setzte. Was würde die amerikanische Restaurantkritikerin Patricia Wells denken, die bereits Bernards Käsewagen beanstandet hatte? Sollte Eric weiterhin bei Jean kaufen oder sich nach einem besseren Epoisses umsehen?

»Hygiene steht bei uns an erster Stelle«, erklärte Doret, als Eric in einem weißen Laborkittel schlüpfte, sein Haar unter einer Plastikhaube versteckte und in hohe Stiefel aus Kunststoff stieg.

Die »Fabrik« war keimfrei – ohne Frage. Arbeiter gossen die frische Milch in einen Bottich aus Edelstahl und erhitzten sie auf 30 Grad Celsius – warm, aber nicht so warm, daß die Milch pasteurisierte. Gourmets meinen, zwischen einem Käse aus roher, unbehandelter Milch und einem Produkt aus pasteurisierter Milch liegen Welten, weil genau jene Bakterien, die durch die Pasteurisierung zerstört werden, in hohem Maße zu dem kräftigen Aroma und der sahnigen Konsistenz des Käses beitragen. Allerdings ist pasteurisierter Käse billiger in der Herstellung als die traditionellen Rohmilchsorten und doppelt so lange haltbar. Noch vor einer Generation hätte kein ernsthafter Franzose auch nur im Traum daran gedacht, sich pasteurisierten Fabrikkäse in den Mund zu schieben. Heute ist langweiliger, industriell gefertigter Käse, selbst milder holländischer Gouda, in den Regalen französischer Supermärkte zuhauf zu finden.

Ein weiterer möglicher Todesstoß droht dem traditionellen Rohmilchkäse aus Brüssel und der Europäischen Gemeinschaft. Im Zeichen eines gemeinsamen Marktes sollen auf dem ganzen Kontinent einheitliche Lebensmittelvorschriften gelten. Regelmäßig alle paar Monate fordert irgendein Bürokrat aus Gesundheitsgründen das Verbot von unpasteurisiertem Käse. In den Vereinigten Staaten sind die meisten Rohmilchkäsesorten bereits verboten. Das amerikanische Gesetz verbietet den Verkauf von Käse, der aus unpasteurisierter Milch hergestellt wurde, es sei denn, er ist mindestens sechzig Tage gereift. Die Reifezeit von Epoisses wie auch von nahezu allen anderen Rohmilchsorten beträgt mindestens sechs Wochen.

»Es ist lächerlich«, sagte Doret. »Ich bin noch nie davon krank geworden, daß ich unseren Käse gegessen habe.«

»Die Amerikaner essen ohnehin sterile Produkte«, pflichtete Eric ihm bei. »Und sind trotzdem nicht gesünder als wir.« Einige Schritte vor Eric schütteten Arbeiter – in hygienischweiße Uniformen gekleidet – Lab in riesige Edelstahlbottiche. Das natürliche Gärungsmittel aus dem Kuhmagen separiert die Milch zu dicken, weißen Klumpen, die weicher Eiercreme ähneln. Man braucht 2 Liter Milch, so Doret, um 400 Gramm geronnene Milch zu bekommen, die schließlich 270 bis 290 Gramm Käse ergeben. In der neuen Anlage von Berthaut lassen sich bis zu 16 000 Liter Milch verarbeiten, aus denen 32 000 Laib Käse entstehen.

Die Produktionsmenge variiert je nach Jahreszeit. Im Winter werden die Kühe im Stall gehalten und müssen Heu fressen. Daher geben sie weniger Milch. In trockenen Sommern können die Kühe zwar im Freien weiden, aber es gibt wenig Gras zum Fressen. Das kühle Frühjahr und der Herbst gelten als die besten Produktionszeiten, weil das Weideland saftig und frisch ist. Die höchste Nachfrage nach Käse besteht im Winter.

»Die Koordination von Liefermenge und Nachfrage ist nicht einfach«, klagte Doret. »Fünfundzwanzig Prozent unserer Jahresmenge stellen wir im Dezember her in der Hoffnung, daß der Vorrat über den Winter reicht.«

Im Februar war der Betrieb zu 50 Prozent ausgelastet. Unter Erics kritischem Blick gossen die Arbeiter die Molke ab und schütteten die geronnene Milch in dickwandige ovale Formen. Die folgenden zwei Wochen verbrachte der neue Käse in einem gekühlten Trockenraum. In der modernen

Berthaut-Käserei hielten riesige Ventilatoren die Temperatur konstant zwischen 8 und 9 Grad Celsius. Ein Stück weiter wendeten Arbeiter bereits reifere Käselaibe und hielten sie unter eine riesige Kaltwasserpumpe. Die Maschine wusch die Laibe mit einer Mischung aus Salzwasser und Marc im Verhältnis 3 zu 1.

»Es dauert jetzt nur noch zwanzig Minuten, bis alle Laibe gewaschen sind«, erklärte Doret. »Als das noch von Hand gemacht wurde, brauchte man zwei Tage.«

Erics Miene verriet Zweifel. Er konnte nicht glauben, daß eine Maschine so sorgfältig wie ein Paar Hände arbeiten konnte.

»Sie wollen sagen, es wird mit Hilfe einer Maschine gesalzen«, sagte er. »Ist das wirklich der beste Weg?«

»Wir hatten Probleme«, räumte Doret ein. »Es dauerte seine Zeit, bis wir damit zurechtkamen.«

Nach den ersten zwei Reifungswochen hatte der Käse sein cremiges Aussehen verloren und einen blaßorangen Schimmer angenommen. Das reifende Rund war kein Baby mehr und bereit für eine anständige Trinkrunde: Die Arbeiter beträufelten das durstige Stück verschwenderisch mit 100 Prozent echt burgundischem Marc und rollten es in einen anderen Keller. Die Käselaibe wurden nun fünf oder sechs Wochen lang gelagert, je nach Reifefortschritt und je nachdem, wie das Endprodukt beschaffen sein sollte, bis sie leuchtend orangefarben waren.

Doret öffnete die Tür zum Keller und ließ Eric eintreten.

»Uuh«, Eric machte einen Satz. »Hier ist es ja eiskalt.«

»Das ist die Klimaanlage«, erklärte Doret. »Feuchtigkeit ist für Käse das Schlimmste, die Kälte verhindert ihre Entstehung. Bei einer konstanten Temperatur von vier Grad Celsius haben schädliche Bakterien keine Chance.«

Die Reifung ist ein empfindlicher Prozeß. Traditionsgemäß

stellt jeder Bauer in seinem kleinen dunklen Keller täglich nur ein oder zwei Laib Epoisses von Hand her. Selbst wenn der Käse für den Verkauf bestimmt ist, bleibt seine Herstellung ein künstlerischer Prozeß, und es lassen sich nicht mehr als fünfzig Stück Käse pro Tag produzieren. Die Techniken sind unterschiedlich, die Ergebnisse ebenso. Ein Laib kann gelingen, der nächste muß möglicherweise weggeworfen werden.

»Unser Ziel ist es, ein Produkt gleichbleibender Qualität zu erzeugen«, sagte Doret. »Die Technologie hilft uns dabei.« Hatte der Käse den angemessenen Reifegrad erreicht, legten die Arbeiter ihn in eine kleine Holzschachtel. So wie Wein etwas von dem Aroma des Fasses annimmt, in dem er lagert – wobei Weinhändler uneins sind darüber, ob man neue oder alte Holzfässer verwenden soll –, erhält der Käse durch die Holzverpackung mehr Würze. Bevor der fertige Epoisses Berthauts Käserei verließ, wurde die Schachtel mit einer Plastikschnur verschnürt.

»Früher haben wir den Käse ohne Schachtel gekauft«, erzählte Eric. »Aber er wurde trocken.«

»Die Schachtel läßt den Käse atmen«, erklärte Doret.

»Toll.« Eric nickte.

»Es handelt sich schließlich um einen lebenden Organismus«, fuhr Doret fort. »Wir tun hier unser möglichstes, um eine gleichbleibende Qualität sicherzustellen. Aber sie läßt sich nicht garantieren. Jeder Laib muß sorgsam behandelt werden, wie ein Kind.«

Eric fragte, wie lange er den Käse im Restaurant lagern sollte. »Ich lasse ihn zwei Wochen liegen?« meinte er.

»Welche Temperatur hat Ihr Lagerraum«, fragte Doret.

»Neun Grad Celsius.«

»Das ist in Ordnung.«

»Nachdem ich den Käse ausgepackt habe, lasse ich ihn den

ganzen Tag bei Zimmertemperatur stehen«, fügte Eric hinzu. »Nachts decke ich Klarsichtfolie darüber und stelle ihn in den Kühlschrank.«

»Perfekt.«

Als sie den Rundgang beendet hatten, zog Eric den weißen Kittel aus und machte sich auf den Weg ins Büro im oberen Stock. Jean Berthaut begrüßte ihn mit festem Händedruck. Er war mittelgroß, fünfundvierzig Jahre alt und hatte ein derbes, zerfurchtes Gesicht, das seine bäuerlichen Wurzeln verriet. Aber er war kein Bauer. Er trug Sakko und Krawatte und sah aus wie ein moderner Manager. Auf Werbefotos hat sein weißhaariger Vater Robert etwas Großväterlich-Bäuerliches. Er trägt eine Gabardinehose und hält einen kleinen Laib Käse in den Händen. Hinter ihm steht mit einem größeren Laib Jean; er ist bekleidet mit einem braunen Zweireiher und einer Hermès-Krawatte – ganz modebewußter Geschäftsmann.

»Herzlich willkommen«, sagte Jean zur Begrüßung. »Schön, mal jemanden vom Côte d'Or hier zu haben. Bernards Hilfe im Kampf um die *Appellation Contrôlée* war nicht mit Gold zu bezahlen.«

»Bernard hat Vertrauen zu Ihnen«, entgegnete Eric. »Er schwört auf Authentizität.«

Jean Berthaut erläuterte seine Strategie. Da er sich noch gut an die Schwierigkeiten erinnerte, mit denen sein Vater zu kämpfen hatte, lehnte er es ab, an die großen Supermärkte zu verkaufen. Er wollte sich das Image eines Kunstschaffenden erhalten, auch nachdem er seine Produktion modernisiert hatte. Er zielte auf den kleinen Markt der wohlhabenden Kunden ab. Die Nachfrage nach seinem Käse wuchs, sagte er. Größere Konkurrenten konnten Käse zu niedrigeren Preisen anbieten. Aber die neue Bezeichnung *Appellation Contrôlée* hinderte sie daran, ihren Käse mit dem Etikett des echten Epoisses aus dem Burgund zu versehen. Eric verließ den Hof mit ein paar Laiben unter dem Arm, die er im Restaurant testen wollte.

»Authentizität ist entscheidend«, erinnerte Berthaut seinen Besucher. »Sonst haben wir zum Schluß nur noch genormte, fade Käsesorten wie die Angelsachsen. Wußten Sie, daß Dänemark der größte Produzent von griechischem Feta ist? Skandalös! Er herrscht ein Nord-Süd-Konflikt. Wir kämpfen um das Überleben unserer jahrhundertealten Traditionen!«

Eric lächelte, aber er war nicht überzeugt. Die letzten Lieferungen Epoisses aus Berthauts Fromagerie hatten Qualitätsschwankungen aufgewiesen, waren zu salzig gewesen. Seiner Meinung nach konnten Maschinen den Käse nicht mit soviel Sorgfalt waschen, wie Hände es vermochten. Außerdem war Berthaut vor kurzem dazu übergegangen, den Käse in farbiges Papier einzuschlagen anstatt in ein echtes Blatt. Ob sich Jean Berthaut nicht doch zu sehr zu einem Geschäftsmann entwickelte und der Käsehersteller dabei auf der Strecke blieb? Ob seine neue Anlage tatsächlich den reifsten, stinkendsten Epoisses herstellen konnte?

Es gibt zu viele offene Fragen, dachte Eric. *Ich muß mich noch woanders umsehen.*

Niemand spricht von burgundischem Ziegenkäse. Die großen industriellen Hersteller sind im Loiretal ansässig, das auch den Ruf der Region für Ziegenkäse schlechthin für sich beansprucht. Aber eigentlich wird in ganz Frankreich Ziegenkäse produziert. Ziegen passen sich allen klimatischen Verhältnissen an und fressen jedes Weidegras. Was zählt, ist die Liebe und Pflege, die der individuelle Erzeuger ihnen zukommen läßt. Im 19. Jahrhundert galt Ziegenkäse als Käse der armen Leute. Heutzutage hat die bescheidene Ziege – ein verehrungswürdiges, aber unglaubliches Tier, das sich alles einverleibt, was in Sichtweite ist – den Status einer Königin, und ihr Käse gilt als Delikatesse.

Den ganzen Winter hindurch klapperte Eric die Märkte ab und kostete die kleinen weißen runden Käse. Aber keiner war nach seinem Geschmack – der eine zu frisch, der andere nicht lang genug gereift. Bis Bernard in die Jury eines regionalen Ziegenkäse-Festivals berufen wurde. Auch Colette Giraud hatte dort ihren hausgemachten Ziegenkäse vorgestellt, und Bernard hatte davon gekostet.

»Genau den brauchen wir«, lautete sein Urteil.

Als Bernard ins Restaurant kam, beauftragte er Eric, Madame Giraud aufzusuchen.

»Wenn Bernard etwas probiert, weiß er sofort, ob es ihm schmeckt oder nicht«, sagte Eric. »Er überlegt nicht lange – er reagiert aus dem Bauch heraus.«

Eric hingegen war gemessener in seinem Urteil. Er wollte Colette prüfen. Bevor Eric Epoisses wieder verließ, befragte er Jean Berthaut nach seiner Einschätzung, da er Colettes Ziegenkäse in seinem Laden vor der Käserei zum Kauf anbot. Colette, so erklärte Berthaut, mache nicht nur den besten Ziegenkäse der Region, sondern sei darüber hinaus eine Persönlichkeit, die man unbedingt kennenlernen sollte.

Obwohl Colettes Hof nur wenige Kilometer hinter Epoisses lag – im dicht bewaldeten Morvan, wo die Dörfer zunehmend ärmlicher wirkten –, betrat man hier räumlich und zeitlich eine andere Welt. Eric fuhr an einem See vorbei, über eine Straße, die sich eine Anhöhe hinauf und auf der anderen Seite wieder hinunter wand, bis er den bescheidenen Weiler St.-Germain-de-Modéon mit seinen fünfzig Einwohnern und nur drei bewirtschafteten Höfen erreicht hatte. Neben dem Rathaus verwies eine handgeschriebene Tafel auf COLETTE GIRAUD, FROMAGES DE CHÈVRE.

Colette trat aus dem Haus und tauschte zur Begrüßung mit Eric Küsse aus. In ihrer blauen Arbeitsmontur und mit der dunklen Hornbrille verkörperte sie ländlichen Schick. Ihr einfaches Haus mit zwei Zimmern war angefüllt mit Nippes und Trödelkram.

»Kommen Sie, ich zeige Ihnen meine Fromagerie«, sagte sie. »Gerade bin ich mit der Morgenproduktion fertig geworden.«

Colette führte Eric in einen kleinen an das Labor eines Amateurfotografen erinnernden Raum, wo sie ihren Ziegenkäse herstellte. Als einzige Beleuchtung diente eine ultraviolette Lampe, die Ungeziefer vom reifenden Käse abhielt. Der Raum war warm, aber nicht heiß.

Zur Käsebereitung goß Colette frische Ziegenmilch in kleine Formen und setzte einen Schuß Lab zur Gerinnung zu. Auf Alkohol verzichtete sie ganz. Die Qualität wurde durch die Güte der Milch und die Sorgsamkeit bei der Reifung erreicht und nicht durch künstliche Zutaten. Mit dem Abfließen der Molke wurde der Käse fester, und Colette fügte ein wenig Salz hinzu. Die Reifedauer hängt davon ab, was für einen Käse man anstrebt. Ein frischer weißer Ziegenkäse sollte nur ein, zwei Tage alt sein. Nach einer Reifedauer von mindestens drei Wochen nimmt Ziegenkäse eine blaugrüne Färbung an und bekommt einen ausgeprägten Geschmack.

Colettes Produktionsmenge lag bei ungefähr 120 Laiben täglich, die maximale Menge betrug 150 Laibe, zum Preis von je 2,50 Franc. Dieser Ertrag sicherte ihr ein Monatseinkommen von 5000 Franc – ein mageres Gehalt. Aber Geld war nicht das ausschlaggebende Moment für Colette. Auch wenn sie nicht zu Hause war, schloß sie die Tür ihrer Käserei nicht ab und hinterließ einen Zettel für ihre Kunden mit der Bitte, für die entnommene Ware zu zahlen. Nicht ein einziges Mal wurde ihr etwas gestohlen.

Colette war stolz darauf, nicht auf Almosen der Regierung angewiesen zu sein. »Man sollte nicht von Unterstützungen leben«, sagte sie, »sondern sich mit dem, was man zu bieten hat, dem Markt anpassen.«

Eric nickte.

»Colette«, sagte er, »ich habe das Gefühl, Sie sind die Richtige.«

Wie die Arbeiter der Fromagerie Berthaut stand Colette vor sechs Uhr morgens auf. Allerdings war sie – anders als die Hersteller des Epoisses – für die gesamte Produktion allein verantwortlich. Ihre sechsunddreißig Ziegen lebten im Freien, geschützt durch ein Dach aus Kunststoffolie. Wenn Colette zum Melken erschien, wurde sie mit einem einstimmigen *»Bääh, bääh«* begrüßt.

»Bin ja schon da«, erwiderte Colette den Gruß.

Sie tätschelte jeder Ziege den Rücken und sprach sie mit Namen an.

»Doucette, wie geht es dir?« erkundigte sie sich.

»Bääh.«

»Gut, gut.«

»Nana, was bist du für ein hübsches Mädchen«, umschmeichelte sie eine betagte, bucklige Ziege. »Du bist zwar alt, aber eine ganz besonders Brave.«

»Triquette, na, komm schon her«, rief sie, griff nach einem Stock und schlug damit leicht auf das ausladende Hinterteil des nächsten Tieres.

»Oje, oje, Mamoutte – wie fett du bist.«

»Hallo, Kiki, du hattest gestern Probleme mit der Milch«, wandte sie sich im Vorübergehen an eine Ziege. »Mal sehen, ob es heute bei dir funktioniert.«

Das Melken nahm ungefähr anderthalb Stunden in Anspruch. Immer wenn sie mit einer Ziege fertig war, tätschelte sie ihr den Rücken und schickte sie hinaus zum Grasen. Dann schaltete sie den elektrischen Drahtzaun um die Weide ein, der die Tiere abhielt wegzulaufen, und verabschiedete sich: »*Voilà,* viel Spaß, Mädels.«

Colette war in Lyon aufgewachsen. Dort hatte sie auch ihr Universitätsdiplom im Fach Biologie erworben. Nach einer sechsmonatigen Trekkingtour durch Kanada kehrte sie nach Hause zurück und nahm eine Stelle als Lehrerin im Labor einer Landwirtschaftsschule an. Sie heiratete jung und bekam einen Sohn, fand jedoch das Vorstadtleben als Mutter bald langweilig. Die Ideale der sechziger Jahre – freie Liebe, freies Leben – reizten sie. Sie ließ sich scheiden, verkaufte ihr Haus und zog in die rauhe Gegend der Lozère im Süden Frankreichs. Ihr Ziel war eine Kommune, die sich ihren Lebensunterhalt mit der Herstellung von Ziegenkäse verdiente.

»Wir waren Kinder der sechziger Jahre«, sagte sie. »Ich mußte hinaus und frische Luft atmen.«

Der Umzug erwies sich als Katastrophe. Die Lozère gehört zu den abgelegensten Regionen Frankreichs, eine trockene, unfruchtbare Gegend, geeignet für die Aufzucht von Ziegen, jedoch nicht, um Abnehmer für den Ziegenkäse zu finden. In Colettes Haus gab es weder fließendes Wasser noch Elektrizität. 1984 antwortete sie auf eine Anzeige in einem Handelsblatt, in der »ein/e Mitarbeiter/in zur Mithilfe auf einem Bauernhof mit Ziegenkäseproduktion« gesucht wurde. Monsieur Cavin, Besitzer des Hofes in St.-Germain-de-Modéon, stellte sie ein. Dort lebte Colette die folgenden Jahre, bis der altmodische Landwirt in Konkurs ging. Sie nahm einen Kredit in Höhe von 10 000 Franc auf und kaufte vierzig Ziegen. Die Stadtverwaltung vermietete

224

ihr den alten Schuppen, der ihr jetzt als Wohnhaus und Arbeitsbereich diente.

»Man erklärte mich für verrückt«, sagte sie. »Aber auf dem Land bedeutet Armut etwas ganz anderes als in der Stadt.« Colettes dreizehnjähriger Sohn Mathias fuhr jeden Morgen mit dem Bus in die Schule nach Saulieu. Seine Leidenschaft galt nicht Ziegen, sondern Computern, und in den Sommerferien fuhr er nach England und lernte Englisch. Colettes Eltern hielten ihre Tochter wirklich für übergeschnappt. Sie wollten, daß sie weiter unterrichtete. Als alleinstehende Frau von vierzig Jahren in der Wildnis zu leben, erregte Aufsehen. Ihre Beziehung zu dem jungen Landwirt Alexandre, die sie nicht gerade verheimlichte, ließ sie in den Augen ihrer konventionellen Nachbarn um so skurriler erscheinen. »Sie nennen mich ›die Alte‹«, scherzte sie mit mehr als nur einem Anflug von Bitterkeit.

Ihr Durchbruch kam per Zufall und dank einer anderen Frau. Eines Tages fuhr sie nach Epoisses und bat die Berthauts, ihren Käse zu probieren. Madame Berthaut machte ein paar Verbesserungsvorschläge. Colette setzte die Hinweise in die Tat um, und Berthaut verkaufte Colettes Käse im eigenen Laden. Ein Jahr darauf gewann Colette bei einem Ortswettbewerb eine Auszeichnung. Von diesem Zeitpunkt an wurde ihr in nahezu jedem Wettbewerb der erste Preis zuerkannt. Ansässige Supermärkte und Käsereien nahmen ihr Produkt in ihr Sortiment auf. Aber noch wagte Colette nicht, ihn Bernard Loiseau und seinem Restaurant anzubieten.

»Ich dachte, einem so berühmten Mann könne mein Käse keinesfalls schmecken«, erzählte sie Eric.

Eric bat um eine Kostprobe. Er nahm einen Bissen von dem neuen, einen Tag alten Käse und probierte anschließend von dem reifsten, blauesten. Nach jedem Happen seufzte er tief. Kein Zweifel, diese wagemutige Frau stellte den besten Ziegenkäse der Region her.

»Können Sie zweimal wöchentlich liefern?« fragte Eric. »Oder sogar dreimal die Woche?«

»Kein Problem«, entgegnete Colette.

»Wir möchten Ihren ganz frischen und Ihren ganz alten, reifsten Käse. Nichts dazwischen. Bernard liebt es herzhaft.«

»Verstehe.«

Der nächste Schritt bei der Neuzusammenstellung des Käsewagens war schmerzhaft. Über Jahre hinweg hatte Simone Porcheret aus Dijon das Côte d'Or versorgt. Ihre Fromagerie, direkt neben dem zentral gelegenen Markt, war die bekannteste Käserei in ganz Burgund. Eric kaufte bei Simone frischen Reblochon, herzhaften blauen Fourme d'Ambert, cremigen Brillat-Savarin, weichen Beaufort und reifen St.-Nectaire, die den heimischen Epoisses und den Ziegenkäse geschmacklich gut ergänzten.

Aber seit kurzem bemerkte Eric »Unregelmäßigkeiten« bei den Lieferungen. Oftmals kam ihr Käse zu trocken, nicht zufriedenstellend gereift. Aber Eric fühlte sich Simone verpflichtet. Schließlich stammte sie aus Burgund, so wie er. Andererseits wußte er, daß weder Michelin noch Patricia Wells einen Käsewagen durchgehen ließen, der nicht den höchsten Anforderungen entsprach. Daher fragte Eric Joël Robuchon in Paris, wer ihn belieferte. Robuchon nannte ihm Roger Alléosse, der im XVII. Arrondissement in Paris einen Laden betrieb. Eric rief ihn an, und Alléosse kam mit einem Käsesortiment nach Saulieu. Die Käse schmeckten exzellent.

Die Entscheidung war gefällt, von der guten alten Simone Abschied zu nehmen. Hubert überbrachte ihr die Hiobsbotschaft. Danach war Eric erleichtert. Jede Lieferung von

Alléosse war einwandfrei. »Ich habe Simone wirklich gemocht – sie ist eine großartige Frau –, aber wir müssen uns auf gleichbleibende Qualität verlassen können«, sagte Eric. Gleichbleibende Qualität bedeutete auch, einen besseren Epoisses zu finden. Eric setzte seine Jagd nach der vollkommenen Ware fort. In der Küche kostete er Proben verschiedener Hersteller. Sie waren allesamt enttäuschend. Ein Produkt sah aus wie Frischkäse der Marke Kraft und roch auch so. Andere wiederum waren zu hart oder nicht gut gereift. Auf Bernards Rat stattete er schließlich dem Bistro La Ciboulette in Beaune einen Besuch ab. Der dort angebotene Epoisses schmeckte köstlich.

»Woher stammt er?« fragte Eric.

»Aus Brochon«, einem Dorf in der Nähe des berühmten Weinortes Gevrey-Chambertin, entgegnete der Kellner.

Im Côte d'Or servierte man bereits einen Käse aus Brochons Fromagerie de la Côte, und zwar den bekannten Ami de Chambertin. Er zählt zu der Käsefamilie der Epoisses und ähnelt ihm, ist aber größer und schmaler, fester und vielleicht sogar herzhafter im Geschmack. Daß die Produzenten des Ami auch Epoisses herstellten, hatte Eric nicht gewußt. Aber es klang verheißungsvoll.

Einige Wochen nach seiner ersten Exkursion zur Käseverkostung verabredete er einen Termin mit Jean Gaugry, dem Direktor der Käserei von Brochon. Diesmal fuhr er mit dem eigenen Auto, einem klapprigen, zehn Jahre alten BMW 320. Nach einstündiger Fahrt hatte er das Weinbaugebiet erreicht und parkte vor einem unauffälligen zweigeschossigen Gebäude mit weißer Stuckfassade, das man leicht für eine Grundschule hätte halten können. An der Tür war in winzigen altmodischen Lettern die Aufschrift FROMAGERIE DE LA CÔTE angebracht.

Monsieur Gaugry war ein schlaksiger Mann von sechsundfünfzig Jahren mit schütterem Haar, der jedes Wort auf die Goldwaage legte. Jegliches Charisma, jegliches Fünkchen Energie schien ihm zu fehlen. Erst als das Gespräch auf Käse kam, lebte er auf. Gaugrys Großmutter hatte einst die Molkerei mit Milch beliefert. Sein Vater war Inhaber eines Käseladens im Dorf gewesen, der mit den Weinbauern auf gutem Fuß gestanden hatte. Er beschloß, zu den berühmten Gevrey-Chambertin-Weinen gehöre ein entsprechender Käse, und so kreierte er den Ami de Chambertin.

Sein Sohn Jean erweiterte das Käsegeschäft zu einer richtigen Käserei mit zwanzig Angestellten und einem Produktionsumfang von jährlich achtzig Tonnen Käse. Zwei Drittel davon entfielen auf den berühmten Ami de Chambertin. Es war ein richtiges Familienunternehmen, in dem Jean mit seinen zwei Söhnen arbeitete: Sylvan war technischer Leiter, Olivier Marketingchef. Im Unterschied zu Berthaut hatten die Gaugrys nicht das Bestreben, an die Börse zu gehen.

Ihr größtes Vergnügen bestand nach wie vor darin, den eigenen Käse zu essen. Gaugry erzählte, er trinke täglich eine halbe Flasche Gevrey-Chambertin und verzehre dazu ein reifes Stück Käse. Ansässige Weinhändler verkauften ihm die Flasche für rund 25 Franc – schwarz, versteht sich. »Die Kombination ist einfach himmlisch«, sagte er und leckte seine Lippen. »Eine ausgewogene Mischung.«

Der Epoisses von Gaugry war tiefbraun im Gegensatz zu Berthauts orangefarbenem Produkt. Seine Struktur war dichter und er war stärker im Geschmack als sein Konkurrent. Im Mund explodierte er – *poff* – und machte die Nase frei.

»Unser Käse darf in keiner Weise steril sein«, sagte Gaugry und schlug mit der Hand auf den Tisch. »Wir wollen einen Käse, der *riecht!*«

»Hier gefällt es mir«, sagte Eric beim Hinausgehen. »Es geht menschlicher zu, nicht so mechanisiert wie bei Berthaut.« Auch weiterhin würde er bei Berthaut den einen oder anderen Laib kaufen, »weil Berthaut Tradition hat und man die Verbindung zu ihm nicht einfach abbrechen kann«. Aber den Großteil würde er von Gaugry beziehen.

Auf seiner Rückfahrt nach Saulieu hielt Eric in seinem Heimatdorf Brazey an – er wollte Brot kaufen. Zu gutem französischen Käse gehört nicht nur ein guter Wein, sondern auch schmackhaftes Brot. Bernard backte sein Brot nicht selbst, im Unterschied zu vielen anderen Restaurants der *haute cuisine*. Seine alte, von Dumaine übernommene Küche bot dafür zuwenig Platz. Backgerätschaften sind eine kostspielige Anschaffung, und außerdem war seine neue Küche nicht mit den erforderlichen Öfen ausgestattet.

Das traditionelle französische Brot wird nur mit Mehl, Salz, Wasser und Hefe zubereitet – ein Paradebeispiel der Einfachheit, aber gar nicht wegzudenken aus der Gastronomie Frankreichs. Nichts ist französischer als ein knuspriges frisches Baguette, und eine Mahlzeit ohne Brot ist unvorstellbar. Im einfachsten Café serviert der Kellner selbstverständlich Brot zum Essen, und für französische Hausfrauen ist es gang und gäbe, zwei-, dreimal täglich ofenfrisches Brot zu kaufen.

Allerdings sind in den letzten Jahren Backfirmen mit einem Produkt auf dem Vormarsch, das einer grausamen Parodie des Originals gleichkommt und das zum großen Entsetzen bei vielen Kunden Anklang findet. Industriell hergestelltes Brot hat bereits bald 15 Prozent des Marktes erobert und findet vor allem bei der Landbevölkerung zunehmend Anhänger, da der Weg zum nächsten Bäcker beträchtlich ist. Ein weiterer Schock: Viele traditionelle Bäcker legen sich jetzt auf die faule Haut, stellen den Teig am Abend zuvor her und legen ihn über Nacht in den Gefrierschrank, anstatt ihn in den kalten frühen Morgenstunden zuzubereiten. Manche Bäcker sind sogar dazu übergegangen, fertigen Tiefkühlteig von Industriebäckereien zu kaufen und die Baguettes als Eigenprodukt an den Mann zu bringen.

Da wundert es nicht, daß Bernard Schwierigkeiten mit seinem Brot hatte. Wochenlang hatte sich Hubert mit den Dechaumes, den im Ort ansässigen Bäckern, auseinandergesetzt, um akzeptable Brötchen und Landbrote zu bekommen, die knusprig, aber nicht verbrannt waren. Täglich suchte Hubert die Dechaumes auf und äußerte konstruktive Kritik. »Ich habe ihnen geraten, etwas mehr Hefe zuzusetzen oder die Backdauer eine Idee zu verlängern«, erinnert sich Hubert. Das zeigte Erfolg. Hubert konnte die Dechaumes sogar überreden, köstliches Feigenbrot zu backen, das hervorragend zum Epoisses paßte.

Als sich die Bäckersleute aus dem Geschäft zurückzogen, war es für den Nachfolger schwer, den hohen Ansprüchen des Côte d'Or gerecht zu werden. Eines Nachmittags lieferte der neue Bäcker angebrannte Laibe. Bernard griff zum Telefon.

»Die Brote sind verbrannt«, brüllte er in den Apparat.

»Wir hatten Probleme mit den Backöfen«, verteidigte sich der Bäcker.

»Ihre Probleme sind mir egal«, fuhr Bernard fort. »Diese Brote kann ich nicht akzeptieren.«

Nicht lange, und die Männer schrien einander an. Bevor Bernard den Hörer auf die Gabel knallte, brüllte er abschließend in die Muschel: »Ich suche mir jemand anderen!«

Hubert war entsetzt, als er aus dem Urlaub zurückkam.

»Jedesmal kommt es zu einer Katastrophe, wenn ich im

Urlaub bin«, stöhnte er. »Bernard explodiert, und ich muß die Scherben aufsammeln.«

Eric schmunzelte, als er die Geschichte hörte. Er wußte, wo in der Umgebung man das beste Brot bekommen konnte – in Brazey. Ein paar Straßenzüge vom Haus seines Vaters entfernt backte ein Bauer weiche, zarte Baguettes – nicht zu vergleichen mit dem, was Eric anderswo probiert hatte.

Am frühen Abend kam er in seinem Heimatdorf an und fuhr an der Kirche vorbei bis ans Ende der Ortschaft. Dort bog er in den vorderen Hof eines Bauernhofes. Nichts deutete auf eine Bäckerei hin. Nur die Anwesenheit deutscher Touristen, die soeben die Einfahrt hinausfuhren, gab Anlaß zu Vermutungen. Die Bäckerei befand sich in der Scheune. Heiße, hefegeschwängerte Luft schlug ihm entgegen. Aus dem Radio dröhnte Can-Can-Musik. Ein Mann mit bloßem Oberkörper knetete Teig und formte daraus lange Baguettes, die er auf einen Schieber legte und in den Ofen schob. Der Bäcker war von kräftiger Statur, hatte einen Bauch, weißes dichtes Haar und einen ebensolchen Schnauzbart. Er hieß Pierre Michot und war jedem unter seinem Spitznamen aus Kindheitstagen bekannt: als Pepette.

»Pepette, wie läuft's?« fragte Eric.

»Alles in Ordnung«, antwortete der Bäcker und verzog das Gesicht zu einem breiten Grinsen. Im Dorf galt er als stellvertretender Bürgermeister. Nicht, weil man ihn offiziell in dieses Amt gewählt hatte, sondern weil sich die Leute an ihn wandten, wenn es Probleme gab.

Pepette, ich brauche jemanden, der sich um die Kinder kümmert, flehte man ihn an, und binnen fünf Minuten war Pepette zur Stelle und betreute die Kleinen. Pepette, mein Auto hat kein Benzin. Pepette brachte einen Kanister. Wollte Eric wissen, was sich so alles in seinem Dorf zutrug, fragte er nicht seine wortkargen Eltern, sondern Pepette.

»Und wie geht's Ginette? fragte Eric.

Ginette war Pepettes Frau. Während ihr Gatte stets lächelte, schien sie unentwegt zu schmollen. Pepette backte, und nachmittags lud Ginette die Brote auf ihren kleinen Renaultlieferwagen und klapperte die umliegenden Dörfer ab. Daher hieß die Bäckerei Chez Ginette.

Pepette reichte Eric ein kleines Brötchen zum Kosten. Es war noch warm. Als Eric es aufbrach, gab die Krume weich nach.

»Mhmmmmmm.« Eric sog tief den Duft ein und schob dann das Brötchen in den Mund. Ein zufriedenes Lächeln zeichnete sich auf seinem Gesicht ab.

»Das ist echtes Brot«, sagte er. »Alles andere ist Imitation.«

Pepette lachte. Er war stolz auf seine Arbeit, machte sich aber nichts aus Komplimenten. Sein Vater war Bäcker gewesen, deshalb wurde er auch einer, und sein Ofen stammte aus dem Jahre 1929, seinem Geburtsjahr. Er deutete auf die dunkle, verkrustete Inschrift STRASBOURG, 1929.

»Der Ofen und ich, wir sind beide zusammen alt geworden«, sagte er.

Es war ein mit Holz befeuerter Ofen, von der Art, wie sie heute kaum mehr verwendet werden. Er brauchte Stunden, bis er die richtige Temperatur hatte, und man mußte sich rund um die Uhr um ihn kümmern. Einen Gasofen kann man nach Bedarf an- und ausschalten. Aber das Holz, das langsam und ruhig niederbrannte, verlieh dem Brot einen ganz besonderen Geschmack. Um den Ofen anzuheizen, mußte Pepette um vier Uhr früh aufstehen. Er besaß keinen Wecker.

»Ich trage den Wecker in mir«, sagte er. »Nicht ein einziges Mal habe ich verschlafen.«

232

Pepette arbeitete mit natürlichem Weizenmehl und verwendete möglichst wenig Hefe. Das Mehl besaß einen gelbschimmernden Glanz. Ende der sechziger Jahre hielt Instantmehl aus Amerika in Frankreich Einzug. Für die Bauern war dieses Mehl von Bedeutung, weil der Weizen, der zur Herstellung verwendet wurde, schneller wuchs. Für Bäkker hatte es den Vorteil, billiger zu sein als das herkömmliche, naturbelassene Mehl. Der Teig ging schneller auf, und das Innere des Baguettes war hell, gummiartig und chemisch weiß, wie es bei den Hamburger-Brötchen der Fall ist. Aus irgendeinem Grund fanden die traditionsbewußten Burgunder Gefallen an diesem amerikanischen Brot, und selbst die Einwohner von Brazey kauften ihr Brot eine Zeitlang woanders. Es dauerte nicht lange, und sämtliche Bäckereien gingen zu dem Instant-Weißmehl über. Aber Pepette weigerte sich.

»Entweder ich backe Brot, so wie mein Vater gebacken hat«, beharrte er, »oder ich lasse es ganz bleiben.«

Pepette wandte sich der Aufzucht von Charolais-Rindern zu und backte nur noch für seinen eigenen Bedarf und für ein paar Freunde. Doch dann mehrten sich die Anzeichen, daß sich der allgemeine Geschmack veränderte. Pepette verkaufte alle seine Rinder bis auf eine Kuh, deren Milch er für sich verwendete, und fing wieder an zu backen.

Baguettes aus Weißmehl waren am nächsten Morgen altbacken, die Baguettes von Pepette hingegen blieben mehrere Tage frisch. Die Mehrzahl der französischen Bäcker hält aber am rasch aufgehenden Mehl fest und fügt viel Hefe bei, um die Backzeit zu verkürzen.

Eric zahlte 15 Franc für seine übliche Bestellung von drei Baguettes, und Pepette legte noch zwei kleine Brötchen dazu.

»Für deine Kinder«, meinte der Bäcker und winkte ab, als

Eric sein Portemonnaie zückte. Statt dessen lud er ihn zu einem Aperitif ein. Da es in Brazey kein Café mehr gab, diente Pepettes Bäckerei auch als Bar. Im Winter kamen die Kunden und wärmten sich neben dem Ofen auf. Im Sommer saß man vor dem Eingang um einen Picknicktisch und wurde von Pepette bedient, gratis.

»Was möchtest du trinken?« fragte er Eric. »Ein Birnenschnäpschen?«

»Nein.« Eric schüttelte den Kopf. Der hausgemachte Birnenschnaps hatte es in sich.

»Etwas Leichteres vielleicht«, schlug er vor.

»Ein Bier?« fragte Pepette.

»Ja.« Eric nickte.

Der Bäcker verschwand in seinem Haus nebenan und kam mit dem Bier zurück. Er reichte es Eric. Nach einigen Schlucken kam Eric zum Geschäftlichen.

»Hättest du Lust, für Bernard und das Côte d'Or zu backen?« fragte Eric.

Pepette brach in schallendes Gelächter aus.

»Unmöglich«, antwortete er. »Ich kann nicht nach dem Zeitplan eines Restaurants backen.«

Pepette erklärte, sein eigenwilliger Ofen erlaube ihm keine umfangreichere Produktion. Und er hätte ohnehin Schwierigkeiten, die Nachfrage zu erfüllen. Im Moment backe er nur vier Tage die Woche. Um Bernard zu beliefern, müßte er täglich backen und einen Mitarbeiter einstellen.

»Diese Strapaze will ich mir nicht antun«, sagte er und nippte an seinem Bier.

Seine Ablehnung machte Eric traurig. Es gefiel ihm nicht, daß sich das Côte d'Or mit zweitklassigem Brot zufriedengeben mußte. Darüber hinaus, und das war noch schlimmer, machte er sich Gedanken um die Zukunft. Pepettes Brüder waren allesamt in die Stadt gezogen. Keiner von ihnen war

Bäcker. Wenn Pepette seinen Holzofen nicht mehr befeu-
erte, gab es in ganz Burgund niemanden mehr, der diese
göttlichen Baguettes backen würde.
Pepette war stolz auf sein Brot und auf seine konventionelle Herstellungsmethode. Pepette war ein Stern Burgunds
ohne Ambitionen. Seine altmodische Art, Brot zu backen,
war für ihn nicht einfach nur ein Job, sondern eine Lebens-
einstellung – und da war für ambitionierte Küchenchefs
und edle Restaurants kein Platz.

Kapitel 11

❄ ❄ ❄

Der Kampf
um Frösche

Mitte Februar erhielt Bernard einen Anruf.

»Ich könnte Ihnen Frösche liefern«, sagte der Teilnehmer am anderen Ende der Leitung. »Haben Sie Interesse?«

Und ob Bernard Interesse hatte. Sautierte Froschschenkel mit Knoblauchpüree und Petersilie zählten zu seinen Spezialitäten. Wenn Roastbeef typisch für England und Amerika berühmt für seine Hamburger ist – was könnte französischer sein als Froschschenkel? Überempfindliche Angelsachsen allerdings erfüllt allein die Erwähnung von Fröschen mit Abscheu und liefert ihnen den Beinamen für die Franzosen gleich mit.

Die Trockenlegung der Sumpfgebiete während der letzten Jahre hat die Aufzucht von Fröschen nahezu lahmgelegt. Heute werden die meisten dieser Tiere aus Mitteleuropa und dem ehemaligen Jugoslawien importiert. Sie sind im allgemeinen größer und fleischiger als ihre französischen Verwandten. Außerdem werden tiefgefrorene Froschschenkel von Ochsenfröschen aus Kuba und den USA eingeführt, die annähernd so lang wie die Beine von Perlhühnern, aber ziemlich geschmacklos sind. Zarte Froschschenkel sollten wie junge Hühnerbrust schmecken.

Bernard verwendete größtenteils Froschschenkel griechischer Herkunft. Sie werden kochfertig geliefert, befestigt an einem Stück Holz, die Schenkel bereits gehäutet. Es gab nichts an der Ware seines Lieferanten auszusetzen, aber Bernard hatte schon immer einheimische Produkte vorgezogen. Daher reagierte er erfreut, als sich ihm nun eine Gelegenheit dazu bot.

Der Anrufer erklärte, er züchte seine Frösche in einem Sumpfgebiet nahe Dijon. Bernard lächelte. Er spürte, er befand sich auf der richtigen Fährte! Diese Froschschenkel hatten gewiß einen frischeren, kräftigeren Geschmack als die importierte Ware.

»Okay«, antwortete Bernard. »Liefern Sie mir welche, sobald Sie können.«

Bereits am nächsten Tag fuhr der Froschhändler vor. »Ich habe die Frösche im Kofferraum meines Auto vor der Tür«, verkündete er Bernard.

Bernard rief Paul, den amerikanischen Stagiaire, und die anderen Küchengehilfen, um die Kisten hineinzutragen. Der Froschlieferant öffnete den Kofferraum. Als Paul den Inhalt sah, entfuhr ihm ein Schrei.

»Die leben ja noch!«

»Genau«, sagte Bernard, »so will ich sie haben, zappelnd, kämpfend – lebendig.«

Paul und die anderen Helfer trugen sie in die Küche. Dort hüpften die Tiere wild durcheinander. Alle waren im Einsatz, um sie wieder einzufangen. Wenn sie einen erwischten, legten sie ihn auf den Tisch und schlugen ihm auf den Kopf. *Wack!* »Einen hab ich«, verkündete der Küchenchef. Die Belegschaft brauchte Stunden, um sämtliche Frösche zu enthäuten und zuzubereiten.

»Was für eine Schweinerei«, stöhnte Paul.

Die Frösche weckten in ihm unangenehme Erinnerungen an den Biologieunterricht. Für Hubert zeigte sich wieder einmal, wie Bernards angeborene Großzügigkeit ihm selbst zum Fallstrick wurde. »Idioten spazieren zu Tür herein und versichern, sie hätten gute Ware anzubieten«, meinte er. »Wir wissen genau, daß das nur ein Witz sein kann, aber Bernard nimmt diese Leute ernst.« Die Frösche aus Dijon waren so klein, daß doppelt so viele wie sonst vonnöten waren, um den Teller zu füllen. »Ja, es stimmt, überall wimmelt es von Fröschen«, räumte Bernard ein. »Aber ich wollte dem Kerl mit seinen Fröschen aus der Gegend eine Chance geben.«

Unterdessen schlug Paul den nächsten tot.

»Der ist für Sie, Bernard«, sagte er.

Wack!

Bernard gab nach.

»Okay, wir kehren wieder zu unserem alten Lieferanten zurück«, versprach er.

Bernards Niederlage im Kampf um die Frösche bedeutete jedoch keineswegs das Ende seiner Suche nach einheimischen Produkten. Im Gegenteil. Seine unaufhörlichen Anstrengungen, die allerfrischesten Zutaten aufzuspüren, waren wesentlicher Bestandteil seiner Jagd nach dem dritten Stern.

Für französische Feinschmecker tragen nicht nur das Wasser und der Wein das Aroma – den Charakter – dieser Gegend, aus der sie stammen. Auch der Geschmack von Milch hängt davon ab, wie die Kühe gezüchtet werden, auf welchem Gras sie weiden, das sein Aroma wiederum aus dem Boden bezieht. Nur ein echter Epoisses wird aus der Milch der Kühe hergestellt, die auf den Weideflächen rund um das Dorf Epoisses grasen. Und das echte Charolais-Rind kann nur aus der Gegend um Charolles stammen. Für einen französischen Küchenchef ist es von essentieller Bedeutung, auf die Herkunft eines Produktes zu achten. Der Boden spricht eine Sprache, die man respektieren und verstehen muß. Bernard, nach wie vor voller Enthusiasmus und beseelt vom Willen nach Perfektion, maß der Qualität seiner Zutaten entscheidende Bedeutung bei. Die meisten Chefs beharren auf reifen, saftigen Tomaten. Bernards Tomaten mußten »Blut spritzen«.

Leider waren die meisten Produkte, die Bernard benötigte, im provinziellen Burgund nicht erhältlich. Das war zum Teil jahreszeitlich bedingt. In den kalten Wintermonaten wächst dort kein Gemüse. Außerdem gibt es in der Region so gut wie keinen Fisch und auch kein Obst. Zu Dumaines Zeit war der einzige Fisch auf der Speisekarte *truite meunière*, Forelle in Buttersauce. Bernard kaufte seine Forellen direkt von einheimischen Fischzüchtern, und wenn er Glück hatte, gab es auch Flußbarsch. Aber verlassen konnte er sich nicht darauf. In den umliegenden Seen wurden keine Fische gezüchtet, und frischer Meeresfisch ließ sich nicht ohne weiteres ins Landesinnere transportieren. Da es im gesamten Morvan immer noch keine *poissonnerie* gibt, muß man eine Stunde Fahrt nach Dijon in Kauf nehmen, will man sich nahezu alles an Meeresfrüchten besorgen.

Einmal pro Woche findet in Saulieu ein Markt unter freiem Himmel statt, allerdings mit einem begrenzten Angebot an frischen Erzeugnissen. Küchenchefs aus Burgund wie Jacques Lameloise und Jean-Pierre Silva weichen auf den Markt in Chalon-sur-Saône aus, dessen Labyrinth an Ständen eine Vielfalt frischer Gemüsesorten und Gewürze bietet. Man erhält dort alles, von schlanken, jungen, hellgrünen Zucchini, reinweißen Spargelstangen und hellroten Karotten bis hin zu frischem Fenchel, Dill, Rhabarber, Rüben und riesengroßen tulpenförmigen Artischocken. Aber Chalon liegt eine Autostunde von Saulieu entfernt, und auch dort gibt es nur im Sommer das ganze reichhaltige Angebot.

Bernard löste das Problem für sich, indem er seine Ware

direkt vom Rungis-Markt bezog, der außerhalb von Paris neben dem Flughafen Orly liegt. 1969 trat dieser Markt an die Stelle der ausgedienten, im Herzen der Stadt gelegenen Halles und hat sich seitdem zum größten Einzelmarkt der Welt entwickelt. Rungis ist eine Stadt für sich, in der die frischesten, exotischsten Produkte unter einem einzigen überdimensionalen Dach angeboten und von dort über den ganzen Kontinent versandt werden. Rungis erstreckt sich über 178 Hektar Asphalt und bietet 1600 Verkäufern Platz, die jährlich 2,2 Millionen Tonnen Lebensmittel umschlagen. Das Angebot beschränkt sich nicht allein auf einheimische Ware. Es sind dort Schweine aus Polen erhältlich und – man glaubt es kaum – selbst Pfifferlinge von der Nordwestküste der USA.

Während seiner Jahre in Paris hatte Bernard sich eine Liste mit Namen von Erzeugern zusammengestellt, die ihre hochwertigen Produkte in Rungis zum Kauf anboten. Krebse – wie Bernard sie in seiner Jugend gefangen hatte – bezog er beispielsweise von Faisel Vanikoff, der seine Ware aus Griechenland importierte. Auch den Barsch lieferte Vanikoff – direkt aus Holland. »Wir haben uns darum bemüht, diese Erzeugnisse in Frankreich zu bekommen«, sagte Vanikoff. »Aber die Qualität im Ausland ist besser.« Trotz wiederholter Versuche, frischeren einheimischen Ersatz ausfindig zu machen, mußte Bernard eingestehen, daß Vanikoffs Meeresfrüchte die besten waren. »Besser als alles, was ich in Burgund bekomme«, sagte er.

Seit 1809 importiert die Familie Thiercelin Gewürze aus aller Welt, und mit Jean-Marie ist nun bereits die fünfte Generation in diesem Gewerbe tätig. Er versorgt Bernard mit Basmatireis aus Indien, Vanille aus Madagaskar, Zimt aus Sri Lanka und fünf Sorten Pfeffer – einschließlich dem »langen« Pfeffer aus Indonesien und dem »grünen« Pfeffer

aus Brasilien. Es heißt, Thiercelin beziehe seine Erzeugnisse aus dreißig verschiedenen Ländern der Erde. »Wir importieren nur die beste Ware«, sagte Jean-Marie. »Von überall.«
Da sich die hohe Schule der Kochkunst in Frankreich nach den Jahreszeiten richtet, ändert Bernard seine Speisekarte mindestens viermal jährlich. Im Januar offeriert er genau dann ein Trüffelmenü, wenn die berühmten Pilze zu finden sind. Bei kaum einer anderen Beschäftigung wird so geheimnisvoll und unwissenschaftlich vorgegangen wie bei der Jagd nach der Périgord-Trüffel, einem Produkt, das mit bis zu 2500 Franc pro Pfund wohl zu den teuersten der Welt zählt. Unzählige Geschichten kursieren über Küchenchefs, die sich mit mysteriösen Trüffelhändlern ein mitternächtliches Stelldichein geben. Doch den wahren Herrscher des Trüffel-Paradieses, Jacques Pebeyre, lernte Bernard auf dem Markt von Rungis kennen. Dort erhielt er auch von der Familie Pebeyre die Zusicherung, ihn – selbstverständlich zu einem stattlichen Preis – regelmäßig mit den schwärzesten, schmackhaftesten Trüffeln zu beliefern.

Während seiner ersten Jahre in Saulieu stand Bernard dreimal die Woche um drei Uhr morgens auf und machte sich auf zu der zweistündigen Fahrt Richtung Norden nach Rungis, um pünktlich um fünf Uhr zur Öffnung der Markthalle zur Stelle zu sein. Dort belud er seinen Lieferwagen mit allem, was er benötigte. Viel lieber hätte er telefonisch bestellt, aber sein Chef Verger kaufte die Nahrungsmittel für seine Restaurants immer in großen Mengen und brauchte Bernard, um die Ware persönlich abzuholen.

Als Bernard das Côte d'Or erworben hatte, stellte er seine Fahrten nach Rungis ein. Vier Stunden nach und von Paris unterwegs zu sein, nur um ein paar Franc einzusparen, bedeuteten eine zu große Zeitverschwendung. Der Chef de cuisine Patrick orderte nun fast alles per Telefon und Fax.

Morgens erstellte er eine Liste, in der alles aufgeführt war, was für die kommende Woche benötigt wurde. Nachmittags schickte er die Bestellungen hinaus, und zwei Tage später fuhr ein riesiger Lieferwagen in den Hof, direkt neben den Kücheneingang des Côte d'Or. Die Belegschaft lud Fleisch und Fisch aus und machte sich an die mühsame Arbeit, zu enthäuten und in einzelne Portionen zu schneiden.

Dem Gastronomiehistoriker Philip Hyman zufolge werden Gewürze und unverderbliche Waren bereits seit dem Mittelalter transportiert. Anders bei frischen Lebensmitteln. In einer Studie über Limoges im 18. Jahrhundert kann man nachlesen, daß Frischgemüse nur in einem Umkreis von zirka 60 Kilometern angeboten wurde. Selbst Mitte des 19. Jahrhunderts, als der Transport per Bahn bereits gang und gäbe war, stellten Meeresfrüchte in Paris noch eine Rarität dar. Sogar die bewachten Eiltransporte von Dieppe, dem nächstgelegenen Hafen, benötigten bis zu vierzehn Stunden.

Zwar war Frankreich führend, was die Entdeckung von Techniken zum Konservieren und Tiefgefrieren betrifft, aber mit der Umsetzung dieser Kenntnisse hinkte es hinterher. Der Gründer der ersten Lebensmittelkonservenfabrik in Massy am Stadtrand von Paris starb 1804 in Armut. 1870 wurden in der Hauptstadt zum erstenmal Erdbeeren zum Verkauf angeboten. Und noch um die Jahrhundertwende betrug die Anzahl von Konservenfabriken erst ein Sechstel dessen, was Amerika vorweisen konnte, und England, die Nummer eins in der Entwicklung der Kühlschiffe, besaß ein Monopol für den Fleischhandel mit Südamerika. Schließlich ermöglichten die verbesserten Transport- und Lagerbedingungen auch den Küchenchefs in den abgelegensten Winkeln Frankreichs, sich die gleichen Produkte zu beschaffen wie die Konkurrenz in den Städten.

Möglicherweise sind die berühmten Rezepte für *coq au vin* und *bœuf bourguignon* nur die Folge schwieriger Lieferbedingungen. Beides sind Eintopfgerichte. Bei ersterem bildet Hühnchen mit Hautgout die Grundlage, bei dem zweiten dicke Scheiben Rindfleisch. Beide enthalten, wenn sie optimal zubereitet sind, Zwiebeln, mild geräucherten Speck, Pilze, Knoblauch, Suppengrün, Marc und Rotwein. (In vielen Rezepten wird geraten, zum Kochen den gleichen Wein zu verwenden, den man auch bei Tisch trinkt. Angesichts der Preise für Burgunderwein würde kein vernünftiger Küchenchef diesen Rat jemals befolgen. Er verwendet gewöhnlichen Tischwein.)

Dumaine marinierte das Hühnchen vor dem Kochen mindestens zwölf Stunden lang. Er verlieh dem Gericht seine persönliche Note, indem er der Sauce zum Schluß einen Eßlöffel ungekochten Wein hinzufügte. Viele Küchenchefs vertreten die Ansicht, ein gutes *coq au vin* dürfte man erst einen Tag nach der Zubereitung aufgewärmt essen. Dumaine servierte sogar Saucen und Eintöpfe, die fünf Tage zuvor gekocht worden waren. Derartige Rezepte waren natürlich in Zeiten, in denen der Transport zeitaufwendig und die Aufbewahrungsmöglichkeiten schlecht waren, sehr beliebt.

Bocuse, Troisgros und die anderen Verfechter der *nouvelle cuisine* befreiten sich vom Zwang der Eintöpfe. Heutzutage kann man auf einem Fischkutter im Hafen anrufen und einen Tag später den frischesten Fisch auf der Speisekarte anbieten. Die Küchenchefs der *nouvelle cuisine* legten Gewicht auf den Eigengeschmack eines Produkts und gingen auf Jagd nach den teuersten, exklusivsten Erzeugnissen. Heutzutage findet man auf allen Speisekarten des Landes *foie gras*, Kaviar und geräucherten Lachs. Die regionale Vielfalt ist nahezu auf der Strecke geblieben, und ein Gourmetgericht in Marseilles unterscheidet sich geschmacklich oft kaum von einem in Lille.

Zu allem Überfluß begannen die Küchenchefs zu experimentieren und kombinierten Zutaten auf eigenwillige Weise. Auf Frankreichs vornehmsten Tischen tauchten plötzlich Gerichte auf wie Ente in Schokoladensauce. Als Beilage wurden rohe grünen Bohnen serviert. Die absolute Krönung dieser kulinarischen Modeexzesse bildete die Kiwifrucht aus Neuseeland, die Mitte der siebziger Jahre in Frankreich Einzug hielt. Zunächst ihrer ansprechenden grünen Farbe wegen als Delikatesse gepriesen, degenerierte sie allmählich zur gewöhnlichen Beilage zu jedwedem Fleisch- oder Fischgericht. Den Vertretern der *nouvelle cuisine,* die einst als Befreier galten, hielt man nun vor, ästhetisch ansprechende, aber prätentiöse Mahlzeiten zu servieren. Da wundert es nicht, daß sich Bocuse, Troisgros und die anderen Neuerer der Kochkunst nach und nach von diesem Etikett distanzierten. »*Nouvelle cuisine,* das waren schließlich nur noch hübsche Gemälde auf dem Teller«, monierte Bernard. »Zu oft war es gleichbedeutend mit kleinen Portionen und wenig Geschmack.«

Bernard erzog sich die ortsansässigen Hersteller in dem Versuch, seiner Küche wieder Authentizität zu verleihen. Dieser Prozeß setzte ein hohes Maß an Geduld voraus. Er arbeitete so lange mit den Erzeugern, bis sie seinen hohen Qualitätsmaßstäben gerecht wurden. Wenn sie ihm minderwertige Ware lieferten, wies er sie umgehend per Telefon zurecht. Hatte er einen Verbesserungsvorschlag, riefen er oder seine Assistenten bei den Erzeugern an.

Auch hier hatte der Küchenchef Georges Blanc, der seine einfache *auberge* in ein exklusives ländliches Hotel umgebaut hatte, den Weg gewiesen. Er hatte als erster den Gedanken, Erzeuger aus dem Dorf zu einer Gemeinschaft zusammenzuschließen und ihre Produkte in seine Speisekarte aufzunehmen. Blanc eröffnete sogar ein Lebensmittelgeschäft auf der seinem Restaurant gegenüberliegenden Straßenseite und verkaufte die Waren unter eigenem Namen. »Als wir sahen, wie Blanc mit Hilfe Einheimischer seinen Gerichten einen neuen Zauber verlieh, bemühten wir uns heftig darum, jeweils Zulieferer für Schnecken, Kaninchen, Tauben – nahezu für alles – zu finden«, erzählte Hubert.

Bernard hatte Mühe, in der Umgebung von Saulieu Landwirte zu finden, die in der Lage waren, die hochwertigen Produkte zu liefern. Wie Bäcker Pepette waren die Besten unter ihnen nicht willens, ihre Produktion auszuweiten. Sie waren in ihren Gewohnheiten verhaftet, eingebunden in Traditionen, gelähmt von der »beschaulichen Lebensart« der Region. Keine Frage, ein Bauer, der nach der Maxime lebte »Komm ich heut nicht, komm ich morgen«, konnte Bernards Ansprüchen nie und nimmer genügen.

Doch schließlich wurde Bernard fündig und stieß in dieser scheinbar monolithischen Landschaft auf tatkräftige Neuerer wie Colette Giraud, die von Subventionen nichts wissen wollte und das Wagnis einging, erstklassigen Käse selber herzustellen. Diese neue Spezies burgundischer Landwirte war wie Colette um die Vierzig und hatte ihre Ausbildung Mitte der sechziger Jahre absolviert. Viele waren den Städten entflohen, weil sie – im Gegensatz zu den meisten ihrer Kommilitonen, die das Establishment anstrebten – das T-Shirt nicht mit den Westenanzügen tauschen und von Hippies zu Yuppies mutieren wollten. Statt dessen predigten sie die zukunftweisende Rückkehr zum Landleben.

Einer der ersten dieser Rebellen war Jacques Sulem. Als im Mai 1968 die Studentenkrawalle losbrachen, arbeitete er als Lehrer an einem Gymnasium in Créteil, einem tristen

Pariser Vorort. Die Studentenunruhen führten bei ihm zu einem Umdenkungsprozeß. Besonders die aufkeimende Ökologiebewegung hatte es ihm angetan, und er beschloß, mit seiner Frau, einer Krankenschwester, und den drei Kindern aufs Land zu ziehen. Das billigste Bauernhaus, das sie finden konnten, lag mitten im Morvan, westlich von Château-Chinon. Madame Sulem fand eine Stelle im Krankenhaus des Ortes, Jacques überlegte, wie er sein Stück Land ertragsreich bestellen konnte. Er faßte zunächst den Gemüseanbau ins Auge, doch dafür war die Vegetationszeit zu kurz.

Aber Jacques gab nicht auf. Seine Eltern waren aus Tunesien emigriert, er war sephardischer Jude, wenngleich er seine Religion im katholischen Burgund kaum aktiv ausübte. Sein Durchhaltevermögen erklärte sich möglicherweise aus seiner Situation als Außenseiter. Er sprühte vor Energie, und selbst jetzt, wo er knapp die Fünfzig überschritten hatte, war seine wilde Lockenmähne noch immer tiefschwarz wie die eines Jünglings.

Doch die Stürme des Lebens waren auch an ihm nicht spurlos vorübergegangen. Nach und nach ließ Jacques' Sehstärke nach, und er fand sich auf dem Hof nur noch mit Hilfe seines Erinnerungsvermögens zurecht. Dem eingefleischten Optimisten Jacques kam jedoch nie ein Laut der Klage über die Lippen. »Meine Sehschwäche hat einen Vorteil«, sagte er. »Hätte ich dieses Handikap nicht, wäre ich viel zu hektisch. Ich würde mir nicht die nötige Zeit nehmen, um das bestmögliche Produkt herzustellen.«

Nebenbei stellte Jacques auch Marmelade her. In Frankreich kocht nahezu jede Großmutter ihre eigene Marmelade, und Jacques hätte niemals zu träumen gewagt, mit einem derart schlichten Produkt seinen Lebensunterhalt bestreiten zu können. Nachdem er begonnen hatte, seine Marmeladen auf Märkten innerhalb der Region zu verkaufen, belieferte er nun auch die Crêperie von Saulieu und klopfte eines Tages an die Tür des Côte d'Or. Vorher hätte er es nie gewagt, bei Bernard vorstellig zu werden. »Nie hätte ich mir träumen lassen, solch ein Feinschmecker-Restaurant zu beliefern.«

Bernard meinte, er biete zwar in seinem Restaurant Marmelade aus eigener Herstellung an, sei aber gerne bereit, eine Kostprobe zu nehmen. Jacques öffnete die Gläser mit Kastanien-, Himbeer-, Aprikosen-, Johannisbeer- und Erdbeermarmelade. Bernard nahm fünf Löffel und probierte eine nach der anderen. Erst nachdem er von jeder einen Löffel voll genommen hatte, äußerte er sich.

»Unmöglich«, sagte er.

Jacques dachte, sein Versuch sei fehlgeschlagen.

»Unmöglich«, wiederholte Bernard.

Dann erhob sich der Küchenchef und verkündete triumphierend: »Ihre Marmeladen sind besser als meine.«

Bernard schnippte mit den Fingern. Ein Kellner eilte herbei.

»Champagner«, befahl er.

Nachdem sie einander zugeprostet hatten, bestellte er spontan 500 Gläser Marmelade. Dieser Auftrag bedeutete für Jacques den Durchbruch.

Davor hatte er es auf einen Jahresumsatz von 40 000 Franc gebracht. Bernard allein kaufte ihm jetzt jährlich für 60 000 Franc Marmelade ab. Zudem erwies sich sein Name als unschätzbare Referenz. Als Joël Robuchon dem Restaurant einen Besuch abstattete, probierte er die Marmelade und fragte: »Wo hast du denn die aufgetrieben?« Bernard gab ihm Jacques' Adresse. Binnen weniger Tage hatte Jacques einen Vertrag unterzeichnet für die jährliche Lieferung von 4000 Gläsern an Robuchons neuerworbenes Hotel in Paris im Wert von 55 000 Franc. Sein Gesamterlös pro Jahr belief sich auf 400 000 Franc. Jacques' Frau hatte unterdessen ihren Job im Krankenhaus gekündigt und widmete sich nun ebenfalls dem Hof.

»Man stelle sich vor«, sagte Jacques mit Verwunderung. »Im Alter von dreiundfünfzig ist es mir nun endlich gelungen, meine Familie zu ernähren.«

Aber nicht allen Anstrengungen, sich eine Existenz im Schoß der Natur aufzubauen, war ein solch märchenhafter Erfolg beschieden. Michel und Jacqueline Marache wohnten beim Ausbruch der Studentenunruhen am Stadtrand von Paris. Als sie sich die Berichte im Fernsehen ansahen, kamen sie zu dem Schluß: »Wir wollen unser Leben nicht in der Vorstadt fristen und hin und her pendeln, um mit eintönigen Jobs unsere Existenz zu sichern.«

Michels Vater war auf einer Gerbmühle in Morvan aufgewachsen, ein paar Meilen von Saulieu entfernt. Als die Mühle stillgelegt wurde, ging er in die Stadt und wurde Polizist. »Er vertauschte seinen Bauernhut mit der Polizistenkappe«, sagte Michel. »Das war damals nichts Ungewöhnliches.«

Michel und Jacqueline beschlossen, in den Morvan zu ziehen und die Mühle am Bach mit ihrer traumhaften Lage in einem bewaldeten Tal wieder instand zu setzen. Das Paar war nicht minder traumhaft: Er gutaussehend, mit markigen Gesichtszügen, sie eine dunkelhaarige Schönheit. Ihre beiden niedlichen Kinder rundeten das Bild ab. Michel und Jacqueline renovierten die alte Steinmühle zum größten Teil in Eigenarbeit.

Die Probleme begannen, als sie auf diesem abgelegenen Fleckchen Erde eine Einkommensquelle zu finden suchten. Ein Freund schlug Fischzucht vor. Michel fand heraus, daß die Seen im Morvan jenen in Kanada ähnelten, wo man mit der Zucht von Lachsforellen ein Riesengeschäft machen konnte. 1979 kratzten Michel und Jacqueline ihre gesamten Ersparnisse zusammen und gingen das Wagnis ein.

Es war nicht einfach. Frischwasserlachse brauchen drei Jahre, bis sie ausgewachsen sind. Diese Zeit nutzte Michel und setzte die Renovierung seines Hauses fort. Als dann der Fisch ausgewachsen war, konnte Michel lediglich 7 Tonnen pro Jahr liefern – ungefähr ein Zehntel des Jahresertrags der Konkurrenzfirmen in Norwegen, Schottland und der Bretagne.

Michel zielte darauf ab, die geringe Menge durch höchste Qualität auszugleichen, nahm seinen Fisch und ließ ihn von ansässigen Restaurantinhabern begutachten. Auch im Côte d'Or wurde er vorstellig. Bernard war dem Gedanken, wieder heimische Fische auf die Speisekarte zu setzen, nicht abgeneigt. Aber er erklärte Michel, daß größere Fische zarter seien und sich leichter kochen ließen. Michel stellte ihm seinen größten Fisch in Aussicht – eine dreijährige, sechs Pfund schwere Lachsforelle –, der allerdings gemessen an Bernards Standards immer noch zu klein war.

Für Michel war Bernard ein Gewährsmann, der ihm eher zur Eigenwerbung diente, als daß er ihn als wichtigen Kunden betrachtete. Als Michel auf dem Wochenmarkt in Autun keinen Stand zum Verkauf seiner Lachse bekam, rief Bernard den Bürgermeister an. In der Woche darauf hatte Michel seinen Platz.

Michel gab nicht viel auf Höflichkeitsfloskeln und schlichte Dankesbezeigungen. Als er seinen Verkaufsstand auf dem Markt in Autun hatte, vergaß er, sich bei Bernard zu bedanken. Bernard explodierte. Er rief Michel an und sagte ihm gehörig die Meinung. Einige Tage später erschien Michel mit einem Geschenk für Bérangère. Doch der Schaden war nicht mehr gutzumachen.

Michels neugegründete Fischzucht schrieb schon bald tiefrote Zahlen. Als Überlebensversuch errichtete er neben seinem Hof ein Restaurant in Holzbauweise, das er *guinguette* nannte, im Anklang an die lebendigen Ufercafés, die von den Impressionisten gegen Ende des vergangenen Jahrhunderts frequentiert und gemalt worden waren. Die Szenerie war traumhaft, die Atmosphäre heiter, das Essen schlicht, aber köstlich: es gab nur ein Menü bestehend aus Salat mit geräuchertem Lachs, gegrilltem Lachs, Käse und einer Torte aus karamelisierten Äpfeln, genannt *tarte Tatin*.

Aber das Geschäft ging schleppend. Michel hatte nur im Sommer am Wochenende geöffnet und schloß hin und wieder ohne Vorankündigung. Es gab Unregelmäßigkeiten in der Qualität des Essens, die Weinliste war durchschnittlich. Außerdem machte Michel zu wenig Werbung für seinen Betrieb. Er träumte davon, rustikale Unterkünfte zu bauen und ein Camp für Fliegenfischer zu eröffnen. Hubert vom Côte d'Or äußerte sich skeptisch hinsichtlich Michels Zukunft: »Michel kann sich nicht entscheiden, ob er nun kommerziell sein will oder nicht. Ist sein Restaurant geöffnet oder nicht? Man weiß es nie.«

Viele von Bernards Lieferanten hatten ähnliche Probleme. Zwar verkauften sie ihre Erzeugnisse auf dem Samstagsmarkt in Saulieu, aber die Dorfbewohner waren nicht wohlhabend genug, um eine verläßliche Einnahmequelle darzustellen. Um die Erzeuger zu unterstützen, hatte Bernard eine zündende Idee: Ein ganzes Wochenende lang sollte eine gastronomische Messe stattfinden.

Auf den Journées Gourmandes du Grand Morvan herrschte eine vergnügliche Atmosphäre wie auf einem Volksfest.

Zirka sechzig Erzeuger unterschiedlichster Produkte, von Buchweizenhonig angefangen bis zu Wein aus Vézelay, errichteten ihre Stände in Saulieus neuer, prächtiger Stadthalle, die man mittels regionaler Subventionen in Millionenhöhe neben dem nicht mehr genutzten Bahnhof gebaut hatte. Colette Giraud, sehr modisch in schwarzer Lederjacke und -hose, verkaufte diverse Sorten Ziegenkäse. Bernard Poisot, Gewürzbrotlieferant des Côte d'Or, stellte einen elektrischen Ofen auf und backte, bekleidet mit mehlbestäubter Schürze, fünf verschiedene Brote »live«. Jacques Sulem verteilte löffelweise Kostproben seiner göttlichen Marmelade. Ein zweiter, kleinerer Saal bot Antiquitäten aus der Region.

Nur Michel Marache, der Forellenzüchter, fehlte.

Bernard, der zum Ehrenpräsidenten ernannt worden war, hatte sich in seinen besten Sonntagsanzug geworfen und führte die Honoratioren herum, damit sie die Angebote kosten konnten. Auch der Landwirtschaftsminister gab sich die Ehre. Ebenso mehrere Abgeordnete der Nationalversammlung aus der Region und ein paar ansässige Senatoren. Bernard sonnte sich in der Aufmerksamkeit, die ihm zuteil wurde. Die Politiker huldigten ihm in ihren Ansprachen und kürten ihn privat zum »leuchtenden Stern« in der Galaxie französischer Gastronomen und zum strahlenden Nachfolger von Dumaine. Bernard wurde nicht müde, jedermann seine Losung wissen zu lassen: »Qualität, Qualität und wieder Qualität.«

»Ich frage nie nach dem Preis eines Produkts«, erklärte er. »Ich fordere nur das Beste – *le top.*«

Die Veranstaltung wurde ein Riesenerfolg. Über zehntausend Amateurköche, Gastronomen, Vertreter der Nahrungsmittelindustrie und neugierige Spaziergänger kamen, um sich inspirieren zu lassen. Die Besucher füllten ihre

Körbe mit Waren und ließen sich Namen und Adressen der Hersteller geben.

Trotzdem war Bernard enttäuscht.

»Es gibt zu viel Ziegenkäse«, sagte er, als er an vier Ständen mit frischen und reifen hausgemachten *crottins* vorüberschritt.

Das gleiche galt für Honig. Bernards Lieferant Daniel Blanc bot flüssigen Honig von Akazien- und Lindenblüten, Kastanien und Sonnenblumen sowie weitere Geschmacksrichtungen an. Außer ihm stellten sich noch fünf andere Imker vor. Jedoch fehlten die Bauern mit ihren Hühnern aus Freilandhaltung und ihren frischen Gemüsesorten.

Noch schlimmer war, daß zu viele Stände Leberpastete anboten. Bernard kostete eine minderwertige Pastete nach der anderen. Die traditionelle Leberpastete stammt aus dem Südwesten Frankreichs. Jetzt wird sie im ganzen Land hergestellt, und die Ergebnisse sind höchst unterschiedlich.

»Es mangelt an Vielfalt«, folgerte Bernard.

Indem er die Lieferanten des Ortes förderte, erhielt er auch hochwertige Zutaten für seine Küche. Sein jungenhafter Enthusiasmus und seine Generosität zeigten sich, als er für seine Bauern und Züchter warb. Er wollte sie aufrichtig unterstützen.

Aber dahinter verbarg sich noch eine andere Absicht. Bernards Verhalten war auf Werbewirksamkeit ausgerichtet. Er hatte gesehen, wie sein Mentor Bocuse Journalisten auf den Markt von Lyon mitgenommen hatte, und sagte sich: *Etwas in der Art muß ich auch machen.* Die Erzeuger aus dem Umkreis halfen ihm dabei: Sie traten im Fernsehen auf.

Eines Morgens vereinbarte der französische Fernsehsender M6 mit ihm einen Termin für einen Bericht über die *haute cuisine.* Bernard schlug einen Besuch bei Michel Marache und seiner Fischzucht und bei Jean-François Vadot, seinem

Schneckenlieferanten, vor. Die Journalisten waren hocherfreut. Tolle Idee, meinten sie. Was als »wirklichkeitsgetreue« Reportage begann, endete als inszeniertes Medienereignis. Die Drei-Mann-Crew kam am Abend vor dem vereinbarten Drehtermin in einem gemieteten Renault Espace an. Sie trugen Lederjacken, und Bernard witzelte, sie hätten eine gewisse Ähnlichkeit mit Mafiakillern. Aber für ihn ist ein Journalist ein Journalist und muß gut behandelt werden. Er servierte dem TV-Team kostenlos ein fünfgängiges Menü. Am Morgen danach wachten die drei verkatert auf. Das Filmen war auf acht Uhr dreißig angesetzt. Bernard trug seine Barbour-Jacke, fuhr in seinem BMW voraus und wies den Weg zu Michels Mühle.

Michel begrüßte sie in seiner Fischerkluft, einer Vinyljacke und hüfthohen Gummistiefeln. Er reichte Bernard ein Fischernetz, und beide postierten sich neben dem Bach. Die Kamera lief. Michel sprang in das plätschernde Flüßchen und senkte sein Netz in die Strömung. Zappelnd verfing sich darin ein Fisch. Michel übergab seinen Fang dem lächelnden Bernard. Und dieser erwischte vom Ufer aus noch einen zweiten. Beide hielten ihre Beute vor die Kamera, und Bernard erläuterte, weshalb er 40 Prozent mehr für einen Lachs von Marache zahle als einen aus einer der üblichen Fischfarmen.

»Die Fische hier schwimmen seit drei Jahren frei im Gewässer. Sie stammen nicht aus einer riesengroßen Fischfabrik. Für mich spielt es keine Rolle, daß sie teurer sind. Für mich zählt allein Qualität.«

Bernard sah Michel an und meinte: »Heute ist der Produzent der Star, nicht der Koch.«

»Perfekt«, sagte der Journalist. »Bernard, Sie sind ein Showtalent.«

Michel und Bernard warfen ihre Fische ins Wasser zurück.

Natürlich fing Bernard seine Fische nie selber. Patrick bestellte per Telefon, und Michel belieferte das Côte d'Or per Lastwagen.

»Bernard kommt nur dreimal im Jahr zu Besuch«, erklärte Michel. »Und immer mit Fernsehkameras.«

Michel besaß ein Album mit Zeitungsausschnitten. Fotos von Bernard und ihm im deutschen *Stern*, der israelischen Zeitung *Ha'aretz* und vielen anderen Veröffentlichungen.

»Wenn es um Publicity geht, ist Bernard ein absolutes Genie«, sagte Michel. »Er weiß, worauf es bei einem guten Foto und einer tollen Story ankommt. Kein Wunder, daß alle, die für ihn produzieren, um die Vierzig sind und kein gewöhnlicher Bauer darunter ist.«

Jean-François Vadot, der als nächster fürs Fernsehen posieren sollte, war einer der wenigen Hersteller in Bernards Riege, die auf ihrem Hof auch geboren waren. Er züchtete Schnecken in dem 25 Kilometer von Saulieu entfernten Dorf Blancey. Im 19. Jahrhundert gab es in dieser Gegend haufenweise *escargots*. Der Gastronomieautor Henri Vincenot behauptet, die Schienenbauer hätten die Gleise der Strecke Paris–Lyon ursprünglich über die Wasserscheide westlich von Dijon legen wollen, die die Becken der Rhône und der Seine voneinander trennt, befürchteten jedoch, daß unzählige Schnecken zerquetscht würden und die Schienen glitschig machen könnten. Die Lokomotiven würden schlitternd zum Stehen kommen. Statt dessen entschieden sich die Ingenieure für den Bau eines Tunnels.

Die Römer waren die ersten gewesen, die Schnecken kochten. Sie bauten eigens »Häuser« für die Schnecken, in denen die Tiere mit Wein und Kleie gemästet wurden. Plinius erwähnte gegrillte Schnecken, die man mit Wein oder nach der Mahlzeit als Imbiß zu sich nahm. Im Mittelalter war an Abstinenztagen der Verzehr von Schnecken gestattet. Man fütterte sie mit Mehl, backte sie in Öl und mit Zwiebeln, garte sie auf Spießen oder kochte sie. Im 17. Jahrhundert ließ der Schneckenkonsum nach. Erst unter Talleyrand kamen die Weichtiere wieder in Mode. Anläßlich eines Abendessens für den Zar von Rußland bat er den großen Küchenchef Marie-Antoine Carême um die Zubereitung von Schnecken.

Später machten Unkrautvertilger den Schnecken Frankreichs den Garaus. 90 Prozent der Tiere, die auf Frankreichs Teller kommen, sind Importware aus Osteuropa. Die Schnecke ist ein seltsames Tier mit einem komplexen Liebesleben und immer männlichen Geschlechts – bis auf die kurze Zeit der Eiablage. Die große weiße Burgunderschnecke, die bis zu 4,5 Zentimeter lang werden kann, läßt sich nicht züchten, und nur noch vereinzelt durchforsten Sammler die Wälder auf der Suche nach diesen Tieren. Die Burgunderschnecke wächst langsam und ist erst nach zwei, drei Jahren ausgewachsen. Die kleine *petit gris* jedoch läßt sich züchten. Bernard meinte, die *petit gris* schmecke besser als die große Sorte aus Burgund. Obwohl es ihm um regionale Authentizität ging, bevorzugte er dennoch diese Sorte. Guter Geschmack hatte bei ihm Priorität.

Lange Zeit bemühte sich Bernard vergeblich, in der Region einen Schneckenzüchter aufzutreiben, bis dann 1985 Jean-François mit einem Vorschlag an den Küchenchef herantrat: Wenn Sie mich unterstützen, sagte er ihm, investiere ich in eine Schneckenzucht.

Bernard willigte ein.

Jean-François erwies sich als einer der verläßlichsten Lieferanten. Jeden Donnerstag, Punkt halb acht, stand er mit 60 Pfund lebenden Schnecken vor der Tür. Nicht ein einziges Mal innerhalb von fünf Jahren hatte er einen Termin verpaßt oder die Preise erhöht. »Bernard kann sich auf mich verlassen«, sagte er stolz.

Jean-François war ein großer, kräftiger Mann, der mit unerwartet leiser Stimme sprach und für einen Burgunder recht nachdenklich wirkte. Sein Vater hatte auf 117 Hektar Vieh und Schweine gezüchtet. Als jedoch Jean-François den Hof übernahm, wurden die Schweine zum Verlustgeschäft, und der Hof warf nicht genügend ab, um ihm den Lebensunterhalt zu sichern.

Bevor sich Jean-François für die Schneckenzucht entschied, erwog er mehrere Möglichkeiten. Unter anderem spielte er mit dem Gedanken, Strauße zu züchten. Wenn sie im kargen Grasland Afrikas gediehen, würden sie sich auf den saftigen Weiden Burgunds gewiß auch wohl fühlen. Zweifellos würden die Federn – pro Stück mindestens 100 Franc – reißenden Absatz finden. Und offenbar war auch das Fleisch gut. Man stelle sich ein Omelett aus Straußeneiern vor! Aber leider konnte er keinen Küchenchef für seine Idee begeistern.

Also wandte er sich wieder der Trüffeljagd zu. In Burgund wachsen weiße Trüffeln. Aber sie schmecken nicht annähernd so gut wie die schwarzen Trüffeln aus dem Périgord, und Jean-François stellte bereits wenig später fest, daß der Handel mit Trüffeln aus dem Burgund nicht genügend abwarf. Schließlich wandte er sich den Schnecken zu und stellte bei seinen Erkundungen überrascht fest, daß er damit allein auf weiter Flur war. Es ist schwierig, Schnecken zu züchten. Das gilt selbst für die *petit gris*. Sie werden in einer beheizten Scheune geboren und verbringen ihre Kindheit unter großen, feuchten Plastikabdeckungen. Sie bedürfen ununterbrochener Betreuung, um vor Infektionen geschützt zu werden. Die ausgewachsenen Schnecken werden später ins Freie gebracht.

Das Côte d'Or war das zweite Restaurant, dem Jean-François seine Schnecken zum Kauf anbot, und es nahm ihm 80 Prozent seiner Ware ab. Da ihm nicht daran lag, seine Produktionsrate zu erhöhen, brauchte er sich auch nicht um zusätzliche Vermarktung zu bemühen. Personal einzustellen, widersprach seinem burgundischen Streben nach Unabhängigkeit und kostete darüber hinaus zuviel, insbesondere, da zum Grundgehalt ein 50prozentiger Sozialaufschlag hinzukam.

Jean-François wartete bereits, als Bernard mit der Fernseh-Crew eintraf. Er hatte auf einem Feld vor seiner Scheune eine improvisierte Schneckenzuchtanlage eingerichtet. Bernard wollte schließlich einen ökologisch einwandfreien Eindruck machen und keine Schnecke aus einem beheizten Bauernhof, sondern direkt aus der Natur.

Bernard begrüßte Jean-François mit einer herzlichen Umarmung. Dann betrachteten die beiden Männer vor laufender Kamera die Schnecken. Bernard hielt sich eine vor die Nase und zog ihren Kopf aus dem Haus. Jean-François lächelte. Diese Show war ihm nicht fremd. Der Fernsehjournalist lächelte zufrieden. Er hatte Bilder einer malerischen Schneckenzucht in Burgund im Kasten.

»Es ist der reine Wahnsinn, daß man den Eindruck erweckt, es würde in Burgund nur so wimmeln von Schneckenzüchtern«, sagte Jean-François. »In Wirklichkeit bin ich mittlerweile der einzige hier, der sein Geschäft nicht aufgegeben hat.«

Wegen des Mittagessens beeilte sich Bernard, ins Restaurant zurückzukommen. Erneut tischte er der Crew auf und nahm anschließend vor einem prasselnden Kaminfeuer Platz für ein Interview. Wie ein lebendiges Tonbandgerät spulte er seine Lebensgeschichte ab und erzählte, wie er mit nichts als einer Zahnbürste aus Clermont-Ferrand loszog und in Saulieu ein heruntergewirtschaftetes Restaurant vorfand. Freimütig sprach er über den Umfang seiner Kredite, die er zur Renovierung des Côte d'Or hatte aufnehmen müssen, und erläuterte seine Jagd nach dem dritten magischen Stern.

»Hallo, Mikrophon«, rief er während einer Pause und wandte sich seinem Interviewer zu. »Ich liebe das Fernsehen und das Radio.«

Der Journalist gab die Schmeichelei zurück. Bernard sprach mit Schwung und Begeisterung und formulierte griffige Antworten. Das Interview war binnen einer Viertelstunde erledigt, und Bernard hastete zum nächsten Termin für ein Werbefoto.

Bernard posierte auch für Hennessy. Der große Küchenchef sollte mit einer Flasche ihres Cognacs fotografiert werden, und Bernard stellte sich dafür kostenlos zur Verfügung, nahm er doch an, es könne dem Image nur förderlich sein, wenn er in Werbespots für Luxusgüter zu sehen war.

Nichts war für diese Einstellung zu teuer. Das achtköpfige Team einschließlich dreier Visagisten fuhr vor dem Côte d'Or in zwei gigantischen Lieferwagen vor. Über 50 000 Franc kosteten allein die Kleider der weiblichen Models. Pascal Chevalier, der am heißesten gehandelte Modefotograf, machte die Aufnahmen. Ein zusätzliches Stromaggregat mußte installiert werden, Techniker rollten überdimensionale Scheinwerfer in den Dumaine-Speiseraum und richteten sie auf den Tisch. Skeptisch lächelnd blickte Dumaine von der Wand auf das Schauspiel herab. Zu seiner Zeit hatte er sich nicht mit Fernsehinterviews herumschlagen oder an Modeschauen teilnehmen müssen.

Ein elegantes Paar – der Herr im Smoking, die Dame im glitzernden Abendkleid – saß am Tisch und nippte Cognac.

Bernard, im doppelreihigen blauen Anzug, hielt eine Hennessy-Flasche in die Kamera, als wolle er dem Paar eingießen. Als ihn das Mädchen verführerisch anlächelte, grinste Bernard etwas verlegen zurück. Zwei Stunden lang dauerte es, bis die Szene im Kasten war und der Fotograf rief: »Bravo! Bravo!«

Kapitel 12

✿ ✿ ✿

Triumph

Bis März, dem Erscheinungsdatum der neuen Ausgabe des Michelin-Führers, litt Bernard unter häufigen nervösen Attacken. Die Renovierung des Restaurants hatte sich, so befürchtete er, zu lange hingezogen und ihn um den dritten Stern gebracht. Vermutlich würden ihn die Michelin-Leute ein weiteres Jahr zappeln lassen, um abzuwarten, wie sich das neue, vergrößerte Côte d'Or entwickelte.

Der unruhige Meisterkoch fragte seinen Bruder Rémy, der in der Reifenfirma arbeitete, ob er vielleicht Insider-Informationen habe. Aber Rémy wußte nichts. Dann rief Bernard Kollegen anderer Restaurants an und fand heraus, daß der Guide in Bourges gedruckt wurde. Er erkundigte sich dort, doch all seine Bemühungen endeten ergebnislos.

Als der Tag des Jüngsten Gerichts näherrückte, waren die Gastronomiekritiker unterwegs und testeten Restaurants, um vorweg ihre eigenen Berichte zu schreiben. Mit den meisten Journalisten der französischen Presse war Bernard dick befreundet. Die Mehrzahl hatte zahlreiche angenehme Stunden im Côte d'Or verbracht, so daß er mit wohlmeinenden Beurteilungen rechnen konnte. Michel Piot vom *Figaro* zählte zu jenen, die gutes Essen zu schätzen wußten und mit Komplimenten nicht geizten. Kurz nachdem die Renovierung abgeschlossen war, hatte er dem Côte d'Or einen Besuch abgestattet und dem bevorzugten Aspiranten in seiner Kolumne »Gourmet Agenda« höchstes Lob gezollt. »Loiseaus Speiseraum übertrifft alle Erwartungen«, schrieb Piot. »Seine Kochkunst verdient bereits jetzt drei Sterne.«

Mehr Kopfzerbrechen bereitete Bernard Patricia Wells. Die amerikanische Kritikerin hatte sich telefonisch für Ende Februar einen Tisch zum Abendessen und ein Zimmer für eine Nacht reservieren lassen. Bernard ging davon aus, daß sie die gleichen Anforderungen an Perfektion stellte wie die Michelin-Inspektoren. Für gewöhnlich zauberten sein Enthusiasmus und sein Essen ein zufriedenes Lächeln auf die Gesichter der Gäste. Nicht so bei Wells. Während des Essens lächelte sie so gut wie nie, und daher wußte Bernard nicht, ob ihr das, was er ihr servierte, auch schmeckte. Auch lachte sie nie über seine witzigen Bemerkungen. »Eine Intellektuelle«, meinte er.

Selbst wenn man ihr in ihrer Kindheit selbstgebackenes Brot, Pie und gartenfrische Produkte vorgesetzt hatte – sie war nun mal eine Amerikanerin, und ihr Erfolg als Außenseiterin in der erbarmungslosen Welt der Gastronomie beeindruckte und beängstigte Bernard gleichermaßen. Natürlich strebte er nach Erfolg auch jenseits des Atlantik, aber weder verstand er Englisch noch die Kritikmaßstäbe der Neuen Welt.

Ein weiterer Grund für Bernards Beunruhigung war Mrs. Wells' enge Beziehung zu seinem Kollegen Robuchon. Wells und Robuchon arbeiteten gerade an einem Kochbuch, das Ende 1991 erscheinen sollte und den Auftakt für eine Buchreihe über Meisterköche darstellte. Robuchon konnte sich in Bernards Augen wirklich glücklich schätzen, mit Wells befreundet zu sein. Er hingegen kannte die Dame nicht näher und war daher verunsichert.

Als Mrs. Wells das Côte d'Or betrat, begrüßte Bernard sie mit einem entwaffnendem Lächeln, das nichts von seiner

Skepsis verriet. Da Hubert an jenem Abend nicht im Dienst war, sprang Franck als Maître d'hôtel ein. Er geleitete Wells und ihren Mann zum besten Platz im großen Speiseraum, einen Tisch im Erker mit Blick auf den Garten. Eric sollte den Service übernehmen.

Er schlug folgendes Menü vor:

Les filets de sole à la vinaigrette de pommes de terre
Les jambonnettes de grenouilles à la purée d'ail et au jus de persil
Les noix de Saint-Jacques aux endives et au jus de ciboulette
Le sandre rôti à la fondue d'échalotes au vin rouge
La pintade de ferme rôtie

»Klingt wundervoll«, meinte Wells mit ungekünstelter Begeisterung.

Das Menü enthielt eine Reihe von Bernards Spezialitäten – Variationen traditioneller Gerichte aus der klassischen Küche Burgunds wie Froschschenkel mit Knoblauchpüree in Petersiliensauce und Barsch in Rotweinsauce. Dabei war seine Aufzählung noch nicht einmal vollständig. Eric hatte nur die Vorspeisen und die Hauptgänge genannt. Natürlich gab es anschließend Käse und Dessert.

Eric informierte Bernard in der Küche über das Menü, das Wells gewählt hatte.

»Gut«, lobte Bernard. »So lernt sie wenigstens die Gerichte kennen, die mich berühmt gemacht haben.«

Als Lyonel zum Tisch des Ehepaares ging, war er fest entschlossen, der schwierigen Amerikanerin zu imponieren. Obwohl sich laut Etikette ein Sommelier stets zuerst dem ältesten Herrn am Tisch zuwenden muß, ignorierte er Mr. Wells. »Ich hatte es auf Madame abgesehen«, meinte er. Er schlug Mrs. Wells einen weißen Meursault Jahrgang 1984 von Jean-François Coche-Dury vor.

»Madame«, sagte er, »dieser Meursault hat ein kraftvolles, frisches Aroma und paßt hervorragend zu dem geschmacksintensiven Knoblauchpüree mit Petersilie der Froschschenkel.«

Wells nickte.

Zum Hauptgang – Barsch in Rotweinsauce – empfahl er roten Savigny-lès-Beaune, einen Premier Cru La Dominode, Jahrgang 1985. De Winzer hieß Jean-Marc Pavelot.

»Pavelot hat in Savigny einen wohlklingenden Namen«, erklärte Lyonel. »Seine Weine haben Körper, sind kräftig und elegant – genau das Richtige für den Barsch.«

»Aber ich esse Fisch«, wandte Wells ein. »Sollte ich dazu nicht Weißwein trinken?«

»Nein, der Barsch kommt in einer Rotweinsauce«, entgegnete Lyonel. »Dazu trinkt man am besten einen Rotwein. Savigny ist ein weicher, fruchtiger Wein, nicht dominant.«

»Sieh mal an«, meinte Wells interessiert. »Das wußte ich noch nicht.«

Aber Lyonel wollte sich nicht mit einem kleinen Treffer zufriedengeben. Er wollte das Match gewinnen. Daher war er nicht zu bremsen.

»Ja, dieser Savigny schmeichelt«, versprach er. »Ein sehr femininer Wein.«

Wells blickte entsetzt. Da der Sommelier noch nie etwas von politischer Korrektheit gehört hatte, war er sich seines Ausrutschers gar nicht bewußt. Aber er wollte mit seinen Punkten nicht in Rückstand geraten und brachte rasch eine Flasche Meursault herbei, entkorkte sie und goß sich das Glas viertelvoll. Mit ausdrucksvoller Gebärde führte er es an die Nase, um das Bukett einzuatmen, dann setzte er es an den Mund und probierte einen Schluck.

»Ahh«, seufzte er genüßlich und war überzeugt, daß

Wells einem derart erlesenen Tropfen nicht widerstehen könne.

Er sollte recht behalten. Er goß ihr ein und wartete gespannt auf ihre Reaktion. Sie setzte das Glas an den Mund und neigte es langsam, um zu kosten. Ein verhaltenes Lächeln erstrahlte auf ihrem bis dahin ernsten Gesicht. Zufrieden entfernte sich Lyonel.

Ich habe sie überzeugt, sagte er sich.

Eric servierte die Froschschenkel.

»Monsieur et Madame«, verkündete er. *»Les jambonettes de grenouilles à la purée d'ail et au jus de persil. «*

Dann zog er sich zurück und beobachtete vom hinteren Teil des Speiseraums Wells' Reaktion. Sie nahm einen Bissen und zögerte, verzog aber keine Miene. Als Eric in die Küche kam, stürzte sich Bernard auf ihn.

»Was denkt sie?« fragte er.

»Ich weiß es nicht«, antwortete Eric.

Bernard war nervös wie nie zuvor.

Dann erschien Lyonel in der Küche mit einer verheißungsvollen Mitteilung.

»Sie trinkt bereits das zweite Glas Wein«, verkündete er.

Bernard lächelte befriedigt. Es überraschte ihn nicht, daß Lyonel so gut mit der Amerikanerin umzugehen wußte. Beide verstanden sich als Intellektuelle. Für beide war Essen eine Wissenschaft, bei dem das Vergnügen von untergeordneter Bedeutung war.

»Laß nicht locker«, befahl Bernard seinem Sommelier. »Mir scheint, sie fühlt sich wohl.«

Lyonel entkorkte den roten Savigny-lès-Beaune und schenkte ein Glas ein. Eric schwebte herbei, um den Barsch in Rotweinsauce zu servieren. Er stand hinter Mrs. Wells und sah zu, wie sie einen Bissen probierte. Er konnte immer noch nicht aus ihrer Miene lesen, ob es ihr zusagte.

Aber zumindest genoß sie den Wein. Lyonel goß reichlich nach.

Es folgte der Käse. Eric, nervös und in Gedanken bei seiner monatelangen Käseexkursion, rollte den Wagen an ihren Tisch. Colettes weiße kleine Laibe frischen Ziegenkäses glänzten. Der Epoisses war reif, von goldgelber Färbung und sehr weich. Eric empfahl ihr beide. Wells nickte zustimmend.

»Hervorragend«, sage Eric, als er den Wagen wieder davonrollte. »Sie hat sich für meine zwei besten Käse entschieden.«

Am Ende des Essens hatten die Wells beide Flaschen Wein geleert.

»Ich bin mir ziemlich sicher, daß sie das Lokal glücklich verläßt«, sagte Lyonel zu Eric, während er die zweite leere Flasche abräumte. Als sich Mrs. Wells vom Tisch erhob, trat Bernard mit gelehrter Miene auf sie zu. Er erläuterte ihr, daß die Froschschenkel ihre goldbraune Färbung erhalten hätten, indem er sie kurz in Butter gebraten und anschließend mit Küchenkrepp abgetupft habe. Wells nickte wohlwollend. Für den *jus de persil* habe er die Petersilie püriert, mit Salz, Pfeffer und einer Spur Zitrone abgeschmeckt und den Knoblauch zehnmal hintereinander in frischem Wasser aufgekocht, um ihm die Strenge zu nehmen.

»Man schmeckt die Froschschenkel, den Knoblauch und die Petersilie – damit kommt das Aroma jeder einzelnen Zutat zur Geltung«, sagte er. »Das meine ich damit, wenn ich sage, den Eigengeschmack wahren.«

Wells wollte ursprünglich nur eine Mahlzeit zu sich nehmen, aber am nächsten Morgen verkündete sie, daß sie zum Mittagessen bleiben werde. Bernard war hocherfreut, als er das hörte, und wies das Personal an, das umstrittene Kartoffelgericht *Pommes en fête* vorzubereiten.

»Wir haben sie überzeugt«, verkündete er zufrieden. »Sie ißt noch einmal hier, das heißt, es gefällt ihr bei uns.« Patricia Wells' Urteil in gedruckter Version klang in der Tat ermutigend: »Am kommenden Montag werden im Guide Michelin Frankreich, Ausgabe 1991, die jährlichen Restaurantbeurteilungen veröffentlicht«, lautete ihr erster Satz. »Gastronomen und Meisterköche setzen in der Liste der Drei-Sterne-Restaurants auf einen neuen Namen, auf Bernard Loiseau und sein La Côte d'Or.«

Wells räumte ein, mit Loiseaus Kochkunst nicht immer einverstanden gewesen zu sein. Aber sie wies nachdrücklich darauf hin, daß er »im Laufe der Jahre seinen Stil revidiert hat und auch von seinem Dogma abgewichen ist, Essen ohne Beigabe von Fett schmecke phantastisch. Um die verschiedenen Geschmacksrichtungen miteinander zu verbinden und gute und gewöhnliche Zutaten in eine Köstlichkeit zu verwandeln und zu einem unvergleichlichen Erlebnis werden zu lassen, kann man auf etwas Butter, einen Hauch Olivenöl nicht verzichten«. »Zwei Mahlzeiten in seinem neuen vergrößerten Speiseraum« hatten Wells davon überzeugt, daß er »seine Sünden abgegolten hat und sich zu den Starköchen Frankreichs zählen darf«. Insbesondere wies sie darauf hin, »daß weniger die Gerichte als solche in meiner Erinnerung haften geblieben sind als ihre Zutaten. Die fleischigsten, frischesten Muscheln; ein dickes Zanderfilet, süß und auf der Zunge zerschmelzend; die frischeste Seezunge in einer unvergeßlichen Vinaigrette. Und seine *pommes en fête* könnte ich einmal pro Woche verzehren, schon allein wegen des hervorragenden Pürees mit Trüffeln und einem *jus de queue de bœuf*.«.

Sie vermutete, der eine oder andere könne »die Vermutung hegen, daß allein die umfangreichen, im Dezember fertiggestellten Umbauarbeiten – großzügige, neue Hotelzimmer und geräumige, lichte Speisesäle – als Mittel eingesetzt wurden, um sich den Zugang zur Drei-Sterne-Elite zu erkaufen«. Aber sie lobte den neuen Hauptspeisesaal »in geschmackvollem altburgundischem Stil, kombiniert mit zweckmäßigen modernen Elementen ..., ein Ort, an dem man sich wirklich wie zu Hause fühlt«. Sie verwies auf das zuvorkommende Personal – »man hat das Gefühl, sie sind gerne an ihrem Platz« – und insbesondere auf die »Sachkenntnis« von Sommelier Lyonel Leconte. »Er hat die Keller der meisten Winzer, deren Weine auf der Weinliste stehen, selbst besucht und offeriert galant wahre Köstlichkeiten, etwa den saftigen, ungefilterten Meursault von J.-F. Coche-Dury oder Jean-Marc Pavelots schmeichelnden Savigny-lès-Beaune mit vollem Kirscharoma.«

»Allerdings wird so manchem Gast angesichts der Preise – für 370 Franc bekommt man schließlich zehn Zentner Kartoffeln – die Luft weg bleiben«, schloß sie ihre Ausführungen. »Es sei denn, man berechnet das Vergnügen pro Happen.«

Bernard war zufrieden. »Diese Beurteilung wird mir nicht schaden«, sagte er. Eric war erleichtert, daß Wells seinen Käsewagen nicht erwähnt hatte. »Wenigstens ist sie nicht auf mich losgegangen«, meinte er.

Die Belegschaft des Côte d'Or war davon überzeugt, die letzte Hürde genommen zu haben. Wenn Mrs. Wells, von der bisher stets negative Äußerungen gekommen waren, jetzt das Haus zufrieden verlassen hatte, konnte das Urteil von Michelin nicht sehr viel anders lauten. Bernard war zuversichtlich. Er versprach, seine gesamte sechzigköpfige Belegschaft in das Restaurant von Paul Bocuse einzuladen, sollten sie den dritten Stern gewinnen. »Wir werden feiern wie nie zuvor«, sagte er.

Der schicksalsträchtige Anruf kam eine Woche vor dem

4. März, dem Erscheinungsdatum des neuen Guide. Bernard Naegellen war am Apparat. Zitternd griff Bernard zum Hörer. Es war das erste Mal überhaupt, daß ihn der Direktor anrief.

»Gehen Sie nicht damit an die Presse«, bat Naegellen. »Wir geben es erst in einer Woche bekannt.«

Bernard versprach zu schweigen.

»Sie haben den dritten Stern!«

Bernard entfuhr ein tiefer Seufzer der Erleichterung.

»Jetzt sind Sie gewiß glücklich«, meinte Naegellen gewohnt trocken.

»Natürlich bin ich das«, antwortete Bernard aufgeregt.

Aber Naegellen war noch nicht fertig. Da er noch etwas Wichtiges sagen wollte, wartete er, bis Bernard sich beruhigt hatte. Hinsichtlich der Gründe für den Erfolg des Côte d'Or wollte er bereits im Vorfeld alle Mißverständnisse ausräumen.

»Denken Sie nicht, Ihre Renovierung sei ausschlaggebend gewesen«, sagte der Direktor. »Sie standen bei uns bereits auf der Liste für den dritten Stern.«

Bernard glaubte Naegellen nicht, und das Geheimnis konnte er schon gar nicht für sich behalten. Er sagte es Dominique. Er rief seine Eltern in Clermont-Ferrand an. In der Küche weihte er Patrick ein. Bald wußte jeder Bescheid. Doch niemand feierte. Keiner wagte Michelins Entscheidung für bare Münze zu nehmen, bevor sie nicht offiziell war. Alle wollten erst die neue Ausgabe des Michelin mit eigenen Augen sehen. Am Samstag morgen, dem 2. März, veröffentlichte Agence France-Presse eine Sondermeldung.

»Der exklusive Club der Drei-Sterne-Köche hat 1991 ein neues Mitglied hinzugewonnen, Bernard Loiseau aus Saulieu«, verkündete die Agentur. »Somit ist er der neunzehnte Küchenchef mit drei Sternen.«

AFP fügte hinzu, Bernard sei in diesem Jahr der einzige Koch, dem der göttliche dritte Stern zuerkannt werde. Wenige Minuten später läutete das Telefon. Es regnete Glückswunschtelexe und -faxe von Schauspielern, Sängern, Konkurrenzköchen und selbst von Staatsoberhäuptern. Albert René, der Präsident der Seychellen, schickte ein Telegramm. François Mitterrand faxte eine kurze Notiz mit den Worten: »Gratulation zum Stern.« Dreimal mußte Bernard eine neue Faxrolle einlegen. Die Telefonleitungen im Restaurant waren ununterbrochen belegt. Wenig später fuhren Lieferwagen heimischer Winzer mit Wein in Geschenkkartons vor.

Bis Sonntagmittag hatten so viele Fernsehstationen Journalisten und Kameraleute geschickt, daß Bernard seinen Kellner beauftragte, zusätzliche Kabel für die Beleuchtung zu kaufen. Glücklich lächelnd posierte Bernard für die Kameras. Er erinnerte sich der Flaschen, die er bei Troisgros anläßlich der Verleihung des dritten Sterns entkorkt hatte, und er lud alle zu seinem Lieblingschampagner Veuve Clicquot Grande Dame ein – Journalisten, Kunden und die Belegschaft. Vor lauter Interviews fand er keine Zeit etwas zu essen, es reichte gerade einmal für einen Joghurt. »Ich fühle mich großartig«, wiederholte Bernard ein übers andere Mal. »Ich habe mit nichts als einer Zahnbürste angefangen, und jetzt gehört all das mir.«

Hubert und seine Frau Françoise befanden sich zu diesem Zeitpunkt auf der Rückreise von einem zweiwöchigen Urlaub an der Elfenbeinküste. Hubert hatte versucht, das Restaurant anzufaxen, um sich nach Michelins Entscheidung zu erkundigen, aber das Fax blieb auf dem Weg durch das unzulängliche Telefonnetz Afrikas stecken.

Während Hubert auf dem Flughafen Charles-de-Gaulle eine Zeitung kaufte, entdeckte Françoise die weinende Schau-

269

spielerin Jane Birkin. Sie verstand den Grund für die Tränen, als Hubert mit dem *Journal du Dimanche* zurückkam.
Die Schlagzeilen verkündeten den Tod des Sängers Serge
Gainsbourg. Jane Birkins Mann. Gemeinsam lasen Hubert
und Françoise den Artikel über ihn. Weiter unten entdeckten sie noch eine Schlagzeile:
»MICHELIN WÜRDIGT LA CÔTE D'OR.«

Kapitel 13

✿ ✿ ✿

Höhenflug

Bald hatte Bernard einen weiteren Grund zum Feiern.
Am 13. März, eine Woche nachdem ihm der neue Stern zuerkannt worden war, brachte Dominique ihren ersten Sohn Bastien zur Welt. Sie entband mittags um halb eins in der Klinik Sainte-Marthe in Dijon. Dominique meinte, das Timing sei bestens gewesen, genau »zur Essenszeit«. Bastien wog 3300 Gramm und erhielt zu Ehren von Dumaine den zweiten Vornamen Alexandre.

Die Idylle war vollkommen. Die Gäste genossen nun nicht nur ein perfektes Michelin-Essen im Côte d'Or, sie trafen auch die perfekte Familie an: den lächelnden Küchenchef, die lächelnde Ehefrau und die beiden entzückenden Kleinen. Die Zukunft des Restaurants schien gesichert, der Weg für eine Loiseau-Dynastie geebnet. Sollte sich Bernard jemals zurückziehen, konnte er seinen Betrieb an eines seiner beiden Kinder weitergeben, an Bérangère oder Bastien, und sogar das Markenzeichen BL würde unverändert bleiben.

Bevor sie ins Krankenhaus ging, hatte die stets gründliche, genaue Dominique eine Presseerklärung in französischer, englischer und deutscher Sprache vorbereitet, für den Fall, daß das Côte d'Or den dritten Stern erhielt. Als diese Presseerklärung nun lanciert wurde, war die Resonanz beachtlich. Bernard wurde mit Lob überhäuft. Die meisten Kritiker meinten, diese Auszeichnung sei längst überfällig gewesen. »MICHELIN 1991, ENDLICH LOISEAU« titelte der *Figaro.* »EIN KLUGER MICHELIN« hieß es in *Le Monde.* Viele verwiesen auf die Renovierung als Grund für den Erfolg. »Loiseaus Küche ist dieses Jahr nicht plötzlich besser geworden – an sich ist eine Steigerung gar nicht mehr möglich –, aber das Ambiente ist, dank der kostspieligen Renovierung, hervorragend«, schrieb Robert Courtine, der anerkannte Kritiker des Blattes. »Der dritte Stern, im letzten Jahr verliehen, hätte den Koch gekrönt; dieses Jahr gilt er dem Architekten.«

In seinen wenigen öffentlichen Kommentaren wiederholte der Chef des Guide Michelin Naegellen, was er Bernard schon am Telefon gesagt hatte, nämlich, daß die Renovierung mit der Auszeichnung des Côte d'Or nichts zu tun habe. Bernard korrigierte die geschichtliche Wahrheit, indem er Fragestellern erwiderte, er hätte die Investition auch dann getätigt, wenn es keinen Michelin-Führer gäbe.

»Die *haute cuisine* von heute muß man in einem Garten, in einem schönen Raum zu sich nehmen«, betonte Bernard immer wieder. »Früher war das Restaurant nur eine Zwischenstation auf der Reise. Heute verkauft man dort Träume.«

Auf Nachfrage bestätigte Naegellen, daß kein einfaches Bistro heute mehr drei Sterne bekommen würde. »Papierservietten, Messer und Gabeln aus Aluminium – das geht einfach nicht. Die Leute erwarten heutzutage von einem Restaurant einen gewissen Luxus.«

Einen gewissen Luxus. Nichts Protziges. Der Führer bestrafte zunehmend ehrgeizige Küchenchefs, die aufwendige Renovierungen durchgeführt hatten. Marc Veyrat steckte Millionen in einen prächtigen Palast in grandioser Lage am Lac d'Annecy. Er saß noch immer auf seinen zwei Sternen. Pierre Orsi renovierte sein Restaurant in Lyon, wurde auf einen Stern zurückgestuft und mußte schließlich Konkurs anmelden.

Dominique hatte für Bernards Erfolg eine andere Erklärung parat. Die Renovierung, so behauptete sie, sei ihrem Gefühl nach zwar ein »notwendiger, aber nicht ausreichender« Grund für den dritten Stern gewesen. Ihrer Meinung nach hatte die Tatsache, daß Bernard mittlerweile Vater war, letztlich den Erfolg besiegelt. »Vorher galt Bernard als leidenschaftlich und emotional, nicht aber als ausgeglichene Persönlichkeit«, sagte sie. »Die Tatsache, daß er Kinder hat, hat sie beeindruckt. Er wirkt dadurch gefestigter als vorher.« Bernard schrieb Dominique das Verdienst zu. »Manche Frauen hegen dumme Erwartungen, aber Dominique muß man ernst nehmen«, sagte er. »Für Michelin war sie die Garantie meiner Stabilität.«

»Genau«, stimmte Dominique zu. »Für Michelin steht Stabilität an erster Stelle, vor allem Stabilität.«

Insgesamt blieben Michelins Rangzuweisungen konstant: 19 Restaurants mit drei Sternen, 87 mit zwei und 495 mit einem Stern – von insgesamt 10 722 Restaurants und Hotels, die im Führer verzeichnet sind. Die einzige Neuerung der Ausgabe 1991 waren 71 Stadtpläne, auf denen die Sterne-Restaurants verzeichnet waren. Im Gegensatz zu Paris, wo nur sieben Restaurants mit neuen Sternen ausgezeichnet wurden, erzielten Restaurants in den französischen Provinzen 29 neue Sterne – eine Bestätigung der Qualität der Küche außerhalb der Hauptstadt. In *Le Monde* schrieb Courtine: »Auch der neue Michelin bleibt seinem Stil treu: solide, gemessen auf Neuigkeiten bedacht und skeptisch gegenüber allen Modeerscheinungen.«

Im Côte d'Or lief das Geschäft besser denn je. Im gesamten Monat März war der große Speisesaal des Restaurants mittags wie abends voll besetzt. Auch der April war phantastisch – mit doppelt soviel Umsatz wie im gleichen Monat des Vorjahres. Ohne den dritten Stern, so vermutete Bernard, wären durch die Renovierung seine Umsätze um 15 Prozent gestiegen. Wenn es aber in diesem Stil weiterging, würden sie um satte 75 Prozent steigen.

»Plötzlich kamen alle mit Kameras an«, erzählte Bernard verblüfft. »Sie sagten: ›Monsieur Loiseau, dürfen wir ein Foto mit Ihnen machen? Heute ist der achtzigste Geburtstag meiner Mutter, und wir feiern in einem Drei-Sterne-Restaurant.‹«

Natürlich wußte Bernard Bescheid über den »Michelin-Effekt«. Mit einer derartigen Wucht hatte er allerdings nicht gerechnet.

»Da rackert man sich sechzehn Jahre lang ab, und über Nacht ist mit einem Schlag alles anders«, sagte er. »Sechzehn Jahre Arbeit, man kämpft und kämpft und – nichts. Michelin läßt sich Zeit. Dann ganz plötzlich geht alles rasend schnell. Die Pariser machen extra einen Tagesausflug hierher, über zweihundert Kilometer für ein Mittagessen und wieder zurück. Nur wegen der drei Sterne.«

Bernard war dankbar und auch ein wenig verblüfft angesichts des Verhaltens von Michelin. Nicht ein einziges Mal seit der Verleihung des dritten Sterns hatte jemand von Michelin mit ihm Kontakt aufgenommen. »Sie füllen das Restaurant und wollen gar nichts dafür«, sagte er.

Mitte April kehrte Dominique ins Restaurant zurück. Auch sie war überwältigt vom »Michelin-Effekt«.

»Es ist Wahnsinn«, sagte sie zu ihrem Mann. »Wenn ich mit den Gästen spreche, erwähnen sie als erstes die drei Sterne.« Der stets skeptische Bernard beeilte sich hinzuzufügen: »Gestern abend war das Restaurant nicht voll. Zwei, drei Tische waren leer.«

»Aber Bernard«, protestierte Dominique. »An einem Tisch

saßen zweiundzwanzig Personen, ein ganzes Forschungs-labor aus Dijon.«

»Sind sie wegen der drei Sterne gekommen?«

»Ja, Bernard.«

Wer immer es hören wollte, dem sagte Bernard, daß sich nach dem dritten Stern im Côte d'Or wenig ändern würde. Er würde keinen Schnickschnack wie silberne Abdeckhau-ben einführen. Die Kellner würden die Gerichte nicht mit Brimborium vor den Augen des Gastes enthüllen. »Solchen Firlefanz können wir hier in Saulieu nicht machen«, sagte er.

Schon bevor Bernard den dritten Stern gewonnen hatte, waren seine Preise auf durchschnittlich 1000 Franc pro Person für ein Menü geklettert. Bernard meinte, er würde keinen Drei-Sterne-Zuschlag erheben. Lediglich den Preis für ein Frühstück erhöhte er um gut 10 Franc, was er als Aufpreis für den cremigen Ziegenjoghurt rechtfertigte. Kaf-fee, Tee, Croissants, Gebäck, ein weichgekochtes Ei und ein kleines Glas Ziegenjoghurt mit etwas Jacques-Sulem-Marme-lade darauf kosteten jetzt 100 Franc. »Das ist alles sein Geld wert«, meinte Bernard in einem Ton, der zeigte, daß er sich seiner Sache nicht hundertprozentig sicher war.

Trotz der hohen Preise war es anfangs notwendig, einen Tisch zu reservieren. An Wochenenden mußte wenigstens eine Woche im voraus gebucht werden. Da im Hotel Freitag und Samstag nacht alle Zimmer belegt waren, fing Bernard an, Kunden zum Übernachten an die Adresse gegenüber zu verweisen, an Guy Virlouvets Hôtel de la Poste. Virlouvet bedankte sich niemals für die zusätzlichen Einnahmen. Er hatte sich mit Bernards erster Frau Chantal gestritten und betrachtete Bernard als anmaßenden Aufsteiger. Wie viele in Saulieu traf auch ihn der neue Ruhm der Stadt unvorbe-reitet, und wie viele war auch er neidisch auf Bernards

Erfolg. »Wir benötigen keine Hilfe«, sagte Virlouvet. »Wir haben genügend Kunden.«

Aber der dritte Stern ließ die Erwartungen an die anderen zwölf Restaurants in der Stadt steigen. Die meisten hatten ganz schön zu kämpfen. »Das gastronomische Renommee von Saulieu erlebt eine Renaissance«, meinte Jean Berteau, Küchenchef im La Borne Impériale. Sogar der Zeitungskiosk neben dem Côte d'Or verzeichnete eine Umsatzsteigerung um 50 Prozent.

Bernard begann, den Besuch in Bocuses Restaurant zu planen, den er seinen Mitarbeitern versprochen hatte. Bocuse, der sich wie immer effektvoll in Szene setzte, sagte zu, allerdings unter der Bedingung, daß er »zwei eindrucksvolle Gäste« einladen dürfe.

»Wer sind diese Gäste?« fragte Bernard.

»Das wirst du schon sehen«, antwortete Bocuse.

Um wen mochte es sich bei diesen Überraschungsgästen wohl handeln?, fragte sich Bernard. Nach langem Grübeln kam er zu dem Schluß, es könnten nur Präsident Mitterrand und seine Frau sein.

Der Termin war auf den 24. April festgelegt, als bereits die ersten Frühlingsboten aus dem gefrorenen Winterboden zu sprießen begannen. Die schweren burgundischen Nebel verschwanden, und die kalten, beißenden Morvanwinde legten sich. Große, träge Charolais-Kühe und freundliche elfenbeinfarbene Schafe grasten wieder auf den samtgrünen Hügeln.

Bernard hatte einen Bus für den Ausflug nach Lyon gemietet, und unterwegs auf der Nationale 6 Richtung Süden erlebte sich die Belegschaft wie eine große glückliche Familie. Die meiste Zeit lebten die Küchenchefs und die Kellner in zwei Welten. Unterwegs nach Lyon jedoch wurde gemeinsam gelacht und gesungen.

Nach knapp zweistündiger Fahrt trafen sie im Restaurant von Bocuse ein, das zwischen dem Fluß Saône und der Eisenbahnlinie Paris–Lyon eingezwängt liegt. Der große Küchenchef begrüßte sie mit einem breiten Lächeln. Neben ihm stand Pierre Troisgros.

Zwischen den beiden aber standen zwei riesige Elefanten. Der eine Elefant hieß Saba. Er wog dreieinhalb Tonnen. Der andere war eine Elefantendame mit Namen Dehly. Sie wog vier Tonnen. Die Elefanten waren eine Leihgabe des Zirkus Pinter, der an jenem Wochenende in Lyon auftrat. Bocuse kletterte in seinem weißen Küchendreß, auf dem Kopf die riesige weiße Mütze, auf einen der Elefanten. Er machte Bernard, der seinen besten Anzug trug, ein Zeichen, auf den zweiten zu klettern. Man reichte ihnen Champagner der Marke Mumm, den sie hochhielten. Bocuse hatte einen Werbevertrag mit Mumm. Fernsehkameras surrten – der Auftritt würde später als Werbespot für Champagner zurechtgeschnitten werden. Ohne es richtig zu merken, hatte Bernard sein Debüt in der exklusiven Welt der Drei-Sterne-Werbung absolviert.

»Das muß man sich mal vorstellen«, meinte Bernard später, noch ganz benommen, »Elefanten!«

Angesichts der gewachsenen Anforderungen des Restaurantbetriebs organisierte Hubert den Dienst neu. Bisher hatte nur an den Wochenenden die gesamte Belegschaft gearbeitet, und es war einfach, an Wochentagen, an denen weniger los war, freizubekommen. Bis Hubert weitere Mitarbeiter gefunden hatte, mußte jeder sieben Tage die Woche arbeiten. Nur wenige beschwerten sich darüber, und besonders die Kellner waren hocherfreut. Denn während das Küchenpersonal ein festes Gehalt bezog, hing das der Kellner von den Trinkgeldern ab. Hubert, Eric und die anderen brachten jetzt 50 Prozent mehr nach Hause als in der Zeit vor dem dritten Stern.

Vor dem dritten Stern hatte Hubert Mühe gehabt, Angestellte zu finden, die bereit waren, nach Saulieu zu kommen. Jetzt erhielt er Hunderte von Bewerbungen. »Früher bekamen wir immer zu hören: ›Tut mir leid, aber Saulieu ist eine ländliche Kleinstadt‹«, sagte er. »Auf einmal kommen tagtäglich Briefe mit Bewerbungen um eine Stelle.«

Bernard glaubte, daß der Drei-Sterne-Status zumindest *einen* zusätzlichen Service erforderlich mache: den des Portiers. Man stellte Thierry ein. Wenn die Gäste vorgefahren waren, parkte er ihren Wagen in der Tiefgarage. Während sie oben aßen, wusch er ihr Auto – von Hand. »Man muß ihr Gesicht sehen, wenn sie abfahren wollen und ihren Wagen blitzblank geputzt vorfinden«, sagte Bernard. »Drei Sterne bedeuten, daß man ihnen gewisse Extras bietet.«

Thierry parkte bald Autos der Marken Mercedes und BMW und sogar Rolls-Royce, Lamborghini und Ferrari. Ein Kunde, der von einer Auto-Rallye an der Côte d'Azur auf dem Rückweg nach Paris war, kam in seinem Porsche angebraust. Thierry parkte ihn, es gelang ihm aber nicht, die Tür zu öffnen. Florence, die Rezeptionistin, klingelte nach Thierry, vergebens. Nach mehr als einer halben Stunde ging sie in die Garage hinunter und entdeckte, daß Thierry in dem 250 000 Franc teuren Wagen auf dem Fahrersitz festsaß.

»Ein Rallye-Porsche hat keinen Türgriff«, erklärte er.

Die Damen an der Rezeption hielten diesen Vorfall für das lustigste Ereignis des Jahres. Wenn in den folgenden Wochen jemand fragte, wie es im Restaurant laufe, lachten sie und sagten: »Haben Sie das von Thierry und dem Porsche gehört?«

Viele der neuen Kunden des Côte d'Or kamen aus Japan.

Durch sie wurde das Diktum bestätigt, daß ein dritter Stern insbesondere ausländische Kunden anzieht. An einem Aprilwochenende waren neben den Ellises und den Lanes aus Tulsa in Oklahoma auch die Pelsmaekers aus dem belgischen Leuwen gekommen.

Die Pelsmaekers, eine vierköpfige Familie aus der Universitätsstadt Leuwen, waren in einem Mercedes-Benz unterwegs; am Steuer saß der Vater Raymond, ein Luciano-Pavarotti-Typ. Raymond erzählte, die Familie sei auf einer kulinarischen Reise durch Frankreich. Unerheblich, daß die Kinder wenig älter als zehn Jahre waren.

Die Belgier sind in bezug auf Essen noch fanatischer als die Franzosen. »Essen ist in Frankreich eine Religion«, sagten die Belgier, »in Belgien ist es eine Obsession.« Belgisches Essen – das ist klassische französische Küche, schwer, überreich an Sahne und Butter.

Die Pelsmaekers wählten ihre Reiseroute nach dem Michelin-Führer und bevorzugten Hotelrestaurants mit einem oder zwei Sternen. Nach Ansicht von Monsieur Pelsmaeker erhielt man in den bescheidenen Speiselokalen das Beste für sein Geld. Die Drei-Sterne-Restaurants, so sagte er, seien oft überteuert.

Als der Belgier sah, daß das Côte d'Or drei Sterne hatte, zögerte er. Doch Saulieu lag direkt auf seinem Weg nach Süden. Er und seine Familie waren sich einig, daß »Geschmack das Wichtigste im Leben« ist. Aber der Preis schreckte sie ab. Für zwei Zimmer und vier Essen kam eine Übernachtung auf die beachtliche Summe von etwa 4000 Franc.

»Vielleicht sollten wir uns doch mit zwei Sternen und einem niedrigeren Preis begnügen«, sagte er, seinen Bauch tätschelnd, und er und seine Familie stiegen wieder in ihren Mercedes.

Die Ellises und die Lanes aus dem Mittelwesten kamen ins Côte d'Or, nachdem sie in der *New York Times* auf der ersten Seite über Bernards drei Sterne einen Artikel gelesen hatten. In ihren L.L.-Bean-Cordhosen und Rollkragenpullis aus Baumwolle sahen sie aus wie typische Amerikaner der oberen Mittelklasse. Auch sie befanden sich auf einer kulinarischen Reise durch Frankreich. Zuerst hatten sie bei Troisgros in Roanne gegessen. Dann waren sie weiter nach Norden, nach Saulieu, gefahren und wollten anschließend in Michel Guérards Drei-Sterne-Lokal im Dorf Eugénie-les-Bains haltmachen. Geld spielte keine Rolle. Sterne schon.

An ihrem Wochenende in Saulieu saßen die Gäste aus Oklahoma mittags und abends im Côte d'Or, probierten »seltsame, aber wunderbare Gemüsegerichte«, wilden Spargel mit Trüffel, Brasse, Seezunge und Taube. Sie schwärmten vom Artischockenpüree mit Tomatencoulis und karamelisierten Zwiebeln. Sie hatten auch noch Platz für das Dessert und verließen das Côte d'Or mit besonders schwärmerischen Erinnerungen an den Schokoladenkuchen.

Die Preise »waren abschreckend«. Aber wenn Perfektion das Ziel ist, fragten sie, was ist dann Geld?

»Andere gehen Skifahren in den Alpen oder kaufen sich ein Ferienhaus in der Karibik«, meinte Nancy Ellis. »Wir gehen essen.«

Auch die Berühmtheiten pilgerten zu den drei Sternen. Eines Sonntagmorgens Anfang Juni besuchte der Kulturminister Saulieu, um das neue städtische Heimatmuseum zu eröffnen, das François Pompon, einem Bildhauer des 19. Jahrhunderts, gewidmet war. Pompon meißelte in der Art Rodins die Tiere in Stein, die in den Bergen des Morvan hausten. Vor Dumaine war Pompon der berühmteste Bürger der Stadt gewesen. Er schuf anmutige Störche, mächtige Elche, das ganze Spektrum der einheimischen Tierwelt, nie jedoch Menschen. Als echter Bewohner des Morvan gab er der rauhen Wahrheit der Natur Vorzug vor den Raffinessen der Zivilisation.

Auch an der Hauptstraße, die in den Ortskern von Saulieu führte, stand ein massives Bronzetier des Künstlers. Als Bernard seinen dritten Stern erhalten hatte, posierte er hier für ein Foto und packte den Stier bei den Hörnern, als wolle er das Tier in eine andere Richtung lenken. Der Fotograf deutete damit an, daß Bernard das gastronomische Universum letztlich bezwungen hatte.

Der Minister und sein Gefolge trafen um neun Uhr ein – in schwarzen Limousinen und mit heulenden Sirenen, die die Stille Saulieus durchbrachen. Das Stadtzentrum wurde von der Polizei abgeriegelt. Nachdem Bürgermeister Lavault den Minister und dessen Ehefrau begrüßt hatte, sauste die Delegation im Eilschritt durchs Museum, ohne die Erläuterungen abzuwarten.

»Magnifique, magnifique«, wiederholte der Minister unablässig.

Dann zog der Troß weiter in den ersten Stock des Museums, wo eine Ausstellung über Saulieus berühmte Gastronomie zu sehen war. Hier wurde Madame de Sévignés berühmtes Menü aus dem 17. Jahrhundert erläutert. Eine Speisekarte aus der Zeit Dumaines lag im Schaukasten, daneben ein Michelin-Führer aus dem Jahr 1939, in dem das Côte d'Or mit drei, das Hôtel de la Poste mit zwei Sternen und das Petit Marguery mit einem Stern verzeichnet waren. Im letzten Raum konnte man eine Speisekarte Bernards begutachten, daneben eine Seite aus dem neu erschienenen Michelin-Führer, in dem neben dem Namen Côte d'Or erstmals drei Sterne prangten.

Vor der Kathedrale empfing Pfarrer Hablezig den Minister. Er hielt den erlauchten Gästen einen Vortrag über die Kunstschätze der Kirche und wies insbesondere auf das Marmorgrab aus dem 6. Jahrhundert hin, das mit heidnischen und christlichen Symbolen verziert war. Die Kapitelle aus dem 15. Jahrhundert, so erklärte er, trügen Symbole aus der Hochromanik: ein Adler mit ausgestreckten Flügeln stehe für die spirituelle Suche, ein Phönix für das ewige Leben, Bienen, die ein Nest aus Aronstabblättern bauten, für Solidarität und Gemeinschaft. Groteske Köpfe lugten aus Akanthusblättern hervor, und Greife verschlangen einen Wolf. Die schauerlichen Skulpturen schienen den Minister eher abzustoßen. Er fühlte sich offenbar mehr zu einem Chorgestühl aus dem 19. Jahrhundert hingezogen, das eigens für diesen Anlaß leuchtend blau angemalt worden war.

Während der Messe saßen der Minister und seine Frau in der ersten Reihe. Im Restaurant eilte unterdessen Bernard in die Küche, um nachzusehen, ob alles in Ordnung war. Dominique änderte bereits die Sitzordnung. »Der Minister soll einen schönen Blick auf den Garten und Speisesaal haben«, erklärte Dominique einem Kellner, der die Tafel gedeckt hatte. Sie stellte die Tischkärtchen um. Mit einem Wink bedeutete Hubert dem Kellner, er solle gehen. Dann lächelte er Dominique mit einem Lächeln an, das zu sagen schien: »Gut, wenn du meinst, dann mach dich eben wichtig.« Der Minister traf um zwölf Uhr fünfundvierzig im Côte d'Or ein. Bevor er Platz nahm, teilte er Dominique mit, er habe um sechzehn Uhr einen Termin mit dem französischen Rockstar Johnny Hallyday in Paris. Er müsse spätestens um vierzehn Uhr aufbrechen.

Was für ein Frevel, dachte Bernard. *Der überkorrekte Minister möchte Perfektion im Eiltempo.*

Hubert und Eric und die anderen Kellner überschlugen sich, um das Essen zu servieren. Der Minister schlang ein aufwendiges, teures Gericht nach dem anderen hinunter, ohne es richtig zu genießen. Für ihn war es nur ein weiteres offizielles Essen, mehr Pflicht als Vergnügen. Er wollte es so schnell wie möglich hinter sich bringen.

Um vierzehn Uhr fing der Minister an, auf die Uhr zu sehen. Käse und Dessert standen noch aus. Ehe der Kaffee serviert werden konnte, rief er: »Gehen wir, gehen wir«, und winkte seinen Leibwächtern.

Er eilte davon, ohne Bernard die Hand zu schütteln – und ohne seine Rechnung zu bezahlen. Er mußte dringend nach Paris zurück.

Bernard seufzte.

Warum hatte der Minister die Messe besuchen müssen? fragte er sich. Besser, er hätte die Zeit im Côte d'Or verbracht.

Am Spätnachmittag brausten 150 langhaarige Motorradfahrer in Lederjacken heran und hielten vor dem Restaurant. Die französische Harley-Davidson-Stiftung hatte gerade ihre Jahresversammlung am nahegelegenen Lac des Settons abgehalten. Als ein paar Motorradfahrer, die sich die aushängende Speisekarte ansahen, angesichts der hohen Preise verächtlich johlten, erschien Bernard am Eingang. Er betrachtete die in die Jahre gekommenen Hippies auf ihren Maschinen und lächelte. Jemand aus der Gruppe, eine kräftige Frau, brüllte: »Hey, Loiseau, wie geht's?«

Bernard antwortete mit einem Lächeln. »Wie wär's mit einem Champagner?« fragte er.

»Wer bezahlt?« rief die Motorradfahrerin zurück.

»Ich lade euch ein«, erwiderte Bernard, gekränkt über eine solche Frage.

Eric und die anderen Kellner standen hinter ihrem Boß und

schüttelten den Kopf. Sie glaubten, Bernard scherze, aber er meinte es ernst. Also gingen sie und holten Champagner. Die Motorradfahrer nahmen das elegante Restaurant regelrecht in Besitz und hängten zum Teil ihre Lederjacken über die teuren Möbel. Rasch wurde der Champagner hinuntergekippt. Schließlich baten einige um ein Foto mit ihrem Gastgeber. Bernard strahlte. Zum Abschied winkte er ihnen fröhlich nach.

»Diess Leute«, meinte er, »die verstehen was vom Leben.«

Zwei Wochen später, an einem geschäftigen Samstagmorgen, kam Annie, eine Rezeptionistin, zu Bernard gelaufen. »Der Élysée-Palast ist am Telefon«, rief sie. »Der Präsident möchte für heute nacht ein Zimmer. Aber wir sind ausgebucht.«

»Mitterrand kommt?« fragte Bernard.

»Ja«, bestätigte Annie.

»Sie werden ein Zimmer für ihn finden«, befahl Bernard.

Annie hatte Glück, am Nachmittag stornierte ein Stammgast.

François Mitterrand war mit Burgund tief verwurzelt. Er entstammte einer rechtsgerichteten bürgerlichen Familie aus Cognac, und kürzlich hatte sich herausgestellt, daß er einen Großteil des Zweiten Weltkriegs als bedeutender Vichy-Offizier verbracht hatte und für seine Dienste sogar von Marschall Pétain ausgezeichnet worden war. Doch gegen Ende des Krieges war Mitterrand auf der Seite der Maquisards, in deren Reihen er im Morvan gegen die Deutschen kämpfte. Die Region wurde eine Bastion der Linken, besonders deshalb, weil die extreme Armut in der Bevölkerung tiefe Ressentiments gegen die reichen konservativen Weinbauern des Südens hervorrief. 1946, im Alter von dreißig Jahren, wurde Mitterrand zum Abgeordneten der

Nationalversammlung gewählt, und bis zu seiner Präsident-
schaft hatte er in der Region seine politische Basis gehabt.
Zwischen 1959 und 1981 hatte er als Bürgermeister von
Château-Chinon amtiert.

Daß er zum ersten sozialistischen Präsidenten der Fünften
Republik gewählt worden war, erfuhr Mitterrand im Hôtel
du Vieux Morvan in Château-Chinon. Jahrelang hatte er
dort das Zimmer Nr. 15 bewohnt; seine besondere Zuneigung galt der Managerin Ginette Chevrier, die er neben
vielen anderen Freunden aus dem Morvan zur Feier seines
zehnjährigen Amtsjubiläums in den Élysée-Palast einlud.
Auch als Staatspräsident stattete Mitterrand alten Freunden
häufig einen Besuch ab. In seinem Buch *L'abeille et l'architecte*
schrieb er: »Ich liebe die Wälder; mein Lebensweg führt
mich immer wieder in die Wälder des Morvan zurück.«

Seine Treue erreichte geradezu legendäre Ausmaße. Als ein
Freund im Jahre 1989 erneut für das Bürgermeisteramt des
kleinen Dorfes Gouloux kandidierte, schickte ihm Mitterrand eine Postkarte mit dem Satz: »Viel Glück für morgen.«
Zuvor, als der Bürgermeister im Krankenhaus gelegen hatte,
hatte er ihn angerufen und ihn mit freundlichen Worten
aufgemuntert. Wohin auch immer Mitterrand seine Reisen
um die Welt führten, immer schickte er seinen Freunden
handschriftlich Grüße. Und sämtliche Geschenke, die er
von ausländischen Staatsoberhäuptern erhalten hat, sind in
einem neuen Museum in Château-Chinon ausgestellt.

Im Jahre 1990 trat Madame Chevrier vom Hôtel du Vieux
Morvan in den Ruhestand, und Mitterrand benötigte ein
anderes Hotel in der Gegend. Bernard hoffte, er würde das
Côte d'Or wählen. Nicht des Geldes wegen natürlich. Bernard würde vom Präsidenten niemals eine Bezahlung verlangen. Ihm genügte das Prestige, sagen zu können: »Der
Staatspräsident übernachtet hier.«

Als Bernard wenige Wochen zuvor erfahren hatte, daß der Präsident mit dem deutschen Kanzler Helmut Kohl im nahe gelegenen Beaune zu einem Gipfeltreffen zusammenkommen würde, schrieb er an den Élysée-Palast und lud die deutsche und die französische Delegation ins Côte d'Or zum Essen ein. »Das ist *die* Gelegenheit für Publicity, insbesondere in der deutschen Presse«, begeisterte er sich. »Nächstes Jahr wird es hier voll sein mit reichen Deutschen.« Aber der Präsident lehnte die Einladung ab. Es bleibe keine Zeit während des Gipfels. Bernard hegte den Verdacht, daß der deutsche Bundeskanzler, der anschließend zu seiner alljährlichen Abmagerungskur ins österreichische Sankt Gilgen aufbrechen wollte, die Einladung torpediert hatte. Doch Mitterrand hatte versprochen, das Côte d'Or bald einmal »privat« zu besuchen.

Deshalb war Bernard auch nicht völlig unvorbereitet, als Mitterrand anrief. Er wußte aus der Zeitung, daß der Präsident an Feierlichkeiten auf dem nahe gelegenen Mont Beuvron teilnahm, und hatte bereits gehofft, es käme vielleicht zu einem Überraschungsbesuch. Im Gegensatz zum amerikanischen Präsidenten, dessen Besuche Wochen im voraus geplant werden, kann der französische Präsident noch im allerletzten Augenblick sein Ziel ändern. Flexibilität, so behaupten die Sicherheitskräfte, sei die beste Form der Sicherheit.

Mitterrand war, wie allgemein bekannt, ein Genießer feiner Tafelfreuden. Aber er lehnte, wie er es nannte, »falschen Chic«, pompösen Service und raffiniertes Dekor rigoros ab. In Vézelay zog er den gediegenen Konservatismus des Hôtel de la Poste et du Lion der grellen Modernität von Meneaus L'Espérance vor. Bernard wußte, daß Mitterrand der neue Hauptspeisesaal nicht gefallen würde. Bei seinen vergangenen Besuchen hatte er sich einen Platz im hinteren Teil des

Dumaine gewidmeten Speiseraums gewählt, von wo aus er alle hübschen Frauen des Raumes im Blick hatte. Also ordnete Bernard an, für diesen einen Abend dort zu decken.

»O mein Gott«, stöhnte Eric verzweifelt.

Das Restaurant war bis auf den letzten Platz besetzt. Auch ohne einen berühmten Gast würde man in der Küche alle Hände voll zu tun haben. Wenn Bernard darauf beharrte, das Abendessen des Präsidenten im Dumaine-Speiseraum zu servieren, würden die erschöpften Kellner das Hotel in seiner ganzen Länge durchqueren müssen. Das Essen warmzuhalten, wäre ein Ding der Unmöglichkeit.

»Wir haben heute abend einhundertsechzig Reservierungen«, murrte Eric. »Bernard spielt mit dem Feuer.«

Schlimmer noch: Hubert war nicht da. Er nahm Samstag abend so gut wie nie frei. Aber an jenem Abend feierte seine Frau ihren vierzigsten Geburtstag. Schon ein paar Tage vorher war er zu seinen Eltern gefahren, die bei Lyon einen Bauernhof besaßen. Sie hatten eigens ein Schwein geschlachtet, das Hubert im Kofferraum seines Renault Kombi nach Saulieu transportierte und vier Tage lang in der Kühltruhe lagerte. Am Samstag abend baute er in seinem Hof einen Bratspieß auf. Das Thema des Abends hieß »Wüstenfest«, ungeachtet dessen, daß Muslime gar kein Schweinefleisch essen. Es sollte ein Grillfest nach nordafrikanischer Art sein. Die meisten Gäste kamen mit arabischem Kopfputz und in langen Gewändern. Doch dies hier war Burgund, und das hieß, daß man der arabischen Abstinenz mit großzügigen Mengen Alkohol trotzte, angefangen mit einem kräftigen Punsch, dem ein burgundischer Roter folgte, spendiert von Simon Bize. Fast ganz Saulieu war eingeladen, und so sah eine reduzierte Belegschaft im Côte d'Or dem Besuch des Präsidenten mit Bangen entgegen.

Um achtzehn Uhr fuhren drei schwarze Limousinen Typ

Renault 25 vor dem Côte d'Or vor. Mitterrand stieg aus, umgeben von sieben Leibwächtern. Er trug Wanderschuhe mit Gummisohlen. Im strahlenden Sonnenlicht sah der alternde Präsident mit seinem schütteren Haar blaß aus; seine Haut wirkte ungesund, gelblich-fahl. Wenig später würden seine Ärzte der Öffentlichkeit bekanntgeben, daß er an Prostatakrebs litt. Er wirkte schon jetzt kleiner und schmaler als im Fernsehen. In einer Hand hielt er eine Plastiktüte. Bernard eilte herbei, um seinen illustren Gast zu begrüßen.

»Halten Sie die hier bitte frisch«, sagte der Präsident und übergab ihm die Tüte. Bernard sah hinein, die Tüte war gefüllt mit *girolles*. Der Präsident hatte den ganzen Nachmittag Pilze gesammelt.

»Ich möchte kein großes Essen«, verkündete Mitterrand. »Das ist doch wirklich originell: zu Loiseau kommen und keinen Appetit haben.«

Am Abend trug der Präsident ein dunkelblaues Jackett und ein weißes Hemd mit Krawatte. Er nahm seinen Lieblingsplatz im rückwärtigen Teil seines bevorzugten Speiseraums ein, zusammen mit seinem Arzt und seiner Sicherheitswache. Von seinem Platz aus hatte er einen ungehinderten Blick auf die Decolletés der eleganten Damen am Nebentisch. Seine Frau Danielle war in Paris geblieben. Laut Bernard hatte der Präsident kein einziges Mal seine Ehefrau oder eine andere Frau ins Côte d'Or mitgebracht.

Der Präsident begann mit einem Austernsalat. Wenn Mitterrand etwas gern aß, dann waren es Meeresfrüchte. Er konnte eine ganze Mahlzeit mit rohen Austern und Muscheln bestreiten. Als Hauptgang wählte er einen einfachen Teller *cèpes sautées* mit Knoblauch und Petersilie. Bernard wußte, daß dieses leichte Gericht ebenfalls ein Lieblingsgericht des Präsidenten war. Zum Essen empfahl Lyonel einen roten

Volnay Jahrgang 1985 von Michel Lafarge. Der Präsident trank nur ein Glas.

»Er ist kein großer Weintrinker«, meinte Lyonel und verzichtete darauf, Weißwein und Dessertwein anzubieten. Zum Nachtisch servierte Eric ein großes Stück Epoisses.

Draußen in der Halle servierte Bernard den Leibwächtern Aperitifs und eine Mahlzeit. Als ein paar Gäste zum Essen in den Dumaine-Speiseraum geführt wurden, der vom Hauptspeisesaal weit entfernt lag, sahen sie gequält drein, als würden sie in die Verbannung geschickt. Dann entdeckten sie den Präsidenten. Keiner sagte ein Wort. Sie starrten ihn nur an.

Gegen zweiundzwanzig Uhr war der Präsident mit dem Essen fertig und zog sich auf sein Zimmer zurück. Vor der Tür waren die ganze Nacht hindurch zwei Wachen postiert, die alle paar Stunden abgelöst wurden. Die übrigen Sicherheitskräfte übernachteten im Hôtel de la Poste.

Huberts Fest dauerte die ganze Nacht. Gegen elf erschien Dominique. Fast keiner war mehr nüchtern. Eine improvisierte Striptease-Show mit alkoholisierten Gästen war in vollem Gang. Dominique, untadelig gekleidet, wirkte fehl am Platz. Sie stocherte in ihrem Essen herum – gegrilltes Schweinefleisch und ein kleiner Teller Salat – das ihr Hubert gebracht hatte, und nippte an einem Glas Wein. Sobald sie mit dem Essen fertig war, suchte sie nach der richtigen Ausrede, um dem Trubel entfliehen zu können.

»Ich muß heim und nach den Kindern sehen«, sagte sie.

Gegen zwei Uhr gesellte sich auch Bernard zu den Partygästen, immer noch voller Energie. Der Besuch des Präsidenten hatte ihm einen zusätzlichen Adrenalinschub gegeben. Erst um fünf, als Hubert anfing, den Morgenkaffee zu servieren, brach er auf, und zwar geradewegs zum Hotel, um nachzusehen, ob alles in Ordnung war. Um acht rief der

Präsident in der Rezeption an und verlangte eine Sonntagszeitung. Aber um zehn war er immer noch in seinem Zimmer.

»Er arbeitet«, erklärte eine Sicherheitswache.

»Heute morgen kam ein Anruf aus Washington«, sagte Annie, die Rezeptionistin. »Ich glaube, aus dem Weißen Haus.«

Um zehn nach zehn kam der Präsident zum Frühstück. Er trug wieder seine legere Freizeitkleidung, bereit zum morgendlichen Pilzesammeln im Wald. An der Rezeption hielt er inne.

»Darf ich meine Rechnung bezahlen?« fragte der Präsident. Bernard eilte herbei. »Es gibt keine Rechnung zu bezahlen«, sagte er.

»Dann lassen Sie mich wenigstens meine Telefonkosten begleichen«, sagte der Präsident.

»Stellen Sie eine Rechnung aus über dreihundert Franc«, sagte Bernard zu Annie, der hübschesten und jüngsten Rezeptionistin.

»Nein«, sagte der Präsident und zog einen 500-Franc-Schein heraus. »Ich bin mehr Geld schuldig.«

»Nein, die Rechnung lautet auf dreihundert Franc«, sagte Annie. Bernard unterbrach und fragte, ob der Präsident zur Erinnerung seine Unterschrift unter eine Speisekarte setzen könne. Annie holte tief Luft. Sie dachte, ihre Prüfung sei nun zu Ende.

»*Au revoir, Monsieur le Président*«, sagte sie.

Da wandte sich der Präsident an sie.

»Sind Sie aus Saulieu?« erkundigte er sich.

Annie wurde rot. Die Kellner im Hintergrund feixten.

»Nein«, antwortete sie. »Ich bin aus dem Cher« – einer Region im Loiretal mit einer Landschaft in zarten Aquarelltönen, beherrscht von majestätischen Schlössern.

»Oh, was für eine hübsche Gegend«, antwortete der Präsident.

Jetzt war offensichtlich, daß er mit ihr flirtete. Die anderen Rezeptionistinnen horchten auf. Mitterrand lächelte, als er auf die Tür zuschritt. Bernard folgte ihm. Draußen stand ein Fotograf der Lokalzeitung. Am nächsten Tag war auf der ersten Seite ein Foto von Bernard zu sehen, wie er den Präsidenten aus dem Côte d'Or geleitet. Annie im Restaurant war kurz vor dem Zusammenbruch.

»Wenn er noch ein Wort mehr gesagt hätte«, meinte sie, »wäre ich dahingeschmolzen.«

Bernard erhielt nun Einladungen aus ganz Frankreich, darunter auch die Bitte, bei einer wissenschaftlichen Konferenz an der Universität von Lyon zu sprechen. Für die Professoren waren die ungebildeten Drei-Sterne-Köche Halbgötter, Herren des Universums, die gehätschelt und verehrt wurden. Als Bernard hörte, daß auch Paul Bocuse und Pierre Troisgros teilnahmen, sagte er zu. Er war stolz darauf, mit seinen Heroen auf gleicher Stufe zu stehen. »Bocuse und Troisgros sei Dank«, sagte er jedem, der fragte. »Sie sind die besten Botschafter der französischen Küche. Sie waren die ersten, die die Medien verstanden haben, die ersten, die die Köche hinter dem Herd hervorholten.«

Die Konferenz fand im Auditorium maximum der Universität Lyon statt, einem majestätischen Bau aus der Zeit Napoleons III. mit Blick auf die Rhône. Der Hörsaal war auf High-Tech getrimmt worden: elektronische Sonnenblenden »lasen« die Stärke des einfallenden Lichts und regulierten sich selbst, indem sie sich schlossen, wenn die Sonne aufging, und sich öffneten, wenn sie unterging.

Bernard platzte mitten in die morgendliche Sitzung hinein und entdeckte Paul Bocuse, der ihm zuwinkte. Als er sich

hinsetzte, bemerkte er eine elegante Hosteß in einem knall-
roten Minirock, der ihre langen, schlanken Beine gut zur
Geltung brachte. Ein eleganter Seidenschal aus Lyon unterstrich ihren Charme. Während die Referenten über Themen wie den Transport von Rüben im 18. Jahrhundert
diskutierten, betrachtete Bernard seine hübsche Nachba-
rin. Doch bald wurde es ihm langweilig. Nach einer halben
Stunde zog er seine Jacke an und verließ vor aller Augen den
Saal.

»Ich bin wegen Paul gekommen«, sagte Bernard. Bernard
mochte Akademiker nicht. Wie konnte man über guten
Geschmack theoretisieren? Seiner Meinung nach brauchte
man nicht die Geschichte des Knoblauchs zu kennen, um
zu wissen, daß Bernard Loiseaus Knoblauchpüree im Mund
explodierte – *paff*.

Zeit fürs Mittagessen – nicht einen Augenblick zu früh.
Bernard steuerte mit Troisgros und Bocuse schnurstracks
auf ein Boot zu, das am Flußufer direkt vor der Universität
vertäut war. Aus einem Lautsprecher im Speisesaal ertönte
laute Musik, wie man sie im Wartezimmer eines Arztes hört.
Bernard zuckte zusammen. Wenn es etwas gab, was er verabscheute, dann war es Musik, die ihn vom Essen und vom
Gespräch bei Tisch ablenkte.

Das Essen war ein Greuel. Es begann mit einer Leberpâté,
die eiskalt war und schwer zu schneiden. Vermutlich hatte
man sie eben erst aus dem Gefrierschrank genommen. Der
Beaujolais, der dazu gereicht wurde, war gleichfalls eiskalt. Als nächstes wurde Lachs in Sahnesauce serviert, eine
Variante des berühmten Gerichts von Troisgros, mit dem
die *nouvelle cuisine* ihren Siegeszug angetreten hatte. Aber
welch ein Frevel: Bei der Sauce fehlte der Sauerampfer.
Statt dessen ertrank der trockene, verkochte Fisch in Sahne.

»Da sieht man, was passiert, wenn man auf Bauernhöfen Fische züchtet«, feixte jemand. »Das kommt dabei heraus.«

Das Gespräch kam auf den Niedergang der Eßgewohnheiten in Frankreich. Troisgros und Bocuse waren pessimistisch. »Als Kinder gingen wir jeden Tag zum Mittagessen nach Hause, und Mama kochte ein tolles Essen«, erinnerte sich Troisgros. »Jetzt hat niemand mehr Zeit dafür, man ißt in der Schule oder in der Cafeteria.«

Schließlich kam das Dessert: Erdbeeren ohne Geschmack. »Es ist unmöglich, in dieser Jahreszeit echte Erdbeeren zu finden«, sagte Bernard. »Ich habe von meiner Speisekarte alle roten Früchte gestrichen.«

Die anderen Küchenchefs nickten zustimmend. Als der Kaffee gebracht wurde – schwacher Filterkaffee statt starkem Espresso – höhnten sie ein letztes Mal.

»Puh, das schmeckt wie amerikanischer Kaffee«, sagte einer.

Als sie in den Hörsaal zurückkehrten, wurden Bernard und Troisgros aufs Podium gebeten. Bocuse blieb unter den Zuschauern sitzen und wartete, bis sein Thema an der Reihe war. Der Moderator stellte die beiden Spitzenköche als »die führenden Kämpfer der französischen *haute cuisine*« vor. Troisgros beschrieb seine Rolle bei der Kreation der *nouvelle cuisine*. »Unser Ziel war es nicht, zu provozieren«, begann er. »Uns lag daran, die französische Küche für zukünftige Generationen zu bewahren.« Er meinte, Escoffiers strenge Prinzipien hätten einer Modernisierung bedurft. »Wir glaubten, eine Evolution in Gang zu setzen«, erläuterte er. »Statt dessen lösten wir eine Revolution aus.«

Wie alle Revolutionen, sagte er, erwies sich auch die *nouvelle cuisine* als konstruktiv und destruktiv zugleich. Sie lehrte Küchenchefs die Notwendigkeit, stets schöpferisch zu sein. Aber Troisgros warnte vor Exzessen; er betonte, daß das

Schöpferische immer auch die Tradition achten müsse.
»Wir wollen keine Seezunge in Schokoladensauce«, sagte er.
»Seezunge ist ein großartiges Produkt. Schokolade ebenfalls. Aber beide passen nicht zusammen.« Seine Ausführungen endeten mit einem Plädoyer, jeglichen »Mißbrauch«
der Freiheit zu beenden und gleichzeitig »die Fortschritte
der neuen französischen Küche zu wahren«.
Als nächstes nahm Bernard das Mikrophon. Wie gewöhnlich sprach er frei, enthusiastisch und unbeschwert, und die
Worte kamen wie ein Schnellfeuer aus seinem Mund. Er
betonte seine Treue gegenüber Alexandre Dumaine. »Das
Grundprinzip meines Kochens ist es, die klassische Küche
zu revidieren und zu korrigieren«, erklärte er und legte sein
Rezept für Froschschenkel dar, das ohne Butter oder andere
Fette auskam. »Die *nouvelle cuisine* wurde zunehmend etwas
fürs Auge. Sie sah hübsch aus, hatte aber keinen Geschmack.
Ich möchte den Menschen die Küche ihrer Großmutter in
Erinnerung rufen. Mein Motto lautet: Laßt den Dingen
ihren Eigengeschmack.«
Als er fertig war und der Moderator dem Publikum die
Gelegenheit gab, Fragen zu stellen, erhob sich eine gutge-
kleidete ältere Dame im Zuschauerraum.
»Weshalb gibt es unter den großen Küchenchefs eigentlich
so wenige Frauen?«
»Köche sind Machos«, sagte Troisgros. »Sie glauben, Frauen
können es nicht so lange und in so großer Hitze in der
Küche aushalten.«
»Ich habe immer eine Frau in der Küche«, meinte Bernard
großspurig. »Ob sie erfolgreich ist oder nicht, das ist eine
andere Frage.«
Inmitten der Zuhörer erhob sich Bocuse.
»Frauen«, sagte er, »das ist ein Thema, da kann ich mitre-
den. Wir alle haben von unseren Müttern das Kochen ge-

lernt, und doch sind fast keine Frauen in unseren Küchen tätig. Es ist eine Schande.«

Ein anderer Zuhörer richtete eine Frage an Bernard: »Weshalb haben Sie keine Käsekarte?«

»Der Käse ist uns ein besonders großes Anliegen«, gab Bernard zur Antwort und schilderte Erics lange Touren auf der Suche nach dem kräftigsten, reifsten Epoisses.

»In meinem Restaurant«, fügte Troisgros hinzu, »gehen wir sogar noch weiter: Wir legen Stroh aufs Tablett, um der Präsentation ein ländliches Flair zu verleihen, und wir entwickeln neue Brotsorten, die das Produkt noch mehr aufwerten.«

Wieder stand Bocuse auf und stahl den beiden anderen die Show.

»Die französischen Käseproduzenten versuchen, Camembert zu exportieren, und wenn er am Zielort ankommt, ist er verdorben«, sagte er. »Die Holländer machen nur fünf Arten von Käse; sie sind zwar allesamt nichts wert, aber wenigstens von gleichbleibender Qualität.«

»Eine letzte Frage«, sagte der Moderator.

Aus einer der hinteren Reihen erhob sich eine mütterlich aussehende Frau.

»Warum kümmert sich nur McDonald's um eine gute Atmosphäre für Kinder?« fragte sie.

Das Publikum applaudierte.

»Sie haben recht«, gab Troisgros zu. »Unser Berufsstand muß mehr tun, um Kindern guten Geschmack beizubringen.«

»In den meisten Familien wird nicht mehr gekocht«, sagte Bernard. »Der Erfolg von McDonald's beweist, daß guter Geschmack ganz unten anfangen muß.«

Bocuse erhob sich zu einer abschließenden Bemerkung.

»Geben wir es doch zu«, sagte der berühmteste Küchenchef

Frankreichs. »McDonald's tut alles für die Kinder. Daraus sollten wir lernen.«

Die Veranstaltung endete mit viel Applaus und stehenden Ovationen. Zu den Beifallspendern gehörte auch John Merriman, Professor für französische Geschichte an der Yale University.

»Donnerwetter«, meinte Merriman anschließend. »Eins zu null für Bocuse.«

Wie ein ehrgeiziger Sohn seinen begabten Vater übertreffen will, so war Bernard darauf aus, die Nachfolge des großen Bocuse anzutreten. Aber er wußte, daß er noch eine lange Wegstrecke vor sich hatte, ehe er in den kulinarischen Ruhmestempel einziehen und den Platz neben seinem Idol einnehmen konnte. Sein Nahziel war es, an die Spitze einer neuen Generation von Köchen zu treten. Bocuse hatte die anderen *Nouvelle-cuisine*-Köche überredet, sich zu einer Gruppe namens Bande à Bocuse zusammenzuschließen. Gemeinsam mit dem Gastronomiekritiker Gilles Pudlowski beschloß Bernard, eine Bande à Loiseau zu gründen. »Bernard«, meinte Pudlowski, »du bist die größte Berühmtheit in deiner Generation von Köchen. Du mußt Bocuse ablösen!«

Pudlowski forderte eine Gruppe von rund vierzig begabten Küchenchefs auf, sich der Bande à Loiseau anzuschließen. Die meisten besaßen bereits zwei Michelin-Sterne und hatten es auf den wertvollen dritten abgesehen. Lediglich Joël Robuchon war seit langem Inhaber eines dritten Sterns. Bernard bot ihm die Rolle als Nr. 2 in der Bande à Loiseau an und schmeichelte seinem Ego, indem er ihn zum Paten der Gruppe salbte. Robuchon akzeptierte.

Gemeinsam verfügte die *bande* über eindrucksvolle zweiundzwanzig Michelin-Sterne. Die meisten Mitglieder der Gruppe stammten aus den Provinzen: Antoine Westermann aus dem Elsaß, Marc Veyrat aus Savoyen, Michel Bras aus der Auvergne, Olivier Rollinger aus der Bretagne. Zu den Küchenchefs aus Paris gehörten neben Robuchon Guy Savoy, ein alter Freund Bernards aus der Zeit bei Troisgros, und Alain Passard, Chef des Pariser Restaurants Arpège gegenüber dem Musée Rodin. Mit der Auswahl seiner Mitglieder zielte Bernard auf eine Aufwertung der regionalen Küche.

Pudlowski überzeugte die Fotoagentur Sygma, daß die Gründung der Bande à Loiseau ein Medienereignis sei. In einem Pariser Studio nahe den Champs-Élysées und dem Arc de Triomphe wurde ein Fototermin anberaumt. Die *haute cuisine* feiert ihre größten Triumphe auf dem Land, und die Küchenchefs waren über ganz Frankreich verteilt. Doch nahezu alles andere ist in Paris konzentriert, und sollte etwas die Aufmerksamkeit der Presse auf sich ziehen, mußte es in der Hauptstadt stattfinden.

Am Tag vor dem Fototermin starb der berühmte Gastronom Raymond Thuillier. Noch im Alter von achtundneunzig Jahren schien er unverwüstlich. Fast ein halbes Jahrhundert lang hatte er das exzellente Oustau de Baumanière am Rande des mittelalterlichen Provence-Dorfes Les Baux-de-Provence geführt. Als Thuillier nach dem Krieg dort ankam, war es ohne Leben. Die mittelalterlichen Ruinen standen auf einem mächtigen Felsvorsprung hoch über den Olivenbäumen. Kaum jemand konnte sich vorstellen, an einem solch entlegenen Ort Ferien zu machen. Aber Thuillier erfand die sogenannten Relais et Châteux, Landgasthöfe, die urbanen Luxus mit ländlicher Schönheit vereinten. Er machte ein abgelegenes Dorf zum Modeort.

Die Kulisse bei Thuillier war idyllisch: Mit Blick auf die weißen Kalkfelsen des Dorfes entspannten sich die Gäste auf luxuriöse Weise in prachtvollen Räumen. Ein Koch war

Thuillier nie gewesen, und allgemein wurde bezweifelt, daß die Küche des Oustau drei Sterne wirklich verdiente. Noch vor seinem Tod erkannte Michelin dem Lokal von drei Sternen einen ab. »Thuillier war ein Visionär«, meinte Bernard. »Er hat als erster die Bedeutung des Dekors, der Bequemlichkeit in der Gastronomie verstanden, den neuen Sinn für Luxus, das Bedürfnis, sich bei gutem Essen zu entspannen.«

Zum Begräbnis versammelte sich die gesamte gastronomische Welt Frankreichs in Les Baux. Bernard fuhr eineinhalb Stunden nach Vonnas, um von dort gemeinsam mit Georges Blanc die vierstündige Fahrt in die Provence in dessen Mercedes zu unternehmen. Blanc besaß außer dieser Limousine noch ein Mercedes-Cabrio und einen Porsche. Bernard war über solchen Reichtum erstaunt. »Ein Koch kann es wirklich weit bringen«, sagte er.

Nach der Beerdigung fuhren Bernard und Blanc nach Lyon. Paul Bocuse, der ebenfalls am Begräbnis teilgenommen hatte, hatte sie zu einem Imbiß eingeladen. Per Autotelefon gab Paul ein einfaches Grillhähnchen in Auftrag, und sie aßen in seiner Küche. Bei Bernards Ankunft in Saulieu war es halb zwei Uhr morgens. Die gesamte Belegschaft feierte im Versammlungssaal eines nahegelegenen Dorfes die Verlobung eines Mitarbeiters, und Bernard beschloß vorbeizuschauen. Als er den Saal betrat, begrüßten ihn die Anwesenden halb bewundernd, halb im Scherz mit dem Ruf: »Loiseau, Loiseau.«

Bernard ging nur nach Hause, um sich umzuziehen. Ohne geschlafen zu haben, brauste er früh um halb sechs mit 180 Stundenkilometer Richtung Norden, nach Paris. Auf der Hauptstraße schossen seine Augen blitzschnell umher, damit ihm nur ja nicht die Radarkontrollen der Polizei entgingen. »Ich habe einen Riecher für die Polizei wie für ein gutes Essen«, prahlte er. Während der BMW dahinflitzte, ging langsam die Sonne auf. Es würde ein heißer Tag werden.

Als in der Ferne der Eiffelturm sichtbar wurde, stand die Sonne schon als glühender Ball am Himmel. Die Uhr im Wagen zeigte halb neun Uhr an. Seinen ersten Termin hatte Bernard beim Rundfunksender Europe 1, wo er in der Morgensendung auftreten sollte. Bevor er ins Studio ging, bestellte er in einem Café in der Nähe des Studios schnell noch einen Kaffee und ein Croissant.

»Uff«, stöhnte Bernard nach dem ersten Bissen. »Das Croissant schmeckt wie Kaugummi.«

Als Bernard das Studio betrat, begrüßten ihn ein paar der Redakteure mit erhobenem Daumen. »Glückwunsch zum dritten Stern«, sagte einer. »Mann, wie toll war das Essen in Saulieu«, ein anderer. Die Komplimente stimulierten den Küchenchef mehr als Koffein. Als es soweit war, auf Sendung zu gehen, fühlte er sich wieder topfit. Er trug eine Krawatte von Hermès, ein doppelreihiges blaues Jackett und eine graue Hose – von Kopf bis Fuß der Inbegriff des Erfolgs, ein echter burgundischer Star.

»Unser heutiger Gast ist der neue Drei-Sterne-Koch Bernard Loiseau«, begann die Sprecherin und schilderte die Geschichte des Côte d'Or und Bernards Weg zum dritten Stern. Bernard erzählte, daß er am Tag zuvor am Begräbnis Thuilliers teilgenommen und anschließend mit Paul Bocuse zu Abend gegessen hatte.

»›Du kannst dich getrost zurücklehnen‹, habe ich Paul versichert«, sagte Bernard. »›Bernard Loiseau übernimmt deinen Part bei den Medien.‹«

Im Studio brach wieherndes Gelächter aus.

Nach dem Rundfunkauftritt fuhr Bernard mit dem Taxi zu seinem Fototermin. Er traute sich nicht zu, in der Stadt zu fahren. Die meisten seiner Kollegen hatten wie er zu wenig geschlafen. Sie hatten am Abend zuvor gearbeitet und waren in aller Frühe nach Paris aufgebrochen. Die Kollegen aus den größeren Städten, etwa die Elsässer aus Straßbourg, waren per Flugzeug gekommen und sahen einigermaßen munter aus. Aber die anderen hatten mit dem Auto oder dem Zug anreisen müssen. Marc Veyrat aus den Savoyer Bergen bei Annecy war um drei Uhr morgens mit der Arbeit fertig gewesen und hatte um Viertel vor sechs den TGV bestiegen.

Michels Bras, ein kleiner, drahtiger Mann mit Brille, hatte um ein Uhr früh aufgehört zu arbeiten, war dann um vier Uhr aufgestanden und die sechs Stunden nach Paris gefahren. Er kam aus dem vergessenen Massif Central, einem der am dünnsten besiedelten Gebiete Westeuropas. Hoch über dem Dörfchen Laguiole, auf einer einsamen Anhöhe im Niemandsland, führte Bras eine Küche, die im wesentlichen auf Kräutern und Gemüse basierte. Bras ermutigte die einheimischen Bauern, Gemüse anzubauen, das längst vom Markt verschwunden war. Er konnte in allen Einzelheiten über die Unterschiede in Beschaffenheit und Geschmack von dreißig verschiedenen Kohlarten referieren.

Nach seinem Fiasko im Côte d'Or hatte Larry, der amerikanische Stagiaire, bei Bras Arbeit gefunden. Er hatte nach einer bezahlten Stelle als Commis Ausschau gehalten. Als Bras ihm ein Angebot machte, griff Larry zu.

Doch es war ein Desaster. »Im Vergleich zu Laguiole war Saulieu geradezu eine Metropole«, klagte der Amerikaner. Die Atmosphäre in der Küche war autoritär. »Wenn man auch nur den kleinsten Fehler machte, etwa die Milch eine Sekunde zu lang kochen ließ, brüllte einer der Sous-Chefs schon los«, sagte Larry. »Sie sagten mir immer wieder, ich sei ein *connard* – ein verdammter Vollidiot.«

Larry empfand Bras als distanziert und eigenbrötlerisch, unberührt von all den Spannungen in der Küche. Als eines Tages Henri Gault aufkreuzte, sagte Bras dem Küchenpersonal: »Ist mir egal.« Er wies sein Personal an, ihm nicht zu sagen, an welchem Tisch Gault saß. »Da kommt der berühmteste Gastronomiekritiker Frankreichs, und ihm ist es egal«, sagte Larry verständnislos.

Zu der Zeit, als sich die Bande à Loiseau formierte, beschloß Bras, Larry zu feuern. »Wir haben als Termin Ende Juli vereinbart«, sagte Bras kühl. »Ihm fehlte es einfach an der nötigen Erfahrung.«

»Exakt«, stimmte Bernard zu und sah sich in seiner Meinung über Larry bestätigt.

»Und was wird der Amerikaner danach machen?« fragte er. »Er weiß es noch nicht«, erwiderte Bras. »Vielleicht geht er in die Vereinigten Staaten zurück.«

Die Küchenchefs hatten Zeit zum Plaudern. Sie warteten auf Joël Robuchon, der an jenem Morgen in Bordeaux war. Bernard war glücklich, daß Robuchon sich bereit erklärt hatte, sich seiner *bande* anzuschließen, und entzückt darüber, daß er die teilnehmenden Küchenchefs nach dem Fototermin zu einem Essen in seinem Restaurant eingeladen hatte. Aber die anderen, von denen viele volle Terminkalender hatten, waren aufgebracht angesichts der Verzögerung. »Ich muß zu Mittag wieder in meinem Restaurant sein«, meinte Alain Passard. »Dieser Robuchon glaubt, er sei etwas Besseres.«

Unterdessen rief Bernard im Côte d'Or an. Dominique berichtete, am Morgen seien überraschend die Gesundheitsaufseher gekommen.

»Und wie ist es gelaufen?« fragte Bernard. Er klang nicht besorgt. Schließlich war es undenkbar, daß ein staatlicher Bürokrat etwas Kritikwürdiges finden konnte, wo die Michelin-Fratres ihm bereits ihr Gütesiegel aufgeprägt hatten.

»Die Gesundheitsaufseher haben kritisiert, daß Lyonel einen Aligoté als Wein aus der Côte Chalonnaise auf der Weinliste stehen hat«, berichtete Dominique. »Sie meinten, das ginge nicht.«

»Natürlich geht das«, gab Bernard zurück. »Es gibt doch einen Aligoté aus der Côte Chalonnaise.«

»Sie haben auch geprüft, ob der Fisch wirklich frisch ist. Und sie meinten, wir sollten für die nach vorne hinausgehenden Zimmer die Übernachtungspreise senken.«

»Kein Grund zur Besorgnis«, meinte er. »Sie müssen sich wichtig machen und zeigen, daß sie Loiseau Schwierigkeiten machen können.«

Bernard legte auf.

Endlich kam auch Robuchon und entschuldigte sich tausendmal. Der Fotograf bat die Küchenchefs, ihre weiße Arbeitskleidung anzuziehen und die Kochmützen aufzusetzen. Als Bocuse und seine *bande* fotografiert wurden, stellten sie Rembrandts Gemälde *Die Anatomie des Dr. Tulp* nach, nur daß die Küchenchefs nicht einen menschlichen Leichnam, sondern einen riesigen Ochsen sezierten. Für das Gruppenbild der Bande à Loiseau verteilte der Fotograf schwarze Lederjacken. »Eine richtige Gang eben«, meinte er. Die »Gang« der Küchenchefs stellten sich um Bernard herum auf, der in einer riesigen Kupferkasserolle rührte.

»Da sind sie, die Köche des Jahres 2000«, verkündete Gilles Pudlowski mit theatralischer Gebärde. »Robuchon ist der Taufpate, aber Bernard ist der Mittelpunkt. Alles kreist um ihn.«

Bernard strahlte. Ein Fernsehteam von France Television kam hinzu. Während der Fotograf und der Kameramann

302

Aufnahmen machten, fragte der Reporter: »Warum sind eigentlich keine Frauen dabei?«

Die Küchenchefs lachten verlegen.

Nach dem Fototermin sagte Michel Bras, er müsse in die Auvergne zurückfahren, um rechtzeitig zum Abendessen da zu sein. Bras war ohnehin nicht ein Mensch, der gerne feierte. Alain Passard kehrte ebenfalls in sein Restaurant zurück, zum Mittagsservice. Die anderen Küchenchefs setzten sich in Robuchons Jamin zusammen. Während sie Champagner Dom Perignon tranken, wandte sich Bernard an Pudlowski: »Wegen der Sache mit den Frauen müssen wir etwas unternehmen«, sagte er.

»Ja«, stimmte der Kritiker zu.

Wenige Monate später schloß sich Ghislaine Arabian, die neue Küchenchefin des Restaurants Ledoyen auf den Champs-Élysées, der *bande* an. Da sie aus Nordfrankreich stammte, war sie auf Gerichte mit Bier spezialisiert. Ihr Auftritt in diesem Männermonopol brachte die ersehnte öffentliche Aufmerksamkeit – die stärker war als bei er eigentlichen Gründung der Gruppe. Im *Time-Magazine* wurde ein Foto abgedruckt, auf dem Ghislaine Bernard umarmte.

Nach dem Essen im Jamin war Bernard erschöpft. Er hatte seit dreißig Stunden nicht geschlafen. Doch noch konnte er nicht den Heimweg antreten. Er hatte versprochen, in der Spätnachrichtensendung aufzutreten. Sie war um ein Uhr nachts zu Ende, und erst gegen drei war er wieder in Saulieu.

Am nächsten Morgen stand er um sieben im Restaurant, bereit für einen neuen Fototermin.

Kapitel 14

❋ ❋ ❋

Höher hinaus

Obwohl drei Sterne auch mehr Kunden bedeuteten, die das Côte d'Or ausprobieren wollten, konnte das Restaurant nur ein Schaukasten für Bernards Talent sein. Mit einem 25köpfigen Küchenpersonal und insgesamt 60 Angestellten hielt sich der Gewinn in Grenzen, auch wenn zu jeder Mahlzeit alle Tische besetzt und jeden Abend alle Zimmer ausgebucht waren.

Bernards Hoffnung auf wirklichen Reichtum würde sich nur durch zusätzliche Aktivitäten realisieren lassen. Auch hier war Bocuse sein großes Vorbild. Wenn jemand einen Beaujolais bestellte, hoffte Bocuse, daß er sich für einen Paul-Bocuse-Beaujolais entscheiden würde. Wenn jemand das nächste Mal Konfekt kaufen würde, hoffte er, er würde Konfekt von Paul Bocuse probieren und im Fall von Töpfen und Pfannen auf Paul-Bocuse-Töpfe und -Pfannen zurückgreifen. Brauchte jemand eine Schürze – *voilà*, es gab Paul-Bocuse-Schürzen. Paul-Bocuse-Gerichte waren in seiner Filiale in Tokio ebenso erhältlich wie im Epcot Center. Bocuse demonstrierte, daß ein kulinarisches Imperium auf den Ruhm eines einzelnen Talents gegründet sein konnte wie ein Team, daß sich um einen Superstar schart.

Über Jahre hinweg kritisierten Konkurrenten und Gastronomen Bocuse wegen dieser Diversifizierung und dafür, daß er nicht genügend Zeit in der Küche verbringe. Mitte der achtziger Jahre stufte Gault-Millau Bocuses Restaurant zurück, weil der Große Paul zu sehr von seinen anderweitigen Aktivitäten in Anspruch genommen werde. »Wir entziehen Bocuse eine Kochmütze wegen seines Red Snappers und all der anderen wenig denkwürdigen Gerichte, die im Laufe des Jahres in seinem Beisein und in seiner Abwesenheit serviert wurden«, hieß es im Gault-Millau.

Bocuse war empfindlich gegenüber derartiger Kritik. Er verwies beharrlich auf sein erstklassiges Team und bestritt, daß die Küche seines Restaurants durch seine sonstigen Aktivitäten in Mitleidenschaft gezogen würde. Sein Ziel, so betonte er, sei es, jedermann Gourmetgerichte zugänglich zu machen, nicht nur jenen, die es sich leisten könnten, in großen Restaurants zu essen. Andere Küchenchefs zogen nach. Michel Guérard verkaufte als erster Drei-Sterne-Koch tiefgefrorene Gerichte unter seinem Namen. Tiefgefrorene Gourmetgerichte, besser gesagt; schließlich war das hier Frankreich. Man braucht lediglich die Packung in den Ofen zu schieben oder auf den Herd zu stellen, und innerhalb von dreißig Minuten hat man ein Schnellgericht nach französischer Art, beispielsweise *savarin de poisson à l'océan,* ein leichtes Fisch-Mousse mit Wermutsauce. »Warum nicht tiefgefrorene Gerichte?« fragte Guérard. »Wir können doch nicht nur für die paar Leute kochen, die hierher kommen.« Michel Olivier baute zwei Restaurantketten auf (Assiette au Bœuf und Bistro de la gare), in denen er preiswerte, aber hochgelobte Gerichte verkaufte. Olivier kreierte Fertiggerichte für ein ebenso ungewöhnliches Unternehmen: die Gourmetkantine für die Bediensteten einer großen Supermarktkette. Was spricht gegen Restaurantketten?, fragte er. »Weshalb soll man schlecht essen müssen, nur weil man sich kein Drei-Sterne-Restaurant leisten kann?« Olivier gab gar nicht erst vor, viel Zeit in der Küche zu verbringen. Er überarbeitete den Speiseplan seines Restaurants einmal pro

Monat und ließ sich, wenn es seine Zeit erlaubte, auch mal in der Küche blicken. »Die Leute wissen, daß da mein Team am Werk ist, nicht ich persönlich«, sagte er.

Bernard war da skeptischer. Auch wenn er selbst fast nie am Herd stand, so wußte er doch, daß seine Kunden den Star persönlich sehen wollten. »La Côte d'Or ist mein Restaurant«, erklärte er. »Ich bin verantwortlich für alles, was die Küche verläßt.« Guérards Restaurant blieb sechs Monate im Jahr geschlossen, in denen er sich seinen anderen Projekten widmen konnte – und er konnte auf diese Weise immer noch jedes Gericht begutachten, das aus seiner Küche kam. »Wenn man gut sein will, darf man sich nur auf ein, zwei Dinge gleichzeitig konzentrieren«, meinte Guérard. Bernard konnte es sich nicht leisten, sechs Monate im Jahr zu schließen. Er hatte sich vielmehr geschworen, außer in unvorhergesehenen Fällen, seinem Restaurant höchstens einer Mahlzeit pro Tag fernzubleiben.

Dann stürzte er sich plötzlich in eine Reihe reizvoller Projekte. Sein erster Plan war die Eröffnung eines Bistros im ehemaligen Restaurant Petit Marguery nebenan. Als die Rezession in Frankreich und im übrigen Europa spürbar wurde, ließen viele berühmte französische Küchenchefs die *haute cuisine* mit ihren exklusiven fünfgängigen Menüs immer mehr links liegen und konzentrierten sich auf zwanglose, billigere Restaurants, in denen sie traditionelle, einfache Gerichte servierten, sogenannte Bistrogerichte.

Die Küchenchefs bevorzugten Bistros, weil die Kosten niedrig sind und der Kundendurchlauf groß ist. Die Einrichtung eines Bistros ist billig – einfache Holztische reichen aus –, nur ein paar Köche bereiten mehr als hundert Essen zu, die aus kostengünstigen Zutaten hergestellt sind. Blutwurst, ein wahrer Renner im Bistro, kostet ein Zehntel der *foie gras*. »Ich glaube nicht, daß die großen Restaurants heute noch

Geld verdienen«, meinte Henri Gault. »Die Formel, um Profit zu erwirtschaften, heißt Bistro.«

Der Trend zum Bistro war von Paris ausgegangen. Guy Savoy, Michel Rostang, Jacques Cagna und bald auch Robuchon eröffneten neben ihren ausgezeichneten, teuren Renommierrestaurants preiswerte Speiselokale. Häufig waren es eher Restaurants als Bistros, und ein Essen kostete an die 250 Franc – immer noch fünfmal weniger als das Essen in einem First-Class-Restaurant. Und ihnen allen gemeinsam war eine neue Einfachheit, bei der Ausstattung wie auf der Speisekarte.

Dominique Versini, eine der wenigen weiblichen Spitzenköche, machte ihr teures Restaurant dicht und eröffnete es neu als Bistro. Hier servierte sie *pâtés,* Lammeintopf und andere Standardgerichte, allesamt mit dem gewissen Etwas ihrer unnachahmlichen Kreativität. Auch ihre berühmten Ravioli standen auf der Speisekarte, aber sie waren mit Perlhuhn statt mit *foie gras* gefüllt. »Die *haute cuisine* ist allzu steif und snobistisch geworden«, sagte sie. »Ich möchte zeigen, daß es auch einfacher geht.«

Auch die Gäste des Côte d'Or wollten nicht ausnahmslos drei feste Menüs in einem Drei-Sterne-Ambiente zu sich nehmen. Viele bevorzugten ein einfaches Mittagessen, und Bernard hoffte, sie würden sein Bistro mit Gerichten zu vernünftigen Preisen anderen einfachen einheimischen Restaurants vorziehen. Er spekulierte auch darauf, Einwohner aus Saulieu anzulocken, die von den Drei-Sterne-Preisen und der förmlichen Atmosphäre eines Drei-Sterne-Restaurants eher abgeschreckt wurden.

Georges Blanc in Vonnas war auch hier wieder führend gewesen, indem er schräg gegenüber seines Drei-Sterne-Restaurants ein Bistro eröffnet hatte. Statt raffinierter aufwendiger Speisen servierte er hier Gerichte wie Froschschenkel und Hühnchenleber Grandmère Blanc. Mittags und abends war Blancs Bistro voll. Als Präsident Mitterrand Michail Gorbatschow für ein Wochenende ins Haus seiner Frau nach Cluny einlud, bewirtete er ihn in Blancs Bistro in Mâcon. Wenn Blanc es in Vonnas und in Mâcon, beides abgelegene Orte, geschafft hatte, dann konnte es auch in Saulieu nicht schiefgehen, sagte sich Bernard.

Nach Bernards Vorstellungen sollte sein Bistro du Morvan mit Steinfußboden, Holzbalken und einem prasselnden Kaminfeuer burgundische Authentizität ausstrahlen. Bernard tüftelte mit seinem Finanzberater Bernard Fabre die Kosten für das neue Restaurant aus und beriet sich mit Hubert, wie man die Küche organisieren und aufteilen konnte – ein Teil sollte für die Drei-Sterne-Küche, der andere für den Bistro-Betrieb zuständig sein. Eric sollte der Oberkellner werden. Doch nach sechs Monaten eingehender Überlegungen wurde der Plan fallengelassen. Hubert war skeptisch, ob es genügend einheimische Kunden gab, und er glaubte auch nicht, daß reiche Pariser oder Kunden aus dem Ausland die stundenlange Anreise auf sich nehmen würden, nur um ein einfaches Essen in schlichtem Ambiente zu sich zu nehmen. Und wenn sie sich für das Bistro entschieden, so würde das zu Lasten des Côte d'Or gehen. »Wir würden uns selbst das Wasser abgraben«, meinte er.

Und schließlich war sich auch Fabre nicht schlüssig, wie die beiden gastronomischen Unternehmen voneinander getrennt gehalten werden sollten. An einem bankrotten Bistro, das den Erfolg eines Drei-Sterne-Restaurants zunichte machte, war ihm nicht gelegen. Aus steuerlichen Gründen konnten sich das Côte d'Or und das Bistro du Morvan Küche und Personal nicht teilen, so daß die Kosten hochschnellen würden. »Sie sollten eher darüber nachdenken, ein zweites Restaurant in Paris zu eröffnen«, schlug Fabre vor.

Und so wandte der unermüdliche Bernard seine Aufmerksamkeit anderen Projekten zu.

Der Küchenchef ohne höheren Schulabschluß, der behauptete, nie ein Buch gelesen zu haben – der aber merkwürdigerweise über aktuelle Ereignisse trotzdem bestens Bescheid wußte –, avancierte plötzlich zum Bestsellerautor. Er hatte ein Kochbuch mit dem Titel *L'Envolée des Saveurs* geschrieben, in dem er seine Philosophie der *cuisine à l'eau* oder, wie er es jetzt nannte, »wahrhaftigen Küche« darlegte. Es enthielt die meisten seiner berühmtesten Rezepte, darunter auch Schnecken in Brennesseln und Froschschenkel auf Petersilienpüree. Der Verlag Hachette hatte den Vertrag mit bescheidenen Erwartungen abgeschlossen. Doch nachdem dem Côte d'Or der dritte Michelin-Stern zuerkannt worden war, erhöhte Hachette die Auflage von zehn- auf fünfzigtausend, unglaublich für ein Kochbuch, das um die 200 Franc kosten sollte. Als es im Herbst 1991 erschien, erklomm es im Nu die Spitze der französischen Bestsellerlisten.

Daraufhin wurde Bernard eine Kolumne in der Sonntagszeitung *Journal du Dimanche* angeboten. Er sollte jede Woche 600 Wörter über jeweils ein bestimmtes Produkt schreiben, dessen Geschichte darlegen und ein Rezept vorstellen. Bernard konnte frei wählen, von Kürbis über Schnecken bis zum Weihnachtskapaun.

Für sein Kochbuch hatte Bernard einen Ghostwriter engagiert. Diesmal bot sich Dominique an, die Zeitungsartikel zu verfassen. Bernard war einverstanden. Er sah ein, daß sie nach Abschluß der Renovierungsarbeiten eine neue Aufgabe brauchte. Zwar konnte Dominique Hubert weiterhin helfen, am Wochenende die Gäste zu empfangen, aber ganz seinen Platz einnehmen konnte sie nicht. Eines Abends, nachdem sie eine gute dreiviertel Stunde im Restaurant gewesen war, fragte sie: »Was gibt's für mich zu tun?«

»Ich weiß nicht«, erwiderte Bernard.

Dominique ging nach Hause.

Hier gibt es keine Aufgabe für sie, überlegte Bernard. *Sie muß sich mehr auf ihre eigene Karriere konzentrieren.*

Bald darauf beschloß Dominique, von ihren alltäglichen Pflichten im Restaurant Abstand zu nehmen und ihre journalistischen Fähigkeiten weiterzuentwickeln. Alle zwei Wochen fuhr sie einen Tag nach Paris, um alte Freunde zu besuchen. Sie unterschrieb einen Vertrag bei ihrem früheren Verlag, der eine Neuauflage ihres Buches über Küchenhygiene und Ernährung machen wollte. Und sie übernahm Bernards Kolumne für die Sonntagszeitung.

Zu Wochenbeginn fragte Dominique Bernard nach dem Produkt, über das sie schreiben sollte. Dann recherchierte sie über dessen Geschichte und probierte das Rezept aus. Sie mochte diese Tätigkeit, da sie sich so ihren Tagesablauf selbst einteilen konnte. Die meiste Zeit widmete sie sich ihren Kindern. Erst nach dem Abendessen, wenn Bernard im Restaurant war und die Kinder schliefen, hatte sie genügend Ruhe, um sich zu konzentrieren. Und dennoch, obwohl Dominique diese Tätigkeit genoß, fühlte sie sich auch ein wenig gedemütigt. Zuvor hatte sie immer unter ihrem eigenen Namen veröffentlicht. Jetzt war sie Ghostwriter für ihren Ehemann. Bernard sah ein, daß sie eine eigene Identität brauchte, aber er wußte nicht, wie er ihr helfen sollte.

»Ich fragte beim *Journal du Dimanche* an, ob sie die Artikel mit ihrem eigenen Namen unterzeichnen könne«, erzählte er. »Sie sagten nein. Sie wollten mich.«

Bernard und Dominique waren über ein weiteres Thema uneins: den Urlaub. Seit der Zeit ihrer Tätigkeit beim Club Med liebte Dominique ausgiebige Ferien mit viel Sonne. In den sechzehn Jahren, seit er in Saulieu war, hatte Bernard nicht einmal Urlaub gemacht. Und aus Frankreich war er in seinem ganzen Leben noch nicht herausgekommen. »Wenn ich hundert Franc verdient hatte, sagte ich mir, wir brauchen einen neuen Teppich oder ein Gemälde fürs Restaurant«, erzählte Bernard. »Ich war zu besessen von den drei Sternen, als daß noch Raum für anderes gewesen wäre.« Bernard sah ein, daß er kürzertreten mußte. Bis jetzt hatte er das Restaurant, abgesehen von der Zeit der Renovierung, 365 Tage im Jahr geöffnet gehabt. Jetzt beschloß er, das Côte d'Or einen Monat lang zu schließen, und zwar von Mitte November bis Mitte Dezember. Die Aussicht auf Urlaub, die Aussicht, einmal etwas anderes zu sehen, versetzte ihn in Aufregung und in Angst zugleich.

»Wenn das Restaurant geschlossen ist, fahren wir nach Venedig«, versprach er seiner Frau am Ende eines turbulenten Sommerwochenendes.

Aber Dominique wollte weiterhin im Sommer Urlaub machen. Sie schlug vor, eine Woche in Spanien oder in der Bretagne am Strand zu verbringen. Bernard war entsetzt. Der Sommer war seine Hochsaison. Er war nie in seinem Leben am Strand gewesen, und die Vorstellung, mit seinen Kindern im Sand herumzukriechen, behagte ihm ganz und gar nicht.

»Dafür habe ich keine Zeit«, sagte er.

Schließlich fuhr Dominique mit den Kindern und Freunden aus Dijon nach Ibiza.

Bernards erstes wirklich lukratives Angebot kam nicht aus Frankreich, sondern aus Japan.

Wie üblich waren die Japaner darauf aus, von den Besten zu lernen. 1970 hatte Bocuse in Tokio zusammen mit dem japanischen Spirituosenhersteller Suntory ein Restaurant eröffnet. Bald folgte Troisgros, finanziell unterstützt vom Sony-Präsidenten Akio Morita. Mit seiner typischen vorausschauenden Strategie, durch die er zum Paradebeispiel des japanischen Managements geworden war, rechnete sich Morita aus, daß die französische Spitzenküche jenes Image transportieren würde, das er für seine elektronischen Produkte brauchte. Als die Wirtschaft des Landes in den achtziger Jahren boomte, fühlte sich jedes größere japanische Hotelunternehmen verpflichtet, ein französisches Restaurant zu eröffnen. Und so spürten Talentsucher des Japan Travel Bureau Bernard auf, dessen kreative, leichte Küche dem fernöstlichen Geschmack entgegenkam. Auch seine schillernde Persönlichkeit stieß auf Gefallen. »Die Japaner wollten jemanden wie Bocuse, der stark genug war, bei den Medien Eindruck zu schinden«, sagte Pierre Béal, der Direktor einer japanischen Kochschule bei Lyon und Vermittler bei den Verhandlungen. »Und ihnen schmeckte Bernards Küche.«

1987 bot das Japan Travel Bureau an, ein Restaurant namens La Côte d'Or zu finanzieren. Bernard lehnte ab. Er müsse sich auf den Michelin konzentrieren und würde keine ausländischen Verträge unterschreiben, bevor er den dritten Stern habe. Jahr für Jahr fragten die Japaner wieder an, und immer wies Bernard sie ab.

»Es war keine endgültige Absage«, sagte Bernard. »Es ging nur im Augenblick nicht.«

1990 kamen die Japaner erneut nach Saulieu, und diesmal stellten sie ein Ultimatum: jetzt oder nie. Die teure französische Küche hatte in Japan bereits ihren Gipfelpunkt erreicht, bevor die Rezession spürbar wurde. Jetzt war die preiswertere italienische Küche auf dem Vormarsch, spanische Tapa-Restaurants schossen wie Pilze aus dem Boden, ebenso billige französische Bistros: Die Brasserie Flo, die erfolgreiche Pariser Kette, hatte soeben in Tokio eine Filiale eröffnet. Aber das Japan Travel Bureau baute einen neuen Sheraton-Wolkenkratzer in Kobe unweit von Osaka. Und es brauchte ein Restaurant mit Prestige im obersten Stock.

Bernard, der in Schulden zu ersticken drohte, stellte rigorose Bedingungen.

»Ich möchte selbst den Küchenchef auswählen«, sagte Bernard.

»Einverstanden«, erwiderten die Japaner.

»Es müssen die gleichen Produkte wie in Saulieu verwendet werden.«

»Einverstanden.«

Bernard bestimmte Jean-Jacques Belin aus dem nahe gelegenen Semur-en-Auxois zum Küchenchef und bildete ihn in Saulieu aus. Marmelade von Jacques Sulem, Fisch von Michel Marache, ja sogar Schnecken von Jean-François Vadot wurden nach Fernost verschifft. »Sobald Bernard zugesagt hatte, ließ sich über alles reden«, erinnerte sich Béal, »auch übers Geld.«

Für zehn Tage, die Bernard pro Jahr in Japan verbrachte, und dafür, daß er mit seinem Namen für ein japanisches Côte d'Or stand, bot man ihm 500 000 Franc. Als Fabre von dem Deal hörte, sagte er: »Unterschreiben Sie.«

Bernard unterschrieb. Als er seinen dritten Stern gewonnen hatte, jubelten die Japaner. Nur zwei Monate später, im Juni 1991, sollte die Filiale des Côte d'Or in Kobe eröffnen, und es wurde eine zehntägige Reise nach Japan zur Einweihung des Restaurants vereinbart. Bernard bestieg das Flugzeug mit gemischten Gefühlen. Er war nicht oft geflogen, und der Flug von Paris nach Tokio dauerte zwölf Stunden. Das Japan Travel Bureau hatte ein First-Class-Ticket für ihn bereitgestellt. Es kostete 50 000 Franc. Hubert begleitete ihn, allerdings in der Economy Class. »Zum Glück haben sie dich nicht in den Laderaum verfrachtet«, witzelte Bernard.

In Japan wurde Bernard als hoher Gast empfangen. Er war überrascht von der Qualität der Küche in dem neuen Restaurant. »Es ist eine exakte Kopie«, schwärmte er, »genauso gut wie in Saulieu.« Nur eines störte ihn: Überall, wo er hinkam, traktierten ihn seine Gastgeber mit üppigen Sushi-Platten. Doch Bernard vertrug rohen Fisch nicht. In der zweiten Nacht bekam er heftige Magenkrämpfe. Nur dank Hubert überstand er die zehn Tage. Ihre Beziehung ähnelte immer mehr der zwischen einem Prinzen und seinem Diener. Nach dem Sushi-Desaster probierte Hubert jedes Essen, um darin nach rohem Fisch zu fahnden, erst dann aß auch Bernard davon.

»Dominique meinte, wir glichen allmählich einem alternden Ehepaar«, lachte Bernard.

Kaum aus dem Fernen Osten zurück, erhielt Bernard ein weiteres verlockendes Angebot, diesmal vom Giganten Unilever, dem zweitgrößten Nahrungsmittel- und Konsumgüterproduzenten weltweit, der eine neue Produktserie von Suppen auf den Markt bringen wollte. Sie sollte »Souper d'Or« heißen.

Im Jahr 1953 war Unilever der erste Anbieter von Instantsuppen in Frankreich gewesen. Anfang der neunziger Jahre hielt das Unternehmen noch immer 70 Prozent Marktanteile. In den letzten Jahren allerdings hatten Konkurrenten angefangen, ebenfalls Fertigsuppen zu produzieren, und zwar mit Hilfe eines Verfahrens, das zuerst für Fruchtsäfte angewandt worden war. Das neue Produkt schmeckte besser als die herkömmliche Instantsuppe. Unilever gab eine Marktstudie in Auftrag, aus der hervorging, daß es durchaus eine Nische für eine neue Luxusmarke gab. Und wer konnte dieses Image besser transportieren als Bernard?

»Bernard besaß den notwendigen Charme und das Charisma«, meinte Jean-Christophe Malrieu, der Produktmanager. »Eine Rolle spielte natürlich auch, daß er soeben seinen dritten Stern gewonnen hatte.«

Unilever setzte sich mit Claude Lebey in Verbindung, der auf die Vermarktung von *Haute-cuisine*-Köchen spezialisiert war. Mit seinem silbergrauen Haar, seinem gewandten und aristokratischen Auftreten wirkte er ein wenig wie ein englischer Lord; er fuhr eine Luxuslimousine, einen Rover, und präsentierte sich als gastronomischer Impresario. Er hatte als Kritiker angefangen und zehn Jahre lang für *L'Express* geschrieben. Dann brachte er einen Pariser Restaurantführer heraus, den *Guide Lebey*.

Lebey war mit der Trinität Dumaine, Pic und Point groß geworden. Doch war er durchaus kein nostalgischer Traditionalist. Wenn er nach New York flog, was oft geschah, suchte er nicht teure französische Restaurants auf. Er kritisierte Dumaine, der fünf Tage alte Saucen und Zutaten aus der Dose verwendet hatte. »Er war ein großer Koch, aber all diese Saucen, das war wirklich altertümliches Zeug. Dumaine, das war üppig, üppig, viel zu üppig.«

1980 fing dann Lebey an, Kochbücher der großen Küchenchefs der *nouvelle cuisine* Bocuse, Troisgros und Guérard herauszubringen.

»Ich sah die Gehälter dieser großen Köche, und es hat mich schier umgehauen, so niedrig waren sie«, sagte er. »Also ging ich zu Nestlé und sagte: He, Jungs, warum macht ihr nicht zusammen mit Guérard eine Produktserie mit Tiefkühlkost?«

Bis dahin stand Tiefkühlkost in Frankreich in sehr schlechtem Ruf. Die neuen Gerichte von Guérard waren Gourmetkost – und sie waren gut. Zwar waren sie nicht gerade billig – eine Portion kostete um die 75 Franc –, doch sie halfen, das Image der Tiefkühlkost insgesamt zu heben, was Nestlé bei seinen billigen Massenprodukten der Marke Findus zugute kam. »Guérard wertete das Ganze auf«, meinte Lebey.

Lebey lud Bernard nach Paris ein, um mit ihm das Angebot von Unilever zu besprechen. Während Dominique zu Hause in Saulieu an dem Artikel über Rettich für die nächste Ausgabe des *Journal du Dimanche* arbeitete, machte sich Bernard in die Hauptstadt auf, wo er als erstes einen Auftritt in der Fernsehtalkshow absolvierte, die von Christophe de Chavanne moderiert wurde. De Chavanne war regelmäßiger Gast im Côte d'Or und bezahlte seine Menüs mit Einladungen zu seiner Show. Vor laufender Kamera verband er Bernard die Augen, klemmte ihm mit einer Schwimmklammer die Nase zu, damit er nichts mehr riechen konnte, und stellte zwei Gläser vor ihn hin. »Sagen Sie mir, welches Whisky und welches Gin ist«, forderte er Bernard auf. Bernard probierte. Er identifizierte den Whisky als Gin und den Gin als Whisky.

»Man hat mich ausgetrickst«, sagte er später zu Lebey. »Nach drei Gläsern mit verbundenen Augen kann niemand mehr zwischen Rotwein und Weißwein unterscheiden.«

Als Bernard Lebeys weitläufige Wohnung mit Blick auf den Parc Monceau betrat, war er schon ein wenig beschwipst – und schwer beeindruckt.

»Donnerwetter, der hat's geschafft«, sagte Bernard später zu Dominique. »Hoffentlich habe ich eines Tages das Geld, um mir auch so etwas leisten zu können.«

Lebey servierte Champagner. Seine Frau, eine Kochbuchautorin, zeigte Bernard ihre neueste Arbeit, einen hübschen Fotoband, der ein Loblied auf die Schokolade sang.

Lebey schlug vor, im Grand Véfour im prächtigen Palais-Royal zu Abend zu essen, einem der schönsten Pariser Restaurants mit glitzerndem Dekor aus der Epoche Napoleons III. Gegründet 1874, ist es eines der ältesten Restaurants von Paris. Nach dem Zweiten Weltkrieg übernahm es der junge Küchenchef Raymond Oliver und brachte es auf drei Sterne. Nach dem Tod Olivers erlebte das Restaurant einen Niedergang, bis Ende der achtziger Jahre das Champagnerunternehmen Taittinger das Véfour kaufte. Guy Martin, der neuen Küchenchef, brachte es wieder auf Vordermann, und inzwischen rühmt es sich zweier Michelin-Sterne. Bernard war neugierig darauf, Martins Küche kennenzulernen.

Kaum hatten Bernard und sein Agent das Restaurant betreten, eilte der Maître d'hôtel schon herbei.

»Monsieur Loiseau, Monsieur Lebey, wie schön, Sie zu sehen.«

Er führte die beiden an einen Tisch im hinteren Teil des Raumes; ein verschnörkelter Spiegel bot einen Blick über den prächtigen Speiseraum. Das Restaurant war voll.

»Donnerwetter«, sagte Bernard. »Das muß eines der wenigen Zwei-Sterne-Restaurants sein, die ein gutes Geschäft machen.«

»Womit kann ich dienen?« fragte der Maître d'hôtel.

»Als erstes *foie gras*«, sagte Bernard.

»Wir wär's mit *raviolis de foie gras et crème truffée*, Ravioli, gefüllt mit *foie gras*, und Trüffelcreme?«

»Ich möchte lieber nur *foie gras*«, sagte Bernard.

»Ich probiere die Ravioli«, sagte Lebey.

»Ich möchte sehen, wie ein Restaurant die einfachen Dinge zubereitet, ob der reine Geschmack ohne Maskierung zum Vorschein kommt«, meinte Bernard.

»Wir wär's mit Scampi, *langoustines*, als Hauptgericht?«

»Ich probiere die *langoustines*«, sagte Lebey.

»Ich habe gehört, daß Ihr Bries ausgezeichnet ist«, sagte Bernard.

Als Wein schlug der Sommelier einen »bescheidenen Bordeaux«, vor, und ein 1985er Château Lafite wurde vor sie hingestellt.

»Ein bescheidener Wein, ganz recht!« rief Bernard und ein Grinsen überzog sein Gesicht.

Die Vorspeise kam, und Bernard strich die *foie gras* auf seinen Toast. Er probierte Lebeys Ravioli und lächelte.

»Gut, aber nicht paradiesisch«, sagte er.

Als der nächste Gang serviert wurde, war das Urteil dasselbe.

»Das Essen ist keine drei Sterne wert«, sagte Bernard. »Es ist sehr, sehr gut, aber es schmeckt nicht wie im siebten Himmel«, meinte er.

»Ach Bernard, die Hälfte der Drei-Sterne-Restaurants sind doch keine drei Sterne wert«, sagte Lebey. »Gehen Sie und essen Sie in allen neunzehn Drei-Sterne-Restaurants. Dann sagen Sie mir, welche ihren Ruhm nicht verdient haben. Es wird nicht schwer sein.«

Nach dem Dessert – *mousse au chocolat* und *mille-feuille* mit Mokka und karamelisierten Birnen –, kam endlich die Rede aufs Geschäftliche. Lebey warnte Bernard, daß trotz Guérards Erfolg bei Nestlé die meisten Meisterköche sich nur ungern auf das große Geschäft einließen und auch die meisten Großunternehmer ihre Vorbehalte gegenüber Meisterköchen hätten. Die Meisterköche seien auf das Geschmackliche konzentriert und ignorierten die Preise ihrer Rohstoffe. Aber ein großes Unternehmen müsse genau kalkulieren, was die Zutaten betrifft.

»Meisterköche haben keinen Geschäftssinn«, erklärte Lebey, »und die Geschäftsleute wissen die Kreativität der Meisterköche nicht zu schätzen.«

»Ich glaube«, erwiderte Bernard, »es ist ganz einfach: Wenn man etwas Gutes einfriert, bekommt man etwas Gutes. Wenn man Scheiße einfriert, bekommt man Scheiße.«

»Sie probieren alles und haben das letzte Wort«, versicherte Lebey. Die gute alte Hausmannsküche mit ihren für die Konservierung bestimmten Eintöpfen sei, so fuhr er fort, ein echter Renner, und bei Suppen würde das nicht anders sein. Bernard mußte nicht lange überzeugt werden.

»Einverstanden«, meinte er. »Ich unterschreibe.«

Lebey, der an diesem Abend zum erstenmal lächelte, verlangte die Rechnung. Der Oberkellner kam herbei und sah ihn entsetzt an.

»Nein, nein«, sagte er. »Es geht auf Kosten des Hauses.«

Lebey zog einen 500-Franc-Schein heraus und ließ ihn als Trinkgeld da.

Dominique prüfte das Angebot von Unilever. Bedachtsam wie sie war, hatte sie sich Sorgen gemacht, ob diese Zusammenarbeit dem Image des Côte d'Or nicht vielleicht schaden würde. Da Unilever jedoch versprach, die gewöhnlichen Gemüsesuppen nicht mit Bernards Namen in Verbindung zu bringen, war sie erleichtert. Die Serie Souper d'Or würde kulinarische Gerichte beinhalten: eine »Lachscremesuppe«, ein »provenzalisches *pistou*«, eine »traditionelle Champignonsuppe«. Dominique billigte die Idee, Suppen herzustellen, die »originell, aber nicht zu originell waren, gewagt, aber nicht zu gewagt«. Auch befürwortete sie die Entscheidung, keine getrockneten Zutaten zu verwenden. Die neue Produktserie der Bernard-Loiseau-Suppen sollte im Gegensatz zum Angebot der Konkurrenz frische Fleischstückchen enthalten.

Am meisten beunruhigte sie allerdings die Werbung. Es war geplant, die Packung mit einem Foto zu schmücken, auf dem Bernard in einem Suppentopf rührt. Der Text dazu sollte lauten: »Ich, Bernard Loiseau, drei Sterne.«

»Das ist zu direkt, zu amerikanisch«, sagte Dominique zu ihrem Mann. »Und außerdem steht es dir nicht zu, das Markenzeichen des *Guide Michelin,* die drei Sterne, zu verwenden.«

»Aber Dominique«, erwiderte Bernard, »Michelin hat doch kein Patent auf das Wort *Sterne.*«

»Du magst ja recht haben«, gab Dominique zu. »Trotzdem, es ist so amerikanisch.«

Bernard ließ sich nicht beirren. Er fuhr nach Poitiers in die Fabrik von Unilever und probierte die Suppen. Er empfahl, Dill und Zwiebeln hinzuzufügen, um der Lachssuppe einen stärkeren Geschmack zu geben. Für die Pilzsuppe schlug er statt Rinderbrühe eine Kalbsbrühe vor, um das Aroma besser zur Geltung zu bringen. Die Fischsuppe wurde durch Tomaten und grüne Paprika verfeinert, und der Gemüsesuppe wurde Blumenkohl hinzugefügt. Die fertigen Rezepte sollten dann für einen Markttest vorbereitet werden. In den folgenden Monaten würde das Unternehmen Verbrauchertests durchführen. Schmeckt Ihnen die Suppe?, würden sie fragen. Wenn ja, würden Sie sie kaufen? Und zu welchem Preis? Für Mitte August wurde in Paris ein Treffen vereinbart, um die Ergebnisse der Marktanalyse zu besprechen und die endgültigen Rezepte zu testen.

Die Verwaltung von Unilever befand sich in einem gesichtslosen Büroblock hinter La Défense im Westen der Stadt. Bernard war pünktlich um zehn Uhr da. Der ehrgeizige junge Produktmanager Jean-Christophe Malrieu erschien in Begleitung seines Chefs, des Marketingdirektors Stéphane Régnault. Claude Lebey stellte Bernard noch einmal vor. Tags zuvor hatte der Präsident von Unilever den Marketingplan begutachtet und die Einführung einer neuen Marke

in den markenfeindlichen neunziger Jahre kritisch hinter-
fragt. Régnault hatte ihm entgegengehalten, Essen sei nicht
dasselbe wie Zigaretten. »Die Leute suchen eine emotionale, persönliche Beziehung zu dem, was sie essen.«

»Die Ergebnisse der Marktanalyse waren positiv«, hatte Malrieu berichtet. »Die Kunden geben an, sie seien bereit,
zwanzig Prozent mehr für eine Suppe zu bezahlen, hinter
der Bernard Loiseau stünde.« Nach langem Schweigen hatte der Präsident sein Okay gegeben.

Malrieu eröffnete die Versammlung und gab die Zustimmung des Präsidenten bekannt. »Im Januar wollen wir starten«, sagte er. Doch er fügte hinzu, die Kampagne sei
vorläufig und hinge vom Erfolg weiterer Marktanalysen ab.
Bernard seufzte.

»Wir werden alles niederwalzen«, prahlte er.

Schälchen mit Suppen wurden gebracht, als erstes die
Lachssuppe. Bernard nahm einen großen Löffel und tauchte ihn in die dampfende, leuchtend orangefarbene Flüssigkeit.

»Uff«, sagte er, »daran muß ich noch arbeiten.«

»Wir hatten Probleme mit Dill und Zwiebeln«, gestand
Malrieu ein.

»Sie ist zu flüssig«, meinte Bernard. »Sie explodiert nicht im
Mund.«

»Daran werden wir noch arbeiten«, versprach Malrieu.

Als nächstes kam die Pilzsuppe an die Reihe. Statt der
normalen cremig-beigen Farbe sah die Flüssigkeit dunkelbraun aus. Bernard probierte.

»Nicht genügend Pilze«, entschied er.

Die Fischsuppe war besser, und die Gemüsesuppe beurteilte
Bernard als ausgewogen. Eine »mediterrane« Gemüsesuppe
erhielt eine noch bessere Bewertung.

»Sie ist Spitze, wirklich Spitze.« Bernard lächelte. »Ich werde die anderen Suppen verbessern, und die Presse wird begeistert sein.«

Bernards Zustimmung ließ die nervösen Mitarbeiter von Unilever aufatmen. Sie versprachen, die Suppen zu verbessern und legten die geplante Marketingstrategie dar. Man hatte bereits die riesige PR-Agentur Burson and Marsteller verpflichtet. Mit Bernard würde demnächst in Saulieu ein Werbefilm gedreht werden. Fernsehwerbung war dann der nächste Schritt. In den Supermärkten würden Gratisproben verteilt werden.

»Bravo, bravo«, lobte Bernard, als er hörte, wie sich die Sache anließ.

Bernard verließ Unilever als reicher Mann. Nach wenigen Stunden Testen hatte er mehr Geld verdient als in all den sechzehn Jahren im Côte d'Or mit einem Arbeitstag von zwanzig Stunden.

Ein paar Wochen später lud Unilever fünfzig Journalisten nach Saulieu ein, die für Frauen- und Familienzeitschriften, nicht aber für Gastronomieblätter tätig waren. Bis auf einen Mann lauter Frauen. »Die hochnäsigen Gastronomiekritiker sind Männer«, sagte Mauricette Clement von der Zeitschrift *Famille.* »Frauen dürfen nur über neue Produkte schreiben.«

»Die einzige Ausnahme ist Patricia Wells, aber sie ist Amerikanerin«, warf Dominique ein. »Anderswo sind weibliche Gastronomiekritiker durchaus anerkannt.«

Im Konferenzraum des Côte d'Or präsentierten die Vertreter von Unilever ihr Souper d'Or und berichteten von den ersten positiven Testergebnissen in den Supermärkten. Mehr als 60 Prozent der riesigen *hypermarchés* des Landes hatten sich bereit erklärt, die neue Produktserie zu führen, doppelt soviel wie erwartet. »Markennamen haben immer noch Zugkraft«, meinte Stéphane Régnault. »Man kann nicht nur Blabla und hübsche Fotos verkaufen. Es müssen echte Rezepte sein, wirkliche Qualität.«

»Für mich ist das traumhaft«, jubilierte Bernard. »Wir Köche sollten mit den Massen zusammenarbeiten und unser *savoir faire* der größtmöglichen Anzahl von Leuten vermitteln.«

Dann wurde der Raum verdunkelt. Eine Videokamera surrte, und Bernards Werbefilm erschien auf dem Bildschirm. Als der Film zu Ende war, gingen die Lichter wieder an, und Bernard lüftete einen roten Samtschleier, unter dem riesige Dosen des Souper d'Or zum Vorschein kamen.

»Aah«, machten die Zuschauer.

»Die Verpackung ist großartig«, meinte Bernard. »Geradezu elegant.«

»Monsieur Loiseau?« erhob jemand die Stimme.

»Nein«, sagte Bernard. »Nennen Sie mich ruhig Bernard.«

»Okay, Bernard, sind die Suppen tiefgefroren?«

»Nein, sie sind vakuumverpackt, das Gemüse allerdings ist zum Teil tiefgefroren.«

Nervöses Gelächter.

»Aber«, fuhr Bernard fort, »wie ein anderer großer Küchenchef zu sagen pflegte, wenn man etwas Gutes tiefgefriert, bekommt man etwas Gutes; wenn man Scheiße tiefgefriert, kommt am Ende Scheiße heraus.«

Jetzt schaltete sich Dominique in das Gespräch ein.

»Ich habe durchgesetzt, daß die Suppe nicht aus Trockensubstanzen hergestellt wird«, sagte sie. »Nach unserer Vorstellung sollten es natürliche Ausgangsprodukte sein, die dann zusammen in einem Topf gekocht werden.«

»Ja«, sagte Bernard. »Ohne Dominique hätte ich dieses Projekt niemals realisieren können.«

Dominiques Mitwirken und Bernards Lob stellte die anwesenden Frauen zufrieden.

Eine andere Journalistin fragte Régnault von Unilever: »Ist eine langfristige Zusammenarbeit zwischen Ihnen und Bernard geplant?«

»Wir wollen demnächst heiraten«, erwiderte Régnault lächelnd. »Wir hoffen, bei vielen neuen Produkten, bei vielen Kindern, zusammenzuarbeiten.«

»Aber ich habe doch schon zwei Kinder«, scherzte Bernard.

Zum Aperitif begaben sich alle in den Dumaine-Speiseraum. Anerkennende Rufe des Erstaunens wurden angesichts der fritierten Artischockenchips, einer neuen Erfindung von Bernard, laut. Dann probierten die Gäste zunächst die Suppen. Als die erste serviert wurde, winkte eine Journalistin Eric Rousseau.

»Salz, bitte«, sagte sie.

Eric sah entsetzt drein. Bernard stellte niemals Salz und Pfeffer auf den Tisch. Seine Gerichte waren vollendet abgeschmeckt, und jede Abwandlung war ein Frevel. In all den Jahren im Côte d'Or war Eric noch nie um Salz gebeten worden. Aber die Unilever-Suppen verlangten in der Tat ein Nachwürzen. Eric brachte der Frau einen Salzstreuer.

Die Gemüsesuppen fanden Anklang. Es folgte die Lachscremesuppe.

»Die schmeckt fürchterlich«, sagte eine Frau, als sie einen Löffel probiert hatte.

Bevor weitere Klagen kamen, schenkte Lyonel einen Savigny-lès-Beaune von Simon Bize ein. Als die Journalistinnen von dem Wein probierten, kehrte das Lächeln auf ihre Gesichter zurück. Die Gerichte aus Bernards eigener Küche besiegelten das Eßvergnügen, und die Frauen verließen Saulieu voller Zufriedenheit. Bernard versprach ihnen, durch weitere Verbesserungen würden seine Suppen für den Massenmarkt noch weiter verfeinert werden.

Wenig später konnte die Werbekampagne starten. Als ein Kamerateam nach Saulieu kam und eine Visagistin mitbrachte, bat Bernard sie, sich besonders seiner Glatze anzunehmen.

»Kein Problem«, sagte sie. »Ich mach's wie bei Sean Connery.«

Bernard lächelte.

»Nur vom Feinsten«, sagte er.

Vor einem prasselnden Kaminfeuer – das an einen kalten Wintertag erinnern sollte – erzählte Bernard von seinen Bemühungen um die drei Sterne. Wieder einmal fing er damit an, daß er »mit nichts als einer Zahnbürste« ausgezogen sei, sein Glück zu suchen. Er erzählte davon, wie er als Lehrling bei Troisgros Champagnerflaschen entkorken mußte, als dessen Restaurant den dritten Stern gewann. Bernard brauchte keine Notizen, um die Geschichte seiner Ankunft in Saulieu zu schildern, seinen Treck durch die kulinarische Wüste bis in das Allerheiligste. »Hier verkaufen wir einen Traum«, sagte er. »Und an diesem Traum lasse ich Sie teilhaben.«

In der Küche bat der Filmregisseur, alle Ventilatoren auszuschalten, so daß die Köche in der Sommerhitze schwitzen mußten. Dann wurden die Zutaten der einzelnen Suppen vor Bernard hingestellt, der dazu einen blumigen Text vortrug. Beim Lachs rezitierte Bernard: »Ich möchte die Fülle des Lachses durch die Zartheit der Endivie überhöhen; diese Verbindung wird gewürzt durch eine Spur Zwiebeln, Weißwein und Knoblauch.« Bei der Gemüsesuppe war das Gemüse frisch aus dem Garten, »gekrönt durch einen Hauch Knoblauch und Thymian«. Die Pilze kamen »direkt aus den Wäldern meiner Kindheit«. Und für die Mittelmeer-Gemüsesuppe zeigte Bernard auf jede einzelne Zutat: die Tomaten, den Lauch, Safran, Basilikum, Knoblauch, Kartoffeln und Zwiebeln, die allesamt durch frisches Olivenöl gehoben wurden. »Man schmeckt die Sonne«, verkündete er.

Zur Mittagspause tischte Bernard dem zwölfköpfigen Team ein Fünf-Gänge-Menü auf, selbstverständlich gratis. Anschließend wurde im Hauptspeisesaal weitergefilmt. Bernard postierte sich vor einem riesigen Werbeplakat für seine Suppen und rührte in einem riesigen Topf. »Ich werde der Botschafter für Souper d'Or sein«, versprach er. »Ich werde bald im Fernsehen, in der Zeitung stehen, überall – im Dienst von Souper d'Or.«

Er sprach seinen Text gleich beim ersten Mal fehlerfrei, und als er fertig war, klatschte das ganze Team Beifall.

»Perfekt, Bernard.« Der Regisseur lächelte. »Haben Sie jemals daran gedacht, zum Film zu gehen?«

Kapitel 15

✿ ✿ ✿

Ein neuer
burgundischer Stern

Brütende Augusthitze lag über Saulieu. Während dieser kurzen hochsommerlichen Zeit drängen sich in den Straßen dreimal so viele Touristen, wie die Stadt Einwohner zählt. Der Franzose hat zwei Leidenschaften: *la cuisine* und Ferien. Das Bedürfnis, einmal im Jahr alles hinter sich zu lassen, ist in kaum einem anderen Land so ausgeprägt wie in Frankreich. Ab Ende Juni dreht sich hier alles nur noch um *les vacances*.

Die allgemeine Flucht im August hat etwas geradezu Sakrosanktes an sich, selbst Geschäfte und Restaurants schließen und verwandeln die Großstädte in urbane Wüsten. Alljährlich ruft die Regierung die Bevölkerung auf, ihren Urlaub übers Jahr zu verteilen. Doch der feste Termin der Sommerferien hat sich eingebürgert, und daran zu rütteln ist zwecklos. Zwischen dem 14. Juli und dem 1. September verreisen drei Viertel der französischen Bevölkerung. Die Produktion geht im August um 40 Prozent zurück. In Deutschland mit seinen gestaffelten Ferien sind es indes nur 10 Prozent. Vor dem Krieg galten ausgedehnte Ferien als Privileg der Gutsituierten. Heutzutage erfreuen sich die französischen Arbeitnehmer des längsten bezahlten Urlaubs in Europa. 1936 setzte die Volksfront den Urlaubsanspruch per Gesetz auf zwei Wochen fest. 1956 wurde eine Woche hinzugefügt, 1965 eine weitere, bis man 1981 bei fünf Wochen angelangt war. Mit dem aufkeimenden Tourismus im 19. Jahrhundert fanden die Städter oftmals keinen Gefallen mehr am Urlaub auf dem Land. Sie fuhren lieber in Orte wie Biarritz, Deauville oder an die Côte d'Azur mit ihren Casinos und Promenaden. Aber mittlerweile suchen wieder mehr Franzosen in abgelegenen Provinzen Erholung.

Bernard befürchtete, die Rückbesinnung auf das Landleben könne den Drei-Sterne-Restaurants abträglich sein. Das Entstehen von Bistros galt als Anzeichen für den wachsenden Wunsch der Franzosen nach Unverfälschtem. Aber Bernard war auch überzeugt davon, daß seine Art von *haute cuisine,* die traditionelle Rezepte dem Geschmack von heute anpaßt, diesem Verlangen entgegenkam. Und seine Strategie funktionierte. Fast jeden Abend war das La Côte d'Or bis auf den letzten Platz besetzt.

Der Andrang im Sommer setzte die Küchenbrigade unter gehörigen Druck. Eines Abends spielte ein junger Kellner namens Sylvan dem Volontär Paul einen Streich und schmierte ihm Epoisses hinters Ohr. Paul fand das gar nicht komisch. Er nahm die Kasserolle mit der köchelnden Sauce vom Herd, wandte sich um und goß die Rotweinsauce, die zur Garnierung von Bernards berühmten Barsch gedacht war, kurzerhand über den Provokateur.

»Es war wie im Krieg«, sagte Paul. »Über und über mit dieser roten Sauce bedeckt, ähnelte Sylvan einem Verwundeten.« Die Sauce hinterließ Spritzer auf dem Geschirrspüler und auf den Weingläsern. Wo doch Lyonel mit seinen Helfen in stundenlanger Kleinarbeit jedes Glas abgewischt und poliert hatte. Nun mußten sie in der abendlichen Hektik wieder von vorne anfangen. Das konnte Lyonel Paul nie verzeihen. Nachdem Sous-Chef Olivier den Streit geschlichtet hatte, wandten sich alle wieder ihrer Arbeit zu. Bernard, der zur Zeit des Mißgeschicks nicht in der Küche gewesen war, erfuhr durch Olivier von dem Vorfall und knöpfte sich Paul nach Dienstende vor. Zwar mochte er den Amerikaner gerne, aber in der Küche duldete er keine Disziplinlosigkeit. »Benimm dich nicht wie ein *con* – ein verdammter Idiot«, warnte er Paul.

»Das brachte das Faß zum Überlaufen«, meinte Patrick. Seiner Ansicht nach mangelte es Pauls Vorgänger Larry an Talent und Antriebskraft, um es jemals zum Drei-Sterne-Koch zu bringen, aber bei Paul war das anders. »Paul war begabt und fleißig«, bestätigte Patrick. »Er hatte das Metier gelernt, kannte die Regeln und hielt sich genau daran.«

Olivier versuchte Paul klarzumachen, daß sich bezahlte Angestellte von Stagiaires nichts vorschreiben ließen. »Sie wissen, daß du nicht lange bleibst«, erklärte er, »und sie selbst nicht einfach gehen können.«

»Ich verstehe. Ein Franzose kann sich einen Mord erlauben, aber ein Amerikaner soll brav den Mund halten«, sagte Paul. »Ganz schön beschissen.«

Doch der Unfrieden beschränkte sich nicht nur auf die Arbeit in der Küche. Die meisten der französischen Mitarbeiter gönnten sich nach dem Abendservice ein Bier im Café du Nord gegenüber. Lärmend kehrten sie in ihre Zimmer zurück. Der rasselnde Schlüsselbund eines Kochs riß Paul jedesmal aus dem Schlaf. »Er hat mehr Schlüssel als ein Hausmeister«, beklagte sich Paul. »Ich kann danach nicht mehr einschlafen.«

Zu Beginn jenes Sommers hatte ihn seine Mutter besucht. Sie bewohnte eine Suite im La Côte d'Or und nahm nahezu alle Mahlzeiten im Restaurant ein. Vor ihrer Abreise erschienen sie und Paul um halb elf zum Abendessen. Sie waren die letzten Gäste. Franck feierte an jenem Abend seine Verlobungsparty, und die Belegschaft freute sich schon auf das Fest. Plötzlich hieß es in der Küche: »Im Speiseraum sitzt der amerikanische Volontär.« Alle stöhnten. Paul und seine Mutter bedienen zu müssen, bedeutete für die Küchenbelegschaft, erst weit nach Mitternacht mit der Arbeit fertig zu werden.

Um weitere Zusammenstöße zu vermeiden, zog Paul aus der engen Unterkunft über dem Restaurant aus und nahm sich ein Zimmer in Saulieu. Doch die Miete fraß fast sein gesamtes Monatsgehalt. Paul fand an nichts mehr Gefallen, und da er zudem nicht einmal zu Reichtum kam, beschloß er zu kündigen. Er rief seine Freundin Patricia an. Sie sagte, er könne bei ihren Eltern in Mulhouse wohnen, wieder in der Fleischfabrik ihres Vaters arbeiten und sich von dort aus nach einer Praktikantenstelle an der Côte d'Azur umsehen. Patricia selbst war nach einjähriger erfolgloser Jobsuche in der Firma ihres Vaters untergekommen.

Paul suchte am 13. August Patrick in seiner Wohnung auf und teilte ihm seine Entscheidung mit. Patrick war fassungslos. Meistens war er es, der Mitarbeitern nahelegte, zu gehen. Nur wenige wagten es, diesen Schritt von sich aus zu tun. Patrick hatte nicht damit gerechnet, daß die Schwierigkeiten mit Paul zu einem so abrupten Ende führen würden.

»Nichts für ungut«, sagte er und bot Paul einen Aperitif an.

»Nichts für ungut«, erwiderte Paul.

Tags darauf wurde Paul von Patricia abgeholt. Seine überstürzte Abreise überraschte die Küchenbelegschaft. Nur Bernard zeigte Verständnis. Er versorgte Paul mit Adressen befreundeter Restaurantinhaber an der Côte d'Azur, bei denen er sich bewerben konnte, telefonierte sogar mit ein, zwei Chefs und fragte, ob sie für Paul Verwendung hätten. Jedoch ohne Erfolg. Paul war gerührt von Bernards Bemühungen.

»Das ist ein trauriger Tag für mich«, erklärte er. »Wenn Sie mich brauchen, bleibe ich hier, bis Sie für mich Ersatz gefunden haben.«

»Mach dir darüber keine Gedanken«, beruhigte ihn Bernard. »Du hast alles gelernt, was du hier hast lernen können. Jetzt geh und mach dein Glück.«

»Ich hatte mir nichts vorzuwerfen«, sagte Paul später.

Bernard hatte andere Sorgen: In Kürze stand Saulieus alljährlich im August stattfindendes Festival ins Haus, die Charolais-Messe. Die dreitägige Veranstaltung bot den Züchtern von Charolais-Rindern die Chance, ihre Erzeugnisse zu präsentieren. Ähnlich den amerikanischen Eroberern des Wilden Westens betrachteten die burgundischen Viehzüchter ihren Beruf als etwas Edles. Bauern, die irgend etwas anbauen, waren einfach nur Bauern. Viehzüchter waren Cowboys. Beim Verzehr von Rindfleisch liegt Frankreich europaweit an erster Stelle. Von allen Rindersorten Frankreichs ist das Charolais-Rind am hochwertigsten. Vor zwanzig Jahren waren die burgundischen Rinderzüchter wohlhabender als ihre Kollegen vom Weinanbau. Sie pilgerten nach Saulieu und übernachteten im La Côte d'Or, wo sie ungeheure Summen ausgaben. Zu den beliebten Spezialitäten Dumaines zählte *côte du bœuf,* ein dickes T-Bone-Steak, das er aufs vortrefflichste zu grillen verstand.

Aber dann kam das rote Fleisch wie überall sonst in der westlichen Hemisphäre auch in Frankreich in Verruf: es wurde mit Cholesterin und Herzinfarkt in Verbindung gebracht. Seit 1980 ist der Fleischkonsum in Frankreich pro Kopf um die Hälfte gesunken. Außerdem fielen viele Kleinstadtmetzgereien den großen Supermärkten zum Opfer, denen es um den Umsatz ging und nicht um Qualität. Zudem begann man nach dem Fall der Berliner Mauer, Fleisch aus Osteuropa zu importieren. Französische Viehzüchter müssen heute zunehmend um ihre Existenz bangen.

Bernard mochte Rindfleisch. Hin und wieder lud er seine gesamte Küchenbelegschaft in die Cafeteria einer Tankstelle nördlich von Saulieu ein, in der es ein hervorragendes *côte du bœuf* gab. Aber das Lokal mußte schließen, zum Teil deshalb, weil die hohen Preise die Einheimischen abschreckten. Da die Aufzucht der Rinder Jahre in Anspruch nimmt, ist erstklassiges Rindfleisch weit teurer als Geflügel, Kalbfleisch oder sogar Fisch. Geflügel hingegen ist schon nach einigen Wochen schlachtreif. Außerdem wirkte sich die Cholesterin-Diskussion selbst in dieser Region negativ auf die Nachfrage aus, obwohl man diese Fleischsorte dort wie überall in Frankreich heiß und innig liebte.

So gerne Bernard Steak aß, sosehr haßte er dessen Zubereitung. »Was kann man aus einem Klumpen Fleisch schon machen?« fragte er. »Fisch läßt einem mehr Möglichkeiten.«

Insbesondere klagte Bernard über die zunehmend schlechtere Qualität der Charolais-Rinder. In den achtziger Jahren waren die geldgierigen Züchter dazu übergegangen, die Tiere mit Hormonen zu füttern. Auf diese Weise konnten sie größere Ochsen in kürzerer Zeit züchten und mehr Rindfleisch unter geringerem Aufwand verkaufen. Allerdings wirkten sich die Hormone nachteilig auf das Aroma des zarten Fleisches aus. Es ließ sich schneiden wie Butter und schmeckte nach nichts.

Die künstlich erworbene Zartheit belebte Bernards altes Interesse für traditionelle, natürliche Zuchtformen, und er besann sich auf die Züchter in entfernteren Regionen. In privater Runde erklärte er, die Rinder in der Gegend um Aubrac, tief im Massif Central, die ohne Beigabe von Hormonen aufgezogen wurden, überträfen die Charolais-Rinder an Qualität. In der Küche warb der Engländer Michael Caines für das Fleisch der schottischen Angusrinder, das er für das bei weitem beste hielt, das in Europa erzeugt wurde. Doch Bernard konnte sich nicht dazu durchringen, Fleisch aus dem Ausland auf seiner Speisekarte anzubieten. Viele Erzeugnisse durften aus fremden Ländern kommen – Rindfleisch nicht. Die ortsansässigen Rinderzüchter würden ihm an die Gurgel gehen. Daher griff Bernard zu einer dritten Lösung: Er strich Rindfleisch ganz von der Speisekarte. Solange die Züchter ihrem Produkt nicht größere Sorgfalt angedeihen ließen, würde er *côte du bœuf,* das Markenzeichen der Züchter, nicht mehr anbieten. Auch nahm er Kontakt zu einem Metzger in Paris auf. Ortsansässige Metzger konnten sich derart exquisite Rind-, Kalb- und andere Fleischsorten nicht in die Kühltheken legen, da in dieser Gegend nur Bernard nach dem zarten Fleisch milchgefütterter Kälber und nach köstlichem Wild verlangte.

Die Charolais-Züchter bezichtigten Bernard des Verrats. Sie hielten Pressekonferenzen ab und beklagten sich über die »Tyrannei« der »sogenannten« großen Küchenchefs. Als Landwirtschaftsminister Jean-Pierre Soisson einmal im Côte d'Or übernachtete, fuhren verärgerte Bauern auf Traktoren vor dem Hotel vor, schwangen Mistgabeln und drohten, das Restaurant niederzubrennen. Zum Glück griff die Polizei ein und verhinderte eine Katastrophe.

Im Jahre 1981 veranstalteten die Bauern zum erstenmal die Charolais-Messe. Sie war den Trois Glorieuses, dem dreitägigen Trinkfest, nachempfunden, dessen Erfolg die Züchter animierte, ein eigenes Fest auf die Beine zu stellen.

Nach und nach räumte der Rinderzüchterverband ein, daß Bernard mit seinen kritischen Äußerungen nicht ganz unrecht hatte, bemühte sich um eine Verbesserung der Produkte und führte die Bezeichnung *Label Rouge* für qualitativ hochwertige Rinder ein. Um diese Auszeichnung zu erhalten, mußten die Züchter eine Fütterung ohne Hormongaben garantieren. Als Bernard zum erstenmal Fleisch mit dem *Label Rouge* probierte, konnte er eine Verbesserung feststellen und setzte *côte de bœuf* wieder auf die Speisekarte. Doch die Spannungen schwelten weiter. Bernard war nach wie vor unzufrieden mit der schwankenden Qualität des Rindfleischs seiner Lieferanten. Und die Züchter fürchteten weiterhin, er würde sie in Verruf bringen, vor allem nach der Zuerkennung des dritten Sterns. Als Zeichen seines guten Willens beschloß Bernard, an der Eröffnung der Charolais-Messe teilzunehmen.

Sie fand in der Versammlungshalle von Saulieu gleich neben dem Côte d'Or statt. Bürgermeister Lavault hatte für den Bau des neuen Saals staatliche Geldmittel erhalten. Ziel seiner Bemühungen war es, die Besucherzahl, die durch die neue Schnellstraße gesunken war, wieder zu erhöhen und Saulieu erneut zu einem Ort der Begegnung zu machen. Aber die Halle war für die Stadt viel zu groß bemessen. Außer während der dreitägigen gastronomischen Messe im Frühjahr und den drei Tagen im Sommer stand sie leer.

Am frühen Samstagmorgen, nachdem er die Frühstücksvorbereitungen im Restaurant überwacht hatte, begab sich Bernard hinüber in die Versammlungshalle. Die Verwendung öffentlicher Mittel zum Bau der Halle ärgerte ihn.

Wer ist der größte private Arbeitgeber in Saulieu?, fragte er sich. *Ich,* lautete die Antwort.

Habe ich jemals einen einzigen Centime an Unterstützung erhalten? Nein.

Es war ein herrlicher sonniger Tag. Viele Besucher trugen Shorts. Vor der Halle herrschte Jahrmarktsatmosphäre, Kinder kreischten vor Vergnügen, als sie mit den Autoscootern aneinanderprallten. Neben dem Halleneingang verkauften ortsansässige Künstler ihre Werke. Bernard stellte fest, daß viele seiner Lieferanten nicht teilnahmen. »Ihre Kunden besuchen derartige Messen nicht«, feixte Bernard. »Hier sind nur die mittelmäßigen Anbieter vertreten.«

Beim Eintreten schlug ihm der scharfe Geruch nach Tierausdünstungen und Mist entgegen. Tief sog er die würzige Luft ein. »Riecht gut«, sagte er. Die spärliche Anzahl von Besuchern überraschte ihn. Bei Weinfesten drängten sich die Menschen in den Straßen des gastgebenden Ortes. Aber Saulieus Charolais-Messe konnte da nicht mithalten.

Es ist ruhig hier, zu ruhig, dachte Bernard.

Als er durch die Gänge schlenderte und die großen, kräftigen Rinder betrachtete, erfaßte ihn erneut Unzufriedenheit. »So wenige Rinder wie dieses Jahr haben noch nie zum Verkauf gestanden. Das ist ja gar nichts, verglichen mit den alten Zeiten.«

Gérard Mazis, ein Freund, begrüßte ihn. Auch aus seiner Zucht standen zwei Rinder zum Verkauf. Bernard sah sich die größere, robust aussehende Charolais-Kuh näher an, umfaßte ihren Kiefer mit der Hand und öffnete ihr Maul. Drei kräftige weiße Zähne waren zu sehen – einer für jedes Jahr.

»Sie ist drei Jahre alt«, verkündete er.

»Richtig«, bestätigte Mazis.

Bernard ging an der Flanke des Tieres entlang bis zum Hinterteil, schob die Hand unter das hintere Bein und drückte.

»Noch etwas zu früh«, sagte er. »Gib ihr noch ein Jahr, dann ist sie gerade richtig.«

Dann kamen die beiden auf das Schicksal des örtlichen Schlachthofs zu sprechen. Vor nicht allzu langer Zeit hatten die Behörden festgestellt, daß die Hygienevorschriften nicht mehr den europäischen Verordnungen entsprachen. Falls das Gebäude nicht renoviert würde – was in die Millionen ginge –, müßten die Bauern ihre Tiere zu weit entfernten Schlachthöfen transportieren.

»Sollte es dazu kommen, haben wir noch weniger Kontrolle über die Qualität«, meinte Mazis.

Bernard stimmte ihm zu. Stirbt ein Rind unter Streß, kommt es zu Muskelanspannungen, und das Fleisch wird zäh. Nach dem Schlachten muß das Tier gekühlt aufbewahrt werden und drei Wochen lang abhängen.

»Der Geschmack ist am besten, wenn das Tier schon ein wenig abgegangen ist«, erklärte Bernard.

Bernards Ansicht nach waren die mit Mais gefütterten Tiere am aromatischsten. Der Mais verleiht dem Fleisch die violette Farbe und die Fettmaserung, die ihm den kräftigen Geschmack gibt. Er kritisierte die Bauern, die ihren Tieren das aus Amerika importierte Sojafutter verabreichten.

»Ihr treibt die Natur zur Eile an«, warf Bernard Mazis vor. »Anstatt vier Jahre zu warten, wollt ihr alles in neun Monaten erledigen.«

Mittlerweile war Bernard von zahlreichen Züchtern umgeben. Viele wußten, wer er war.

Bernard sah sich in der Halle um. Die meisten Tiere waren enorm groß. Das größte Rind wog fast zwanzig Zentner. Einige konnten sich kaum auf den Beinen halten. Ihre Hinterpartien waren ausladend wie Sattelschlepper, die Euter hingen schwer herunter.

»Einige von denen sind vor lauter Hormonen schon ganz radioaktiv«, meinte Bernard.

»Bernard, bitte, das stimmt einfach nicht«, warf Mazis ein. »Du weißt, daß wir laut dem *Label Rouge* keine Hormone mehr geben dürfen.«

Bernard schwieg, allerdings nur kurz. Er führte Mazis in eine

Ecke, wo der Verband der Charolais-Züchter eine Auswahl an Fleischstücken zur Ansicht ausgelegt hatte. Das Fleisch war weiß und zeigte wenig Fett. Bernard blickte nur kurz hin und explodierte.

»Das ist kein Rindfleisch!« schrie er. »Das sieht aus wie Kalbfleisch!«

Die Viehzüchter um ihn herum wurden verlegen.

»Echtes Fleisch muß violett sein, *violett!*« fuhr Bernard fort. »Mit Fett durchzogen.«

»Aber für viele Kunden ist Fett gleichbedeutend mit Cholesterin«, warf ein Viehhändler ein.

»Erzählen Sie mir bloß nichts von Cholesterin«, erwiderte Bernard und fuhr erregt mit seiner Strafpredigt fort. »Ich will doch kein Kalbfleisch, wenn ich Rindfleisch kaufe«, wiederholte er. »Ich will das Fleisch *violett, violett und noch mal violett!*«

Als er seine Tirade beendet hatte, war es mucksmäuschen-still im Saal. Alle starrten ihn an. Kein Züchter wagte es, ihm zu widersprechen. Bernard eilte in sein Restaurant zurück und ließ sich das restliche Wochenende nicht mehr auf der Messe blicken. Er erschien nicht beim Abendessen und bei der Preisverleihung, und auch am Sonntag blieb er der Prämierung der besten Rinder fern.

Kurze Zeit später kündigten zu Bernards großer Freude Angehörige einer Firma ihren Besuch an, die selbst Rindfleisch verarbeitete – McDonald's. Die Topmanager der McDonald's-Niederlassung in Frankreich hatten das Côte d'Or zur Stätte ihrer jährlichen dreitägigen Klausurtagung auserkoren.

»Ein hervorragender Ort, um nachzudenken und Pläne zu schmieden«, meinte Jean-Paul Brochiero, der Personalchef des Unternehmens.

Die McDonald's-Vertreter bewiesen ein beachtliches Verhandlungsgeschick. Für die Unterbringung und drei Mahl-zeiten handelten sie einen Sondertarif aus – 1500 Franc pro Tag. Bei einem solchen Preis werfe Bernard ihnen das Menü richtiggehend nach, meinte Hubert. Dominique war da anderer Ansicht. Sie wies darauf hin, daß der Besuch der Leute von McDonald's dafür sorgen würde, daß die Kassen klingelten. Außerdem fachsimpelte sie gerne mit dem Big-Mac-Mann Mr. Brochiero.

»Ich war Beraterin im Club Med«, erzählte sie ihm. »Sicher können wir eine ganze Menge voneinander lernen, was professionelle Management-Techniken betrifft.«

»Ja, bestimmt«, antwortete er. »Daß wir nicht so arbeiten können wie Sie, liegt auf der Hand, aber es gibt eine Menge, was wir von Ihnen abschauen können – beispielsweise den Sinn für das Detail.«

»Uns geht es aber auch um den persönlichen Kontakt«, sagte Dominique. »Wir statten unsere Zimmer nicht mit Minibars aus, weil wir der Meinung sind, der Gast sollte persönlich bedient werden.«

»Aus genau diesem Grund ist McDonald's kein Selbstbedie-nungsrestaurant«, erklärte Brochiero.

Bernard lauschte dem Gespräch und drückte seinen Stolz darüber aus, daß McDonald's sich für ihn entschieden habe. »Auf Ihrem Gebiet sind sie die Besten«, erklärte er ihnen, »auf meinem Gebiet bin ich es.«

Dominique rief Bernard aus ihrem Urlaubsdomizil auf Ibiza an und schilderte ihm, wie herrlich alles sei, insbesondere für die Kinder. »Es gibt einen tollen Baby Med hier. Selbst Bérangère lernt Schwimmen.«

Bevor sie auflegte, sagte sie mit verheißungsvoller Stimme: »Ich habe eine Überraschung für dich.« Bernard überlegte, was sie wohl damit meinte. Als Dominique wieder zu Hause war, zeigte sie ihm einen tätowierten Vogel auf ihrer Brust. Bernard war entsetzt.

»Hast du das meinetwegen gemacht?« fragte er besorgt. »Das muß doch wehtun, oder?«

Dominique lächelte. »Man kann es wieder wegwaschen«, meinte sie lachend.

Bernard suchte nach neuen Mitteln, um Dominique stärker an das Hotel zu binden. Er übertrug ihr die Planung einer weiteren Renovierung. Kaum waren Küche und Speiseraum fertiggestellt, hatte Bernard von zusätzlichen Gästezimmern zu träumen begonnen. Kunden an betriebsamen Wochenenden ins gegenüberliegende Hôtel de la Poste verweisen zu müssen, war doppelt frustrierend, da sich an Übernachtungen weitaus mehr verdienen ließ als an Mahlzeiten, selbst bei einem Preis von 1000 Franc pro Essen. Im Relais-et-Châteaux-Hotel gab es nur neun renovierte Suiten und Doppelzimmer zum Preis von 750 bis 1800 Franc pro Nacht. Die anderen Räume stammten noch aus der Zeit von Dumaine. Dort konnte man für 300 Franc übernachten. »Im Restaurant muß man die Köche und das Essen bezahlen«, sagte Bernard. »Bei Hotelzimmern verkauft man nur die Luft.«

Bernards Architekt Catonné fertigte Entwürfe für zwölf neue Räume an. Um die Zimmer im zweiten Stock umzugestalten, mußte er das Dach höher setzen. Diese schwierige Prozedur würde die Kosten auf 12,5 Millionen Franc steigern. Aber Fabre gab seine Zustimmung, und der Bankier Schneider ebenso.

Dominique bestimmte die Ausstattung der Zimmer. In Besprechungen, die sich vom Mittag bis in den Nachmittag hineinzogen, erörterte sie mit dem Architekten, dem Finanzberater und Vertretern der Lieferfirmen die Einzelheiten. Catonné kam mit seinem eleganten silberfarbenen

BMW zu den häufigen Treffen. Fabre traf, für gewöhnlich verspätet, aus Auxerre ein. »Wo bleibt denn dieser Dummkopf bloß«, murrte Catonné, während sie auf den Finanzberater warteten.

Dominique beschwichtigte den Architekten. Als Fabre schließlich erschien, wie immer im grellvioletten Anzug, redeten sie sich über den Plänen die Köpfe heiß. Aber ein hervorragender roter Burgunder zum Mittagessen gab ihnen neuen Schwung. Stundenlang erörterten sie alle Details. Dominique wollte althergebrachte Fensterläden für die Zimmer, Catonné sprach sich für Sonnenblenden aus.

»Fensterläden sind hübscher«, sagte Dominique.

»Fensterläden fehlt der Pfiff«, hielt Catonné dagegen.

»Es wird noch so weit kommen, daß das Restaurant wie ein Krankenhaus aussieht«, erwiderte Dominique und setzte der Diskussion damit ein Ende.

Doch eine Woche, bevor die Arbeiten beginnen sollten, wurde das Projekt verschoben. Die Banken verlangten von Bernard eine Erhöhung seiner Lebensversicherungsprämie. Nachdem Bernard der Forderung nachgekommen war, bat Fabre um einen weiteren Aufschub. Angesichts der Wirtschaftsflaute, in der Frankreich sich befand, bezweifelte der Finanzfachmann, daß ein ehrgeiziges Renovierungsprojekt im Augenblick finanziell sinnvoll sei. Schneider schloß sich an und verlangte einen kostengünstigeren Entwurf. Bernard war gezwungen, seine Träume zumindest teilweise zu begraben und sich mit fünf neuen Zimmern zufriedenzugeben.

Dominique verbrachte nun wieder mehr Zeit außerhalb des La Côte d'Or und widmete sich intensiv ihrer journalistischen Tätigkeit. Sie schloß die Überarbeitung ihres Buchs über Hygiene in der Küche ab, das als Neuauflage erschien. Eine befreundete Journalistin des Radiosenders

Europe 1 schlug eine gemeinsame Radioshow vor. Diese Aktivitäten außerhalb ihres Lebensbereiches beflügelten Dominique. Im darauffolgenden Frühjahr war der Abgabetermin für weitere drei Bücher. Aber da sie sich in Saulieu nicht auf ihre Arbeit konzentrieren konnte, teilte sie Bernard ihre Absicht mit, im Winter, zwei, drei Tage pro Woche in Paris zu verbringen, um dort schreiben zu können. Zu viel von der guten Landluft erzeugte in ihrem Kopf ein Vakuum. Sie brauchte ein bißchen Dreck, um ihre grauen Zellen anzuregen.

Bernard zeigte Verständnis. Obwohl er Dominique schon immer gern in der Rolle der *patronne* gesehen hätte, respektierte er ihre Entscheidung, die eigene Karriere weiterzuverfolgen. »Sie wird verrückt, wenn sie keine andere Aufgabe hat«, sagte er.

Als Dominique sich entschloß, ihre Zeit zwischen Saulieu und Paris aufzuteilen, hatte sie sich auf das Schlimmste gefaßt gemacht. Doch Bernards positive Reaktion spornte sie an. Desgleichen ein beachtlicher Scheck, den ihr der Vertrag für das nächste Buch bescherte. Zur Belohnung kaufte sie sich ein neues Auto – ein leuchtendrotes Renault-Cabrio.

»Alle im Restaurant waren ziemlich verblüfft«, sagte Dominique. »Sie sagten, sie seien zum Sparen angehalten, und ich kaufe dieses tolle Auto. Aber schließlich stammte das Geld aus dem Erlös meiner Bücher und hatte nichts mit dem Restaurant zu tun.«

Sie ließ sich nicht beirren.

»Ich brauche ein Stück eigenes Leben außerhalb des Côte d'Or.«

Lyonel wollte nicht nur Anerkennung für die Arbeit, die er im Côte d'Or versah, sondern auch für sich weiterkommen.

Seit Ende des Sommers bereitete er sich intensiv auf den Wettbewerb um den Titel des besten Nachwuchssommeliers vor und eignete sich Wissen über verschiedene Weine an. Diesen Wettbewerb, der von der Kellerei Ruinart ausgerichtet wurde, gab es seit 1978. Der Name Trophée Ruinart leitete sich von dem Champagner gleichen Namens her. Ziel war es, den Beruf des Sommeliers wiederzubeleben, und nicht etwa, den Verkauf des teuren Champagners zu fördern.

Ehemalige Preisträger hatten es weit gebracht. Einer wurde Direktor eines Relais-et-Châteaux-Hotels, ein anderer Moderator einer Fernsehsendung zum Thema Essen und Trinken, wieder ein anderer eröffnete eine Weinbar in Paris, die sich großer Beliebtheit erfreut. Ein weiterer wagte den Sprung in den lukrativen Beruf des Weinberaters. Und einen gab es, der erreichte das Traumziel und wurde weltbester Sommelier.

Es war nicht verwunderlich, daß die Anzahl der Bewerber dramatisch stieg. Im ersten Jahr trat nur ein Dutzend Teilnehmer gegeneinander an. 1991 gab es 397 Kandidaten aus ganz Frankreich, von denen siebzehn das Viertelfinale erreichten und sechs nach Reims zum Finale eingeladen wurden. Zwei Jahre zuvor hatte Lyonel knapp das Halbfinale verpaßt. Im vergangenen Jahr hatte er es bis nach Reims geschafft, wurde aber lediglich Fünfter. »Das war ein harter Schlag«, sagte er.

An dem Wettbewerb durften nur französische Sommeliers teilnehmen, das Höchstalter lag bei Sechsundzwanzig. Lyonel war gerade sechsundzwanzig geworden, und sollte er unterliegen, fürchtete seine Frau Christine um ihre Ehe. Er hatte die Vorbereitungsrunden mit links absolviert, wußte aber, daß das Finale in Reims kein Zuckerschlecken war. In den Wochen davor ging Lyonel nach dem Mittagsservice nach Hause und vertiefte sich in geheimnisvolle Details über Wein, statt sich eine Nachmittagspause zu gönnen. Um keine Zeit zu vergeuden, stillte er seinen Hunger mit belegten Broten. Da die Wohnung so eng und darüber hinaus durch zwei Kinder im Krabbelalter recht unruhig war, zog Lyonel sich oft ins Badezimmer zurück, nahm auf dem Toilettendeckel Platz und lernte.

Dem Beruf des Sommeliers liegt eine seltsame Entwicklung zugrunde. Es heißt vielfach, er gehe zurück auf die Griechen, in deren Familien einer dazu bestimmt wurde, sich um den Wein zu kümmern. Sommelier wurde früher aber auch der Mönch genannt, der für das Geschirr, die Wäsche, das Brot und den Wein im Kloster Sorge trug. Königshöfe im Ancien Régime beschäftigten mehrere Sommeliers. Sie mußten den Wein entgegennehmen, der in Fässern geliefert wurde. Sommeliers hießen auch die Beamten, die sich um das königliche Mobiliar kümmerten. Später wurde Sommelier zur Bezeichnung für Lastträger ganz allgemein. Im Zeitalter Ludwigs XIV. war der *sommelier* für das Gepäck zuständig, wenn der Hof auf Reisen ging. Im Haushalt eines hohen Herrn nahm er die Stelle dessen ein, der die Weine, die Gedecke und die Desserts bestimmte.

Im 19. Jahrhundert wurde Sommelier zur Bezeichnung für den Weinkellner in einem großen Restaurant. 1920 gab es in Paris 4000 registrierte Sommeliers. In den dreißiger Jahren stand der Weinkellner in hohem Ansehen. Nach dem Krieg jedoch, als die Zahl der Restaurants zusehends abnahm, verringerte sich auch die Zahl der Sommeliers. Da der Wein weltweit immer häufiger in Flaschen angeboten wurde, starb der Beruf nahezu aus. 1955 gab es in Paris nur noch 150 Sommeliers.

Der Weinboom heutiger Zeit bescherte dem Beruf eine Renaissance, wenngleich Sommeliers weniger angesehen sind als große Küchenchefs. Immer mehr große Restaurants verzichten auf einen Sommelier und übertragen dem Oberkellner die Aufgabe der Weinauswahl und des Service. Selbst Bernard spielte mit diesem Gedanken, da Hubert über »eine gute Nase« verfügte. Doch schließlich beschloß Bernard, einen Sommelier einzustellen. Er erhoffte sich dadurch bessere Chancen, den dritten Stern zu gewinnen, obgleich das keine Garantie war. Zwar arbeitet in jedem Drei-Sterne-Restaurant ein Sommelier, aber Michelin macht dies keineswegs zur Bedingung. Das Drei-Sterne-Restaurant Les Crayères in Reims, der Hauptstadt des Champagners, hat nach wie vor keinen Sommelier.

Junge Sommeliers haben es nicht leicht. Die Kunden möchten bei der Wahl des Weins beraten werden. Aber sie bringen einem beleibten älteren Kellner mit Glatze mehr Vertrauen entgegen als einem schlankwüchsigen Debütanten. Mit Hilfe entsprechender Kleidung bemühte sich Lyonel, zehn Jahre älter auszusehen, als er tatsächlich war. Hinter der Ernsthaftigkeit, die von den Kollegen mißdeutet wurde, verbarg sich quälende Unsicherheit und innere Anspannung. Lyonel war ambitioniert und verlangte Respekt. »Ich bin nicht zur Universität gegangen, nur um mit vierzig Jahren Gläser zu spülen«, sagte er. Für ihn hing der Weg zu einer größeren und besseren Karriere von der Trophée Ruinart ab.

Am Sonntag nachmittag versammelten sich die Teilnehmer in der Zentrale von Ruinart, einem großen, in Braun und Weiß gehaltenen Château in Reims. Don Ruinart, ein Mönch des 17. Jahrhunderts, perfektionierte die Methode, eine Flasche mit einem Korken zu verschließen, damit die Kohlensäure nicht entweichen kann. Ruinart ist ein Haus mit einer langen Tradition, gehört jetzt allerdings, wie die meisten Champagnerhäuser, zu Moët Hennessy.

Für Vertreter dieser Branche gilt nach wie vor: *noblesse oblige*. Ruinarts Direktor Roland de Calonne – schmal geschnittener grauer Anzug, die sonnengebräunte Glatze umrahmt von einem silbernen Haarkranz – trat wie ein Aristokrat auf. Er sprach mit hoher, leicht lispelnder Stimme und wurde mit »Graf« angeredet. Vor nicht allzu langer Zeit hatten ihm Arbeiter wegen drohender Entlassungen eine Szene geliefert, die an die Aufstände während der Französischen Revolution erinnerte. Sie sperrten den Grafen zwei volle Tage in seinem Büro ein und ließen ihn erst wieder frei, als die Polizei das Gebäude zu stürmen drohte.

De Calonne begrüßte die ehemaligen Preisträger des Trophée Ruinart. Lauter Männer mit Ausnahme einer Frau: Anne-Marie Quaranta, Gewinnerin des Wettbewerbs im Jahr 1980, eine auffallende, freimütige Blondine, die in Nizza ein Hotel betrieb und sich nicht mehr von Berufs wegen, sondern aus purem Vergnügen für Wein interessierte. Über Champagnergläser hinweg begrüßten sich die ehemaligen Gewinner wie die allerbesten Freunde, umarmten und küßten sich, tauschten ihre jüngsten Erfolge und Klatschgeschichten aus der Gastronomiebranche aus und erzählten von Weinentdeckungen. Lyonel stand sprachlos daneben. »Was für ein auserlesener Kreis«, meinte er. »Ich *muß* dazugehören.«

Der Wettbewerb begann für die sechs Kandidaten mit einem zweistündigen schriftlichen Test. »Ganz schön schwierig«, sagte er später zu Christine, als sie in ihr Hotel gingen, um sich fürs Abendessen umzuziehen. Lyonel schlüpfte in seinen Sommelier-Smoking. Das Essen fand in einem Raum der Hauptgeschäftsstelle von Ruinart statt. Er war einem Weinkeller nachempfunden und mit schmiedeeisernen Gegenständen ausgestattet, die mit der Herstellung von Champagner zu tun hatten. Etwas boshaft gesprochen, erinnerte der Kellerraum fast an ein Verlies, aber Lyonel fand ihn »große Klasse«. Von der Vorspeise bis zum Dessert wurde Ruinart-Champagner serviert. Rosé, weißer und ein hervorragender 76er Jahrgangschampagner.

Am Ende des Abends verkündete der Präsident der Association des Sommeliers de France Jean Frambourg die Namen der drei Teilnehmer, die aufgrund des schriftlichen Tests die Endrunde erreicht hatten.

»Fréderic Robello aus der Provence – Côte d'Azur«, begann er.

»Emmanuel Pajot aus Savoie-Rhône-Alpes«, fuhr er fort.

Beschwipst von dem vielen Champagner saß Lyonel auf seinem Stuhl. Er seufzte tief, das Blut schoß ihm in die Wangen. Ihm war ängstlich zumute.

»Und der dritte Finalist heißt« – der Präsident legte eine Pause ein – »Lyonel Leconte aus Burgund.«

Es war ausgestanden. Christine gratulierte ihm mit einem dicken Kuß. Alle applaudierten. Anschließend entspannte sich Lyonel bis drei Uhr früh in einer Disco.

Der Wettbewerb ging am nächsten Morgen in aller Frühe weiter. Lyonel, die beiden anderen Finalisten, die Jury und die Zuschauer versammelten sich in dem im Keller gelegenen Speiseraum, den man zu einem Auditorium umgestaltet hatte. Auf der einen Seite war eine Bühne aufgebaut und drei riesige Weinfässer aufgestellt worden. Die Jury setzte sich aus ehemaligen Trophée-Gewinnern und namhaften Weinexperten zusammen, unter ihnen auch der vormalige Sieger des europäischen Wettbewerbs sowie der Träger des Titels »Weltbester Sommelier«. Sie saßen an einem Tisch, als wären sie Gäste in einem Restaurant. Vor ihnen standen Gläser und Mikrophone. Außerdem hatte man auf dem Tisch Wasser – nicht Wein – bereitgestellt. Eine Fernsehkamera hielt das Geschehen im Bild fest.

Lyonel kam als letzter an der Reihe. Mit unsicheren Schritten ging er auf die Bühne.

»Ich war völlig benebelt«, sagte er später. »Als ich die Bühne erreicht hatte, hatte ich das Gefühl, ich müsse geradewegs durch die Tür wieder hinausgehen.«

Aber er tat es nicht, sondern verbeugte sich. Während er Frambourgs Anweisungen lauschte, nickte er bedächtig. In den ersten acht Minuten sollte er seine Weinempfehlungen zu einem bestimmten Essen abgeben.

»*Bonjour*, meine Dame, meine Herren«, stellte Lyonel sich vor.

»Wir sind sechs Freunde, alles Weinliebhaber«, sagte ein Jurymitglied. »Was empfehlen Sie uns zu unserem Essen?«

»Als Auftakt schlage ich Champagner vor«, hob Lyonel an. »Schließlich ist er der König des Aperitifs.«

Die Jury nickte.

»Ich empfehle einen Ruinart 1986«, sagte er, was den Angestellten des Hauses ein Schmunzeln entlockte. »Dieser Jahrgang hat ein köstliches Aroma und wird Sie gewiß in gute Stimmung versetzen.«

Die Vorspeise bestand aus einem Salat mit Herbstpilzen. Lyonel empfahl dazu einen weißen Beaune, Jahrgang 1985. »Ein sehr guter Jahrgang, bereits voll ausgereift.«

Zum nächsten Gang, Steinbuttfilet in Buttersauce, schlug er einen Elsässer Riesling Jahrgang 1983 vor. »Sein Bukett paßt hervorragend zu Fisch.«

»Hier möchte ich Sie unterbrechen«, schaltete sich der führende Juror ein. »Einer unserer Freunde stammt aus dem Elsaß und möchte gern einen anderen Wein trinken.«

Lyonel nickte.

»Wäre ein Wein aus dem Loiretal nach Ihrem Geschmack?« fragte er und schlug einen 82er Vouvray vor, noch ehe jemand etwas einwenden konnte.

Der nächste Gang bestand aus einem gebratenen Perlhuhn mit Kastanien. Lyonel empfahl: »Eine Rückkehr nach Burgund, zu einem 1985er Vosne-Romanée, Premier Cru. Erzeuger ist Henri Jayer. Oder«, fuhr er fort, »wenn Sie einen außerordentlichen Wein wünschen, versuchen Sie einen 1969er, den besten aus zwei Jahrzehnten, kräftig, voll und extrareich, aber nicht zu schwer. Läßt den Fruchtgeschmack erkennen, ohne dominant zu sein.«

»Nein«, unterbrach ein Juror ihn barsch. »Ein Burgunder ist zu teuer.«

Das Publikum brach in Gelächter aus. Lyonel verzog keine Miene.

»Burgundische Weinbauern bemühen sich sehr, exzellente Weine zu vernünftigen Preisen anzubieten«, konterte er ernst.

»Uns ist mehr nach einem Bordeaux zumute«, sagte der Juror.

»Wenn Sie einen harmonischen Bordeaux möchten«, sagte Lyonel, »schlage ich einen Château Lynch-Bages Jahrgang 1982 vor.«

Für den Wein zum Käse, einem sahnigen Chaource aus der Champagne, wartete Lyonel mit einer kühnen Empfehlung auf und riet zu »einem leichten, fruchtigen Rotwein« aus der Region Savoie-Rhône-Alpes. »Ein vielfach gering geschätzter Jahrgang«, erklärte er. Anschließend legte er seinen Gästen einen süßen Muscat aus dem im Südwesten gelegenen Minervois ans Herz. »Ideal« zu Apfel-Zimt-Gebäck.

Schließlich fragte er: »Wünschen Sie Mineralwasser?«

Er riet zu kohlensäurehaltigem Badoit, einem leichteren Mineralwasser als Perrier, aber wie dieses mit natürlicher Kohlensäure versetzt.

»Zur Abrundung des Essens möchte ich Ihnen gern unsere

reiche Auswahl an Digestifs zeigen«, schloß Lyonel. »Und natürlich unser Zigarrensortiment.«

Als er sich umwandte, klatschte das Publikum Beifall. Der folgende Teil des Wettbewerbs war der schwierigste für Lyonel. Der Englischtest. Ein schwedischer Juror erklärte, er spreche kein Französisch.

»Welchen Wein empfehlen Sie zu Kabeljau?« fragte er ihn auf englisch.

Lyonel sah ihn verständnislos an. Der Mann wiederholte seine Frage. Lyonel verstand immer noch nicht. Schließlich rettete ihn jemand und stellte ihm die Frage auf französisch.

»Manchmal ist es nicht einfach, den passenden Wein zu Engelbarsch zu finden, aber wir können einen Versuch wagen«, stotterte Lyonel mit starkem Akzent. »Wie wäre es mit einem Weißwein? Ja, mit einem 1985er Puligny-Montrachet, Domaine Sauzet. Einem der besten Weine.«

»Nein, ich möchte einen aus dieser Region«, antwortete der Schwede, ungehalten über Lyonels schlechtes Englisch.

»Wir befinden uns in einer wunderbaren Gegend«, entgegnete Lyonel, ohne die Bemerkung des Jurors verstanden zu haben. »Wenn Sie mögen, arrangiere ich für Sie eine Weinverkostung. Ich könnte einen halben Tag frei nehmen und wir könnten bei Ruinart eine Degustation machen.«

Das erlösende Klingelzeichen verkündete das Ende der Englischprüfung, bevor Lyonel noch mehr Fehler machen konnte. Es folgte das Servieren von Wein. Lyonel hatte fünf Minuten Zeit, um eine Flasche Champagner zu servieren – natürlich aus dem Hause Ruinart. Mit geschmeidigen Bewegungen ordnete er die Champagnergläser an. Er zog seine Serviette hervor, schlang sie um die Flasche und präsentierte sie den Gästen. Dann zog er seinen Korkenzieher heraus und schnitt damit die goldene Stanniolkapsel ab, die den Korken schützt.

»Ich möchte den Champagner nicht erschüttern«, erklärte er und drückte den Daumen auf den Korken. Mit großem Geschick drehte er behutsam den Korken heraus und hielt ihn sich an die Nase. Ein wunderbarer Duft. Dann goß er sich ein Glas ein, schnüffelte und nahm einen Schluck. »Perfekt«, verkündete er. Er goß der einzigen Dame am Tisch ein Glas ein. Sie probierte und stimmte ihm zu: »Perfekt.«

»Darf ich den anderen Gästen einschenken, Madame?« frage Lyonel.

»Selbstverständlich.«

Als nächstes stellte Lyonel große Gläser für Rotwein auf den Tisch. Er nahm eine Flasche Château Margaux 1967, entfernte die Kapsel, setzte seinen Korkenzieher an und entkorkte die Flasche schwungvoll, mit rascher Bewegung. Er roch am Korken, begutachtete den Wein und füllte ihn vorsichtig in die Karaffe. Dann goß er sich ein Glas ein, wischte die Nase der Karaffe ab und schnüffelte. Schließlich stellte er die Flasche hin und nahm einen Schluck.

»Madame, meine Herren«, verkündete er. »Dies ist ein wahres Wunder der Natur!«

Eine Lachsalve durchbrach die Stille im Zuhörerraum. Lyonel servierte den Wein und goß ihn stetig und langsam in das Glas.

»Hatten Sie gesagt, 1969 sei ein großer Jahrgang gewesen?« fragte einer der Juroren.

»Ja«, entgegnete Lyonel. »Die Jahrgänge 47, 59, 61 waren weitere große Nachkriegsjahrgänge. Alle sind ein Erlebnis.«

Lyonel verabschiedete sich von seinen Gästen mit einer Verbeugung.

Die nächste Aufgabe bestand im Erkennen von Weinen. Lyonel griff nach einem Glas Wasser und spülte sich den Mund aus. Er nahm ein Glas mit Weißwein und begann: »Er hat eine schöne Farbe, hell und golden. Auf dem Glas schimmern Tränen. Ein junger, qualitätvoller Wein.«

Er führte das Glas an die Nase und schnüffelte. Dann ließ er den Wein im Glas kreisen und roch erneut. Diesen Vorgang wiederholte er viermal.

»Die Aromen sind gut und sauber«, sagte er. »Der Wein ist ein wenig jung. Er duftet nach weißen Früchten, Blumen« – er sog den Duft erneut ein – »mit einem Hauch von Aprikosen.«

Schließlich nahm er einen Schluck, ließ ihn im Mund kreisen, rollte ihn über die Zunge und spuckte ihn aus. Wieder schwenkte er das Glas und nahm einen weiteren, größeren Schluck.

»Ein guter Biß, kombiniert mit einem weichen, samtigen Hauch«, sagte er. »Wunderbar harmonisch.« Noch ein Schluck. Dann leckte er sich über die Lippen. »Ein wirklich schönes Bukett mit einer rauchigen Note. Auch der Abgang ist aromatisch und hat einen fruchtigen Ton.«

Zögernd hielt er inne. Jetzt war der entscheidende Moment gekommen. Er mußte die Herkunft des Weines bestimmen. Lyonel war sich unsicher.

»Die Herkunft ist nicht leicht zu bestimmen«, gestand er. »Es könnte ein Wein aus dem Loiretal sein. Doch ich vermute eher, es ist ein Côte-du-Rhône, ein Crozes-Hermitage.«

Die Jury saß mit versteinerter Miene da, nichts war aus ihren Gesichtern zu lesen. Der Wein stammte weder aus dem Loiretal noch war es ein Côte-du-Rhône. Er kam aus einem kleinen unbekannten Weinberg aus dem Haute-Vallée de L'Aude. Keiner der anderen Kandidaten hatte ihn erkannt, daher verlor Lyonel keinen Punkt.

Als nächstes war ein Rotwein an der Reihe. Lyonel beschrieb den Wein mit blumigen Worten. Der Wein verfüge über »herrliche Transparenz«, ein »offenes, markantes und vielfältiges Bukett« und zeichne sich durch »eleganten Biß« aus. Lyonel tippte auf einen Bordeaux, entweder einen »Château Lynch-Bages oder einen Graves, wahrscheinlich Jahrgang 1982.«

Die Juroren lächelten. Lyonels Antwort war fast richtig. Es war ein Graves, ein Smith-Haut-Lafitte 1986.

Das nächste Glas wurde mit Champagner gefüllt. Volle fünf Minuten analysierte Lyonel die Struktur der aufsteigenden Bläschen, charakterisierte ihn als »leicht«, »dauerhaft«, »zart«, »voller Finesse«, vielleicht »ein bißchen glatt«. Nachdem Lyonel die Farbe des Champagners beschrieben hatte, schwenkte er das Glas und kostete. »Weich, aber frisch.« Nach einem weiteren Schluck gab er sein abschließendes Urteil ab: »Weich mit einem schönen Abgang, ein Dom Ruinart.«

Die Juroren lächelten erneut. Es war ein Dom Ruinart 1981.

Es folgte ein weiterer Test: Lyonel mußte Cognacs, Armagnacs und andere Digestifs benennen. Zuletzt sollte eine Speisekarte auf Fehler untersucht werden. Ein Château d'Yquem 1984 war darauf genannt. Lyonel erkannte den Fehler: In jenem Jahr wurde kein Château d'Yquem geerntet. Die Speisekarte enthielt eine Appellation Controlée Maranges 1985. Lyonel wußte, daß die Herkunftsbezeichnung erst 1990 eingeführt worden war. Ein Pauillac 1989 erschien ihm zu jung, um auf einer Speisekarte angeboten zu werden. Er schloß mit der Bemerkung, ein Vacqueras sollte nicht als Côte-du-Rhône-Villages erscheinen.

Dann war es vorbei. Lyonel wandte sich dem Publikum zu, ließ einen tiefen Seufzer hören und sagte: »Danke.«

Man begab sich in den Weinkeller des Hauses, genannt Les

Crayères, der tief in das Kreidegestein geschlagen worden war. Während Graf de Calonne eine Lobrede auf die Preise hielt, die das Haus Ruinart je gewonnen hatte, stand Lyonel ganz hinten und hörte zu. Unruhig trat er von einem Fuß auf den anderen, fuhr sich mit der Hand übers Gesicht und bemühte sich, seine Nervosität zu verbergen.

Christine versicherte ihm, er habe sich gut geschlagen. Aber Lyonel zweifelte, ob er den richtigen Ton getroffen hatte und bescheiden genug aufgetreten war, ohne devot zu wirken. Hatte er den Juroren das Wort abgeschnitten, wo er ihnen hätte zuhören sollen? Hatte er die burgundischen Weine allzu entschieden verteidigt? Hatte er sich durch sein schlechtes Englisch um den Erfolg gebracht? Ein Gedanke jagte den anderen, als plötzlich der Sieger verkündet wurde.

Lyonel Leconte hatte den Titel gewonnen.

Lyonel sah aus, als sei er der Ohnmacht nahe. Zitternd ging er nach vorne und umarmte seine Kollegen. Anne-Marie Quaranta schlang ihm eine Sommelier-Schürze um die Taille mit der Aufschrift TROPHÉE RUINART 1991. Lyonel schüttelte Graf de Calonne die Hand, der ihm den Preis überreichte – eine Magnum-Flasche Ruinart-Champagner.

»Bravo, bravo«, riefen die Anwesenden.

»Wir sind noch nicht ganz fertig«, sagte der Graf. Als sich Lyonel mit den Siegern der Vorjahre zu einem Foto aufstellte, spielte ein schwaches Lächeln um seine Lippen.

Auch Bernard freute sich überschwenglich über Lyonels Sieg. »Drei Sterne und der beste Nachwuchssommelier Frankreichs«, strahlte er. »Wir sind Spitze!«

Bernard bat Lyonel, ihm zu helfen, das brachliegende Bistro du Morvan in einen Laden umzuwandeln, der Produkte führen sollte, die im La Côte d'Or verwendet wurden. Lyonel sollte für die Wein- und Likörabteilung zuständig sein.

Die Idee gefiel Lyonel. Er nahm einen Kredit in Höhe von 500 000 Franc auf und kaufte und renovierte ein aufgelassenes Bauernhaus im nahegelegenen Liernais.

»Es gibt kein besseres Kompliment«, meinte Bernard. »Lyonel baut ein Haus, das heißt, er bleibt sein ganzes Leben lang bei mir.«

Epilog

❊ ❊ ❊

Ein vierter Stern?

Bernard lächelte.

Es war Juli 1994. Im dritten Sommer nach der Zuerkennung des dritten Sterns war das Côte d'Or bei gutem Wetter nahezu täglich bis auf den letzten Platz besetzt. Der Anbau fünf neuer Räume war in Angriff genommen worden, und Bernards Kochbuch verkaufte sich gut. Am Nationalfeiertag verlieh Präsident Mitterrand ihm dann den Orden der Ehrenlegion und machte den Dreiundvierzigjährigen damit zum jüngsten Küchenchef, dem diese Auszeichnung zuteil wurde. Zum erstenmal seit seiner Ankunft in Saulieu gönnte sich Bernard ein paar Tage Sommerurlaub. Er besuchte seine Eltern in La Bourboule und ging dort Flußkrebse fangen. »Es war genauso romantisch wie früher«, meinte er. »Wie damals in meiner Kindheit.«

Sein Glücksgefühl war tiefempfunden, insbesondere, weil die Zeit nach der Zuerkennung des dritten Sterns sich als unerwartet schwierig erwiesen hatte. Anfang der neunziger Jahre wurde Frankreich von einer Rezession geschüttelt, die die Arbeitslosigkeit auf 12 Prozent hochschnellen ließ. Die Wirtschaft stagnierte. Am schlimmsten traf es Bernard, weil die Zinsen auf einem mörderisch hohen Niveau verharrten. Die glücklichen Tage der achtziger Jahre waren vorüber, vielleicht für immer.

Bernard beobachtete, wie Luxusrestaurants in Frankreich schließen mußten. Jean-Pierre Amat aus Bordeaux, Inhaber zweier Michelin-Sterne und eines supermodernen Restaurants mit atemberaubender Stahlkonstruktion, ging in Konkurs. Das luxuriöse Zwei-Sterne-Casino in Enghien-les-Bains, einem Vorort von Paris, machte zu, und noch weitere namhafte Restaurants standen, so ging das Gerücht, ebenfalls kurz vor der Schließung.

Als der anfängliche Michelin-Effekt allmählich an Wirkung verlor, mußte auch Bernard finanzielle Einbußen hinnehmen. Sein Umsatz sank 1993 um 3 Prozent. Als er an einem Wintertag in sein Restaurant kam und keine einzige Reservierung vorlag, bat er Annie um eine Kalkulation.

»Ich muß eine Million siebenhundertfünfzigtausend Franc im Jahr zurückzahlen«, sagte er. »Wieviel ist das pro Tag?« Die Rezeptionistin nahm ihren Taschenrechner zur Hand.

»Viertausendachthundert Franc«, antwortete sie.

»Viertausendachthundert Franc«, wiederholte Bernard, blaß im Gesicht.

Er entließ dreizehn Mitarbeiter. Im ersten Jahr, nachdem er drei Sterne erhalten hatte, hielt Bernard das Restaurant von Mitte November bis Mitte Dezember geschlossen. Diesen Luxus konnte er sich jetzt nicht mehr leisten. »Wir werden dreihundertfünfundsechzig Tage im Jahr geöffnet halten«, teilte er der Belegschaft mit. Einige murrten, aber niemand beschwerte sich bei Bernard direkt, schließlich wollte niemand seinen Job verlieren. Bernard erkannte, daß ihm Saulieu niemals eine Erfolgsgarantie geben würde. »Der Winter wird immer schwierig sein«, sagte er. »Keiner hat Lust, bei einer solchen Kälte hierher zu fahren.«

Auch mehrere Todesfälle beunruhigten Bernard. Nach dem frühzeitigen Tod von Alain Chapel wurde auch der Drei-Sterne-Koch Jacques Pic 1993 durch einen Herzinfarkt mitten aus dem Leben gerissen. Außerdem war Bernard bereits nicht mehr das zuletzt gekrönte Drei-Sterne-

Haupt. Michelin zeichnete zunächst Pierre Gagnaire in St.-Etienne mit drei Sternen aus. Ihm folgte Antoine Westermann in Straßbourg. Beide waren junge Küchenchefs in Bernards Alter, die viel Aufmerksamkeit auf sich zogen. Urplötzlich fühlte sich Bernard an der wetteifernden gastronomischen Spitze Frankreichs nicht mehr so einsam.

In dieser Zeit wurden auch unerwartetes Hohngeschrei und sarkastische Äußerungen über Bernards Zusammenarbeit mit Unilever laut. Erboste Anrufer wollten wissen, weshalb sich ein Drei-Sterne-Koch gierigen Kapitalisten ans Messer lieferte. Briefe trafen im Côte d'Or ein, die als Adresse »Restaurant Unilever« trugen. Bernard beschlich das Gefühl, einen großen Irrtum begangen zu haben, als er aus seiner Berühmtheit Geld schlagen wollte.

Ein französischer Fernsehsender bot ihm an, eine kulinarische Sendung regelmäßig zu kommentieren. Das hätte bedeutet, jeden Freitag nach Paris zu fahren und den Mittagsservice im Côte d'Or zu versäumen. Bernard war hin und her gerissen. Allerdings gerieten seine häufigen Fernsehauftritte zunehmend unter Beschuß. Christian Millau schrieb, Bernard würde mehr Zeit vor Kameras verbringen als am Herd. Dieser Vorwurf saß. Bernard lehnte das Fernsehangebot ab und war – zum erstenmal in seinem Leben – nicht bereit, Interviews zu geben.

Bernards Sorgen zogen Schlafstörungen nach sich. Zuerst versuchte er, mit homöopathischen Mitteln dagegen anzukämpfen, dann griff er zu Schlaftabletten. Seine Angst vor Schlaflosigkeit wuchs, Anzeichen einer Depression machten sich bemerkbar. Ein paarmal konnte Bernard morgens nicht aufstehen. Es gab Tage, da wollte er seine Kinder nicht sehen. Er aß sogar nicht mehr regelmäßig. Gäste bemerkten, daß er stark an Gewicht verloren hatte. Dominique schlug ihm vor, einen Arzt aufzusuchen und ein paar Wochen bei seinen Eltern in Clermont-Ferrand zu verbringen.

»Du mußt zur Ruhe kommen«, redete sie ihm zu.

In dieser nervenaufreibenden Zeit erwies Dominique sich als große Stütze. Sie beendete ihr Buch und begann ein neues. Obwohl sie mehr Zeit in Paris verbringen wollte, um sich auf ihre Karriere zu konzentrieren, übernahm sie im Côte d'Or immer mehr Pflichten, und sie beschwerte sich nie. Wenn Bernard nicht da war, führte sie das Restaurant. Bernards Abwesenheit fiel den Gästen gar nicht auf. Dominiques ruhige Art und beispiellose Perfektion machten sich bezahlt.

Als 1994 der kalte Winter allmählich dem milden Frühling wich, kehrten Bernards mitreißende Energie und Tatkraft zurück. Die Wirtschaft erholte sich allmählich, die Zinsen sanken, und die Gäste strömten wieder herbei. Das Restaurant in Japan und die Suppenverträge sicherten Bernards finanzielle Zukunft. Er war abgeklärter, gereifter und konnte auch zum erstenmal über sich selbst lachen.

Eines Tages schneiten ein Journalist und ein Küchenchef herein. Beide erhielten wie üblich ein kostenloses Essen.

»Weshalb servieren Sie ihnen nicht die Lachssuppe von Unilever?« schlug Eric Rousseau vor. »Sie zahlen ohnehin nicht.«

Aber Bernard entschied anders und tischte ihnen eine Kostprobe seiner neuen Kreation auf: Lauchsuppe mit Trüffeln. Er beobachtete die Reaktion seiner Gäste.

»Und?« fragte er.

»Köstlich.«

»Ich habe es Ihnen ja gesagt«, meinte er mit strahlendem Lächeln, »es gibt Suppen von Loiseau und Suppen von Unilever.«

Auch Eric hatte gut lachen. Nach seiner Käsemission hatte er gehofft, Oberkellner im Bistro du Morvan zu werden. Daß das Projekt fallengelassen wurde, war für ihn eine herbe Enttäuschung. Doch seine Stimmung hellte sich wieder auf, als er zu einer gastronomischen Woche in Bernards Restaurant in Kobe nach Japan fliegen durfte. Die Küche und der Service in dem japanischen Côte d'Or beeindruckten ihn sehr, und Japan faszinierte ihn. Nur das Brot und der Käse fanden nicht seine Zustimmung. »Die Japaner verwenden schreckliches Weißbrot. Und sie dürfen keinen Käse aus Rohmilch einführen.« Somit hatte der Epoisses keine Chance.

Auch Lyonel kam voran. Als das Côte d'Or in finanzielle Schwierigkeiten geriet, änderte Bernard seine Pläne und eröffnete statt des Bistro du Morvan ein Feinkostgeschäft. Aber Lyonel gab die Hoffnung nicht auf, daß das Projekt möglicherweise doch noch realisiert werden würde und er die Leitung übernehmen könnte. Bis dahin wollte er weiterhin als Sommelier arbeiten. Die Preise für Burgunderwein waren nicht mehr so stabil und fielen 1992 um 25 Prozent. Lyonel konnte sich nun mit einem besseren Gefühl an die Aufstockung des Weinkellers begeben. Er bereitete sich auf den nächsten Wettbewerb vor und strebte den Titel des besten Sommeliers Frankreichs an. Diesmal mußte er sich zum Büffeln nicht ins Badezimmer zurückziehen. Sein neues Bauernhaus hatte einen großen Garten und viel Platz. Im Juni 1994 erhielt er die ersehnte Auszeichnung. Durch diesen Sieg wurde er der Vertreter Frankreichs für den bevorstehenden Wettbewerb um den Titel des besten Sommeliers der Welt. »Ich habe das Gefühl, das könnte ich auch schaffen«, meinte er.

Auch die Geschäfte der besten Lieferanten Bernards florierten. Colette Giraud kaufte weitere zwanzig Ziegen, stellte einen Mitarbeiter ein und erhöhte die Produktion. Sie investierte 50 000 Dollar für einen Anbau, in dem ihre Kunden den Käse probieren konnten. »In Zeiten der Rezession besinnen sich die Leute wieder auf echte Werte«, sagte sie. »Das ist meine Chance.« Der Marmeladenhersteller Jacques Sulem, der Schneckenzüchter Jean-François Vadot wie auch Jean Gaugry, der Käsehersteller, erlebten einen Aufschwung. Und Pepette backte weiterhin das beste Brot der Welt, wenn auch nur für einige wenige Privilegierte.

Alles in allem schienen Bernards Unternehmungen augenblicklich unter einem guten Stern zu stehen, und eines Tages beschloß er zu feiern. Er reservierte für sich und Hubert einen Tisch in einem Restaurant namens Greuze in Tournus, einer kleinen Stadt an der Saône, eine Autostunde südlich von Saulieu. Der dreiundsiebzigjährige Küchenchef Jean Ducloux hatte in den dreißiger Jahren bei Dumaine gelernt. Nach wie vor kochte er nach Dumaines Rezepten altmodische klassische Gerichte wie *pâté en croûte Alexandre Dumaine, quenelles de brochet Henri Racouchet* und *grenouilles sautées en persillade*. Ducloux' Restaurant schmückten zwei Sterne. Der Küchenchef hatte nie den dritten Stern angestrebt, seine Kochkunst verfeinert oder sein altmodisches Restaurant renoviert.

Bernard sah in Ducloux das Relikt einer vergangenen gastronomischen Ära. Ausflüge nach Tournus waren für ihn wie Pilgerfahrten zu einem berühmten Museum, vergleichbar dem Ausflug eines modernen Künstlers in den Louvre. »Ducloux ist der beste Koch klassischer Kochkunst, den es in Frankreich noch gibt«, sagte Bernard.

Am Tag des Besuchs stand Bernard um sieben Uhr auf und erschien wie gewöhnlich um acht im Côte d'Or. Er ging seine Post durch und kümmerte sich um die Frühstücksvorbereitungen. Doch auf dem Heimweg fühlte er sich krank und fing an zu schwitzen. Dominique steckte ihn ins Bett, rief den Arzt und telefonierte mit Hubert.

»Ich weiß nicht, ob Bernard heute fahren kann«, sagte sie.

»Ich fühle mich auch nicht recht wohl«, erklärte Hubert.

Der Arzt stellte eine leichte Grippe fest.

»Ich fahre«, erklärte Bernard seiner Frau. »Diese *quenelles* darf ich um nichts in der Welt verpassen.«

Als Hubert hörte, daß Bernard trotzdem fahren wollte, mobilisierte er all seine Energien. In Bernards BMW brausten sie schließlich auf der Nationale 6 Richtung Süden noch Tournus. Als sie um zwölf Uhr dreißig ankamen, war Ducloux' Restaurant nahezu leer.

»Abgesehen von Ihnen habe ich heute nur zwei Reservierungen zu Mittag«, sagte der Küchenchef. »Und Sie zählen nicht, weil Sie nicht zahlen.«

Ducloux war schlank und durchtrainiert, für sein Alter in bester Verfassung, abgesehen von einer erheblichen Sehschwäche. Er konnte nur mit Hilfe dicker Brillengläser sehen, trug aber immer noch voller Stolz seine weiße Kochmütze. Mit den dunkelbraunen Holzmöbeln und den Paneelen wirkte sein Restaurant geradezu mittelalterlich.

»Zunehmend weniger Küchenchefs können überleben«, sagte Bernard. »Niemand legt mehr Wert auf das opulente Mahl. Einfaches Essen in einem angenehmen Ambiente, das ist es, was die Leute wünschen.«

»Machen Sie sich keine Sorgen, Bernard«, sagte Ducloux. »Ich bin jetzt fünfzig Jahre im Geschäft und habe gelernt, die Dinge nicht so ernst zu sehen.«

Da kaum andere Gäste da waren, leistete Ducloux Bernard

und Hubert Gesellschaft. Er bestellte Champagner. Dazu servierte ein Kellner die traditionelle burgundische Spezialität – *gougères*, ein köstliches Gebäck mit Gruyère, das auf der Zunge zerging.

»Die besten *gougères* der Welt«, lobte Bernard.

»Vergessen Sie nicht«, sagte Ducloux, »es gibt auf der ganzen Welt nur vier Dinge, die man überall versteht und für die es keine Worte gibt: Tennis, Oper, Sex und – Essen.«

Bernard lachte. Ducloux' derber Humor erheiterte ihn, und er vergaß darüber ganz seine Grippe. Es folgte ein hervorragender roter Chassagne-Montrachet.

»Ich koche nicht mehr selbst«, witzelte Ducloux erneut. »In der Küche sind acht Köche und auf dem Foto neun.«

Der erste Gang bestand aus *pâté croûte Alexandre Dumaine*, einer überbackenen, mit Leber gefüllten Teigtasche.

»Wie Dumaines *pâté*«, erklärte Ducloux.

Dann wurden die berühmten Klößchen serviert. Ein Fingerhut voll Cognac verlieh den köstlichen weichen Fischklößchen ihr unvergeßliches Aroma.

»Wieviel Cognac nehmen Sie?« erkundigte sich Bernard.

»Einen tüchtigen Schuß«, antwortete Ducloux.

Es folgten in Butter gebratene, goldbraune Froschschenkel. Bernard erzählte von seinem unerfüllten Traum, einheimische Frösche zu finden. Ducloux lachte.

»Diese hier stammen aus Griechenland«, sagte er. »Und sie sind um vieles besser als hiesige.«

Bernard wählte als Hauptgang Nieren in brauner Sauce. Er probierte.

»Herrlich *rosé*«, urteilte er.

Hubert bestellte das Huhn in Essigsauce. Als es aufgetragen wurde, beugte sich Bernard zu ihm hinüber und schnitt sich ein Stück ab. Nachdem er gekostet hatte, zog er eine Grimasse.

»Zäh.«

»Niemand ist vollkommen«, rief ihm Ducloux in Erinnerung.

Während sie das restliche Mahl verzehrten – *soufflé au Grand Marnier, petits fours*, Schokolade und Kaffee –, dachte Bernard über das mißratene Hühnchen nach. Ducloux' Antwort beschäftigte ihn. Niemand ist vollkommen, dachte er. Bernard hoffte, Ducloux würde seinen einzigartigen traditionellen Stil so lange wie möglich beibehalten. Doch für ihn selbst galt: In dem Augenblick, in dem er das Streben nach Vollkommenheit aufgab, war es an der Zeit, sich zurückzuziehen.

Natürlich war Bernard noch längst nicht soweit, Töpfe und Pfannen an den Nagel zu hängen. Trotz einer gewissen Abgeklärtheit verspürte er doch ein unzähmbares Verlangen nach Verbesserung. Im Côte d'Or beobachtete er jeden Gast mit forschendem Blick. Jeden Teller, der in seine Küche zurückkam, prüfte er, und er wußte genau, welche Gäste ihr Menü nicht ganz aufgegessen hatten. Du lieber Himmel, Tisch 12 hat das Petersilienpüree stehengelassen. Was stimmt damit nicht?

Im Unterschied zu anderen Küchenchefs vermied es Bernard, während des Essens von Tisch zu Tisch zu gehen. Seiner Meinung nach lenkte das nur ab. Dafür stand er an der Rezeption, wenn die Gäste sein Haus verließen, und verabschiedete sich.

»Und hat es Ihnen geschmeckt?« fragte er dann.

Wenn er diese Frage stellte, versuchte er seinem Gesicht einen Ausdruck von Enthusiasmus, Zufriedenheit und zugleich Sorge zu verleihen. Die Gäste versicherten ihm stets, das Essen sei wundervoll gewesen. Aber selbst während sie ihr Lob versprühten, schossen Bernards Augen im Raum umher, um auch den geringsten Fehler gleich zu bemerken, und sei es nur eine Falte im Teppich. Dann schnippte er mit dem Finger, und schon eilte ein Kellner herbei.

»Bringen Sie das in Ordnung«, befahl er ihm.

Die Gäste schüttelten ihm dann die Hand und gratulierten ihm erneut zu dem gelungenen Mahl. Doch Bernard war sich nie sicher. Immer wieder überlegte er aufs neue, wie er seine Sache noch besser machen konnte.

Danksagungen

❀ ❀ ❀

Das vorliegende Buch schildert die Ereignisse zwischen 1990 und 1991. Es war die Zeit, in der Bernard Loiseau in der Hoffnung auf gastronomische Ehren sein Restaurant umbaute. Der Weinkellner Lyonel Leconte nahm am Wettbewerb um den Titel des besten Nachwuchssommeliers Frankreichs teil und der Kellner Eric Rousseau begab sich auf die Suche nach dem kräftigsten Käse.

Im November 1992 ließen sich meine Frau und ich in Burgund nieder. Ich ging mit Bernard auf die Jagd, begleitete Lyonel bei seinen Weinverkostungen und Eric bei seinen Käseexpeditionen. Ich habe in meine Darstellung auch einige Vorfälle und weniger wichtige Personen einbezogen, die ich zwischen 1992 und 1993 kennenlernte. Dazu zählten auch Larry Knez und Paul Lynn, die beide versuchten, in der französischen Welt der *haute cuisine* heimisch zu werden.

Meine Frau und ich mieteten uns ein Häuschen in Sussey, einem Dorf ungefähr 13 Kilometer südlich von Saulieu. Unser neuer Wohnort zählte ungefähr zweihundert Seelen. Die umliegenden Hügel waren die Heimat von tausend weißen Charolais-Kühen und zehntausend Schafen, ganz zu schweigen von zahllosen Hühnern, Gänsen, Ziegen, Kaninchen, Katzen und Hunden. Sussey war ein Dorf, in dem die Zeit stehengeblieben war, eine Ansammlung jahrhundertealter Steinhäuser und Scheunen, zusammengepfercht auf einem sanften grünen Abhang.

Unsere Vermieterin versorgte uns mit den nestwarmen Eiern eigener Hühner, frischem, von ihrem Bruder hergestelltem Joghurt und sogar mit Honig aus der Produktion eines ihrer Schwiegersöhne. Ihr Ehemann Pierre erzählte uns ausführlich über die tausendjährige Geschichte des Dorfes. Möglicherweise haben sie es nicht mit allem so genau genommen – aber aus ihren Worten sprach der Stolz auf ihr Land und seine Traditionen, die über Jahrhunderte hinweg mit Liebe und Sorgfalt gepflegt worden waren. Für uns waren die beiden echte Sterne aus Burgund. Natürlich geht mein Dank in erster Linie an den originären Stern Burgunds, Bernard Loiseau. Über ein Jahr lang durfte ich ihm über die Schulter sehen. Wie groß meine Neugier auch war, er beschwerte sich nie. Wie viele Fragen ich auch stellte, er antwortete mit nicht nachlassender Geduld und grenzenlosem Enthusiasmus, und befahl oft, als ich gerade aus der Küche gehen wollte: »Heute abend essen Sie hier.«

Dann begaben sich meine Frau und ich in den Speiseraum, gingen an polierten Eichenholzbalken, schmiedeeisernen Dekorationen, antiken Möbeln, schimmerndem Messing und alten Kacheln – ein halbes Museum – vorbei zu unserem Tisch, der mit Silber und Kristall geschmückt war. Man servierte uns einen Kir Royal – Champagner und Cassis –, dem diverse goldfarbene göttliche Getränke und unwiderstehliche Aphrodisiaka folgten. Drei Stunden später stolperten wir gesättigt und gutgelaunt davon.

Die restliche Belegschaft war nicht minder entgegenkommend – Hubert, Franck, Patrick, Lyonel, Eric, Annie und all die anderen. Sie luden uns nicht nur in ihr Restaurant ein, sondern auch zu sich nach Hause, wo wir hervorragendes

Essen genossen. Hubert ist einer der besten Köche, denen ich begegnet bin. Er und Franck waren darüber hinaus phantastische Tennispartner. Patrick ließ mich einen Blick hinter die Kulissen einer Küche werfen. Lyonel unterrichtete mich in Weinkunde und machte seinen Einfluß geltend, damit ich die besten Rebgärten besuchen konnte. Und Erics Talent erschöpfte sich keineswegs in Käse. Er grillte T-Bone-Steaks so gekonnt wie kein anderer.

Ganz besonders möchte ich Dominique Loiseau erwähnen. Sie nahm mehr als jeder andere in Saulieu Anteil an meiner journalistischen Tätigkeit und unterstützte sie mit ihrem enormen Geschick für Recherchierarbeit.

Nicht zu vergessen Bernards exquisite Lieferanten. Morgen für Morgen genoß ich Jacques Sulems Marmeladen. Colette Giraud verführte mich mit ihrem frischen Ziegenkäse. Simon Bize und Michel Lafarge ließen es sich nicht nehmen, Flaschen mit Wein aus ihrem eigenen Rebgarten für mich zu öffnen.

In den USA gilt mein erster Dank meinem Agenten Michael Carlisle, der auf Anhieb verstand, daß die Geschichte Bernards ein Buch wert ist.

Nahezu fünfzehn Jahre nach meiner Abschlußprüfung begegnete ich zu meiner freudigen Überraschung meinem Professor John Merriman von der Yale University wieder, der mich mit seinem Wissensschatz bei der Durchsicht meines Manuskripts großzügig unterstützte.

Mein größter Dank geht an meinen Lektor Jim Silberman, der den Text Wort für Wort redigiert und meinen ersten Entwurf erheblich verbessert hat. Er bewies großes Geschick, das Rohmanuskript in eine lesbare Form zu bringen. Wo immer ich verkomplizierte, gelang es Jim, zu vereinfachen und die Sache auf den Punkt zu bringen.

Schließlich möchte ich mich bei Anu und Sam bedanken, die den Charme Burgunds zu schätzten wußten, mir aber auch halfen, während der mühevollen Zeit des Schreibens in ländlicher Abgeschiedenheit meine Zweifel zu zerstreuen.

William Echikson

31. Juli 1994
Sussey, Frankreich